流亡

创作时间不详

今存巴黎雨果故居纪念馆

此画附贴在一册 1856 年出版的《静观集》上。

雨果绘画作品

黑暗的大口对我说话的石棚

1852—1855 年

今存巴黎雨果故居纪念馆

此为泽西岛上的罗泽尔石棚，雨果在长诗《黑暗的大口在说话》中提到此处石棚。

雨果绘画作品

高城—从我窗里所见

1856年5月26日

今存法兰西国立图书馆

“高城”是雨果来根西岛后的第一个住处,1856年11月,全家才在第二个住处定居,起名“高城居”。

雨果绘画作品

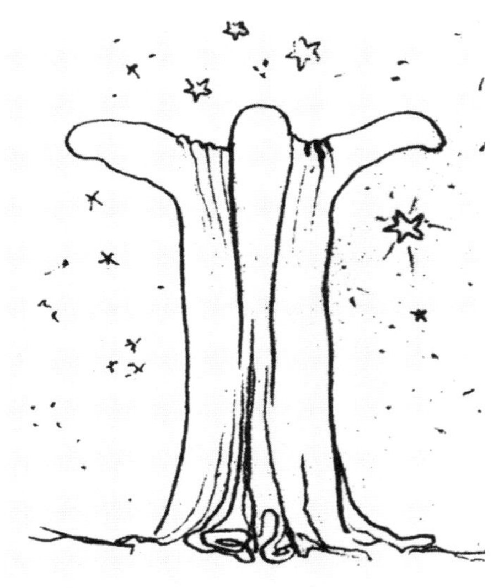

黑夜

1856 年 4 月 14—18 日

今存法兰西国立图书馆

此为雨果为“灵桌”所画的一系列绘画的一幅。

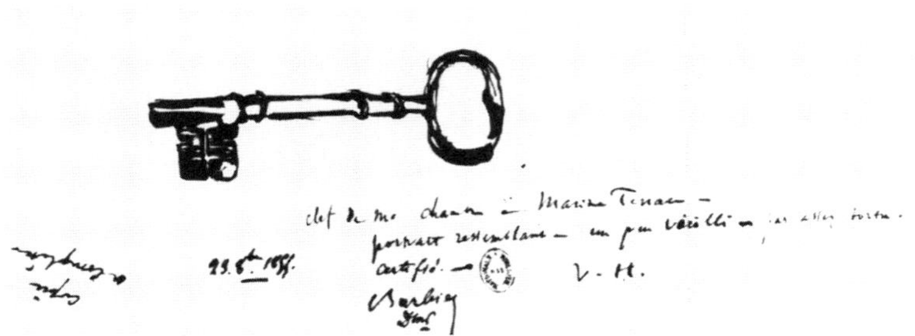

我在海景台卧室的钥匙。想象的画像，老一点，没有太多变形

1855 年 10 月？

今存法兰西国立图书馆

画上其他文字不是雨果手迹。

柳鸣九 主编

雨 果 文 集

（最新修订版）

第十三卷 诗歌卷

Les Contemplations

静观集

〔法国〕维克多·雨果 著 程曾厚 译

译林出版社

目　录

惩罚集

静观集

凶年集

惩罚集

作者自序

（1853年第1版）

本书曾在布鲁塞尔出版过删节本，书前有如下几行字：

“伪誓是罪行。

“伏击是罪行。

“任意非法监禁是罪行。

“收买公职人员是罪行。

“收买法官是罪行。

“偷盗是罪行。

“谋杀是罪行。

“未来感到最痛苦的惊讶之一，是纵然欧洲匍匐在地，有一些高尚的国家却能维持其宪法，似乎是廉洁和自由最后的神圣的庇护所时，我们要说，未来感到的惊讶，是在这样一些国家里，却通过法律，旨在保护人的一切法律及与之相应的神的一切法律历来称之为罪行的事情。

“全世界正直的人抗议这些保护罪恶的法律。

“然而，但愿捍卫自由的爱国人士，但愿在暴力胁迫下有不义行为的各国高尚的人民，不要感到绝望；另一方面，也但愿貌似强大无比的罪人，看到本书被删的内容，不必过早地扬扬得意。

“不论对内用暴力、对外靠威胁的权贵们如何作为，不论自以为是各国人民的主人，其实是人类良知的暴君们如何作为，为正义和真理而斗争的此人总能找到办法，尽到其完全的责任。

“罪恶强大无比的权力，历来只能是徒劳的努力。思想永远不会为企图扼杀思想的人所左右。靠压制是逮不到思想的；思想可以从一种形式躲进另一种形式。火炬在照耀；如果熄灭火炬，如果将火炬投入黑暗之中，火炬会变成声音，而黑夜对话语是不存在的；如果强制说话的嘴闭上，话语就会变成光明，而光明是没有嘴可闭的。

“没有任何东西可以制伏人的良知，因为，人的良知，就是上帝的思想。

维克多·雨果”

上面读到的这几行文字，作为一部删节作品的序言，本身已经包含了出版此书全貌的承诺。这个承诺，我们今天兑现了。

维克多·雨果

1853 年于泽西岛

写在返回法兰西之前*

1870 年 8 月 31 日

此时此刻，也许连上帝也已经失败，
　　谁又能估计：
滚滚向前的车轮结果会转向祸害，
　　还是有转机？

命运啊，紧握在你无法看见的手里，
　　是什么情景？
到底是凶险而又卑鄙的阴谋诡计，
　　还是颗晨星？

我同时看到了最好和最坏的结果；
　　这可真残酷！
法兰西曾经有奥斯特利茨[①]，而帝国
　　却有滑铁卢[②]。

巴黎啊，你神圣的城墙我一定重游，
　　不，返回家门！

① 奥斯特利茨（Austerlitz），今捷克地名，1805 年 12 月 2 日，拿破仑在此大败奥俄联军。

② 滑铁卢（Waterloo），比利时地名，1815 年 6 月 18 日，拿破仑在此最后失败。

我给你带回的是流亡者从来没有
　　　　屈服的灵魂。

既然，现在每个人都应该埋头苦干，
　　　　要信心十足，
对外，我们要战胜猛虎，而对内，当然
　　　　把水蛇制伏；

既然，纯洁的理想不能使我们服膺，
　　　　已沉沦不见；
既然，无人强大，也无人弱小，而输赢
　　　　还无从预言；

既然，天边看到有强者黑色的曙光
　　　　在渐露端倪；
既然，我们的面前现在一切是死亡，
　　　　也许是胜利；

既然，今天鲜血在流淌，房屋在焚烧。
　　　　神圣的时代！
既然，此时和此刻，懦夫们拔腿后跑，
　　　　我马上就来。

当此外敌已来到国境线上的时辰，
　　　　而我的抱负，
我的抱负是：权力不要一毫和一分，
　　　　危险要全部。

既然，这敌人昨天还是客人，已闯入
　　我们的国家，
我会要，法兰西啊，面对你犯的错误，
　　我双膝跪下！

我要咒骂敌人的战歌、黑鹰和利爪，
　　咒骂它放肆；
我向你要求分担一份你受的匮乏，
　　我是你孩子。

敌人的凌辱卑鄙，我崇敬你的不幸，
　　愤慨又伤悲，
法兰西，我吻你的双脚，我眼中充盈
　　怒火和泪水。

法兰西，你会看到，我虽已默默无闻，
　　可仍有信仰，
你会看到，我对你永远是赤胆忠魂，
　　日夜在思量。

脱离苦海的时候，你会允许我仍然
　　是你的孩子；
而当这一帮扬扬得意的催命恶汉
　　大笑不已时，

你会满意地发现，我对你赞不绝口，
　　不停地祈祷，
为你金光闪耀的、不可战胜的额头，

惊叹和叫好。

不久前，那位花花公子曾神气活现，
却没有信仰，
巴黎，你如同嫩枝经受大火的熬煎，
已焦黑枯黄，

你曾经自命不凡，你曾经纸醉金迷，
你手舞足蹈，
你对胜利的弥天大谎却深信不疑，
你歌声缭绕，

大家都曾听到你庆宴时奏乐不止，
还打鼓敲锣，
巴黎，我敬而远之，仿佛忧伤的先知
曾躲避推罗[①]。

当帝国把吕台斯[②]蜕变成戈摩尔城[③]，
我苦涩沮丧，
我只好展翅远飞，和茫茫大海结盟，
说不尽凄凉。

我在大海上难受，听你欢歌和发疯，
喳喳又叽叽，
对于你的荒淫，你的欢笑，你的痴梦，

① 推罗（Tyr），《圣经》地名，腓尼基古城，曾富甲天下，屡遭先知们的谴责。

② 吕台斯（Lutèce），巴黎古称。

③ 戈摩尔（Gomorrhe）是《圣经》中因淫乱被天火焚毁的城市。

我嗤之以鼻。

可是，今天，阿提拉[①]带一帮凶神恶煞
在安营扎寨，
今天，你四周围的天地已经在坍塌，
我马上就来。

法兰西，当你被人揪住头发拖着转，
我一旁陪你，
母亲啊，还要充当你铁链上的一环，
我完全同意！

我就来，纵然炮弹、枪弹有多么猖狂，
在向你喷发，
你可以注视着我站立在城墙之上，
或者是倒下。

也许，在你有“希望”这个熊熊的火把
照耀的国土，
法兰西，你付给我多年流亡的代价，
是一座坟墓。

1870年8月31日于布鲁塞尔

* 本诗作为《惩罚集》的首篇，是后来加上的。普法战争开始，诗人的内心十分矛盾和痛苦。他既希望拿破

① 阿提拉（Attila，约395—453），匈奴人首领，曾大举入侵欧洲。

仑三世垮台，又为祖国的前途担忧。雨果一家于 1870 年 8 月中旬离开流亡地泽西岛，先在布鲁塞尔等候。此诗写成后的第三天，9 月 3 日，皇帝投降，4 日共和国成立，5 日雨果返回巴黎。

黑夜*

1

这个日子的选定，你真是深思熟虑，
亲王[①]！该了结了，——那天夜里，寒彻天宇，
过来，站起来！自由之犬的獠牙可畏，
又在怒吼，在暗中嗅闻骗子的气味，
虽被卡利埃[②]拴上铁链，还是在吠叫。
不要再等了！此时应该把猎物干掉。
你看，十二月的浓雾黑得如堕深渊；
要像行窃的男爵溜出自己的家园，
突然袭击，冷不防咬住被围的敌人。
站起来！士兵们都醉醺醺，又恶狠狠，
他们已整装待发，守候在自己营地，
只在等一个强盗，想拥立一个皇帝。
用手遮挡住灯光，过来时又藏又躲；
举起你手中的刀，正是时候：共和国
放放心心，没看见你的贼眼在发光，
把你的宣誓当成枕头在睡觉，亲王。

① 亲王指路易-拿破仑·波拿巴。

② 卡利埃（Carlier, 1799—1858），第二帝国的警察总监，积极参与十二月政变。

骑兵们，步兵们，快出营！弟兄们，冲啊！
捉拿议员！士兵们，用绳子紧紧捆扎
你们的将军，扔进关苦役犯的囚笼！
用枪押送国民议会进马扎斯①狱中！
用刺刀把最高法官赶出法院大门！
法兰西的勇士们，请当绿林的强人！
你们市民，凡夫俗子，一群畜生，请看：
这政变从锻炉里取出来，金光灿烂，
如同一柄由魔鬼挥舞的血红利剑！
民权代表为权利斗争：让他们归天。
兵痞们，雇佣兵们，卖身投靠者之辈，
杀死波丹②！杀死杜苏③！杀，杀，不问是谁！
这帮人民上街干什么？叫他们走开！
士兵们，这帮浑蛋，快给我开枪，快，快！
开枪！至高无上的人民啊，然后投票！
要把权利，把荣誉，把法律统统除掉！
要让鲜血在林荫大道上滚流成河！
军用水壶盛满酒！担架上堆满死者！
谁想要喝点烧酒？这天气阴雨绵绵，
是该喝点。士兵们，给我毙了这老汉。
给我杀了这孩子。这女人是谁？母亲？
也给我杀。让这帮胡作非为的人民
发抖，让他们上街时踩的尽是血水！
这恶毒的巴黎在动，在抵抗。无所谓！
巴黎可恨，想报仇，叫他们卑躬屈膝，

① 马扎斯监狱（Mazas），法国19世纪关押政治犯的著名监狱。
② 波丹（Baudin，1801—1851），立法议会议员，政变时在街垒上被杀。
③ 杜苏（Dussoubs，1818—1851），共和派律师，政变时在街垒上被杀。

知道我们有力量，对他们不会客气！
外国人尊重巴黎：我们要不落俗套！
把他们拴上马背，拖进泥潭里奔跑！
把他们又辗，又轧，让他们彻底完蛋！
无情的大炮，冲他们脸上喷吐炮弹！

2

完啦！处处是安静，处处是望而生畏。
布尔曼大王万岁！苏弗拉皇帝万岁！①
大家站在街垒上为欢乐频频开枪；
圣德尼门②有又高又大的拱形门墙，
大火在随风飘摇，大火的火光冲天。
完事啦，大家好好休息；可以听得见
刀在鞘子里作响，钱在口袋里叮当。
从银行到宿营地，钱包被掏空掏光。
谁杀人又快又好，谁杀人干脆利落，
外加荣誉十字勋章一枚，作为收获。
胜利者声声嗥叫，在瓦砾堆里跳舞。
滴血的尸体躺在角落里，不计其数。
喝醉的士兵粗野，只是小小的帮凶，
摇摇晃晃，把身子靠在墙上，却能用
支撑墙的手让某个人的脑袋开花。
又是喝，又是唱，大摆宴席，笑语喧哗；
又把战败者带上，大人、孩子都枪毙。

① 布尔曼（Poulmann）和苏弗拉（Soufflard）都是著名的杀人犯和匪首。

② 圣德尼门在巴黎起义老区的西北端。

金光闪闪的将军骑着马，好不神气，
仰面倒下的死者对他们熟视无睹。
好极了！恺撒这回可抄了一条近路！
现在，马上就去向总统府道喜庆贺。
屋子里满是血迹，沟渠里血流成河，
到处是血！法官们轻松地提起衬袍，
才能够跨越叫人害怕的血红池沼；
教会很高兴，从中捡起一块热乎乎
的石子，给弗约[①]当墨水瓶，作为礼物。
对，正是各位，昨天一个小小的班长，
笑你们有戒尺，逼你们从象牙椅上
起来，高官们！现在，你们又充满勇气，
你们对于芒德兰[②]取胜已确信无疑，
你们已确信今后不必再为官清正，
确信芒德兰褒奖你们轻松的忠诚，
确信他从今以后大手大脚地付钱，
确信他掌握预算，你们再不冒风险，
确信他掐死法律，法律已经是尸首，
确信这一具尸体倒在他家的门口，
快快去，快快欢呼，高唱赞美的颂诗！
忘掉他昨天曾揍你们耳光的小事，
而且，既然他杀死老人、妇女和童孺，
既然他谋害，杀戮，全心全意地投入，
快跪倒在万能的杀人凶手的面前，
舐他的脚，把血迹擦得不留下一点！

---

① 弗约（Veuillot，1813—1883），天主教作家，积极支持政变。

② 芒德兰（Mandrin，1724—1755），走私贩子，被极刑处死。

3

此人在自言自语：——“身为大军的主将，
　　他还是超人的皇帝，
信息女神[1]光着脚带领他迎风飞翔，
　　喇叭紧紧握在手里，

“拿破仑在风暴中统治十五个春秋，
　　驰骋东西，辗转南北，
他可在崇拜他的众国王头上行走，
　　国王都吻他的脚背；

“他的雄图能包容一切，马德里、柏林
　　和莫斯科都被占领；
我的办法更高明：我要把利爪掐进
　　我们法兰西的脖颈！

“法兰西自由、骄傲，高唱着团结为重，
　　向神圣的目标奋斗；
而我，我先从背后用绳索把她套中，
　　然后卡住她的咽喉。

“一部历史，我要和我伯父共同享用；
　　两人中间谁最聪敏？
当然是我！他会有吹吹打打的光荣，

① 信息女神有翼，吹号。

我会有满袋的金银。

“他响亮而热闹的名字掉进我摇篮，
我当然要为我所用。
矮子爬上巨人肩。他的正面我奉还，
他的反面在我手中。

“我紧紧抱住了他！我这就成了主人。
我的命运，我的前途：
在历史上，我要不拖着他一起下沉，
要不就踩着他飘浮。

“我是猫头鹰，我的爪子攫住这雄鹰。
我低又低，他高又高，
我抓住了他！他的大周年举世闻名①；
这天对我实在重要。

“到那天，我会卷起长袍，就摇身一变，
盖住自己本来面目；
谁也想不到，我会给你光荣的一天，
带来的是奇耻大辱；

“我会伸出我一双置人死地的手掌，
轻而松之，抓住敌人；
那一天，法兰西会躺卧在桂床之上，

①拿破仑于 1804 年 12 月 2 日加冕为皇帝；1805 年 12 月 2 日，他又在奥斯特利茨战役大获全胜。

呼呼大睡，又香又沉。”——

于是，他悄悄走来，色鬼已病入膏肓，
脸色发白，眼圈浮肿，
这个夜贼竟借奥斯特利茨的太阳，
点亮了自己的灯笼！

4

胜利了！亲王，现在该你走出来亮相！
歌剧院的歌女找不到俄罗斯亲王；
昨天的小让娜以及今天的帕美拉，[①]
被一场场的革命害得没有了办法；
提心吊胆的唐璜[②]如今是阿尔巴贡[③]：
剩下的一丁点儿使钱包又瘪又空；
赌场里的钱越来越少；报纸的新闻
使教堂的告解座竟走得空无一人；
慈悲心自然死亡，慈悲心骨瘦如柴；
拒不付款的证书如冰雹纷纷飞来，
黑压压，马尼昂[④]的门房就乱了手脚；
大家对拉维尼昂[⑤]神父的说教大笑；
再也没有纯种马踢时髦女郎的门；
无政府主义的怪物如今对于美人，

---

① 小让娜和帕美拉之类，泛指上流社会里的烟花女。

② 唐璜是莫里哀喜剧里花花公子式的人物。

③ 阿尔巴贡是莫里哀喜剧里著名的守财奴。

④ 马尼昂（Magnan，1791—1865），拿破仑三世的元帅，政变的主要参与者。

⑤ 拉维尼昂（Ravignan，1795—1858），耶稣会讲道师。

幻成出租马车的驽马，可怕又可悲，
花三十个苏[①]，就拉她们去参加舞会。
愁眉苦脸笼罩在巴比伦城[②]的上空。
但是，铁腕已举起；纵队已立业建功；
一切会新生，一切会康复，也会得救。
这样，女戏子会去把外国富豪骗走，
人人心情舒畅，丘八，恶少，善男信女；
主教大人，嚼舌头的娘儿们，都在唱曲。
行啊！大家庆贺，打下江山，有福同享！
老党老派因为对芒德兰十分敬仰，
来他家报到，发式陈旧。法尔斯塔夫[③]
敢点潘趣酒，而达尔杜弗[④]会点蜡烛。
总统府里一片欢腾，只闻鼓打锣敲，
帕里厄[⑤]，蒙塔朗贝尔[⑥]，西布尔[⑦]，唯恐迟到；
鲁埃尔[⑧]这个婊子，特罗龙[⑨]这个贱人；
希腊人，犹太人，有谁愿意出卖灵魂；
又有谁行窃，说谎，手法高明称一流；
圣水缸边的信徒，投机倒把的高手；
又有谁已是浑蛋，更想要丧心病狂；
又有谁在心底里掂掂自己的分量，

---

① 旧时辅币，1法郎等于20个苏。

② 诗中借指巴黎。

③ 莎士比亚戏剧中的胆小鬼。

④ 莫里哀喜剧中的伪君子。

⑤ 帕里厄（Parieu，1815—1893），曾任第二帝国的国民教育部长。

⑥ 蒙塔朗贝尔（Montalembert，1810—1870），天主教作家。

⑦ 西布尔（Sibour，1792—1857），巴黎大主教。

⑧ 鲁埃尔（Rouher，1814—1884），曾任司法部长等职。

⑨ 特罗龙（Troplong，1795—1869），元老院议长。

自认为操劳过度，可进元老院就座。
小小的侏儒对高大的恺撒唯唯诺诺。
他可学孔雀开屏，参加节庆的盛典。
“好了，先生们，现在是不是可以开筵？”
帕帕瓦纳[①]如何想？罗耀拉[②]有何评论？
现在，我们要投票推举这几位怪人。
我们要用金字书写数字，到处张贴。
“快活吧！敲打钱柜，让笛声兴高采烈；
各位主教大人，赞美诗请齐声高唱；
就在教堂，在上帝老子的小窝前方，
会树起一根根的旗杆，上面挂彩幡。
胜利了！各位女士，来欣赏尸体展览。”

5

他们在哪儿？码头上，院子里，桥洞下；
阴沟里，命令掀开盖板的人叫莫巴[③]，
在堆积尸体满而又满的万人坑里，
人行道上，大门角落，和大街的东西，
处处是狼藉不堪，在货车车厢之中，
黄昏前后，车厢由龙骑兵负责押送，
车从演武场[④]开来，经过时阴阴森森，
吓得发抖的巴黎压低嗓子在议论。

① 帕帕瓦纳（Papavoine，1783—1825），曾因无端杀害两名儿童而被处死。
② 罗耀拉（Loyola，1491—1556），原籍西班牙，天主教耶稣会的创始人。
③ 莫巴（Maupas，1818—1888），巴黎警察局局长，政变的主要策划者。
④ 演武场位于巴黎市西的塞纳河边。

唉，请你不要改名！古老的“殉难者山”[①]！
死者都是被砍杀，被碾碎，或被剁烂，
坟墓使这片田野充满死亡的神秘，
埋葬时，脑袋露出地面，地下是身体。
此人亲手把死者这般地肆意糟蹋，
竟对这些冰凉的额头不感到害怕。
他们都张开了嘴，血淋淋，又冷冰冰，
看起来实在叫人害怕，神态太安静，
仰脸对青天，绿草丛中分外的苍白，
捅破肚子，砍破脸皮，傍晚阴风吹来，
摇曳的荆棘不停抽打他们的面孔，
郊区的居民从不后退，人人是英雄，
双手白皙的富人，臂膀壮实的穷人，
美丽俊俏的少女却有紫黑的嘴唇，
母亲仿佛在指着她已死去的孩子，
白骨丛中，或满头金发，或两鬓银丝，
紫杉树的阴影下，他们都摩肩接踵，
他们惨白，呆滞，沉思，他们纹丝不动；
他们是同一罪行、同一灾难的鬼魂，
张着不动的空眼，注视天上的星辰。
从清晨起，就有人前来，在乱草堆里，
把自己家中没有回家的亲人寻觅；
人民静静凝视着这些骇怕的头颅；
在十二月的季节，傍晚可更加短促，
黑夜爱面子，张开尸布，把他们掩盖。

① 巴黎经常举行起义的区“蒙马特尔”(Montmartre)相传其原意为“殉难者山”(Mont des Martyrs)。

每天晚上，护墓的老大爷独自走来，
他在墓石群中走，他走路又快又急，
远远瞥见这些苍白的脸，战栗不已；
而当死者的家里有人哭泣的时候，
北风无情，拍打这些不入殓的额头，
死者啊，墓园里有凄冷的重重暗影，
你们夜里向上帝在诉说什么事情？

看到神秘的死者，仿佛在我们面前，
目光注视着天空，脖颈露出了地面：
公墓里的柏树瑟瑟抖抖，晃晃摇摇，
听到有人吹响了最后审判的号角，
全体死难者突然一个一个在苏醒，
他们看见波拿巴已经站立在天庭，
在上帝面前带上肮脏、虚伪的灵魂，
他们从墓穴起来，他们要去做证人。

蒙马特尔，不幸的墓园，当夜晚来临，
今天，即使有行人走来，也不敢走近。

6

一个月以后，此人来到巴黎圣母院[①]。

他昂首而入；没药和肉桂香气盘旋；
巨钟轰鸣，使两座钟楼轻轻地摇晃；

① 1852年1月1日，巴黎圣母院举行颂唱“感恩赞美诗”的宗教仪式，场面隆重。

大主教在场，春风得意，更满面红光；
无袖长袍的用料却来自一件尸衣；
在圣殿深处，一座十字架高高挂起，
耶稣无法走下来，已经被牢牢钉住。
这浑蛋竟把谋杀罪行献给了天主。
他像狼咬人之后，在身上舐来舐去，
他捋捋胡子，说道：“我已拯救了秩序！
各位天使，接受我参加你们的阵营！
我也拯救了宗教！我也拯救了家庭！”
他的魔鬼窥视的凶光毕露的眼中，
一滴眼泪在闪光……啊，殿内石柱重重！
圣约翰在拔摩岛[①]见到张开的深渊，
见过塞扬[②]的太阳，见过尼禄[③]的苍天，
当年把提比略[④]吹向卡普里的海风，
让他金色的战船在波浪上下翻腾，
啊，东方来的惠风，啊，北边刮的狂飙，
你们说，凶手是否比骗子更加糟糕！

7

阴沉的大海，忠诚的海潮
拍打我展翅飞来的海岛，

---

① 拔摩岛（Patmos）是使徒圣约翰的流放地，相传他在此见到幻景，并写成《启示录》。拔摩岛是《新约》的译名，今通译帕特莫斯岛。

② 塞扬（Séjan），一译塞扬努斯，罗马皇帝提比略的宠臣，为求继承其权势，无所不用其极。

③ 尼禄（Néron，37—68）是罗马的皇帝和暴君。

④ 提比略（Tibère），罗马皇帝，晚年居住在卡普里岛，仍操纵罗马政权。

我失败，可我并没有低头，
海上大气激荡，小舟覆没，
你为什么暗中对我诉说？
大海啊，你对我有何要求？

你无能为力！咬你的堤坝，
播撒你取用不竭的浪花，
请让我受苦，请让我憧憬；
纵然把你的水倾倒枯竭，
唉！都用来冲刷这件罪孽，
茫茫大海啊，也冲洗不净！

我懂，你会让我解解闷气；
你会说："请安静，我的兄弟，
请安静，壮怀激烈的哲人！"
可你自己呢，深邃的大海，
平息你的怒吼，你的澎湃，
你永远严厉，你从不沉沦！

你相信自己是威力无穷。
你有人钟爱，你有人赞颂，
你仿佛就是造化和天命，
你被蔚蓝的天染得碧蓝，
你又用自己神圣的波澜，
把清晨的晨星洗涤干净！

你说："忘却前事，把心放宽！"
你指给我看倾倒的桅杆，

染绿的巨礁，崩溃的海角，
远处的浪花在瓦砾中间，
拍击着阴沉凄凉的巉岩，
仿佛一大群白色的海鸟；

光脚的渔家姑娘在歌唱，
倾斜的船怕蓝色的海浪，
水手的耕耘是何其艰苦，
波涛癫狂时，有浊浪滚滚；
你呀，既有说不尽的迷人，
可你又有道不完的恐怖。

你对我说："请把灵魂给我；
流亡者，用海水浇熄怒火；
跋涉者，把手杖扔进波涛；
为了我，放弃无益的观点。"
你说："我让苏格拉底安眠！"
你说："我让卡图[①]不再烦恼！"

不行！请尊重激动的声音，
尊重仁人志士愤怒的心，
请尊重疾恶似仇的襟怀！
去劝说被你征服的荒礁，
请你不要打扰我的风暴！
再说，我恨你，阴沉的大海！

---

① 卡图（Caton），古代历史上有两人，系曾祖和曾孙，都是古罗马以爱国思想闻名的政治家。

大海啊！难道你不是奴婢，
借奔腾不息的滚滚海水，
穿越重重的海礁和海风，
载着黑色囚船漂洋过海，
看起来像是巨大的棺材，
去到卡晏[①]不见底的坟坑！

难道不是你把他们运走，
将去的坟墓张开了大口，
我们的受难者从容安详，
可船的底舱里缺少草垫，
而每门大炮盛满了炮弹，
张开大嘴，伸出铜的颈项！

如果他们哭泣，如果煎熬，
使这些高尚的豪杰弯腰，
难道不是你，可恶的深渊，
你参与让他们受尽折磨，
你是同谋，你喧嚷的洪波，
掩盖住他们绝望的叫喊！

8

这情况就是如此！历史在如实宣讲，
讲完后，羞得满脸通红，又眼泪汪汪……

① 卡晏（Cayenne）是法属圭亚那首府，曾是关押苦役犯人的地方。

当这伟大的民族有一天终于苏醒，
当时间终于来到，当一切终于报应，
血淋淋的利剑啊，请不要悄然出现！
千万！千万不要让痛苦再不可避免，
只为现在要惩罚这个阴险的小人，
惩罚这叛徒，更不说是阴暗的灵魂！
想起严肃思考的人不再勤于思考，
想起由宪兵押送囚车，手握着砍刀，
想起鼓声此起彼伏，人民高呼快冲，
想起群众站满屋顶、桥面、河堤、门洞，
想起昔日的刑场，阴暗沉闷的广场，
想起断头机上的铡刀在闪闪发光，
种种凄惨的景象，啊！可不要再回来！
天哪！我们和平地前进，每个人都在
自己所处的时代从事各自的工作，
诗人歌唱全人类浩大的劳动成果，
讲坛发出洪亮的声音，在侃侃而谈，
大家砸烂绞架和枷锁，宝座和王冠，
仇恨和痛苦每天在变得越来越少，
人类紧紧跟随着健康的进步奔跑，
法兰西走在前面，额头上光彩夺目，
这班家伙走来了！是他，这奇耻大辱，
是他，他这个强盗被人用圣油洗刷！
他们走来了，带来家破人亡和屠杀，
他们带来血和火，带来刀枪和尸衣；
他们向未来播撒，上帝啊，这些东西！

现在，慈悲心，你看，你不是正在发抖，
你听到这怕人的四个字：报复！报仇！

我呢，我是流亡者，血洒在荆棘路上，
我两手抱住脑袋，我的梦凄然忧伤，
我有时感到，我的思想正纵身飞跃，
插上翅膀，飞进了今后来临的岁月！
革命啊，你是目光贞洁坦然的巨人，
但愿没有人看到，因为你心急如焚，
面对你这高傲的怒气冲冲的情绪，
全人类瑟瑟发抖，对你喊：我的闺女！
她甚至用自己的身体遮挡住坏蛋，
她顿足又捶胸地跪倒在你的脚前！
啊，你会尊重这份难以压抑的痛苦，
你是纯洁的，你会在母亲面前打住！

啊，健壮的劳动者，光着膀子的工人，
是上帝亲自派你承担收获的责任，
要在一天内收割十个世纪的贫穷，
无畏，无情，讲实在，真诚，厉害，又英勇，
身材可以和罗马这巨人一般高大，
你征服了全欧洲，你张手一一拿下
各国国王，让他们一个个纷纷垮台，
你为新世纪降临，来结束旧的时代，
是你，你以恐怖的手段拯救了自由，
你的名字是“必然”，这叫人捉摸不透，
如在烈火中闪耀，你在历史上辉煌，
你永远绝无仅有，九三年你这金刚！

你身后不会出现如此伟大的事物。

再说，你出生之时担惊受怕的制度，
你受的教育对于自由的你有影响，
你身不由己，君主制度是你的爹娘，
你也会近墨者黑，给你的榜样可恶，
你和旧制度一样开杀戒；你只记住
旧制度给予你的教导：痛苦和刑罚，
先是死亡的法律，再有仇恨的律法，
你打倒暴君、法院、国王和封建朝代，
你挺身造反，也像他们下手时厉害。

感谢你这位巨人使我们事业成功，
身为“自由”的儿女，我们要与你不同。
从今以后，法兰西应该追求的理想：
就是爱心照耀在自己宁静的高岗，
基督的神圣法则，一尘不染的博爱。
这“博爱”两个大字大自然处处存在：
你们要相亲相爱！——我们大家是兄弟；
眼睛盯住“理想”这灵光闪闪的天使。
“理想”照亮了一切，“理想”勇往而直前，
“理想”即使在盛怒之时也神圣不变。
“理想”的每条原则永远会坚定不移。
战胜敌人不足道，永远高尚才称奇！
一旦我们逮住这卑劣、颤抖的叛徒，
我们的惩罚也充分体现出来进步：
要羞辱，不要处死。——人民啊！彻底埋葬
一去不再复返的王命难违的荒唐，

埋葬酷刑和绞架，埋葬铡刀和拷打！
未来的各国人民可早日意气风发，
融洽和睦对好人也会对小人微笑，
和睦融洽把人类大家庭拥入怀抱，
并且对我们每人垂下可敬的笑脸！
啊！不要让别人说，世界为这个坏蛋，
会在崇高的前进道路上向后倒退！
说耶稣和伏尔泰都讲了空话一堆！
说经历千辛万苦，我们这时代最后
为人类生活加冕不过是无中生有。
唉！只要有哪怕是一时一刻的愤怒，
就会断送千百年积累起来的财富！
一个人可以严厉，但不要轻易见血。
啊！不要让别人说，只为他行为卑劣，
断头机及其黑篮被二月革命接受，
不无恶心地捡起，随之丢进了阴沟，
断头机如今醒来，刽子手满身血污，
用两只血淋淋的脏手又握起刀斧，
再一次树起早已打入坟墓的绞架，
面目狰狞，又出现在光天化日之下！

9

尤维纳利斯[①]曾经爱你，满腔的怒涛，
而你的光明曾在但丁凝眸中闪耀，
愤怒缪斯！请走来，现在，请树起座座，

① 尤维纳利斯（Juvenalis，约 60—约 140）是公元 1 世纪著名的罗马讽刺诗人。

请给这个幸福和喜笑颜开的帝国，
请给这番躲过了雷殛天罚的胜利，
树起座座耻辱柱，来挥写这篇史诗！

1853年11月于泽西岛

〔手稿：1852年11月16日（1—8）和22日（9）〕

*《黑夜》是《惩罚集》开宗明义的序诗。《黑夜》既可具体指1851年12月1日政变准备的夜间，更是拿破仑三世统治下第二帝国的象征。长诗不仅在题材内容上，尤其在主题思想和道德立场上，是整部《惩罚集》的浓缩，是雨果倾注许多心血的力作之一。《黑夜》在诗集出版后曾印成诗传单。

第 1 卷　社会得到拯救

“法兰西！在你屈膝的时候……”*

法兰西！在你屈膝的时候，
暴君的脚踩在你的头上，
囚徒带着镣铐将会颤抖；
从地窖里将会传来声响。

流亡者站立在大海之边，
抬头凝望着星星和波浪，
他在黑暗中高声地发言，
如同梦中有人讲话一样；

他的话一句句逼人难受，
他的话又是闪耀的雷电，
将会如伸出来一只只手，
在黑夜里握着一把把剑。

他的话将会使石人石马，
使傍晚的山冈失魂落魄；
就是大树上的披头长发，
将会在夜空下直打哆嗦。

他的话还将是大炮轰鸣，

又是把乌鸦驱走的怒叫，
又是一声气息，惊恐莫名，
吓倒了坟头顶上的荒草。

他的话会喊：无耻者羞愧！
压迫者可耻！杀人犯可耻！
他的话号召要有所作为，
如同征召去前线的战士！

他的话是暴雨，又是狂风，
在变幻的众生头上徘徊；
如果活人都已沉睡入梦，
那死者将会一个个醒来。

1853 年 8 月于泽西岛

〔手稿：1853 年 3 月 30 日〕

*《惩罚集》的主题不仅鞭笞暴君，同时也要唤醒人民。政变后半月余，公民投票以压倒优势接受政变的既成事实。雨果决心以诗歌为号角，激励人民进行斗争。

土伦[①] *

1

那个时代，在海上霸王英国人手中，
这座陷落而又被牢牢掌握的城市，
被吓得战战兢兢，被打得千疮百孔，
　　在电光闪闪中日益消失。

黑夜来临的时候，白昼降生的时分，
此城被滚滚雷声震撼得东倒西歪，
英吉利伸出爪子攫取，而巨掌一伸，
　　共和国把城市夺了回来。

锚地里行驶着的战舰都已经受伤；
已被炮弹洞穿的船旗垂倒在一边；
座座浴血奋战的黑色炮台的前方，
　　翻滚着一缕长长的黑烟。

那个年头，共和国拥有十四支大军，
大家战斗在山冈，大家战斗在海洋。

① 土伦（Toulon），法国地中海军港，于1793年被英军占领，后被当年还是炮兵中尉的拿破仑率革命军夺回。第二帝国时，土伦设有苦役犯监狱。

一百次胜利凯旋，一百次创建功勋。
　　一个个巨人树起了形象！

于是，频频地展现光华灼灼的曙光；
猛然间无名小卒亮得晃人的眼睛，
高高地站立起来，借号角声声响亮，
　　报出了自己神秘的姓名。

他们的牺牲伟大，他们的贡献高尚；
他们高喊：“向暴君开战！为自由而死！
向前冲啊！”光荣在这些年轻人头上，
　　张开了大而又大的双翼！

2

今天，这座城市集种种耻辱于一身，
所有人卑鄙龌龊，做坏事有恃无恐，
一天，把自己荣誉弃之于污泥的人，
　　将灵魂沉浸于血泊之中，

此地，制造伪币者在锻炉旁被逮住，
这个人好做伪证，假惺惺又骗又哄，
是打埋伏的强盗，夜里在树林深处，
　　猛地扑向过路人的喉咙；

当逃不脱的劫数终于到来的时候，
不管他如何做，如何说，想逃之夭夭，
这个可恶的海盗，弄虚作假的匪首，

这个弑父凶犯，大逆不道，

不论他跨出宫殿，不论他走出茅屋，
他总会摸到一只大手，像铁链冰凉，
在他的背上丢下一件红色的囚服①，
把枷锁在他脖子里套上！

曙光初照，对我们鲜红，对他们无奈。
行了！快起来！他们走向无奈的海洋，
他们的锁链仿佛和他们一起醒来，
说道：我在这儿；把我带上！

他们走着，伸伸脚，把脚环凑近铁锤，
他们钉在锁链上，脚步声沉闷混杂，
披着卑贱的红衣，破破烂烂得可悲，
又低声下气，又激烈可怕。

他们光脚，便帽在眼睛上压得低低，
他们的劳动：推滚石头，岩石上打洞，
整天无精打采，眼中无神，四肢无力，
昨天，今天，明天，有始无终。

晴天，雨天，严冬，盛夏，不论六月骄阳，
也不论正月风雪，他们的命运不变，
唯一的欢乐只是回忆自己的罪状，
唯一的床只是木板一片。

① 红色囚服醒目，苦役犯人不易逃脱。

傍晚，恶吏清点他们，如数牲口一群，
他们两个人一排，登上囚船的浮桥，
精疲力竭，羞愧阵阵，压弯他们的心，
　　棍子阵阵，打弯他们的腰。

可是，他们头脑里的思想决不屈服。
虽生犹死，头上有烙印，苦海却无边，
他们都匍匐而行，作为人接受凌辱，
　　又像野兽一样接受皮鞭。

3

你这由卑鄙以及光荣播种的城市，
苦役犯沉思不语，脑袋剃得光秃秃，
啊，土伦啊！伯父们曾在你这儿开始，
　　而侄儿们在你这儿结束！

浑蛋！殊死拼搏的年代里，这颗铁蛋，
被统帅放进炮口，曾作为炮弹喷发，
如今对于你，你却利用这一位好汉，
　　是铁锤，永远拖在你脚下！

1851 年 12 月 12 日作于到达布鲁塞尔时

〔手稿：1852 年 10 月 28 日〕

*1852 年开始，大批政治犯被流放非洲，土伦港是从法国本土去非洲的必经之地和中转站。雨果本人 1839 年曾参观过土伦的苦役犯监狱。土伦又是拿破仑初露锋芒的地方。今昔对比，诗人不胜感慨。

致一位殉教者*

《传道年鉴》载：

“一封日期为1852年7月24日从香港（中国）发出的信件向我们宣称：东京[①]的传教士博那尔先生于今年5月1日为自己的信仰而被斩首。

“这位新的殉教者出生于里昂教区，原来隶属‘国外布道团’。他是于1849年出发去东京的。”

1

神圣的神父！心灵伟大！我双膝下跪！
啊，他还年轻，他还可以活很多年岁；
　　可他对此从来没有计算；
他还正当是幸福向他微笑的年纪；
他对耶稣基督的十字架端详仔细，
　　十字架在暗中光辉灿烂。

他说：“他是进步的和有爱心的天主。
耶稣，见到你，就是见到阳光和日出。
　　基督对摈弃他的人微笑。
既然他为我们死，我愿意为他而死。

① 东京（Tong-king）为越南旧地名，大致相当于今天越南的整个北部地区。

我的依靠是他的墓石，是他的名字，
　　他在墓中向我轻声呼叫。

“他提出的教义是大门启开的天堂；
他一手携着人类，如父亲携着儿郎；
　　有了他才有生活和我们；
他去在家睡觉的每个狱卒的卧室，
拿取能打开每座监狱牢门的钥匙，
　　把自由还给了我们每人。

“可是，远在天那边，另有一部分人类，
他们不认识基督，生活里不辨是非，
　　被捆住手脚，在堕落受苦；
他们为寻找天主，却只是捕风捉影；
他们徒然地挣扎；他们如同是亡灵，
　　在叩敲埋葬自己的坟墓。

“他们在漂泊，没有目的、向导和信仰。
他们因为无知而凶恶；不能够分享
　　人类收获中应有的一块。
我要去拯救他们。我离别教堂圣地，
给你们带来我的天主，我各位兄弟；
　　我给你们带来我的脑袋！”——

时代动荡，他身为神父，却安详不怕，
他记起对众使徒曾说过的话：——去吧，
　　不要惧怕柴堆以及刑场！——
他也记起基督在临死之前的表白：

——活人啊，彼此相爱！有爱心。你们相爱，
　　兄弟们，才能愈合我创伤。——

他在想，这些人民远离进步而迷途，
应该在漫漫长夜之中为他们指路，
　　黑暗笼上了他们的心灵；
于是，神父顶恶风，战恶浪，动身出发，
奔赴斩首的木砧，奔赴拷打的木架，
　　两眼紧盯着天上的星星。

2

这使徒去找的人把他的脑袋砍下。

3

啊！正当这些蛮人，唉！而且远在他方，
把你的尸身放上竖立起来的木架，
正当刽子手收起他的刀斧和铁杠，
在沾有你血迹的绞架上擦擦指甲；

天哪！正当有野狗来把你的血喝饮，
一群可恶的苍蝇飞近来，高高兴兴，
飞进你黑污的嘴，如向蜂房里飞进，
在你眼眶里对着太阳光嗡嗡不停！

正当你灰白的脸头发蓬乱不出声，
眼睛紧闭，被放上一段污秽的木柱，

任别人百般凌辱，任乱石无情投掷，
而在此地，殉教者，在出卖你的天主！

这属于你的天主，殉教者，被人偷走！
你为他死的天主被人交给芒德兰！
有的人和你一样，披襟带一丝不苟，
为了当红衣主教，或当元老院议员，

有的神父想坐华丽马车，想住宫殿，
为了给权杖镀金，而主教帽要镀银，
夏天坐在花园里欢笑，可仰望蓝天，
为了坐在熊熊的炉边把美酒畅饮，

他们向腰缠万贯、笑着付钱的惯偷，
他们向惯于杀人、双手沾血的屠夫！
你被砍下的脑袋，老天哪！请你回头！
他们卖耶稣基督！他们卖耶稣基督！

他们为了肮脏的钱袋，向那个强盗
交出福音和法律，惊慌失措的祭坛，
以及正义，正义是坦率又明察秋毫，
以及真理，这明星驱散人心的黑暗！

好人送去服苦役，或死了扔进河中，
正义者因“催命弹”苏拉[①]而流放在外，
被害死的无辜者，寡妇神圣的悲痛，

① 苏拉（Sylla，公元前 138—前 78），古罗马暴君，动辄流放犯人。

孤儿落下的眼泪；他们都统统出卖！

统统卖！信仰，上帝掌管的信誓旦旦，
神圣的教堂，你在临终前还在诵经，
他们统统卖！廉耻，德行——殉教者，你看，
请重新张开，充溢坟墓之光的眼睛。——

他们出卖有圣体闪光的庄严木柜！
出卖耶稣捆绑的肢体，我说给你听！
他们出卖从基督额头淌下的汗水，
卖他手上的铁钉，卖他脚上的铁钉！

他们还向把他们引进家里的坏蛋，
出卖神圣受难者，他俯首面向大众；
他们出卖他的话，出卖他受的苦难，
外加你也经受的苦难，这算是奉送！

高价出卖耶稣在城门口挨的皮鞭！
恺撒！高价出卖阿门！高价出卖祝福！
高价出卖他头颅撞上的石头碎片！
高价出卖曾抹擦他胡须用的红布！

他们还出卖他的垂危，受伤的膝头，
出卖他微启的嘴，昏暗无光的眼窝，
出卖他流的眼泪，出卖腰部的伤口，
出卖他的喊叫声："你为什么遗弃我！"[①]

① 这是耶稣被钉上十字架，临终前对上帝发出的呼求。

他们还出卖坟茔！还出卖寿终正寝！
出卖站在天国的门前咏唱的天使，
还出卖那在树下抢天呼地的母亲，
她用手摸到儿子，不需要抬眼注视！

对这些主教，对这些商人，这些神父，
向心满意足，而且加冕的江湖骗子，
向吃撑后对叛徒大笑不已的尼禄，
手扶美人弗莉内[①]，脚踩特拉塞阿斯[②]，

向使用枪托杀害法律的偷儿窃贼，
他醉得无以复加，既凶狠，更加肮脏，
向末代的拿破仑皇帝，这强盗土匪，
垃圾堆里的公猪，尸体堆里的豺狼，

殉教者，他们出卖苍白、沉思的上帝，
上帝站立着，脚下大地，头上有天界，
漫漫长夜，向我们凄然地微笑不已，
在黑色的髑髅地[③]世世代代地流血。

1852 年 12 月于泽西岛

〔手稿：1852 年 12 月 5 日至 8 日〕

---

① 弗莉内（Phyrné）是公元前 4 世纪的希腊名妓，美貌绝伦。

② 特拉塞阿斯（Thraséas）是古罗马元老院议员，为尼禄所迫自杀。

③ 髑髅地（Golgotha）又译各各他，耶路撒冷地名，是耶稣受难的地方。

＊本诗写成于第二帝国宣布成立后没几天。29岁的传教士在越南被杀，只是一则社会新闻而已。但青年传教士的宗教热忱和眼前宗教界头面人物的趋炎附势，形成强烈反差，使雨果愤愤然写下这首长诗。

艺术和人民 *

1

艺术，这是欢乐和光荣；
艺术照亮蓝色的天空，
在暴风雨中大放光明。
艺术是全世界的骄傲，
在人民的额头上闪耀，
像上帝额头上的星星。

艺术是支美妙的歌曲，
使恬静的心感到欢愉。
这曲歌男人献给女人，
这曲歌城市献给森林，
用心灵的每一个声音，
齐声合唱出歌曲阵阵。

艺术，这是人类的思想
砸烂一切枷锁的力量！
艺术要征服，但不可怕，

莱茵[1]、台伯[2]被艺术左右。
它使做奴隶的人民自由！
它使已自由的人民伟大！

2

啊！法兰西，你战无不胜！
请唱起你和平的歌声！
请你注视着天空歌吟！
你欢乐而深沉的歌喉，
把希望带给整个地球！
啊！你伟大、友爱的人民！

人民啊！向着黎明歌唱！
从白天一直唱到晚上！
劳动使人们愉快不愁。
嘲笑旧世纪已成泡影！
低声细语地歌唱爱情，
大声响亮地歌唱自由！

要歌唱神圣的意大利，
歌唱波兰已奄奄一息，
唱那不勒斯热血滔滔，
唱匈牙利正濒临死亡[3]……

---

① 莱茵河（le Rhin）是德国第一大河，也是欧洲重要河流之一。

② 台伯河（le Tibre）是意大利流经罗马的河流。

③ 法国1848年爆发的二月革命及六月革命，在欧洲各国促发了一系列要求民族独立和自由的革命斗争。

暴君们！当人民在歌唱，
这像是雄狮大声吼叫！

1851 年 11 月 6 日于巴黎

〔手稿：1851 年 7 月〕

＊雨果在诗中阐明了艺术的重要作用，特别是歌曲和人民斗争的关系。诗人在《惩罚集》中为自己规定了明确的光荣使命。歌曲在 19 世纪是群众喜闻乐见的艺术形式。

“啊！我知道，他们的谎言会无止无休……”*

1

啊！我知道，他们的谎言会无止无休，
他们想从真理的无情大手中溜走；
他们会否认：是他，不是我，作假弄虚！
但丁，埃斯库罗斯[①]，及你们各位先知，
　　恶人被揪住衣领，可不是，
永远也逃不脱诗人的手，咎由自取。
我已在恶人头上合上我赎罪的书；
　　我已把历史的大门闩住；
　　今天，历史是苦役犯监狱。

诗人已不再幻想，诗人已不再祈祷；
他手中把监狱的大钥匙紧紧握牢。
他们走进书记室，铁链用钉子挂着，
大家望着口袋里的亲王，十分滑稽，
　　再望望在肩头上的皇帝；——

① 埃斯库罗斯（Eschyle，公元前525—前456），古希腊悲剧诗人。

麦克白[①]是骗子，恺撒是扒手一个。
我会飞的诗行啊，你们要管住犯人！……
　　有星光闪烁的史诗女神，
　　手里拿着囚犯的花名册。

2

苦难的人民，一定为你们报仇雪耻！
迂腐的学究对我说：诗人就是天使；
诗人超脱，不知有马尼昂，莫尼[②]，莫巴；
诗人欣喜地静观夜里明澈的天穹……——
　　不，只要你们是他们帮凶，
是我严密注视的这些罪行的爪牙，
只要你们用面纱去包庇这些强盗，
　　太阳，星星，以及蓝天高高，
　　我永远不会望你们一下！

只要有无赖强迫，每一张嘴巴沉默，
只要自由的女神仍然在地上僵卧，
如刚被人溺死的女人躺倒在地上，
只要仍在囚船上能看到有人毙命，
　　我就有墓中阴森的光明，
照射所有这些被强盗收买的乱党。
我就喊：起来，人民！老天，请雷鸣怒吼！
　　法兰西呀，黑夜没有尽头，
　　请看我的火把大放光芒！

---

① 麦克白（Macbeth），苏格兰国王。莎士比亚写有悲剧《麦克白》。

② 莫尼（Morny，1811—1865），拿破仑三世的同母异父兄弟，积极参加政变，任内政部长。

3

这些卑鄙小人把法兰西变成中国[①]，
我会举鞭在他们脊梁上抽打利落。
他们唱“感恩赞美”，“要记住！”我会喊道。
我将鞭挞人和事，鞭挞狗党和狐群，
　　鞭挞什么主教，什么将军；
把他们关进诗句，如同用虎钳夹牢。
大家会看见落下经书、肩章和法衣，
　　恺撒把自己的皇袍撩起，
　　在我的皮鞭下逃之夭夭！

田野，牧场和湖泊，以及鲜花和平原，
天空中和一团团羊毛一般的云烟，
能使海藻和海带颤动不已的海水，
茫茫的大洋，如同水蛇披满了绿鳞，
　　喧闹声此起彼伏的森林，
海上的灯塔光芒，山上的星星清辉，
肯定会认出我来，并且会低声地说：
　　这是个复仇的鬼魂[②]走过，
　　边走边在前面驱赶恶鬼！

1852年11月于泽西岛

〔手稿：1852年11月13日〕

---

① 雨果研究家儒尔内（R. Journet）认为，雨果此处把中国皇帝看成绝对君权的象征（见《惩罚集》，伽里玛出版社，“诗歌丛书”，1977年，第361页）。

② 雨果在流亡生活中，自认为已是死者，摆脱了世界。

* 雨果在诗集中一再确立诗人具有的高屋建瓴的批判者形象，强调诗人对国家命运负有责任，应该为人民伸张正义，是带领人民和暴君斗争的领袖。

歌曲:“雌鸟呢？她已经死去……”*

雌鸟呢？她已经死去。
雄鸟呢？却被猫捕取，
就连骨头也被吃掉。
一窝鸟在哆嗦发抖，
有谁能回来吗？没有。
多可怜的一群小鸟。

牧人撒了个谎不在！
狗死了！狼转去转来，
设下了阴险的圈套。
羊栏里在哆嗦发抖，
有谁在看管吗？没有。
多可怜的一群羊羔！

父亲在监狱服苦刑！
母亲被收容！真不幸！
住房在风雨中摇动。
简陋的摇篮在发抖，
有谁在家里吗？没有。
多可怜的一群儿童！

1853 年 2 月于泽西岛

〔手稿：1853 年 2 月 22 日〕

＊这首《歌曲》以近乎儿歌的形式，揭露了拿破仑三世称帝后法国人民横遭迫害的悲惨景象。

第 2 卷　秩序得到整顿

牧歌*

元老院

颤动吧，琴弦！奏响吧，长号！
鸟儿在自己的窝里歌唱。
寻欢作乐是自然的需要。
请马尼昂跳舞，心情舒畅，
请圣阿诺[①]跳舞，舞艺高超！

里尔的地窖[②]

天主怜我[③]！
天主怜我！

行政法院

绿荫里挂上一盏盏彩灯！
树丛里点上一支支蜡烛！

---

① 圣阿诺（Saint-Arnaud, 1798—1854），曾任国防部长，是政变的军事策划者。

② 里尔地下曾有数以百计的地窖，肮脏不堪，有大批穷人居住。详见本集《寻欢作乐》一诗。

③ 源出《圣经·诗篇》的经文。

刺刀和头巾，要相亲相碰！
漂亮的女孩子，快跳圆舞！
漂亮的小伙子，合唱齐声！

鲁昂的阁楼[①]

天主怜我！
天主怜我！

立法团

快活吧；爱情在召唤我们。
人人都为了美好的明天，
采来蜂蜜滋润自己灵魂，
蜜蜂飞舞在花朵的唇边，
而美人的唇边有位顾问！

布鲁塞尔，伦敦，泽西岛，贝勒岛[②]

天主怜我！
天主怜我！

市政厅

人人关注的焦点是帝国：
笑吧，玩吧，要喝足，要吃饱！

---

① 指鲁昂纺织工人工作的肮脏工场。

② 前三个地方是政变后共和党人在国外的主要流亡地点。贝勒岛是法国国内的流放地。

香榭丽舍要鞭炮声大作！
当年的伯父只需要大炮，
今天要给侄儿大放烟火。

囚船

天主怜我！
天主怜我！

军队

不要有顾忌！不要抖威风！
跪下！来者是个教堂执事。
战鼓对管风琴应该服从。
小酒店里有我们的士气，
停尸所里有我们的光荣。

朗贝萨[①]

天主怜我！
天主怜我！

法官们

大吃大喝吧，这才是聪明！
幸福啊，葡萄美酒的知交，
葡萄架下总是笑语盈盈，

① 朗贝萨（Lambessa），今阿尔及利亚地名，是第二帝国的主要流放地区之一。

自家的墙角边总有葡萄，
自家的地窖里总有酒瓶！

卡晏

天主怜我！
天主怜我！

主教们

朱庇特的训令：谁有成就，
谁登上宝座，就对谁尊重。
干杯吧！神父想高枕无忧，
请把烦恼彻底排出心中，
向杯中注满陈年的美酒！

蒙马特尔公墓

天主怜我！
天主怜我！

1853 年 4 月于泽西岛

〔手稿：1853 年 4 月 7 日〕

*《牧歌》采用又似对话，又似独白的形式，极尽冷嘲热讽之能事，又衬以各地流放犯的痛苦呻吟，亦庄亦谐。这是雨果讽刺艺术的又一个侧面。

致人民*

处处伤心，呼叫，呻吟，眼泪。
为什么你在黑暗中沉睡？
我不愿看到你已经死了。
为什么你在黑暗中沉睡？
现在不是呼呼睡的时刻。
自由惨白，血淋淋躺倒在你的门前。
你知道，你死，自由就归天。
豺狼正在爬进你的家里，
耗子在进屋，黄鼬在爬行，
为什么你就甘心让人蒙住了眼睛？
它们都在你棺材里咬你！
有人要把各国人民捉拿。
一个个杀害……——
拉撒路[①]！拉撒路！拉撒路啊！
你要站起来！
月色朦胧，血淋淋的巴黎
坐在万人坑的边上沉思；
光荣非“夺命刀”[②]将军莫属！
既不要讲坛，也不要报纸！

---

① 拉撒路（Lazare），《圣经》人物。据《新约》，拉撒路死后，耶稣显示奇迹，命拉撒路起来，死者从墓中复活。

② “夺命刀”（Trestaillon）是一个保王党匪首的外号，曾大开杀戒，造成白色恐怖。

八九年的嘴已经被封住。
大革命谁敢碰她，就叫谁心惊胆战，
现在倒在地上，而“催命弹”[①]
的能耐超过任何的天神。
埃斯科巴[②]笑得毒辣阴险。
共和国你这巨人，看到你全身插遍
小人国所有的利剑刀刃。
法官穿着长袍出售王法，
这是做买卖……——
拉撒路，拉撒路，拉撒路啊！
你要站起来！

暴政这老奸巨猾的母狼，
兴冲冲，恶狠狠，蹲在地上，
垂涎被扼杀的福地罗马，
对苦难深重的佩斯[③]张望，
觊觎米兰、倒霉的维也纳。
暴政在笑，它窝里挂满许多护身符；
暴政的脚下是骷髅白骨，
从维斯杜拉[④]走到塔那罗[⑤]；
暴政对其狼崽关怀备至。

---

① “催命弹”（Cartouche）是18世纪初一个强盗头子的外号，曾在巴黎地区作恶多端。

② 埃斯科巴（Escobar，1589—1669），西班牙耶稣会会士，是法国作家帕斯卡尔作品中的谴责对象。

③ 佩斯（Pesth）是当年匈牙利的首都。

④ 维斯杜拉（la Vistule）是波兰的大河。

⑤ 塔那罗（le Tanaro）是意大利河流。

谁喂养母狼？是谁供暴政又喝又吃？
是主教，是刽子手的罪过。
谁在吸奶？是国王在吮咂
暴政的臭奶……——
拉撒路，拉撒路，拉撒路啊！
你要站起来！

耶稣对众门徒嘱咐殷殷，
说道：你们要相爱又相亲。
可是，他对我们提出要求，
他张开了双臂，鲜血淋淋，
不久已是两千年的春秋。
罗马以温顺的先知名义君临人间。
梵蒂冈教皇的三重金冕[①]，
上下有三重神圣的圆圈；
第一重的确是王冠精巧，
第二重是维罗那[②]绞刑架上的圈套，
第三重，犯人铁打的颈圈。
这顶皇冠，马斯塔伊[③]不怕
拿过来就戴……——
拉撒路，拉撒路，拉撒路啊！
你要站起来！

① 教皇的三重冕由三重金冠组成，分别象征战斗的教会，受难的教会和胜利的教会。

② 维罗那（Vérone）是意大利城市。

③ 马斯塔伊（Mastai，1792—1878）指马斯塔伊－费雷提，1846 年选为教皇，称庇护九世。

他们又在建造新的监狱；
贪睡的人民啊，你要听取：
可怜的寡妇们热泪涔涔；
染成血红的江河在低语，
啊，贪睡者睡得太死太沉！
烈士们，别了！风在呼啸，囚船在摇晃；
母亲头发花白，眼泪汪汪；
儿子任人宰割，无人过问；
她们一路走来，悲悲戚戚；
泪珠从她们眼中滚下来，点点滴滴，
滴入我们心中，化作仇恨。
得意的犹太人弄虚作假，
又吝啬贪财……——
拉撒路，拉撒路，拉撒路啊！
你要站起来！

可是，似乎有人正在苏醒
难道这就是，我侧耳倾听，
黑压压的蜂群嗡嗡作响？
蜜蜂在蜂巢里飞舞不停；
我听到模糊的警钟当当。
君主们忘记了坏事做绝，众怒难犯，
从波罗的海到埃特纳山，[①]
听着交响乐，睡得可舒服；
人民生活在漆黑的夜里；
睡吧，国王；有军号给暴君高歌胜利！

① 指从波兰到西西里岛，这是欧洲压迫深重的地方。

管风琴向他们发出欢呼！
谁在应答这般吹吹打打？
　　警钟敲起来……——
拉撒路，拉撒路，拉撒路啊！
　　你要站起来！

1853年5月于泽西岛

〔手稿：1852年11月9日〕

＊雨果借用民间家喻户晓的《圣经》故事，表达自己对祖国沉睡、人民不醒感到痛心疾首的心情。最后两句叠句，三呼拉撒路站起来，可见诗人言辞恳切，但心情沉重。

四日晚上的回忆 *

这个孩子在头上被打了两颗子弹。
屋子里清洁安静，陈设普通而简单，
一幅肖像前插着教堂分发的嫩枝[①]。
年老的外祖母在屋子里哭泣不止。
我们静静地给他脱衣服。他的嘴唇
苍白微张，死亡已夺去倔强的眼神；
像请求有人扶持，他两手颓然垂落。
他口袋里还放着一个黄杨木陀螺。
两颗子弹的伤口比手指还要大些。
你们可见过桑葚在篱笆上面淌血？
他的脑壳被炸开，像是开裂的木柴。
老人望着孩子的衣服被脱了下来，
说道：“他身上多白！把灯光挪近一点！
天主！可怜的头发和他的两鬓粘连！”
衣服脱完了以后，她把他抱在膝头。
黑夜是多么凄惨，听得见就在街口，
有阵阵枪响，有人在杀害别的儿童。
战士们都说：“应该把孩子葬入墓中。”
大家从胡桃木的衣柜里取出白布。
外祖母于是抱着孩子走近了火炉，

① 复活节前的星期天，教堂分发黄杨嫩枝，教徒带回家中，置于镜前或肖像上。

仿佛让他僵硬的手脚能暖和暖和。
任何东西被死神，唉！冰冷的手摸过，
人世的火炉再也无法使它们温暖！
她要给孩子脱去长袜，把身子下弯，
用她枯干的双手握住尸体的双脚。
“这样的事情还能不使人心如刀绞！”
她喊道：“先生，他还不满八岁的年纪！
他在学校里上课，老师们都说满意。
先生，有时我需要写一封什么书信，
总是要由他代笔。是不是他们如今，
啊！我的上帝！现在要把孩子都杀掉？
我要向你们请问，他们都是些强盗？
是今天早上，孩子在窗子前面游戏，
他们把我可怜的小家伙打死在地！
孩子一走到街上，他们就朝他开枪。
先生，他又乖又好，就像小耶稣一样。
我反正老了，要死就死我这个老太；
开枪可以打死我，不要打死我小孩，
这对波拿巴先生可没有什么不好！”
她已经泣不成声，不得不停止哀号。
大家围着老人家流泪，她接着又说：
“现在我孤苦一人，我以后怎么生活？
今天，请你们给我解释，为什么如此？
唉！她母亲就给我留下这一个孩子。
干吗非要打死他？要给我讲讲原委。
孩子他可并没有喊过共和国万岁。”
我们都脱帽站着，沉痛得无从开口，
面对无法安慰的伤心事瑟瑟发抖。

老母亲，你一点也不懂什么是政治。
拿破仑先生，这才是他真正的名字[①]，
他很穷，又是亲王，他也爱高楼大厦，
他也想要家中有仆人，马厩有骏马，
他要吃喝和嫖赌，他要寻花和问柳，
这都要花钱，与此同时，他还要拯救
家庭，要拯救教会，最后要拯救社会；
他夏天在圣克鲁[②]要有盛开的玫瑰，
要有省长和市长来对他顶礼膜拜；
正是为了这一切，才要年老的奶奶，
用因为年迈而已颤抖的灰白手指，
给七八岁的孩子把裹尸的布缝制。

1852 年 12 月 2 日于泽西岛

〔手稿：1852 年 12 月 2 日〕

*本诗是集中的名篇。1851 年 12 月 2 日，路易－拿破仑·波拿巴发动政变，下令军队对违反“戒严令”的百姓“格杀勿论”。4 日正是镇压的高潮。一个姓布尔西埃的 7 岁男孩上街购物，被枪杀在蒙马特尔区的蒂克托讷街。雨果在《拿破仑小丑》（一译《小拿破仑》）一书中对这件亲眼目睹的惨事有具体的记述。本诗以叙事为主，用家常语言，自有一种感人的力量。

① 普通人以姓氏称呼，但帝王的号用名字。所以诗中外婆用“波拿巴先生”“拿破仑先生”反映出他称帝的野心。

② 圣克鲁（Saint-Cloud）是巴黎郊区拿破仑三世的夏天行宫所在地。

“啊！你这神明的脸，啊！太阳……”*

啊！你这神明的脸，啊！太阳，
岩洞石窟里听到的声响，
开满野花的沟壑和小溪，
青草下必有无疑的清香，
啊！小树林里丛生的荆棘，

神圣的山岳，高得像榜样，
白得像寺庙门上的山墙，
百岁的橡树，千年的岩石，
我感到你们的灵魂在飘扬，
在我凝视时飘进我心里，

啊！纯洁的水泉，原始森林，
明净的湖边一片片浓荫，
晴空在贞洁的水中荡漾，
你们都是大自然的良心，
你们对这强盗作何感想？

1852年12月2日于泽西岛

〔手稿：1852年11月22日〕

*诗人站在大自然中，和自然万物相沟通。诗人有意注明的写作日期是拿破仑三世称帝的日子，使小诗结尾两句的主题更加深沉。

“既然正义者在深渊受难……”*

既然正义者在深渊受难，
既然把权杖交给了罪犯，
既然一切权利都不承认，
既然他们在大街和小巷，
把我国的耻辱到处张扬，
既然高尚的人依然沉闷；

啊！共和国由父兄们开创，
伟大的先贤祠[①]充满阳光，
金色的圆顶，自由的蓝天，
既然他们来把梯子架起，
在你墙上贴帝国的标记，
而在庙堂里有英魂长眠；

既然每个人都软弱无力，
既然有人屈服，已经忘记
真理，纯洁，高尚以及美德，
忘记历史有愤怒的眼睛，
忘记荣誉，法律以及英名，

① 先贤祠（le Panthéon）是巴黎的历史性建筑物，于1791年为纪念为国增光的名人而设。

忘记睡在坟墓里的死者；

我爱你，流放！我爱你，辛酸！
忧愁啊，请你做我的王冠！
我爱你，清高的贫苦生活[①]！
我爱我风吹雨打的家门。
我爱丧事，这是石像一尊，
严肃地来到我身边就座。

我爱正在考验我的不幸，
默默无闻中把你们欢迎：
啊，我的心在对你们微笑，
尊严，信仰，品德，都在蒙羞，
你是伟大的流放者，自由，
忠诚，你被放逐，仍然骄傲！

泽西岛啊，自由的英吉利
在岛上盖满古老的船旗，
我爱在上涨的黑色海潮，
我爱如铁犁流浪的海舟，
我爱海浪这神秘的田沟，
啊！我爱这座孤独的海岛！

我爱海鸥，啊，深沉的大海！
它的翅膀有浅褐的色彩，

---

① 流亡生活初期，雨果全家在国外的生活相当拮据。雨果在巴黎的私产于1852年6月被迫以低价拍卖。

将水波拍打成无数珍珠，
又潜入巨大的浪花之间，
又从这些大口跃出水面，
仿佛灵魂从痛苦中跃出。

我爱大海边庄严的岩石[1]。
如同是悔恨，无休又无止，
我听到无穷无尽的呻吟：
这是波浪在海礁上拍击，
是母亲为孩子死去哭泣，
黑暗中传来一阵阵声音。

1852 年 12 月于泽西岛

〔手稿：1852 年 12 月 10 日〕

* 帝国成立，拿破仑三世踌躇满志。雨果在孤岛上闻讯后，为共和国的沉沦感到悲愤。但他清醒地面对现实，决心和自由同命运，共呼吸，甘愿与贫穷为伍，和大海相伴，表现了绝不动摇的意志。

---

① 指著名的“流放者岩”，离雨果的居所“海景台”不远。雨果在“流放者岩”上曾摄有照片传世。

致盲从的军队*

1

啊，九三年的士兵，史诗多威武雄壮！
抗击各国一下子刀剑出鞘的国王，
　　抗击普鲁士，奥地利，
抗击推罗城之流，抗击索多玛[①]之流，
抗击北方的沙皇，这个杀人的禽兽，
　　身后跟着恶狗满地，

抗击整个的欧洲，及其元帅和将军，
还有步兵，还有骑兵，滚滚犹如乌云，
　　登高一望，满山遍野，
全欧洲杀将过来，像一条九头妖怪，
他们唱着歌前进，心中并没有惊骇，
　　而脚上并没有皮鞋！

不问东边和西边，不问南方和北方，
他们肩头上总是扛着老式的步枪，
　　跨山越涧，跋山涉水，
没有口粮，不休息，袖管磨穿，不困乏，

① 索多玛（Sodom）是古代巴勒斯坦城市，以罪恶和淫乱闻名。

他们都兴高采烈，借铜器权充喇叭，
　　真像是调皮的魔鬼！

他们的思想深处充满崇高的自由。
他们威武的脚下，舰队不过是沉舟，
　　国境线被踩得平平，
法兰西啊！每一天都会有某个奇迹，
马尔索[①]在莱茵河，儒贝尔[②]在意大利，
　　突击，奇袭，战斗，交兵。

士兵们攻打前卫，士兵们击溃主力；
不论下雨或下雪，让水盖过了双膝，
　　继续前进！颠扑不破！
有的人城下求和，有的人土崩瓦解，
各国的王座倾倒，如同是风卷残叶，
　　都被刮得七零八落！

战士们！战火纷飞，你们是何等伟大，
啊！眼中放着闪电，啊！脸上披头散发，
　　风雨交加，浊浪滔滔，
他们热情洋溢，神采飞扬，挺胸昂头；
如同有浩浩北风呼啸吹过的时候，
　　雄狮都渴求着风暴，

史诗一般的较量，他们都激动顽强，

① 马尔索（Marceau，1769—1796），24 岁成为共和国将军，可惜英年早逝。
② 儒贝尔（Joubert，1769—1799），共和国将军，在意大利军功显赫。

充满醉意地品尝一切雄壮的声响：
　　铁剑和钢刀在相交，
《马赛曲》在枪林和弹雨里鼓翼而飞，
战鼓声，炮弹声和铙钹声，声声清脆，
　　克莱贝尔[①]纵声大笑！

“义勇军将士们，”大革命向他们呼喊，
“为解放兄弟的各国人民决一死战！”
　　他们高兴地回答：“行。”
“出发，年老的战士，嘴上无毛的将军[②]！”
于是，这些赤脚的大兵去建立功勋，
　　向惊讶的世界挺进！

他们不知道何谓心惊，又何谓胆战。
如果这些天不怕，也地不怕的好汉，
　　在豪迈的行军途中，
回头一看，伟大的共和国在向他们
指指头上的天顶，那他们毫无疑问，
　　会攀登上蓝天碧空！

2

啊！当我们的思想遥念起这些先辈，
看到他们的额头闪光，而刀剑生辉，

① 克莱贝尔（Kléber，1754—1862），共和国将军，喜欢嘲弄敌人。

② 法国大革命时的将军都很年轻，大多不足30岁。

曾建树非凡的成就。
这是些老兵。可是，当代把他们抹掉！
法兰西，老兵在你历史上过于荣耀。
光荣应该属于新手！

对，光荣属于新手！他们是十万精兵，
刺刀出鞘，二十挡一[①]，击鼓穿城巡行，
大无畏的英雄气概。
放枪！他们的枪口喷火，榴弹炮轰响，
胜利了！在蒂克托讷街口，他们开枪
打死了七岁的男孩[②]！

新手才真是英雄，竟然不害怕妇女！
光荣属于这些豪杰！他们绝无顾虑，
对踉跄的行人开枪。
他们成群结队，在巴黎的街上溜达，
他们骑着马，马蹄铁上有人的白发！
而且粘着人的脑浆！

他们向法律发起进攻；他们向祖国
发起冲锋；他们骑兵不少，步兵更多，
骑兵，步兵，战马，大炮，
钱到手，吃饱喝足，喜洋洋，狠打狠揍，
他们猛攻猛冲，莫巴是他们的旗手，
弗约是他们的军号。

① 据史料记载，政变时马尼昂投入将近3万人的兵力，双方确切的比例是30∶1。

② 参阅《四日晚上的回忆》一诗。

我们一无所有地靠赤手空拳打仗，
人民既没有子弹，人民也没有步枪，
　　勇士们！这才是考验！
除了几个仁人志士，法律孤军奋斗。
你们给大炮塞满炮弹，却躲在炮后，
　　勇敢地冒生命危险！

啊，十二月的士兵！啊，打埋伏的士兵，
捕捉你们的国家！巴黎城胆战心惊，
　　你们横冲直撞可耻！
你们的父辈曾经像灯塔大放光芒；
他们高唱着军歌，英勇地面对死亡，
　　死神感到惊讶不止；

你们的父辈打败狂妄自大的军队，
普鲁士兵有金发，俄国兵暴跳如雷，
　　卡塔卢尼亚兵黑皮；
你们，你们把大小商人和商贩枪杀！
你们父辈是巨人，攻占了萨拉戈萨[①]；
　　你们拿下托尔蒂尼[②]！

历史，你作何感想？老兵们奔赴战场，
冲向喷吐火舌的大炮炮口去打仗；
　　这些新兵有恃无恐，

① 萨拉戈萨（Saragossa），西班牙城市，经半年围困后于1809年被拿破仑军队攻占。

② 托尔蒂尼（Tortini）是巴黎意大利人大街上的时髦咖啡馆。

脚下踩过淌血的老人，垂死的妇女，
有权犯罪。两者都不后退，都不畏惧，
　　但彼此的方式不同。

3

夜幕降下的时候，巴黎城还在睡眠，
　　这个家伙慌慌张张，
召来几位法兰西将军，肩章的上面，
　　有三颗金星①在闪光；

他说道："你们听着，我只对你们眼睛，
　　"才收起播撒的黑暗；
"你们以为波拿巴是我的真名实姓，
　　"其实我叫诡计多端。

"明天有断肠伤心，明天可真是伟大，
　　"明天还有哀悼悲叹。
"你们要蹑手蹑脚，躲在城墙的脚下，
　　"要轻得和小偷一般；

"你们带上我这把已经用旧的铁钳，
　　"铁钳藏在我的口袋，
"你们用钳子轻轻一撬，从门缝下面，
　　"把法律的大门撬开；

① 三颗星是法国少将级军衔。

“然后嘛，乌拉！刺刀出鞘，由警察带头！
“对什么都格杀勿论，
“对你们非洲长官[①]以及老实人下手，
“谁站着，谁就是敌人，

“拿下议员，也拿下议员代表的百姓，
“巴黎倒下，动手劫掠！
“钱嘛，我不会少给！”将军一个个答应；
而维多克[②]也会拒绝。

4

现在，大营帐里慷慨大方！
干杯吧，兄弟们！是何缘故
不敢大笑，不敢痛饮举觞？
兵营里过节！营地上庆祝！
一坛坛美酒把胡须染红，
金条把他们的袋子撑满；
他们对加马什[③]完全服从，
他们的宿营地方是乐园。

行动归来，摆出山珍海味。
大家入席。昨天，杀人用剑。

---

① 指征服过阿尔及利亚的将军。

② 维多克（Vidocq，1775—1857）是卖身投靠的奸细和密探，其《回忆录》曾启发巴尔扎克创造伏脱冷的人物形象。

③ 加马什（Gamache）是塞万提斯小说《堂吉诃德》里的人物，他的婚宴十分盛大。

拿破仑啊，你的剑可以被
高康大[①]用作烤肉的铁扦。

谋杀对于他们就是胜利；
他们的醉眼已昏昏沉沉，
把羞耻错看成丰功伟绩，
而把法国人错看成敌人。

他们昨夜夺走你的性命。
法兰西，到明天，东方发白，
他们一只手里握着酒瓶，
另一只手提着你的脑袋。

他们跳起圆舞，滚滚浊流，
如无赖汉在山沟里一样；
西布尔为他们斟上美酒，
特罗龙给他们找来姑娘。

他们的盛宴无止也无休，
四周有乐队为宴会助兴……——
我们对你们曾别有所求，
啊，我们十分不幸的士兵！

本希望你们有北风呼啸，
黑色枞树脚下，大雪深深，
夜里无火，白天没有面包，

① 高康大（Gargantua）是拉伯雷同名小说中的巨人，食量和酒量十分惊人。

冲开的缺口上炮弹翻滚。

本希望你们能露宿风餐，
本希望又饿，又冷，又神奇，
旧军大衣破得不能再穿，
却取得以一当十的胜利！

我们本希望，盲从的士兵，
为你们，也为你们的将军，
本来有英雄伟大的坟茔，
本来有勇士神圣的厄运！

因为，欧洲在铁蹄下呻吟，
因为，人人心里无法忍耐，
因为，上帝就要发出声音：
铁链，掉下来！人民，站起来！

历史在展示崭新的篇章；
沉思者又镇定，又很愤慨，
他在不祥的地平线方向，
听到铁马铜车滚滚而来。

深沉的声音震撼着大地；
钢刀在剑鞘里无比激动；
战争啊，这阵风吹动不息，
出自你黑色战马的鼻孔！

我们沉思着把你们推向

上帝所指引的幸福目标，
你们是各个民族的闯将，
你们是人类大群的先导！

我们本希望，百战能百胜，
你们是与人为善的武夫，
打最后一场伟大的战争，
打倒各国暴君，彻底，全部！

我们借你们正义的士兵，
密集的队伍，骄傲的鼓声，
把这场崇高的战争打赢，
崇高的和平会从此诞生！

在我们憧憬未来的梦里，
勇士们啊，我们曾经看到：
你们在惊雷中欢天喜地，
流着血在月桂树中[①]奔跑，

这喜气洋洋的劲旅雄狮，
前面尘土飞扬，硝烟弥漫，
先在黑色的旋风里消失，
又猛然间在光明里出现，

又看到：这支神圣的军队，
受到了各国人民的祝福，

① 西俗月桂象征胜利。

仰望着未来的灿烂光辉，
穿过蔚蓝色高大的门户！

5

算了吧，时日可悲，法国士兵会看到：
布吕内①、德塞②之后，这些人望重德高，
　　　　我们都对他们敬礼，
在蒂雷纳③、桑特拉伊④和拉伊尔⑤之后，
“鸡贩子”⑥授予他们军旗，对他们开口：
　　　　我对你们感到满意！⑦

啊，昔日的旗帜在历史上无比美丽，
我国历代的勇士，为国争光的军旗，
　　　　曾使逃兵感到害怕，
旗已破，有孔，有洞，无畏，无私心杂念，
是谁把鲜血融进你们的破布碎片？

---

① 布吕内（Brune，1763—1815），拿破仑时代的元帅。

② 德塞（Desaix，1768—1800），大革命时代的将军，归顺拿破仑后，成为埃及战役中的英雄。

③ 蒂雷纳（Turenne，1611—1675）是路易十四的元帅。

④ 桑特拉伊（Saintraille），法国15世纪的贵族，圣女贞德的战友，屡建战功。

⑤ 拉伊尔（Lahire，1390—1433？）是贞德和桑特拉伊的战友。

⑥ “鸡贩子”（Poulailler）原是18世纪一个以劫掠农庄为生的强盗的绰号。拿破仑三世好色，也获此“雅”号。

⑦ 拿破仑取得奥斯特利茨战役胜利的第二天，曾说过：“士兵们，我对你们感到满意！”雨果借用于此，意在讽刺。

是奥什[①]，还有巴亚尔[②]。

古老的军旗！跃出深渊！请走出坟场！
成群结队，破布条便是你们的翅膀，
军旗有耀眼的光彩！
如同大群凶狠的蜜蜂，在空中飞舞，
出来，过来，飞来，朝眼前的奇耻大辱，
带着隆隆声快飞来！

把我们的士兵从这些黑旗下解放！
你们曾攻占城市，你们曾驱赶国王，
人人都对你们服膺，
你们曾横渡江河，曾翻越深山老林，
有人在旗下牺牲，有人在旗下畅饮，
快驱逐这一批新鹰！

但愿我们可怜的士兵有不同风格！
给他们看看法兰西的旗究竟如何，
展现出神圣的旗缝，
莱茵、默兹[③]和桑布尔河[④]上抖擞精神，
军旗啊，在十二月二日面前，请重振
奥斯特利茨的雄风！

---

① 奥什（Hoche，1768—1797）是法国大革命时代传奇式的军事指挥官。

② 巴亚尔（Bayard，1473？—1524）是弗朗索瓦一世时代的名将，有“无畏、无私心杂念”的美誉。

③ 默兹河（la Meuse），法国北方河流。

④ 桑布尔河（la Sambre），默兹河支流。

6

俱往矣！都成尘土，唉！空虚，黑夜茫茫！
在我国荣誉土崩瓦解的深渊之上，
　　该死的恶名，请闪耀！
莫巴，莫尼，马尼昂，圣阿诺和波拿巴！
让我们低头！戈摩尔战胜了斯巴达[①]！
　　这五个人，五个强盗！

每一个国家都会被别人先后征服；
诺曼底人对自古享有特权的国土，
　　对英吉利入侵胜利，[②]
伊斯兰的穆罕默德征服了拜占庭，[③]
阿拉里克[④]征服罗马，而苦役犯五名，
　　竟然征服了法兰西。

好！统治吧，让恶心败坏人们的思想，
让爱丽舍宫跳舞，巴黎圣母院焚香，
　　蒙马特尔白骨成山。
把被你们认为是群氓的人民捆绑，
捆绑巴黎，你们的大炮刚刚在鸣放，
　　把法兰西绑上炮闩！

---

① 斯巴达是古希腊崇尚道德的城市典范。

② 诺曼底人于1066年跨海征服英国。

③ 1453年，拜占庭首府君士坦丁堡被穆罕默德二世占领。

④ 阿拉里克（Alaric，370？—410）是西哥特人国王，于410年洗劫罗马。

7

经历了这场战斗，经历了这番阴谋，
此人抓一把奖牌扔在你们的胸头，
　　还有绶带，还有勋章，
士兵们啊，非洲曾晒黑你们的脸颊，
难道你们就没有看见这可是泥巴，
　　把你们玷污和弄脏？

啊！当我想起你们，泪水湿润我眼睛！
我在为你们哀伤，我为你们的黎明
　　和黎明的希望哀伤。
士兵们！我在哭泣！因为光荣已冰消；
因为你们中间有不少人正在思考，
　　在战栗，并且在沮丧！

士兵们，我们曾爱你们最初的辉煌；
你们是共和国的孩子，茅屋的儿郎，
　　享受到荣誉的爱抚，
唉！共和国和茅屋做错了什么事情，
你们肯为血泊中打滚的强盗效命，
　　背叛共和国和茅屋？

上当受骗的部队，你们跟着谁奔跑？
你们为此人竟然糟蹋手中的钢刀，
　　这个赤裸裸的骗子，
这卑劣的冒险家，你们做他的帮手，
他在历史上将会名叫“拿破仑小丑”，

或者叫“催命弹大帝”。

军队啊！所以，你的尖刀从背后刺来，
杀死誓言和责任，权利在九霄云外，
杀死清白，杀死忠厚，
杀死革命，革命在本世纪波澜壮阔，
杀死进步，未来，杀死神圣的共和国，
还杀死神圣的自由，

以便他能够奴役被你伤害的国家，
以便他在这些伟大的尸体上坐下，
这个侏儒威风凛凛，
他带头狂欢滥饮，却还要得意扬扬，
嗜血杀人后醒来，他喉咙难受异常，
发出血腥味的恶心！

8

上帝啊，既然这支军队的表现如此，
既然军队如大门，已经被关上堵死，
对于荣誉置若罔闻，
既然所有的士兵无可救药地畏惧，
既然他们让法兰西，主啊，你的火炬，
倒在血泊之中打滚！

既然伤悼的良心没有安全的庇护；
既然高高端坐在主教座上的神父，

戴鼬皮饰带的法官，
都只爱唯一实惠、仅此合法的成功，
他们说道：宁可要犯罪而官运亨通，
也不要因美德失算；

既然人们的灵魂和有的姑娘一样；
既然他们曾摧毁巴士底狱的牢墙，
或已堕落，或成故人；
既然人人的心中都那么卑鄙下流，
只知道谗言诽谤，使嘴巴变成阴沟，
污水泛滥，臭不可闻；

既然恺撒正上台，荣誉就轻如毫毛，
既然，可耻啊，如今在巴黎，只能听到
有妇女在泣不成声；
既然任重道远时，人们再没有勇气，
既然巴黎的旧郊[1]懦夫般没有出息，
假装已经入睡做梦；

上帝啊，我的上帝！请借我你的威力！
我平民百姓走进这科西嘉人[2]家里，
来到这个畜生面前；
挥舞我阴森森的圣火燃烧的诗稿，
走进他家里，主啊，我心中怀着公道，
而我的手里握着皮鞭，

① 法国许多革命起义是从巴黎城东的圣安东市郊发端的。

② 拿破仑家族是科西嘉岛人。

我翻卷我的衣袖，仿佛驯兽师来到，
恶狠狠独自一人，神圣的怒火中烧，
　　挥动着死者的尸衣，
像个人见人怕的冤家，一心想复仇，
要一脚踢倒魔窟，要一脚踩死野兽，
　　踢倒帝国，踩死皇帝！

1853 年 1 月于泽西岛

〔手稿：1853 年 1 月 7—13 日〕

＊路易－拿破仑·波拿巴政变成功，靠的是刺刀和军队。国防部长圣阿诺政变前宣称“部队里军规是唯一的法令”，要求士兵“盲目服从”。雨果见到法国大革命时代和拿破仑时代引为骄傲的法兰西军队，沦落成野心家篡国的工具，无比愤慨，也无比痛心。诗人洋洋洒洒，反反复复，作今昔对比。雨果在诗中严肃地提出了军队是否必须盲目服从的道德问题。这首长篇颂诗是《惩罚集》的名篇之一，曾印成诗传单。

第3卷

此人在笑*

“维克多·雨果先生不久前在布鲁塞尔出版了一本书，题为“拿破仑小丑”，书中对亲王总统极尽污蔑之能事。

“据说，一位官员在上星期的某一天把这本攻击性的书带至圣克鲁。路易－拿破仑见到此书，取来翻阅一下，嘴唇上挂着轻蔑的微笑；然后，他指指这本书，对左右说道：‘瞧，先生们，这是维克多·雨果大帝写的《拿破仑小丑》。’”

（1852年8月总统派报纸）

好哇！你迟早总会发出嗥叫的，浑蛋！
你犯下弥天大罪，你还在吁吁直喘，
你这次胜利又惨又快，你手舞足蹈，
我逮住了你。我在你脸上张贴布告；
现在群众赶来了，在对你尽情嘲弄。
当惩罚把你按在刑柱上钉住不动，
当枷锁在逼着你非要抬起你下巴，
当历史把你外套上面的扣子扯下，
在我的身旁撕下你肩头一块上衣，
你说：“我才无所谓！”你在笑我们，滑稽！

你对我的名字哈哈大笑，唾沫四溅，

可我手拿着烙铁，看你皮肉在冒烟!

1852年8月于泽西岛

〔手稿: 1852年10月30日〕

*雨果从报上见到路易－拿破仑·波拿巴对新出版的《拿破仑小丑》(一译《小拿破仑》)加以嘲笑，即写下这首小诗，作为回答。诗前小记摘自1852年8月20日的《祖国报》，只字未动。

是寓言？还是历史？*

一天，有只瘦猴子胃口竟大得出奇，
他往自己的身上竟披上一张虎皮。
老虎当年很可恶，这猴子虎视眈眈，
猴子以为有责任和老虎一般凶残。
他开始咬牙切齿，喊道：我现在可当
荆棘丛的征服者，黑夜里的大魔王！
他这拦路的强盗在树林子里埋伏；
他又是抢，又是杀，下毒手不计其数，
他卡死过往行人，也劫掠蹂躏森林，
他蛰居在虎穴里，四周围鲜血淋淋。
他借身上的虎皮，俨然是庞然大物。
人人一看到虎皮，以为是看到老虎。
他叫起来，他发出声声可怕的吼叫：
我的洞里到处是累累白骨，你们瞧；
在我面前，无人不打战，无人不惊恐，
都发抖，崇拜我吧，你们看，我是大虫！
百兽无不尊敬他，一个个没命奔跑。
一个驯兽师走来，两只手把它一抱，
撕下这张假虎皮，仿佛撕一件衬衣，
把这征服者剥光，喝道：你是只猴子！

1852 年 9 月于泽西岛

〔手稿：1852 年 11 月 6 日〕

* 慷慨激昂的《惩罚集》中出现一则寓言，风格直逼拉封丹，体现了雨果讽刺艺术的多样性。老虎喻谁，猴子指谁，应该是清楚的。这位“驯兽师”当然非雨果莫属。

“这样，残渣余孽，势利小人，无耻流氓……”*

这样，残渣余孽，势利小人，无耻流氓，
将上台掌权！难道名副其实的亲王，
用手中的金节杖玷污山清和水秀，
并被上帝安排成暴君，这还嫌不够！
怎么，这个无赖的头衔居然很光荣，
显赫门第不过是大名鼎鼎的野种，
这个溜出娘胎的孩子，社会的渣滓，
伪造是他的出身，剽窃是他的名字，
这个放荡鬼不仅狡猾，而且又骄纵，
这个僭越者竟要布拉冈萨[①]的血统，
进入奥地利王室，或者埃斯特[②]家族，
好在法律有老话，有其子必有其父[③]，
就大嚷：我是布旁，或者我是波拿巴，
把两个拳头按在地图上，妄自尊大，
会说：这是我的！我乃伟大的胜利者！
而一个个好心人，而老实人一个个，
没把这个蜡做的君主送还蜡像馆！

---

① 布拉冈萨（Bragance）是1640年至1910年统治葡萄牙的王朝。

② 埃斯特（Est）是意大利的王公世家，曾对意大利历史产生过重大影响。

③ 罗马法律有古训：孩子的父亲是指母亲的配偶。雨果在此讽刺路易－拿破仑有私生子之嫌。

当我说一声:“无赖!”“陛下”,有回声在喊!
这王家的乡巴佬,这戴金冠的小偷,
脚踝外戴着脚镣,拖着一大个铁球,
他理应在囚船的底舱里腐烂灭亡,
这个镀银的殿下,这个镀金的亲王,
恶狠狠满身是血,站在法兰西面前,
要别人说他具有皇帝陛下的龙颜,
他翻起两端上翘的胡子,捋捋胡须,
脸上没有被耳光打得活来又死去,
别人也没有把他从圣克鲁宫拖走,
再一脚踢进小溪,哪怕会玷污阴沟!

“安静!”胆小鬼高喊,“生米已煮成熟饭。
“三厘公债是上帝[①],先知就是芒德兰。
他在治理。我们投了票!人民的声音。”
对,我懂,耻辱已成事实,已不可不信。
可又是谁投了票!又是谁掌握票箱?
可又是谁在夜里投票时心明眼亮?
那法律又在哪里,耍这种阴谋诡计?
那国家又在哪里?那自由又在哪里?
他们投票!
　　　　　被恐惧赶来的牛马不少,
由圣器管理员和乡警监视着吃草,
你们都惊恐万状,每天早上都看见,
怪物[②]想吃掉你们,露出大嘴和丑脸,

① 有产者只关心股市上的公债行情。

② 《惩罚集》的研究者认为,这“怪物”指当时法国农民听信反社会主义宣传,以为社会主义侵占他们的家产。

吞噬你们的房舍，以及树林和草垛，
吞噬你们的果园，你们酿酒的苹果[①]；
你们是好人，你们信仰的只是饲料，
你们的田地家产就是你们的宗教；
有人的灵魂为钱虔诚，也为钱感动；
狡诈的镇长投票，拖走你们的佃农；
塌鼻的本堂神父，对你们信徒狂吠，
在唱经台上嗥叫：我们赞美你，魔鬼；
笨伯，你们发火时如柴堆熊熊燃烧；
老板，你们的天平有诈，向一边倾倒；
鹰钩鼻的老家伙，大圆眼的政治家，
面对弄虚和作假，面对行凶和谋杀，
他们都宣称讲坛有害，而新闻晦气，
纨绔子弟们，你们把思想视为瘟疫，
你们明知不会受感染，却也在高喊；
伏尔泰派，寻欢作乐者，都好斗好战，
快活神仙，你们把上帝、弥撒和歌舞，
等量齐观，相提并论，你们稀里糊涂
拥抱天国，也可以拥抱女娃的腰肢；
软骨头，你们弯腰曲背，却崇拜棍子；
有人望着奥地利绞架而口呆目瞪；
有人玩股票害怕，既被人骗，也骗人；
你们伤残的老兵，雄狮变成了小狗；
你们傻子，以为他有救世主的身手；
都是盲从的绵羊，对“夺命弹”魔术师
搬演的种种奇迹，一个个惊讶不止；

① 法国诺曼底等地区产苹果酒。

有的人种植蔬菜，有的人涂写公文，
难道你们就相信，法兰西就是你们，
你们就算是人民，啊，你们这堆渣滓，
你们就有这权利给我们一个主子！

这个权利，要知道，莫巴牧童的牧狗，
就连法兰西人民和法兰西也没有。
高贵的真理永远也不会跌得粉碎。
自由不是破烂货，出卖时价钱不贵，
可以在旧货铺里挂上墙，随便一丢。
在人民被人任意宰割摆布的时候，
神圣的权利永远忠于自己的信条，
在每个公民身上能找到一座碉堡；
胆敢藐视胜利的懦夫，才一举成名，
人民里的小卒会变成人民的精英。
好吧，芸芸众生呀，污泥里心满意足，
腐朽中苟延残喘，觅取一点点幸福，
在锦缎的华盖下崇拜这一堆垃圾，
正直的人在却步，站立一旁在沉思。
我才不愿意陪着别人一起栽跟斗。
荣誉决不会退位。没有人可以抢走
我的自由和财富，我的蓝天和爱情。
整个宇宙已瞎眼，就无权左右光明。
奴隶纵有千百万之多，我是自由身。
卡图如是说道。塞纳河边，台伯河滨，
只要站着一个人，也就没有人跌倒。
先辈的血在愤怒，在沸腾，热血滔滔，
美德再加上自尊，历史再加上正义，

全民族和历史的光荣会坚定不移，
只要最后一个人决不肯低头屈服。
只要有一根柱子，足够把庙堂撑住；
一个人就是法国；一个人就是罗马，
征服民族的武力败在一个人脚下。

1852 年 11 月于泽西岛

〔手稿：1853 年 5 月 4 日〕

*1851 年 12 月 21 日，公民投票以 714.5 万票赞成，59.2 万票反对，接受政变的事实。将近一年后的 1852 年 11 月 21 日，又一次公民投票，780 万票赞成，25.3 万票反对，以更加绝对的压倒优势恢复帝制。雨果在诗中剖析了第二帝国的社会基础，揭露了向暴君屈膝低头的种种嘴脸。诗中最后几句堪与《最后的话》中的名句媲美。

一个安分守己的老板在家里 *

“可我却有幸生在中国！我有宅第可以蔽身，我有饭吃，有酒喝，我生活有种种方便，我有衣穿，我有帽戴，有众多的消遣；说句实话，财大福大是我的造化！”

中国文人田寄世[①]

有不少老板可是店堂之神的神父，
邻居家姓“黄”姓“金”，远离清正的卡图，
对公债和红利推崇备至，无以复加，
在交易所里行船，手里握一把渔叉，
说起来也是好人，但品格粗俗自私，
为了自家的钱柜，就欢迎法拉里斯[②]，
既然崇拜小金犊[③]，当然能爱大铜牛。
今天，他们投了票，明天，他们还要投。
如有放肆的著作误入他们的手下，
两腿跷在壁炉的柴架上，嘴叼雪茄，
每个投票人都会轻轻地暗自思忖：

① 法国雨果研究家都认为，“田寄世”（Tien-Ki-chi）及其引文为雨果杜撰，并非实指。

② 法拉里斯（Phalaris）是古代西西里暴君，将活人置于铜牛内烧死，以人的惨叫代替牛的嘶鸣。

③ 小金犊是希伯来人崇拜的偶像，是异教的象征。

“这本书太要不得。我可是懦弱的人，
此书有什么权利慷慨、坚定又严厉？
攻击波拿巴先生，这可要惹我生气。
他是无赖，我同意这本书里的看法；
可为什么说出来？好吧，就说波拿巴
无法无天，他背信弃义，他编造事实，
不错，这强盗的政策武装到了牙齿；
他甚至还把代理推事[①]也送去流放；
他竟然要饿死奥尔良家族的亲王[②]；
他是这个世界上最坏最坏的坏蛋；
不过，我投他的票，别人应闭口不谈。
写书骂他，说到底，这是对我的责备；
就是告诉我：这是好人的所作所为；
我们仍恪守中立，这样做目的清楚，
在于让我们感到，我们是卑鄙懦夫。
我承认，我们两手并没有行动自由。
你说怎么办？股市不妙；大家很担忧
出现红色共和国，连粉红色也害怕；
当然要有所作为，以结束这些说法；
大家找到这家伙，把他捧成了皇帝；
事情很简单。大家想避免农民起义，
避免恐怖，避免罗米厄[③]先生的幽灵；

① 代理推事是旧时法院的审判员。

② 奥尔良家族是波旁王朝的旁系。路易－菲力浦属奥尔良家族。1852 年 1 月 22 日，通过法案，剥夺路易－菲力浦 1830 年赐给儿女的财产。

③ 罗米厄（Romieu，1800—1855）于 1851 年出版《红色的幽灵》一书，反对共和国，着力描写革命派如选举获胜，会进行谋杀劫夺，会瓜分财产，使不少有产者和农民转而支持路易－拿破仑·波拿巴。

大家借这场骗局求得自身的安宁。
不过，如有人数落这个政府的坏处，
我感到并不愉快，又感到心满意足。
但也有可能，鞭挞这个人不无道理；
这是在向我这个安分的老板暗示：
我把这个大坏蛋推成皇帝或执政，
我出于算计欢呼，我出于害怕赞成。
当然，我觉得放肆，不管谁向我明说。
既然我一头栽进这般无底的怯懦，
我讨厌别人今天敢置生死于不顾，
别人的勇气，对我就是莫大的污辱。”

沉思者，你在小人额头上打下烙印，
他撕下白袍，竟对法律恣意地蹂躏，
当你为了被卡住喉咙的人民复仇，
为誓言、权力复仇，别忘记，你会左有
斯博加尔[①]在当权，右有热隆特[②]投票；
你的笔热情激动，目无权威和宗教，
大逆不道，对这件罪行要巧设阴谋，
蛊惑人心，对此类懦夫要狠下毒手。

1852 年于泽西岛

〔手稿：1852 年 11 月至 1853 年 1 月〕

---

① 斯博加尔（Sbogar）是法国作家诺第埃同名小说中的主人公，是个匪首。

② 热隆特（Géronte）是莫里哀喜剧中的人物，是颟顸而吝啬的老人典型。

*资产阶级出于自私的考虑，欢迎政变，拥护帝制。雨果在诗中勾勒了“一个安分守己的老板”的丑恶嘴脸，把资产阶级内心深处的思想暴露于光天化日之下。唯其是自言自语，讽刺更真实生动。

寻欢作乐*

1

好哇，笨蛋和权贵！好哇，骗子和强盗！
请快快入席，围着山珍和海味坐好！
　　快跑！人人都有座位！
主子们，喝吧，吃吧，人生一刻值千金。
全体征服的人民，全体吓呆的人民，
　　统统由你们去支配！

把国家卖掉！口袋要掏，而森林要砍！
把水库抽得空空，把泉源汲得干干！
　　这个时机终于来到。
抢走最后一枚钱，轻松松等闲视之，
抢走劳动者的良田，劳动者的城市！
　　抢吧，笑吧，其乐陶陶！

快去哇！大吃大喝！享受丰盛的筵席！
穷人的全家却在草堆上奄奄一息，
　　家里既无门，又无窗。
父亲身子哆嗦着，要去屋檐下乞讨；
母亲在家里穷得再也拿不出面包，
　　孩子的奶已经喝光。

2

腰缠万贯，国家元首年俸[①]！高楼城堡！
一天，我来到里尔，走进城里的地窖[②]；
　　目睹这凄惨的地狱。
地底下的房间里住着一个个幽灵，
脸色灰白，弯着背；佝偻病铁掌无情，
　　把他们的四肢扭曲。

人们在地洞受苦，空气里似乎有毒；
瞎子摸索着在给痨病患者端水壶；
　　脏水像小溪般在流；
二十岁仿佛儿童，三十岁已是老人，
活人每天都感到无孔不入的死神
　　在钻进自己的骨头。

绝无灯光；雨水在天窗上泛滥成灾；
不幸在地下室里向你们为非作歹，
　　劳动者啊，张开眼睛，
看到在转动的纺车和纱线的近旁，
眼泪汪汪的气窗透出阴森的暗光，
　　一条条蛆虫在爬行。

贫穷啊！男人望着女人却不发一言。

① 拿破仑三世称帝后，年俸从1600万法郎增至2500万法郎。

② 1851年2月20日，雨果和经济学家杰罗姆·布朗基（Jérome Blanqui）参观北部城市里尔的地窖，地下织布工人生活之悲惨，使雨果大为震惊。

父亲感到无耻的烦恼就在他身边
　　搂住了妇女的贞操，
他看见女儿回来，阴沉沉站在门下，
却不敢开口问她：“你是从哪儿回家？”
　　只看她带回的面包。

地底下，绝望披着肮脏的破衣打盹；
地底下，别处温暖、明媚的人生阳春，
　　此地像凄凉的冬季；
阳光下处女红润，黑暗中发紫变丑；
地底下，瘦骨嶙峋，只剩下皮包骨头，
　　穷得精光，衣不蔽体；

地底下，他们比街上的阴沟更低下，
从生活里、太阳下消失的一个个家，
　　一群群人，哆哆嗦嗦；
我走进了地底下，一个矮小的女孩，
凶狠得像墨杜萨[①]，而脸上又像老太，
　　“我十八岁！”她对我说。

地底下，可怜的母亲没有一张木床，
只好挖一个窟窿，把她的孩子安放，
　　孩子像小鸟在颤抖；
这些无辜的儿童，目光像白鸽一般，
唉！刚刚来到世上，找到的不是摇篮，

① 墨杜萨（Méduse），希腊神话中的女妖，头上无发，长一窝蛇，谁正面见她，会化成石头。

却是一座一座坟头！

里尔的地窖啊，人们在石壁下死亡！
我两眼啼哭，目睹他们咽气的情状，
老人家枯瘦的身躯，
眼神惊恐的女儿，只能以长发蔽身，
麻木的母亲怀里，孩子仿佛是鬼魂！
但丁啊，人间的地狱！

你们的财富来自这地底下的呻吟，
亲王们！这般苦难供你们一掷千金，
你们胜利！你们征服！
从地窖的墙壁上，从地洞的石缝下，
从这些奄奄一息者心中，嘀嘀嗒嗒，
渗流出你们的财富。

在称之为暴政的这丑恶齿轮下面，
在赋税这个恶鬼拧紧的螺栓下边，
日以继夜，无穷无尽，
在当今的世界，从早到晚，从晚到早，
有人在压榨穷人，如同在压榨葡萄，
榨出来的却是黄金。

正是从这般垂死挣扎，从这般绝望，
正是从这般心头永远冰凉的地方，
连希望也从不颤动，
正是从这般充满揪心烦恼的陋室，
正是从这些一批又一批抢天呼地

的父亲和母亲手中，

对，正是从这大堆大堆的赤贫景象，
滚出丑恶、闪亮的沉甸甸百万大洋，
向着权贵，向着宫阙，
一路上铺金撒银，一路上屈膝爬行，
这些开开心心又头戴玫瑰的妖精，
全身上下沾满鲜血！

3

天堂啊！金碧辉煌！请给主子们斟酒！
盛宴映红了花窗，乐队在欢笑不休，
餐桌爆满，流光溢彩；
黑暗在他们脚下；门都已经被关上；
处女去出卖皮肉，因为有辘辘饥肠，
今天夜里哭得悲哀！

你们都分享这些丑恶的佳肴盛馔，
士兵讨钱，议员卖身，法官是同谋犯，
厚颜又无耻的主教，
贫穷在你们这座罗浮宫地下战栗！
疾病、饥饿和死亡加在一起，这就是
你们的节日和良宵！

这大群的宠妃在圣克鲁作乐寻欢，
在花下嬉戏，手摘茉莉、雏菊的花瓣，
玉臂赤裸，酥胸畅开，

宴会上火树银花，大吊灯百枝千枝，
美人一个个微笑，嘴里雪白的牙齿
　　吃着活生生的小孩！

那又怎么样！笑吧！怕有人一再抱怨？
难道当皇帝，当亲王，当公主，当官员，
　　就不能去享受人生？
这帮啼哭的人民备受饥饿的痛苦，
也理应知足，既然看得到你们跳舞，
　　也听到你们的笑声！

那又怎么样！得了，把钱柜钱包装满。
特罗龙，西布尔，巴洛什[①]，高歌又把盏！
　　这番景象令人欣慰。
人民和饥饿挣扎，你们吃得要呕吐，
在无边又无际的贫穷之上，摆一桌
　　无际又无边的宴会！

4

他们欺凌你，人民！啊，阴森森的街垒，
昨天曾高高筑起，冲锋时百折不回，
　　你抬起流血的头颅，
他们的轿式马车光灿灿，疾如闪电，
锃锃发亮又飞驰而过的车轮下面，
　　你是石头，又在铺路！

① 巴洛什（Baroche，1802—1870），曾任总检察长、内政部长和外交部长等职。

人民，你的钱给恺撒；给你的是饥饿。
你不就是一条狗，任人抽打和呵斥，
　　跟在老爷后面奔走？
给恺撒皇袍；给你背篓和破衣烂衫。
这些美人，你们的闺女，由恺撒霸占，
　　给你耻辱，给你出丑！

5

哈哈！会有人说话。缪斯，这就是历史。
会有人在黑夜里高声地呐喊不止。
　　笑吧，小丑兼刽子手！
会有人为你报仇，法兰西，我的母亲，
你在受苦！大家会听到天上有声音，
　　传下来催命的怒吼！

这帮浑蛋比明目张胆的强盗可恶，
他们贪婪的牙齿对人民吸髓敲骨，
　　毫不留情，无动于衷，
卑鄙得没有心肝，却有阴阳两张脸，
说道："得了吧！诗人！诗人可待在云间！"
　　好。云间有雷声隆隆。

1853 年 1 月

〔手稿：1853 年 1 月 19 日〕

* 这首诗揭露的内容并无夸大其词，而是和同时代专家学者有关里尔地窖的报道是一致的。这首长诗和另外一些同一题材的诗,构成了雨果诗中的一幅“悲惨世界”图。诗中触目惊心的内容既适用于第二帝国，更适用于19世纪的整个资本主义制度。

开心皇帝*

（歌曲）

这些流亡者铁了心，
离坟墓近，离祖国远。
亲王，寻欢作乐抓紧，
追逐小鹿，追进森林，
追逐美人，追进剧院，
国王都称呼你“老兄”，
罗马为你膜拜焚香。——
圣母院的大钟，今天请敲丧钟，
警钟明天敲响！

谁有骨气，谁受打击，
流放去酷热的非洲！
贡比涅[①]有天鹅嬉戏，
出猎林中，饮酒园篱，
美神在天花板搔首；
女祭司[②]的酒兴浓浓，
袒胸露肩，又痴又狂。——
圣母院的大钟，今天请敲丧钟，

---

① 贡比涅（Compiègne）在巴黎东北部，拿破仑三世在此有行宫。

② 罗马神话中酒神巴科斯的女祭司，善饮，性淫荡。

警钟明天敲响！

苦役犯在建造城阙，
拖着脚镣，寸步难移！
猎物围住，请奏军乐！
桦树银辉，溶溶夜月，
角声响起，森林战栗；
猎犬饮水，雄鹿哀恸，
消失在水池的一旁。——
圣母院的大钟，今天请敲丧钟，
警钟明天敲响！

父亲在卡晏被监禁，
家中孩子饿得难受。
狼端水供鬣狗畅饮；
头戴主教帽的公民[①]，
用纯金圣体盒酗酒；
野兽在近旁的洞中，
火红的眼睛在闪亮。——
圣母院的大钟，今天请敲丧钟，
警钟明天敲响！

死者在蒙马特尔蹒跚[②]，
指着胸头伤痕累累。
沙特尔肉酱[③]是美馔；

① 指巴黎大主教西布尔，他是第二帝国元老院的议员。

② 政变时被枪杀的一部分死难者被运至蒙马特尔公墓。

③ 沙特尔（Chartres）的野味肉酱是著名美食。

餐桌下有貂皮地毯[①]；
美女为胜利者举杯，
嘴边微笑，心灵顺从，
胸衣敞露，玉乳献上。——
圣母院的大钟，今天请敲丧钟。
警钟明天敲响！

囚犯，先发烧，后咽气，
从此可以不再劳神！
端菜用萨克森瓷器[②]，
盛汤用塞夫勒瓷器[③]；
唇边绽出一朵轻吻，
美人无不满脸笑容，
频送飞吻，又甜又香。——
圣母院的大钟，今天请敲丧钟，
警钟明天敲响！

圭亚那[④]地牢是笼屉，
古往今来，杀人如麻。
满面春风，心旷神怡。
请睡路易十六、皇帝[⑤]
和查理十世的床榻，
你耳听赞美和称颂，

---

① 貂皮质地坚韧，既可制作大衣，也可制作地毯。

② 德国名瓷。

③ 法国名瓷。

④ 圭亚那（la Guyane）是南美洲法属领地，有流放犯监狱。

⑤ 指拿破仑一世。拿破仑三世喜欢住先王的宫室，用先王的家具。

高枕无忧，进入梦乡。——
圣母院的大钟，今天请敲丧钟，
警钟明天敲响！

伤心啊！未来已沉沦，
未来已被匪徒谋杀！
今朝可是吉日良辰，
新郎登上马车动身；
是他！被簇拥的恺撒！
唱祝婚歌，各国民众！
法兰西嫁杀人魔王。——
圣母院的大钟，今天请敲丧钟，
警钟明天敲响！

1852 年 12 月于泽西岛

〔手稿：1853 年 1 月 25 日〕

* 这首诗是前一首诗《寻欢作乐》的续篇，内容也是前一首诗的延续。而且，本诗最初同样题作“寻欢作乐”。诗人注明这是一首“歌曲”，可供配乐咏唱。

议费德尔[1]法 *

我们所谓的宪章，或是所谓的宪法[2]，
只是革命的人民在花岗岩里深挖，
挖成的这个岩洞十分安全而可靠。
人民的心里非常高兴，借这座碉堡
藏下胜利的成果，他的荣誉和进步，
辛苦赢来的权利，为守卫这些财富，
人民在这座高大、富丽堂皇的洞口，
安置好“自由”这头鬃毛飘扬的猛兽。
大事既成，人民已平静，又重新工作；
人民又回去耕耘，庆幸有新的收获，
心安理得，躺在周年纪念日上大睡，
没想到夜里窃贼来游荡，伺机捣鬼。
清早，人民睡醒后去看人民的宪章，
那座体现他自己权力的神圣殿堂；
有人把兽窟里的，唉！狮子已经偷走，
兽窟变成了狗窝，有一条巴儿小狗。

1852 年 12 月于泽西岛

〔手稿：1852 年 12 月 10 日〕

---

① 费德尔（Faider，1805—1893）是比利时人，1835 年至 1855 年间任比利时司法部长。

② 法国 1830 年革命后，比利时于 1831 年奋起响应，并“以比利时人民的名义”修改宪章，颁布宪法。

*1852 年 12 月 5 日，比利时政府“应法国政府的紧急请求”，通过所谓“费德尔法”，规定凡是侮辱外国元首者，可处以罚款和监禁。“费德尔法”的制定推迟了后来《惩罚集》的出版工作。这首小诗对比利时政府是莫大的讽刺，对“自由”被人偷走的比利时人民，也提出了批评。

海边 *

哈莫狄奥斯[1]

黑夜已降临。

剑

哈莫狄奥斯！正是时候。

路边界石

暴君快经过。

哈莫狄奥斯

我冷，我回去吧。

坟墓

请稍留。

① 哈莫狄奥斯（Harmodius，？—公元前514）是古希腊的刺客。民间相传，他和友人为使雅典摆脱暴虐统治，在雅典娜节上刺死暴君，自己当场被杀。雅典人民尊其为争取自由的英雄，并为他立像纪念。

哈莫狄奥斯

你是谁?

坟墓

我是坟墓。——不动手，自己完蛋。

天边一条船

我也是坟墓，我的船上装载流放犯。

剑

等暴君走来。

哈莫狄奥斯

我冷。好大的风!

风

我在刮。
我风声也会说话。我正向空中播撒
因为贫穷而咽气的流亡者的呼号，
他们没有朋友和亲戚，屋子和面包，

一边死去，一边向希腊[1]的方向回头。

空中的声音

涅墨西斯[2]！涅墨西斯！起来，起来复仇！

剑

正是时候。我们要利用夜幕的方便。

大地

我地下躺满死者。

大海

我海中血红一片。
江河带给我数也数不清楚的死尸。

大地

他的影子被崇拜，死者在流血不止。
在明亮的天宇下，他朝前行走匆匆，
我就感到地底下死者在蠢蠢欲动。

---

① 19世纪的希腊是欧洲争取自由的象征。

② 涅墨西斯（Némésis）是希腊神话中的惩罚女神和复仇女神。

苦役犯

我是苦役犯，这是一副锁我的锁链，
唉！只是为了看到一个流亡者可怜，
没有把这高贵的公民从我家轰走。

剑

他的身上没有心，你不要刺他心头。

法律

我成了幽灵，被他杀害。我曾是法律。

正义

他把我这样一个女祭司逼成妓女。

鸟群

他从空气中抽尽空气，我们就逃命。

自由

我和鸟群一起逃——啊，大地没有光明，
希腊，别了！

贼

我们爱这暴君。这位大师
得到法官的尊敬，得到神父的赏识，
处处有人欢迎他，欢呼声令人振奋，
他更像我们；正人君子，并不像你们。

誓言

威严的众神！把每一张嘴永远封上！
信心已在每一颗胆小的心中死亡。
你撒谎，人！你撒谎，太阳！你撒谎，苍穹！
黑夜的风，请刮吧！请越刮越猛越凶！
请刮走荣誉，刮走美德这痴心妄想！

祖国

孩子！我是你母亲！我可在狱中遭殃！
我从牢房的深处，孩子，在向你呼求。

哈莫狄奥斯

怎么！趁他黑夜里回家时对他下手！
怎么！对此漆黑的夜，对此无际的海！
对此朦胧的夜色，对此无垠的存在，
就在漠漠无底的深渊旁捅他一刀！

良心

你可问心无愧地去把这个人杀掉。

1852 年 10 月于泽西岛

〔手稿：1852 年 10 月 25 日〕

* 这首很有特色的诗，尤其是最后一行，反映雨果对“惩罚”拿破仑三世的方式有过考虑。以后，雨果改变想法，认为“惩罚”不在于肉体消灭，而要让他遗臭万年。

不行*

把利剑留给罗马，尖刀留给斯巴达，
我们不要让布鲁图[1]的鬼魂抱住
波拿巴这个强盗，我们别急于惩罚。
把这个浑蛋留给阴森的未来惩处。

你们会得到满足，对此我可以保证，
你们不堪流亡的重压，因为被放逐，
你们被囚禁，践踏，受折磨，忍气吞声，
你们人人在战栗，你们会得到满足。

罪行永远也不会宽恕犯罪的罪人；
但是，请等待，上帝会给时间下命令，
请相信我，务必让复仇在剑鞘内安分，
上帝有耐心审判，时间姗姗来行刑！

让叛徒在无底的耻辱里苟延残喘。
要他的命，甚至连凶器也感到屈辱。
且等时间到，时间自有其神机妙算，
它把惩罚隐藏在自己大衣的深处。

---

① 布鲁图（Brutus）于公元前44年刺杀自己的养父恺撒。

就让他戴冠加冕，因为此人是祸害，
就让他在笨蛋和蠢货里称王称霸；
如果他找到母狗，能生下几只狗崽，
就让这元老院把帝国授予他一家；

就让他依靠弥撒，又依靠棍棒统治；
就让他作案后被捧上皇帝的宝座，
就让堂堂的教会对他竟卑躬屈膝，
就让这妓女钻进他的贼窝和被窝；

就让特罗龙夸他，西布尔对他崇拜，
就让他伸出血污的脚，让他们亲吻，
就让这恺撒活着！卢韦尔[①]或拉斯乃[②]
要去杀死他，都会不得不降低身份。

不要杀死此人，啊！你们在严厉思索，
你们都是神秘的沉思者，孤独，好斗，
当有人为他庆贺，当他正觥筹交错，
紧握拳头，你们在荒草野坟里行走！

我们能取得胜利，总是借上天帮助。
冷静的榜样应该胜于愤怒的喷发。
不行，不要杀死他。示众的丑恶木柱，

---

① 卢韦尔（Louvel，1783—1820）原是拿破仑部下，发誓消灭波旁王族，1820年因谋刺查理十世的次子被处死。

② 拉斯乃（Lacenaire，1800—1836）是杀人犯，他的被处决及其《回忆录》在当时曾是轰动一时的社会新闻。

有时候，需要找个皇帝来点缀一下。

1852 年 10 月于泽西岛

〔手稿：1852 年 11 月 12 日〕

*《海边》一诗的最后一句："你可问心无愧地去把这个人杀掉。"但是，这和雨果反对任何形式的死刑的一贯主张是相悖的。此外，雨果也意识到，他的意见就他的地位而论，也可能会对历史的进程产生影响。于是，半个月过后，他接连写出《不行》和《天网恢恢》两诗，第二年又写出《"进步"安详和强大，但永远天真无辜……》一诗，郑重修正自己的意见。

第 4 卷　宗教得到颂扬

天网恢恢 *

不行，自由！人民啊，可不能让他死了！
当然啦，要这样做，其实也十分容易，
既然他葬送法律，敲响这样的时刻：
神圣的羞耻心已上天国，销声匿迹；

既然他已经赢得他血淋淋的赌注，
他靠阴谋，他靠剑，他靠火，称霸称王；
既然他巧设陷阱，他变节，他是屠夫，
他做伪誓[①]，这可是在敲上帝的耳光；

他还谋害法兰西，把匕首插进心里，
再捆住双脚，装上囚车，并游街示众，
凡此种种，这浑蛋可以给一刀了事，
如庞培[②]砍在颈部，如恺撒刺进腹中！

不，他是在平原上转悠的杀人元凶。
他杀人，砍人，毙人，可连眼睛也不眨，
他使坟墓里满满，他使屋子里空空，

① 拿破仑三世就任总统时，曾起誓尊重宪法。

② 庞培（Pompée，公元前 106—前 48），古罗马将军，和恺撒争权，但被恺撒击败。

他走来走去，身后总有死人在看他；

这个短命的皇帝，便是一切的原因：
儿子失去了父亲，孩童失去了希望，
寡妇跪着在呜咽，在哭泣，而老母亲
坐在长长黑幔下，已是鬼魂的情状；

为了替他织御衣，梭子上使用的是
用滴滴淌下的血浸染而成的红线；
蒙马特尔大街上大缸一只又一只，
他身上穿的皇袍被染得殷红一片。

你们烈士昨天是英雄，今天成囚犯！
他把你扔在卡晏，非洲，肮脏的船舱，
红红的断头机上，铡刀并没有抹干，
滴下来的血一滴一滴掉在他头上；

脸色铁青的叛变，这乃是他的帮凶，
前来敲他的家门，他示意把门打开；
他是弑父的凶手！他杀害姐妹弟兄！——
各国人民啊，因此要他死就不应该！

要让此人活下来。啊！这才叫是惩罚！
啊！但愿有朝一日，他能在路上行走，
弯着腰，遭到全体人类的同声咒骂！
光着身子，像枯草在风中瑟瑟作抖！

如同套住他脖颈、布满铁钉的颈圈，

牢牢搂住他的是以往的累累罪行，
他只想找个地洞，找片树林或深渊，
群狼把他认出来，他苍白，胆战心惊；

他在苦役犯监狱里走路，铁链锒铛，
环顾左右，见到的只是寂静的仇恨，
孤零零独自一人，只能对石头嚷嚷，
时时处处有鬼魂，就是不见有活人；

蓝天下面目可憎，黑夜里战栗苦恼，
年老力衰，连死神也对他不屑一顾……——
各国人民，请闪开！此人身上有记号，
他应由上帝处置，快快给该隐[①]让路！

1852 年 10 月于泽西岛

〔手稿：1852 年 11 月 14 日〕

*这是《海边》一诗写成后，雨果立即自我否定的又一首重要诗作。雨果有意在同一本诗集中把笔下一时的想法，和心中的一贯主张，一并同时如实端出，足见其胸怀之坦诚。

① 该隐（Cain）是《圣经》里亚当和夏娃的长子，因妒忌杀死弟弟亚伯，遭上帝诅咒。上帝在该隐身上做记号，免得别人见他即杀。

1848 年诗人自诫 *

你不应追求权力，你应去别处寻觅
自己投身的事业；你另有一番天地，
面对机会，你应该清清白白地止步。
你应该忧心如焚，应该温柔又严酷，
不论被别人理解或轻蔑，你的责任
是祝福人的神父，是守护人的牧人。
同是一个法兰西、一个巴黎的儿女，
他们会因为贫困而有恼怒的情绪，
彼此间自相残杀，而当阴沉的街垒
猛然出现在每个街头，阴森而可悲，
从各个地方同时大量地倾吐死亡，
你应该独自奔走，身上也不带刀枪；
面对这一场可恶、可怕、可恨的战争，
你应该挺起胸膛，你应该表露心声，
你应该拯救弱者和强者，振臂高呼，
对枪林弹雨微笑，为死者亡灵哀哭；
然后，静静地返回自己孤独的岗位，
回到激烈交锋的议会大厅里，捍卫
会被人放逐的人，会被人判罪的人，
推倒绞刑架，保护有党派唯我独尊
因而动摇的秩序，因而动摇的和平，
保护我们很容易受骗上当的士兵，

保护你兄弟，扔进牢房的普通难友，
保护法律，保护可怜而自豪的自由；
当此惶惶不安又焦虑忧愤的时代，
安慰战栗和哭泣的神圣艺术，此外，
等待至高无上的决定性时刻来到。

你的作用是警告世人，清醒地思考。

1848 年 7 月于巴黎

〔手稿：1848 年 11 月 27 日〕

* 雨果在集中插入政变前的诗作，目的是表明心迹，说明自己政变前后的思想是一致的。诗人在 1848 年六月起义中，曾赤手空拳去街垒上劝解冲突。秋天，雨果支持路易－拿破仑·波拿巴竞选总统。但是，亲王总统背叛了宪法，背叛了人民。

1851 年 7 月 17 日走下讲坛后成诗 *

这一群卑劣、粗俗、终有一死的狂徒，
他们现在是污泥，然后就成为尘土。
对，他们必死无疑，是过眼云烟。今天，
正人君子见到了他们就恶心生厌。
他们嫉妒成性，幼稚可笑，气焰嚣张，
唯其感到自己无能，更加火冒三丈，
谁走在前面，他们就咬住谁的脚跟。
他们不能变小为大，只能狂吠声声，
又不能阵阵怒吼，感到莫大的屈辱。
他们奔跑，看有谁能跑得更快一步，
谁就是猎物！——他们在元老院里蹦跳，
如在树林中，有人嗥叫，也有人尖叫，
包税人，神父，丘八，大法官，乱成一片，
猎犬在追逐雄狮，狗窝在主人脚边，
他们统统叫你娘，只要你有权有奶，
今天可是波拿巴，明天是尚加尼耶[①]！
他们的口水淹没荣誉，权利，共和国，
淹没人民的宪章，淹没福音的成果，
淹没进步，被蹂躏人民的魂系梦牵；

① 尚加尼耶（Changarnier，1793—1877）将军，曾任巴黎国民自卫队司令，政治观点与路易－拿破仑·波拿巴相左。

他们有多么丑恶。——好吧。就悉听尊便！
现在，沉思的诗人在芸芸众生之上，
他昨天还在深深孤独中耽于幻想，
突然间，泰然自若，他却出现在此地，
来到你们的中间，宣说和传播真理，
捍卫失败的弱者，关心祖国的兴亡，
你们发怒吧！可以叫喊、谩骂和疯狂，
向他的名字猛扑，仿佛在争抢财宝！
你们得到的是他鄙夷不屑的微笑，
他甚至不屑一顾！——因为，他安详自尊，
鄙视你们的赏识，赏识你们的仇恨。

1851 年于巴黎

〔手稿：1848 年（？）11 月〕

＊此诗属旧稿，原无题。1851 年 7 月 17 日，雨果因修改宪法问题，和亲王总统及未来的政变集团在议会决裂，第一次喊出“拿破仑小丑”（“小拿破仑”）。后加的诗题本身赋予此诗以新的重要意义。

“人活着就要斗争；所以，活着的人们……”*

人活着就要斗争；所以，活着的人们
在脸上抖擞精神，在心里充满热忱，
他们要攀登高尚命运的险峰峻峭，
他们沉思着前进，胸怀崇高的目标，
不论黑夜或白天，他们的眼里只见
某种伟大的爱情，某个神圣的考验。
这是匍匐在约柜[①]前面的神圣先知，
他们的心地善良，他们的生活充实；
这是劳动者，工匠，又是族长和牧人，
他们才活着，主啊！其他人叫我怜悯。
因为，其他人空虚，所以才烦恼很多，
最沉重的负担是存在而没有生活。
他们都无所用心，晃晃悠悠地活命，
因为从来不思考，活得就无聊透顶。
他们叫芸芸众生，他们叫乌合之众，
他们也赞成，反对，来往，又咕咕哝哝，
鼓掌，顿足，打呵欠，又说好，又说不好；
从来也没有名字，从来也没有容貌，
这群人来来去去，也评判，宽恕，开会，

---

① 约柜（l’arche）传为古代犹太人存放和上帝所立之约的柜子。

破坏，支持马拉[①]或提比略都无所谓，
快活人身穿锦袍，可怜虫袖口翻卷，
乱哄哄地被推着走向未知的深渊。
这些人类的底层，过眼就化成云烟，
冷漠的过客，没有年龄，知己和主见；
他们不被人认识，也从不被人信任，
他们浪费别人的口舌、脚步和精神。
他们的周围一片漆黑，又隐晦莫测；
烈日当空时，他们只有遥远的暮色，
因为，他们随便地乱喊、乱哼和乱叫，
他们徘徊漂泊在黑夜阴森的周围。

什么！什么都不爱！没精打采地行走，
不追求梦想于前，不悼念死者于后，
什么！既向前面走，又不知走向何方！
嘲笑朱庇特[②]，却对耶和华[③]没有信仰，
毫无敬意地看待星星、鲜花和女人！
一心只想着肉体，从来不寻找灵魂！
为了徒然的结果，做出徒劳的努力！
对上天一无所求，把死者完全忘记！

不行啊，我可不是这种人！他们即使
躲进肮脏的黑窝，或有财有权有势，
我避开他们，怕走他们可憎的小道；
可悲的行尸走肉，卑劣的鸡鸣狗盗，

---

① 马拉（Marat，1743—1794），法国大革命时的革命家，《人民之友报》主编。

② 朱庇特（Jupiter）是罗马神话中的天神，相当于希腊神话里的宙斯。

③ 耶和华（Jéhovat）是《圣经》里上帝的名字。

小爬虫啊，我宁愿做棵林中的小树，
也不要吵吵嚷嚷跟着你们去充数！

1848 年 12 月于巴黎

〔手稿：1848 年 12 月 31 日子夜〕

* 这首诗是《惩罚集》的名篇之一。1848 年是法国，也是雨果自己多事之秋的一年。诗人表达了对不讲原则，只谋私利者的谴责，也表明了自己决不同流合污的决心。坚持信仰，勇于斗争，是雨果一贯的信条。

致四位囚徒*

（判刑以后）

孩子们，应该高兴；荣誉紧跟着你们。
你们，两位朋友，啊，高尚自豪的诗人[①]，
你们名字被羞辱，会因此更加荣耀；
要向卑劣的法官，这帮人愚蠢下流，
　　你呢，献上无畏的温柔，
　　你呢，献上愤怒的微笑。

上帝在这大厅里看到人心多丑恶，
冷冰冰的陪审员越下贱越有资格，
这十二人都沉默，但全身都是耻辱，
正义啊，你又阴沉，正义啊，你又威严，
　　我以为在黑暗中看见，
　　你四周是十二座坟墓。

他们判你们有罪，也会被未来审判！
你呢，你因为高喊：法兰西是流放犯、
失败者的避难所！——孩子，你说得有理！
你呢，因为面对这顽固不化的刀斧，

① 雨果的朋友保尔·默里斯和奥古斯特·瓦克里都是作家。

你对断头台加以羞辱，
你为耶稣受难像雪耻！

时世多艰难；也好。受折磨也是安慰。
真理呀，比起一切耀人眼目的光辉，
比起圣徒祈祷时头上有灵光鲜明，
比起黄金的宝座，当然是举世无双，
我更欣赏监狱的铁窗，
投在你脸颊上的阴影！

恶人可作恶多端，恶行为天地不容，
卑鄙不公的凌辱在天上化成光荣。
耶稣经受漫长的苦难历程的时候，
有个刽子手向他惨白的额头吐痰，
天空中立刻一片灿烂，
化作闪烁的满天星斗！

1851 年 11 月作于巴黎裁判所监狱

〔手稿：1853 年 1 月 18 日〕

*1851 年 7 月，雨果和总统派彻底决裂。9 月 1 日司法部查封雨果主办的《时事报》，对雨果的挚友默里斯和瓦克里及次子弗朗索瓦·维克多起诉和判刑，而长子夏尔已经入狱。当时，雨果每天去巴黎裁判所监狱探监，并在监狱食堂里和“四位囚徒”共吃牢饭。

第5卷　权威得到尊重

皇袍*

啊！欢乐就是你们的劳动，
天上的呼吸是气幽香浓，
这就是你们的掠夺对象。
十二月[①]一到，你们就逃避，
你们给人间酿成的蜂蜜，
来自从百花偷来的花香。

童贞女[②]把露水[③]制成佳酿。
你们就如同那一位新娘，
去看山坡上的百合盛开，
啊！你们金红花冠的伴侣，
蜜蜂，你们是光明的闺女，
请从这件皇袍上飞下来！

女战士们，向他发动冲锋！
啊！你们都是高贵的工蜂，
你们是责任，你们是美德，

---

① “十二月”一语双关，既指冬天，又指发动政变的月份。
② 采蜜的工蜂为雌性，但不承担生育职能。
③ 欧洲古代相信蜜蜂采天上的露水而成蜜。

金色的翅膀，发火的飞箭，
纷纷飞到无耻者的面前！
对他说："你看我们是什么？

"我们是蜜蜂，你这个畜生！
山间木屋有葡萄的凉棚，
屋顶下住着我们的蜂群。
我们在蓝天下出生，飞到
玫瑰花绽开的朵朵花苞，
也曾飞临柏拉图的嘴唇[①]。

"谁从泥中来，复回泥中去。
去黑窝里和提比略相聚，
阳台上把查理九世找寻[②]。
去吧！你那紫金色的皇袍，
不要伊梅特[③]的蜜蜂，只要
隼山[④]上黑色的乌鸦一群！"

大家都来刺他，你咬我追，
让发抖的人民感到羞愧，
把卑鄙骗子的眼睛戳瞎，
要狠狠地对他猛刺猛扑，

① 相传柏拉图童年时一天入睡，有蜜蜂飞来，将蜂蜜置于他嘴唇上，喻其言辞有迷人的魅力。

② 传说查理九世于1572年8月24日夜，曾站在罗浮宫阳台上，观看他亲自指挥的对新教徒的大屠杀，史称"圣巴托罗缪节屠杀"。

③ 伊梅特（l' Hymette）为希腊雅典附近的山名，古代以产蜜著称。

④ 隼山（Montfaucon）是中世纪巴黎郊区的行刑地，绞架林立。

让成群的蜜蜂把他驱逐，
既然做人的都对他害怕！

1853年6月于泽西岛

〔手稿：1853年6月〕

* 本诗是集中的杰作之一。拿破仑的皇袍以红色天鹅绒制成，袍上用金线绣成蜜蜂，象征帝国繁忙的工作。拿破仑三世沿用旧制。此诗以对蜜蜂的歌颂开始，继而号召蜜蜂飞出皇袍，以对穿皇袍的暴君狠狠刺咬告终。手法新奇，效果出人意料。

都要走*

理智

我要逃命。

权利

永别了！我要走。

荣誉

我去流亡。

阿尔赛斯特[1]

我寻求庇护，只好去休伦人[2]的地方。

歌曲

我去国外。对不起，我每唱一段叠句，

① 阿尔赛斯特（Alceste）是莫里哀著名喜剧《愤世者》里的主人公。

② 休伦人(Hurons)是北美印第安人之一族。这名词含有野蛮和未开化的意思。

或者每哼一个字，都会和警察相遇，
青脸皮的蠢家伙将我的双手铐住。

鹅毛笔

再没有人写文章；墨水瓶滴水全无。
这倒像是在波斯，俄罗斯，海外奇谈。
我们已无事可干；姐妹们，可以星散，
我要离开人的手，返回到鹅的身边。

怜悯

我就走。胜利者啊，让你们庆功摆宴。
我快飞到卡晏去，那儿有吵吵嚷嚷。

《马赛曲》

我张开翅膀，我和流放犯有难同当。

诗歌

哦！怜悯，既然你在流血，我陪你上路！

雄鹰

法国人，你们旗上怎么放上只鹦鹉！
这小畜生从哪个阴沟里钻了出来？
“催命弹”说是老鹰，罗耀拉看着可爱，

嘴上有血，法国人，这是你们的老鹰。
我飞回高山之巅，不和这家伙同行。
各国国王可以对这叛徒说声：谢谢；
这叫波拿巴的人，我可一点不了解！
议员大人！佞臣们！我还是独来独往！
请在阴沟洞生活，请在垃圾堆奔忙，
你们可满地打滚，头上有晴空碧天！

闪电

我要和雄鹰飞上雷鸣电闪的云间。
我只等命令下达。不能再耽搁时辰。

锉刀

既然，现在只允许毒蛇才能够咬人，
我就走，我去锉断囚船犯人的铁链。

群狗

我们已经被省长替代；去别处露脸。

和谐

我要远行。阴毒的心中只剩下仇恨。

思想

摆脱无赖的骗局，陷入学究的围困。
看起来，一切完蛋，大剪刀又快又长，
最好能等在空中剪掉飞鸟的翅膀。
这个倒霉蛋掌权，会熄灭一切光华。
法兰西啊！我要逃，我要哀哭。

轻蔑

我留下。

1852 年 11 月于泽西岛

〔手稿：1852 年 11 月 24 日〕

* 这首诗和《牧歌》《海边》一样，采用幽默的对白体，生动活泼，而主题鲜明。最后一句的效果，无异于画龙点睛。

“有人是提比略，是德拉古[①]，或是犹大[②]……”*

有人是提比略，是德拉古，或是犹大；
而有人虽说没有隼山，却有朗贝萨。
有人为人民锻造铁链；有人设牢房，
有人要把坚定的自由思想家流放；
一切在屈服。有人压制希望和努力，
压制未来和进步，压制自由和权利，
正如塞扬之所作，路易十一之所为[③]，
铁石心肠的法官，铁面无私的法规。
然后，——好极了，——呼呼大睡，主子很高兴，
说道：人再没有灵魂，天再没有眼睛。
暴君的梦想啊！岁月飞逝，时光驰骋，
河水在桥下西流[④]，种子在田沟萌生。
有朝一日，这些沉默和死亡的法令，
如同用力敲打后会突然破裂不行，
没有关严的大门又打开，噼噼啪啪，
全城上下，高举起熊熊燃烧的火把。

1853年8月于泽西岛

〔手稿：1853年1月17日〕

---

① 德拉古（Dracon，公元前7世纪）是雅典的立法者，其法典以严酷著称。

② 犹大（Judas）是耶稣十二门徒之一，因出卖耶稣而被看成是叛徒的象征。

③ 法国关押犯人的刑具用“铁笼”，始于路易十一时代。

④ 法国的大河多自东向西流，汇入大西洋。

*第二帝国日益巩固，人民对诗人的号召听而不闻。这首小诗表达了雨果对自由的坚定信念。事物的必然是最强大的力量。

“进步”安详和强大，但永远天真无辜……*

“进步”安详和强大，但永远天真无辜，
进步从来不懂得流血见红为何物。
进步以和平统治；不论有什么事情，
进步不会剑出鞘，进步不会握刀柄，
因为永恒的手在蓝天上写得明晰，
人是大地的主人，人的主人是上帝；
因为精神力量是不可战胜的力量。——
人民啊，不要流血！——是罪人或是忠良，
流掉的血从手里回流到人的头颅。
鲜血一喷，就成为抹擦不去的耻辱，
某人名声会遭殃，这一摊倒霉的血，
最后必然淹没他，使他彻底地覆灭；
历史上从来没有一滴血，从来没有，
不在该死的凶手头顶上滚流不休。
我们要知道，羞耻乃是最好的坟茔。
一个人恶有恶报，因为他犯的罪行，
血淋淋走出墓穴，满身蔑视的污泥。
苦役犯监狱偏对作恶者鄙夷不屑，
大门一关，很简单；荒坟却重又张开。
但坟要挖得很深，再盖上石板一块，
紧紧地压在上面，墓顶要坚不可摧，

等你们完成以后，心事重重的死鬼，
用额头顶开石头，慢慢地直起了腰。
你们在这座坟上再压一大座城堡，
一座花岗岩大山，死沉沉坚定不移，
花岗岩未必结实，死鬼却更强有力。
如掀翻一片枯叶，他掀翻这座大山。
他必须要走出来；他已经出来，请看，
他应该出来走动，拖着他那块尸布；
当你独自一人时，他在你面前停步；
他说：“是我”；一阵风，风给你送来此人；
深夜里，你会听到他在敲你的家门。
灭绝人性者，不论这权利有与没有，
我恨他们，但我更可怜他们。到时候，
铁面无情的历史只留下真的东西，
他们因曾经除掉一朝一夕的仇敌，
除掉无辜的或者有罪的对手很多，
围着不散的幽灵，躲向阴暗的角落。

1852 年 10 月于泽西岛

〔手稿：1853 年 3 月 25 日〕

*这是《海边》诗成后，雨果改变初衷的第三首诗，收回对历史罪人要肉体消灭的意见。同期创作的《良心》一诗，主题相同，连艺术手法也有相似之处，后收入《历代传说》，可以参阅。

出海人之歌*

（布列塔尼曲调）

别了！祖国呀，你好！
大海上骇浪惊涛。
别了！祖国呀，你好！
蓝蓝海天！

别了！家园，成熟的葡萄香甜！
别了！老墙，金色的花朵鲜艳！

别了！祖国呀，你好！
牧场、森林和云霄。
别了！祖国呀，你好！
蓝蓝海天！

别了！祖国呀，你好！
大海上骇浪惊涛。
别了！祖国呀，你好！
蓝蓝海天！

别了！未婚妻那纯洁的粉脸，
海风无情，天空里黑成一片。

别了！祖国呀，你好！
玛丽美，而安娜娇！
别了！祖国呀，你好！
　　蓝蓝海天！

别了！祖国呀，你好！
大海上骇浪惊涛。
别了！祖国呀，你好！
　　蓝蓝海天！

举目怅望，浊浪滚滚涌眼前，
未来的艰难辛酸无际无边。

别了！祖国呀，你好！
我的心为你祈祷。
别了！祖国呀，你好！
　　蓝蓝海天！

1852 年 8 月 1 日于海上

〔手稿：1853 年 7 月 31 日〕

* 政变后，雨果先在布鲁塞尔停留。1852 年 8 月 1 日，雨果从比利时安特卫普港登船，经伦敦去泽西岛，开始其漫长的流亡生涯。此歌为日后补写，反映诗人在船上辞别祖国和大陆时依依惜别的心情。原诗手稿上注明“献给朱丽叶”。雨果的情人朱丽叶是布列塔尼人。所谓“布列塔尼曲调”，据考是朱丽叶平日爱唱的一种家乡摇篮曲。

保琳娜·罗兰[①] *

她既不懂得傲慢，她也不懂得仇恨；
她有爱心，又朴素，又安详，却又穷困；
经常因缺少面包而匆匆把饭吃罢。
她家有三个孩子，可这并不妨碍她
感到自己是受苦和受难者的母亲。
黑夜里丑得无法见人的诲盗诲淫，
海上潮涨又潮落，张着大口的深窟，
无声无息地破坏巨人事业的侏儒，
我们所有的江洋大盗和无名鼠辈，
都不能使她害怕；透过这重重漆黑，
她能依稀看到是上帝在建造未来。
她感到信仰愈久弥坚而永远不改；
她在拨旺神圣的自由的熊熊火焰；
她为妇女、儿童的利益不安和挂念；
她对劳动者伸出自己的双手，说道：
“此地的生活艰难，彼岸的生活会好。
要前进！”——她给每人，她给家家和户户

① 保琳娜·罗兰（Pauline Roland，1805—1852），女记者，曾为《希望报》《社会杂志》等刊物撰稿。1849年，创办“工人协会联盟”等组织，维护妇女和儿童的权益。1852年2月，因援救流亡者家属被捕，7月流放非洲，经乔治·桑干预，11月被遣返回国，但已身染重病，12月在途中的里昂逝世。

送来希望[①]；可以说，她简直就是使徒，
上帝希望自己更可爱，在我们伤心
的这世上让使徒成为妇女和母亲；
不近人情者希望听她诚挚的话语。
她待人亲切，体贴，走进贫穷的屋宇，
探访并慰问大家受尽饥饿和痛苦，
探访躺在破床上沉思默想的病夫，
探访贫苦人住的愁眉苦脸的阁楼；
如果侥幸有点钱，她有点东西在手，
和大家分而享之，就如同姐妹相亲；
当她一无所有时，她捧出自己的心。
她高尚，沉静，爱人如太阳播撒光明。
全人类对她来说组成同一个家庭，
正如她三个孩子也就是整个人类。
她呼喊：进步！爱心！天下是兄弟姐妹！
她为有痛苦的人打开美好的前景。

保琳娜·罗兰竟然犯下这种种罪行，
教会以及秩序的拯救者把她抓到，
将她投进了监狱。她心平气和微笑，
因为她纯洁的嘴喜欢苦味的安慰。
整整五个月里，她忍受肮脏和污秽，
被人遗忘，刽子手，还有邪恶的狞笑，
隔着狱中的铁窗扔进来的黑面包，
教化早已习惯了罪恶行为的监狱，
教导行窃的女贼，教导卖身的妓女。

① 她撰稿的一种刊物即叫《希望报》。

这五个月过去后，有匪兵走进牢房，
说出此人的名字，会玷污我的诗行，
对她说：“马上去向新政权屈服顺从；
放弃你有的信仰，否则，就决不宽容，
朗贝萨！你选择吧。”——她的回答：朗贝萨。
第二天，铁栅栏门被打开，吱吱嘎嘎，
大家看到开进来一辆有篷的囚车。
“哈哈！这是朗贝萨。”她脸上并无怒色。
她们有好几个人同在监狱里受气，
失去权利很痛苦，囚车又太窄太挤，
污浊的小间难以容下这几个女人；
狱吏们无不手舞足蹈，又抖擞精神，
押送着这些妇女穿过巴黎的全城。
警察对她们污言秽语，又冷嘲热讽，
如同在对待窃贼，如同在对待凶手。
有的时候，大街上会有过路人行走，
吃惊地看到妇女像牲口被牵着跑，
行人走近时，用手摸一摸自己礼帽，
警察向他们冷笑，笑得很阴阳怪气，
过路人拔腿就跑，说道：原来是野鸡！
保琳娜·罗兰却说：各位姐妹，要勇敢！
阵阵的海涛沙哑，厚实的海浪昏暗，
大海把她们带走，艰难的航海中途，
地平线漆黑一片，而北风冰凉刺骨，
没有朋友可依靠，没有人可以谈话，
她们在哆嗦。夜里，甲板上的雨在下；
没有屋可以避风，没有床可以安睡，
保琳娜·罗兰喊道：要勇敢，我的姐妹！

连硬心肠的水手见了她们也在哭。
大家来到了非洲，海边上荒凉可怖，
沙呀沙，被久旱的天空烤焦的沙漠，
岩石里不见树根，找水更一无所获；
对于硬汉子，非洲这地方可怕难熬，
这古怪的土地上，使人再也感不到
有可爱的祖国的眼睛在望着自己。
保琳娜·罗兰脸带微笑，但憔悴无比，
流着泪对女友说：就在此地，要勇敢。
可她独自一人时，她也在流泪潸潸。
三个孩子，远离母亲，令人不安心焦！
在波尼[①]的有地牢暗无天日的城堡，
一天，狱卒走来对可怜的母亲开口：
“你想不想见你的孩子？想不想自由？
去向亲王求饶吧。”这个女人很坚强，
说：“等我死了，我会再见到我的儿郎。”
于是，对这个温顺却不屈服的烈士，
他们极尽仇恨和野蛮残忍之能事。

里贝罗尔[②]探求的非洲苦役犯监狱！
怜悯哭得说不出话来，啊，叹息唏嘘。
一个女人，是一个母亲，是一位人物！
如今流放到非洲，她憔悴，染病，孤独。
一张行军床，寒冷，酷热，又忍饥挨饿，
黑夜，有虫虱叮咬，白天，是骄阳炎热，

① 波尼（Bone），阿尔及利亚地名。

② 里贝罗尔（Ribeyrolles，1812—1861），具有空想社会主义思想的共和派记者，1853年逃亡伦敦时出版《非洲的苦役犯监狱》，书中对保琳娜·罗兰的事迹有报道。

重重门闩，劳役无休无止，百般凌辱，
可她的灵魂从不屈服，她准备受苦。
像耶稣一般受苦，受苦像苏格拉底。[1]
她被监禁，被带到这片荒芜的土地；
尽管酷热的天气已使她劳累不堪，
她仍然被迫光脚行走，像个苦役犯。
她阴沉，苍白，消瘦，折磨她的是高烧，
一到晚上，她一头倒下，睡的是烂草，
轻喊着桎梏中法兰西可爱的名字。
他们把她扔进了充作囚室的屋子。
身体被疾病压垮，灵魂却更加高大。
她一再严肃地说："一个女人如果她
在眼前的奴役和卑鄙可耻中煎熬，
能为正义和自由而死，岂不是很好。"
刽子手看到她已病危，她已在喘气，
知道要汇报，只知害怕，而不知羞耻；
十二月的政变者缩短了她的流放。
"既然要死，就让她回来死吧！"他叫嚷。
她不知道别人如何安排她的事情。
到达里昂时，她已垂危，而她的眼睛
仿佛火炬熄灭时黑夜来临的天空，
变得昏暗而朦胧，坟墓的黑影重重，
慢而又慢地罩上她那惨白的脸色。
儿子赶来了，希望在此最后的时刻，
至少把她最后的呼吸和目光记住。
可怜的母亲！儿子已经到晚了一步。

① 耶稣和苏格拉底都曾为拯救人类而被判处死刑。

母亲已经咽了气，被苦难折磨而死，
死的时候，不知道她能见到法兰西，
见到阳光和煦的家乡明媚的天宇。
死的时候喊：“我的孩子！”她在说谵语。
大家在她葬礼上也不敢哭泣哀悼；
她在大地下长眠。——现在嘛，各位主教，
站起来，整好衣冠，请在昏暗的圣地，
冲着上帝的脸上喷吐“感恩赞美诗”！

1852年12月于泽西岛

〔手稿：1853年3月12日〕

＊这是一篇诗体的传略。和《四日晚上的回忆》一样，雨果有意使用平易近人的散文代语言入诗。本诗可和第六卷中的《女烈士》联系起来阅读。

“一个人所能犯的最最恶毒的谋杀……”*

一个人所能犯的最最恶毒的谋杀，
就是捆绑法兰西，或者对罗马践踏；
就是剥夺个人的灵魂，人人的自由，
不论在什么国家，什么城市和时候。
带刀枪闯进议会庄严的会堂里边，
把法律阴谋杀害在大理院的宫殿，
囚禁全国的人民，都是可怕的罪行，
对此，安详沉思的上帝不闭上眼睛。
犯下了这般弥天大罪，决不会饶恕；
恢恢的天网疏而不漏，迟早会收住，
惩罚女神在上路；她神态从从容容，
她走来，有铜牙的铁鞭握在她手中。

1852 年 11 月于泽西岛

〔手稿：1852 年 12 月 1 日〕

*这首小诗的主题，其实只是“报应”二字。拿破仑三世会恶有恶报，时间一到，一切都报。在同一时间创作的下一首长诗，则写拿破仑一世，点明题目“报应”。

报应 *

1

天下着雪。有人被自己的胜利打败。
雄鹰可是第一次低下自己的脑袋。
阴暗的日子！皇帝缓步地在往回走，
把熊熊燃烧着的莫斯科留在身后。
天下着雪。酷寒的严冬化成了雪崩。
走不完一片一片皑皑雪原的前程。
已经认不出军官，已经认不出旗手。
昨天是浩荡大军，今朝是一群牲口。
已经辨不出中路，辨不清是右是左。
天下着雪。死马的腹中有伤兵藏躲，
借以御寒；破败的宿营地大门中央，
但见号手已死在自己岗位上冻僵，
站得正，身披白霜，或骑马，一言不发，
号手僵硬的嘴巴贴着黄铜的喇叭。
弹片，炮弹，榴霰弹和雪花混杂一起，
纷纷落下；榴弹兵[①]为自己发抖惊异，
边走边沉思，灰色小胡子里已结冰。
天下着雪。寒风在呼啸！雪下个不停！

---

① 榴弹兵是身材魁梧的精兵。

身在异国和他乡，部队却没有面包，
遍地薄冰，大家却光脚在地上奔跑。
这已经不是军人，没有热乎乎的心；
这是莫名其妙的梦在浓雾中行进，
是昏黑的天宇下，一队朦胧的黑影。
漠漠无边的孤独，模样可怕又狰狞，
处处是孤独这个无声的复仇女神。
老天静静地用雪，雪积得又厚又深，
正为浩大的军队缝制浩大的尸衣；
人人感到会死去，大家都无靠无依。
——这个死亡的王国难道就无法逃出？
两大敌人！沙皇和北方。北方更可恶。
为了烧炮架取暖，只好把大炮扔掉。
谁躺下来，谁就死。混乱得不可开交，
他们已溃不成军；寒漠在吞噬部队。
一个个土丘隆起，就有一个个雪堆，
可以看到整团的士兵已倒下长眠。
啊，汉尼拔①会失利！啊，阿提拉有明天！
轻伤员和重病号，逃兵、辎重和担架，
为了渡河，彼此在桥上践踏和挤压。
一万人躺下睡觉，只有一百人醒来。
往日的奈伊②身后跟着大军，而现在
却溜出来向三个哥萨克夺回怀表。
每一天夜里，口令！突击，进攻和警报！

---

① 汉尼拔（Hannibal，约公元前 247—前 183），迦太基统帅，是罗马帝国不共戴天的死敌，占领意大利后曾被迫撤回。

② 奈伊（Ney，1769—1815），帝国元帅。莫斯科战役失败，他负责掩护撤退，但和主力的联系经常被阻断。当时俄国士兵大多无表，便争抢法国士兵的表。

这些非人非鬼的士兵一端起步枪，
看到骑兵如飓风，恶煞般又打又抢，
发出仿佛秃鹫般阵阵凄厉的叫声，
阴沉沉，又恶狠狠，向他们发动冲锋。
一支浩大的军队在茫茫黑夜消失。
皇帝站立在一边，皇帝在注目凝视。
他犹如一棵等待刀斧砍伐的大树。
灾难这已经出场、阴险毒辣的樵夫，
对准了这个从未遭遇厄运的巨人；
凌辱他这橡树的则是斧头的利刃，
他在声声复仇的幽灵前战栗害怕，
他看到四周围的枝丫被一一砍下。
官兵都奄奄一息，人人迟早会夭殇。
活着的部队精心护卫着他的营帐，
他们永远相信他那颗天上的星星，
望着他在帐篷上来回走动的身影，
大骂命运竟然对皇帝冒犯和亵渎。
拿破仑猛然心里感到了一阵恐怖，
为失败惊讶不止，已不知何去何从，
皇帝转身向上帝；叱咤风云的英雄
在颤抖；他明白，惴惴不安，脸色铁青，
他也许是为什么事情而遭受报应，
眼望雪地上他的队伍已稀稀拉拉，
“上帝，你威风凛凛，”他说，“这就是惩罚？”
这时，他耳中听到有人叫他的名字，
有声音在冥冥中说话，对他说：不是。

2

滑铁卢！滑铁卢！滑铁卢！你平野堪悲！
苍白的死神在把各方凄惨的部队，
在你低洼的树林、山坡、山谷里搅混，
仿佛波涛在小小罐子里沸腾翻滚。
那一边是欧罗巴，这一侧是法兰西。
上帝破灭英雄的希望；浴血的撞击！
胜利啊，你开小差，命运在胆怯犹豫。
滑铁卢啊！我流泪，唉！我都说不下去：
最后一场战争的最后这一些士兵
都死得伟大；他们为战胜世界拼命，
驱赶国王，跨越阿尔卑斯和莱茵河，
他们的灵魂在借响亮的喇叭高歌！

薄暮降临；激烈的战斗炽热而悲怆。
拿破仑主动进攻，几乎已胜利在望；
他把威灵顿[①]死死逼进了一片树林。
他手握着望远镜，不时地注目找寻
战场的中路，若明若暗的一个黑点，
可怕的混战如同荆棘丛时隐时现，
有时望望地平线如大海一般依稀。

① 威灵顿（Wellington，1769—1852），英军统帅，在滑铁卢战役中是欧洲盟军的司令。

布吕歇尔[①]杀来了，他希望是格鲁希[②]。
希望改变了立场，战斗改变了灵魂，
呼啸声声的混战像大火迅速加温。
我们的方阵受到英国大炮的猛揍。
平野之上，破碎的旗帜瑟瑟地颤抖，
垂死的士兵被人杀戮，在呼救呼痛，
平野变成燃烧的深渊，炉火般通红；
深渊里部队仿佛一座座城墙倾倒，
身材高大的鼓手头戴高大的翎毛，
如同成熟的麦穗，一个个纷纷倒下，
远远地可以瞥见伤口又大又可怕！
恐怖的屠杀！这是劫数！他忧心忡忡，
他感到战争在他手中已开始松动。
近卫军都集结在一座小山丘后面，
近卫军，是最后的希望！最后的信念！
“也罢！去把近卫军投入进来！”他喊道。
有枪骑兵，榴弹兵有斜纹布的鞋罩，
龙骑兵像是古代罗马军团的精兵，
加上重骑兵，炮兵尾随着隆隆的雷鸣，
戴高顶长毛军帽，或戴的头盔发亮，
全体人马，不问是新兵，不问是老将，
都知道自己将在这番壮举中送命，
向站立在风暴中自己的天神致敬。
异口同音齐声喊，高呼道：皇帝万岁！

---

① 布吕歇尔(Blücher，1742—1819)，普鲁士军队统帅，逃脱法军格鲁希的包围，和威灵顿会合，决定了滑铁卢战役的成败。

② 格鲁希（Grouchy，1768—1847），拿破仑的将军，奉命堵截布吕歇尔的普鲁士军队，然后再和主力会合，但未实现。

于是，大家都笑迎英军的炮弹横飞，
沉着平静，却慢步行进，由军乐开路，
大家都从从容容，走进面前的火炉。
拿破仑紧紧盯着自己的近卫军，唉！
他注目凝视，但见将士们刚刚出来，
阴沉的大炮喷出滔滔不绝的硫黄，
这些钢筋铁骨的部队兵强又马壮，
在这无底深渊里顷刻间化为乌有，
如同一团蜡，接近火炭时融化成油。
人人手持武器，头颅高昂，不拔坚挺。
没有人后退。请安息吧，将士的英灵！
残部的脚下踩着尸体，在犹豫不前，
望着近卫军纷纷牺牲。——在顷刻之间，
“溃败”这个高大又面目狰狞的怪物，
突然提高绝望的嗓子而大声惊呼，
灰白的脸吓唬住最大无畏的英豪，
倏忽之间把军旗变成破布和碎条，
某些时候，“溃败”的幽灵是硝烟弥漫，
突然在军阵中间站起来，高大如山，
面对胆战心惊又临阵脱逃的士兵，
挥舞着两条臂膀，大声喊：“大家逃命！”
大家逃命！可耻！可怖！人人张口喊叫；
狂乱，凶狠和荒唐，并在田野里奔跑，
他们都身不由己，仿佛有鬼使神差，
在大堆军需品和肮脏军车间徘徊，
翻身跳进沟渠里，去黑麦田里藏匿，
扔掉军帽和大衣，扔掉步枪和鹰旗，
面对普鲁士军刀，身经百战的老兵，

可悲啊！嗥叫，逃跑，哭泣和战战兢兢！
——转眼间，仿佛干草着了火，灰飞烟灭，
浩荡大军的赫赫声名就土崩瓦解，
这片平野，唉，今天供人沉思和凭吊，
目睹世界曾为之逃跑的军队逃跑！
四十个年头过去，当年此地的大军，
是上帝在田野上涂抹的几点烟云，
滑铁卢，这片悲惨而又孤凄的高地，
还在为目睹巨人逃跑而心有余悸！

拿破仑看到巨人像江水流逝不见，
士兵和战马，鼓手和军旗；——面对考验，
他模模糊糊感到内疚又袭上心头，
他说："将士已牺牲。"向苍天伸出双手，
"我已经失败！我的帝国被轻易打垮。
严厉的上帝，这次可是对我的惩罚？"
这时候，喊叫、喧嚣和隆隆炮声不止，
他听到那个声音在给他回答：不是！

3

他垮了。上帝改变欧洲奴隶的地位。[①]

茫茫大海的深处，被浓浓大雾包围，
有古火山的残片，一角丑陋的岩石[②]。

---

① 指以前欧洲各国国王是拿破仑的奴隶，现在拿破仑是欧洲各国国王的奴隶。

② 指大西洋的圣赫勒拿岛，东距非洲1800公里，西距美洲3000公里，拿破仑于滑铁卢战役失败后，从1815年至逝世的1821年，被囚禁于此。

"命运"拿起了枷锁、铁锤和铁钉几只，
又抓起这"盗雷者"[①]，他活着，脸色苍白，
来到千年的山巅，扬扬得意的神态，
把他钉住，发出的奸笑不阳又不阴，
怂恿英吉利这头秃鹰啄咬他的心。
何等的灿烂辉煌，如今都付之东流！
从早上日出东方，到黑夜来临时候，
同样的孤独，遗弃，还是同样的监狱，
门口有英国士兵，天边是茫茫海域，
裸露的岩石，荒芜的野林，无聊，空廓，
帆篷都匆匆离去，如希望一闪而过，
耳边同样的涛声，耳边同样的风声！
永别了，翎饰飘动不已的紫红帐篷，
永别了，恺撒骑的白驹，曾跃马扬鞭！
再没能击鼓致敬，再没有皇家冠冕，
没有诚惶诚恐的众国王匍匐在地，
没有国王头上的皇袍，再没有皇帝！
拿破仑跌倒在地，起来又是波拿巴。[②]
如罗马人被帕尔特的箭射中挂花，[③]
流血，沮丧，他想起焚烧的俄国首都。
一个英国小班长对他下命令：站住！
妻子在别人怀抱[④]，儿子在国王手里[⑤]！

① "盗雷者"指拿破仑，"盗雷者"是从"盗火者"（普罗米修斯）衍生出来的。

② 拿破仑是名，波拿巴是姓。拿破仑皇帝退位后，充其量只是波拿巴将军而已。

③ 帕尔特人（Parthe）是古代小亚细亚部落。帕尔特人败走时，常向追击的敌人发射毒箭。

④ 拿破仑的妻子、奥地利公主玛丽亚·路易莎回国后和奥地利将军结婚。

⑤ 拿破仑被黜后，儿子随母亲回奥地利宫廷，由外祖父奥地利国王抚养。

元老院对他凌辱，[①]以前却膜拜顶礼，
比阴沟里打滚的公猪更下流卑贱。
当北风不再呼啸，在茫茫大海之边，
下临嶙峋的怪石，在悬崖峭壁之上，
他独自行走，沉思，四周是滔天浊浪。
高傲，忧伤，眼望着山高、海阔和天远，
眼里却为往昔的战役而头晕目眩，
他不禁浮想联翩，他不禁思潮翻动。
伟大、光荣皆成空！造化却从从容容！
飞去的雄鹰如今见了也不认识他。
国王们原是他的狱吏，用圆规一把，
划出无情的圆圈[②]，把他紧紧地关住。
他奄奄一息。死亡露出清晰的面目，
在他的夜空升起，在他的眼前成长，
如同神秘的一天，有个阴险的早上。
他的灵魂在抽动，几乎已逃逸不见。
终于有一天，他把佩剑安放在床边：
“就是今天！”他说罢躺在佩剑的一旁。
大家把马伦戈[③]的战袍盖在他身上。
尼罗河，多瑙河，台伯河，各战役先后
都向他俯下身来，他说：“我终于自由！
我是胜利者！我的雄鹰飞到我眼前！”
正当他转过脸来，准备就这样归天，

① 元老院于1815年4月议决废黜拿破仑。

② 指以圣赫勒拿岛为圆心、无法逃出的一圈海域。

③ 马伦戈（Marengo），意大利地名。拿破仑于1800年在此击败奥地利军队。

瞥见赫德森·洛[1]的一只脚伸进屋子，
正从微微启开的门缝里对他窥伺。
于是，这位被各国国王踩扁的巨人
喊道："这太过分了，这一次忍无可忍！
主啊！现在都完了！天主，我向你恳求，
你惩罚了我！"声音却说："还不到时候！"

4

凄惨的往事，你们已在黑夜里逃遁！
帝国已经被摧毁，皇帝已经是故人。
拿破仑将会埋在柳树下长眠不醒。[2]
于是，东西南北的各个国家的百姓，
忘却曾经有暴君，如今爱的是英雄。
诗人给各国国王黥面，他们是元凶，
诗人深思后，给这打倒的伟人安抚。
我们把铜像放还寡居经年的铜柱[3]。
我们仰起头张望，只见他高高站立，
安详地在巴黎城之上，俯视着大地，
白天和碧空相伴，夜晚和星星为伍。
神庙，把他的名字刻上你们的石柱！
我们现在只看到时光的一个侧面，
我们现在只记得光辉灿烂的周年；

① 赫德森·洛（Hudson Lowe，1769—1844），英国将军。拿破仑被囚禁圣赫勒拿岛时，他任该岛总督，对拿破仑管制十分严格。

② 1821 年 5 月 8 日，拿破仑的遗体在住地不远的三棵柳树下埋葬。

③ 巴黎旺多姆铜柱于 1810 年为拿破仑而立，用奥斯特利茨战役中俘获的大炮铸成，上立皇帝全身像，1815 年铜像拆除，1833 年重立。

这不同凡响的人似乎灌醉了历史；
冷眼旁观的公正在他英名前消失；
现在只看奥斯特利茨和埃斯林根[①]；
我们开始在发掘这些伟大的年份，
如同在发掘已故罗马皇帝的古冢；
每当有人从这片非同寻常的土中，
找出执政的石雕，或是皇帝的铜像，
你们一旁的各国人民就拍手鼓掌！

5

过去从没有这般的事情：
人已经倒下，名却在长大。
他静静地躺在自己的坟茔，
倾听着世界都在议论他。

世界在说：“不论什么地点，
胜利总和此人志同道合。
凄凉的历史，你从未看见
比他更不可思议的过客！

“光荣归于九泉下的主宰！
光荣归于这无畏的勇士！
我们曾看到他奕奕神采，
攀登上天的头几级天梯！

① 这是拿破仑取得胜利的两次战役的地名。

“他曾经倾注全副的心力，
派遣心里的每一个梦想，
拿下莫斯科，拿下马德里，
和命运搏斗，和命运较量。

“此人时时刻刻参与竞争，
他向前跨出巨人的步伐，
纵然上帝总是不予赞成，
偏向他提出狂妄的想法。

“他几乎可以说不是凡人。
他眼神牢牢注视着罗马，
兴冲冲地说道，十分认真：
现在，应该由我称王称霸！

“他既是火山，他又是灯塔，
是英雄，象征，是国王，教皇，
他想在罗浮宫君临天下，
再让圣克鲁成为梵蒂冈。

“他如是恺撒，会对庞培说：
你应以做我的副手为荣！
我们看到他的剑光闪烁，
显现在惊雷滚滚的云中。

“他的勃勃野心其大无比，
一旦异想天开，心血来潮，
他会大发脾气，并且随意

叫世界上各国民族跪倒，

“他想把种族、语言和人杰，
仿佛在大锅里混在一起，
他又想把巴黎推向世界，
又想把世界禁闭在巴黎！

“如居鲁士[①]把巴比伦攻夺，
他想伸出大手，高瞻远瞩，
把全世界变成一张宝座，
把全人类变成一个民族，

“将拿破仑帝国缔造成功，
也不问嘘叫声此起彼伏，
让耶和华在云端里眼红，
并为他拿破仑感到忌妒！”

6

终于，他死后得到解放，才舒心得意，
茫茫大海把他的灵柩送返法兰西。

十二年来[②]，此人在镀金拱门下长眠，
流亡和死亡已经为他又一次加冕；
好安静！——每当经过这座忧伤的殿堂，

---

① 居鲁士（Cyrus，公元前559—前529），波斯国王，曾征服巴比伦，建立庞大的帝国。

② 拿破仑的灵柩于1840年运回法国，安葬于“伤兵院”。雨果此诗作于1852年。

我们想象他头戴皇冠，幽暗的回廊，
身穿金色蜜蜂的皇袍，他一言不发，
躺在纹丝不动的这座圆拱顶之下，
而他，他认为世界乃是太小的空间，
他左手握着权杖，他右手执着利剑，
他的巨鹰待在他的脚旁，半张着眼睛，
我们说：正是此地睡着恺撒的英灵！

7

有一天夜里，——总是坟墓之中的夜里，——
他醒来。古怪景象在他眼前很清晰，
仿佛一支可憎的火把散发出微光；
阵阵笑声在石头天花板下面回荡；
他青着脸坐起来，那景象越来越大；
恐怖啊！他又听到那个声音在说话：

“醒醒。莫斯科，滑铁卢，圣赫勒拿，流亡，
国王是一群狱卒，英吉利高傲狂妄，
在你临终的时刻，斜倚在你的床边，
陛下，这不算什么。你的惩罚在眼前！”

这声音如同讽刺挖苦，变得很尖刻，
又如此冷嘲热讽，变得刺耳和苦涩；
冷笑使这仅次于上帝的神很痛苦。

“陛下！他们把你从蔚蓝的神庙请出！
陛下！他们把你从高高柱子上请下！

你瞧。一大群强盗，乱哄哄敲敲打打，
有该死的放荡鬼，有尸堆上的屠夫，
把你紧握在手里，你是他们的俘虏。
你高贵的脚在被他们的爪子触摸。
他们抓住你。你的逝世如星星陨落，
拿破仑大帝；你以波拿巴死而复生，
你走进博阿尔内[①]大马戏团的彩棚。
你是他们的演员，他们给你套马鞍。
他们高声称伟人，私下里叫你笨蛋。
他们来到了巴黎，哗啦啦铺开场地，
带着的几把尖刀可随时吞下肚皮。
他们对聚在堂屋四周的行人大呼，
对行人吆喝，你听：——大帝国精彩演出！
马戏团请到教皇参加；这当然很好。
而沙皇是更好的演员；谁也猜不到
沙皇只演个中士，教皇只演个和尚；
我们班子有皇帝老子的青铜塑像！
我们这些人都是大拿破仑的侄儿！——
富尔特[②]马尼昂，巴里厄和鲁埃尔[③]！
他们要表现玩偶元老院，十分卖力，
他们要抱点干草，就去掩体里收集，
充填你的老鹰，啊，耶拿[④]战役的猛将！

---

① 博阿尔内（Beauharnais）是拿破仑三世母亲的姓氏。雨果故意不提其父亲、拿破仑的弟弟路易·波拿巴的名字。

② 富尔特（Fould，1800—1867），第二帝国的财政部长。

③ 鲁埃尔（Rouher，1814—1884），曾任司法部长，商业部长，并担任政府在议会里的发言人。

④ 耶拿（Iéna），德国地名。1806年10月14日，拿破仑在此大败普鲁士军队。

老鹰已躺着死了，从前曾高高飞翔，
从战场上空跌进游乐场里的马厩。
陛下，他们在缝补你旧宝座的丝绸。
他们躲在树林边，把法国抢劫一空，
你看，他们的破衣烂衫上血渍浓浓，
西布尔借圣水缸洗涤他们的血衣。
你雄狮跟他们走；猴子是他们主子。
你的盛名是他们睡觉的床，拿破仑。
大家看见奥斯特利茨上有点马粪。
你的光荣是浊酒，他们喝得不知羞。
他们等着有人把铜板往小帽[①]里丢；
‘催命弹’正在试穿你的灰色燕尾服；
他们在桌上铺开你的军旗当台布；
在希腊人[②]发财的肮脏桌子的一边，
他们和农民[③]一起喝酒、作弊和赌钱；
大哥，你也参与了这场骗人的赌局，
是你的大手曾把洛迪[④]的军旗高举，
波拿巴，你这只手曾握有闪电惊雷，
如今帮着在牌上作弊，借骰子捣鬼。
他们现在逼着你和他们一起畅饮，
陛下，卡里埃用手友好地拉你衣襟，
彼埃特里[⑤]躲进洞，在和你称兄道弟，

---

① 拿破仑头戴小帽、身穿灰色燕尾服的形象在民间流传甚广。

② 希腊人常被敌人讥为弄虚作假。

③ 法国农民在全民公决中支持拿破仑三世。

④ 洛迪（Lodi），意大利地名。1796 年 5 月 9 日，拿破仑·波拿巴在此击败奥地利军队。

⑤ 彼埃特里（Pietri，1810—1864），1852 年时任警察总监。

而莫巴也是知己，拍一拍你的肚皮。
骗子，强盗，杀人犯，一个个人面兽心，
他们知道自己会遭遇到你的不幸；
他们且为你祝酒，要喝个酩酊大醉；
圣赫勒拿岛在和普瓦西①彼此碰杯。

舞会、盛宴和狂欢，你瞧，从早开到晚！
群众听到热闹声，人挤人争相观看；
他站在台上，人群拥挤不堪，又是笑，
又打哈欠又鼓掌，又是骂娘又嘘叫，
四周围着的丑角摇晃手里的铃铛，
‘戏从荷马开始演，戏到卡洛②再收场！
史诗！辉煌的史诗！啊！最后一章稀奇！’
左面特罗龙小丑，右边巴洛什滑稽，
身后的这间土棚，这地方又脏又杂，
脏兮兮的芒德兰乔装打扮成恺撒，
这个鬼强盗躲在他浓胡子里暗笑，
你这皇帝的幽灵，你一旁把鼓在敲！”

可怕的景象消隐。——皇帝已心灰意懒，
在朦朦胧胧之中发出恐怖的叫喊，
他低低垂下眼睛，高举惊骇的双手；
大理石胜利女神③雕像在大门四周，
这些白色的幽灵，在幽幽陵墓之前，
彼此间指指点点，又各自依偎墙边，

---

① 普瓦西（Poissy），巴黎附近地名，当时设有关押流氓和盗贼的监狱。

② 卡洛（Callot，1592—1635），雕刻家，其作品多表现人物的丑态。

③ 1844年时，拿破仑墓前曾刻有十二尊胜利女神像。

倾听巨人在暗处恸哭，在挥洒热泪。
他，喊道：“你这带来凄惨景象的魔鬼，
你处处紧随着我，但你从不见身影，
你是谁？”那声音说：“我是你犯的罪行。”
这时，坟墓里充满一种古怪的光芒，
如同上帝复仇时那般显灵的情状；
黑暗中，四个大字在恺撒头上闪亮，
和伯沙撒[①]的墙上映照的天书一样；
波拿巴全身战栗，如孩子失去妈妈，
他抬起惨白的脸，他念道：“**雾月十八**[②]！”

1852 年 11 月 30 日于泽西岛

〔手稿：1852 年 11 月 25—30 日〕

*1852 年 11 月 21 日，法国经全民公决，恢复帝制。拿破仑三世俨然以拿破仑的继承人自居，登上皇帝宝座。雨果气愤不已，写成这首长诗。不过，诗中史诗的气魄压倒了讽刺的本意，成为一部著名讽刺诗集中一首著名的史诗。雨果是颂唱“拿破仑神话”的诗人，认为上帝对“雾月十八”政变的惩罚，拿破仑践踏宪法、废除自由得到的报应，正是 1851 年的政变和 1852 年建立的第二帝国。

---

① 伯沙撒(Balthazar)是公元前 6 世纪巴比伦的末代国王。据《旧约·但以理书》，伯沙撒设宴欢饮，墙上忽现天书数字，其意思是根据天意，巴比伦将亡。

② 1799 年 11 月 9 日，拿破仑发动政变，推翻“督政府”，任“第一执政”，1802 年任“终身执政”，1804 年称帝。政变是日，为共和历八年的雾月十八日。

第 6 卷　安定得到保障

女烈士*

这些妇女都要被送往遥远的监狱，
人民，她们是你的姐妹，是你的妻女！
她们的弥天大罪，人民啊，就是爱你！
屈从、阴沉的巴黎在流血，无声无息，
目睹这种种罪行却死也不肯开口。

这个女人嘴巴里塞了东西被押走，
她高呼："打倒叛徒！"（这就是她的罪行。）
这些妇女是信仰，是美德，也是理性。
这些妇女是公平，廉耻，正义和骄傲。
圣拉撒路[①]——要彻底铲平这一座监牢！
迟早一定要把它拆除得片瓦无存！——
把她们收下，吞噬，轮到她们的时分，
打开丑恶的大门，把她们再吐出来，
扔进可憎的囚车，把她们运往国外。
她们去何方？无人会知晓，只有坟墓
才会向乌鸦叙讲，告诉墓前的柏树。
一位神圣的母亲，也是中间的女囚[②]

① 圣拉撒路（Saint-Lazare）是法国 19 世纪主要关押女犯的监狱。1935 年废。
② 指保琳娜·罗兰。

那一天她被带走，要去可怕的非洲，
她的孩子们都在，都想要和她拥抱，
却被人轰走，母亲看到儿女被赶跑，
伤心地说道：“走吧！”人民流着泪求情。
囚车的门又狭窄，又低矮，一个宪兵
嘲笑她长得丰腴，显出高兴的模样，
用手使劲地一推，把她推进了车厢。

她们就这样走了，带着病，关进车中，
关进黑色的马车，关进污秽的牢笼。
囚犯没有空气和阳光，也没有泪痕，
只是个坐在自己棺材里活的死人。
一路上都能听到她们绝望的声音。
发呆的人民望着受难的女人行进。
她们到土伦，走下囚车，被囚船接住。
她们除了挨棍棒，没有面包和衣服，
孤零零成了寡妇，漂洋过海的女犯
捧着肮脏的饭匣就用手指在吃饭。

1852 年 7 月于布鲁塞尔

〔手稿：1852 年 7 月 8 日〕

＊政变当局把成千上万的人民流放海外。据官方数字，仅流放阿尔及利亚南方的人就近万人。

流放犯颂*

祈祷吧！已是清静的黄昏。
天主呀，我们向你抬起眼睛和双臂。
在此地向你献上眼泪和锁链的人，
正是水深火热中最受折磨的一批。
他们荣誉应最多，他们痛苦却最深。

要挺住！犯罪自会有报应。
我们有姐妹，我们有母亲，
她们在茅屋里日夜伤心，
风儿在吹刮，鸟儿在飞行；
鸟儿呀，讲讲我们的酸辛！
风儿呀，捎去我们的爱情！

主呀！我们把心事托付你，
我们求你可忘却流放的我们，不过，
求你把光荣归还在沉沦的法兰西；
让我们一死了之，我们已受尽折磨，
酷热的白昼难熬，冰冷的黑夜相欺！

要挺住！犯罪——

如同弓箭手射中了目标，

烈日射来的利箭对我们多么残酷；
沉重的劳役之后，根本不可能睡觉；
热病，这只从有毒沼泽飞出的蝙蝠，
用它无形的翅膀击打我们的头脑。

要挺住！犯罪——

口渴，而水灼伤我们的嘴；
饥饿，只有黑面包；干活吧，拿起铁锹！
这荒芜的沙漠上，每打一镐和一锤，
死神从地下坐起，发出一声声狞笑，
一把搂住人，和人拥抱，又倒下再睡。

要挺住！犯罪——

没有关系！我们决不屈服；
我们准备受折磨，但我们仍然高兴。
我们要感谢倾听我们颂歌的天主，
感谢他选中我们，这时刻如此不幸，
现在，只有可耻的小人才不会受苦。

要挺住！犯罪——

万岁！伟大的共和国万岁！
愿和平降临无垠的神秘夜晚！
愿和平赐予亡灵，他们在墓中长睡！
愿和平降临大海，海阔天空，听不完
卡晏的呻吟，非洲的呜咽，令人心碎！

要挺住！犯罪自会有报应。
我们有姐妹，我们有母亲，
她们在茅屋里日夜伤心，
风儿在吹刮，鸟儿在飞行；
鸟儿啊，讲讲我们的酸辛！
风儿啊，捎去我们的爱情！

1853年7月于泽西岛

〔手稿：1853年7月23日〕

*本诗又是一首歌词，带叠句的“歌曲”。雨果希望自己的《惩罚集》具有人民喜闻乐见的艺术形式。这首颂歌不仅历数流放犯的苦难，更唱出他们的信念和希望。

月亮*

法兰西啊，你虽沉睡不醒，
我们流亡者在向你呼唤！
茫茫黑暗也有耳朵倾听，
黑暗茫茫也会放声呐喊。

暴政寡廉鲜耻，严厉残酷，
向心灰意冷的各国人民
把沉重、厚实的铁门关住，
让谬误和偏见腐蚀人心；

暴政禁闭大批志士仁人，
因为英雄有坚定的立场，
但是，要砸开坚硬的铁门，
只需要“理想”拍一拍翅膀，

如同在一七九一年[①]年中，
“理想”将会重新振翅高翔，
因为，要冲破铁打的樊笼，
对钢铸的巨鹰易如反掌。

---

① 1791年是法国大革命时期《人权宣言》发表的年份。

世界被沉沉的黑暗笼罩；
但是，“理想”之光又白又强，
“理想”在闪耀，“理想”在烛照，
使黑夜阴沉的天宇透亮。

“理想”是孤独的指路明灯，
这盏灯正是上帝的光芒，
这盏灯给大地指明前程，
但只能在天上才能点亮。

“理想”安抚受苦难的灵魂，
让死亡入睡，给生活指路；
“理想”给作恶者指指墓门，
“理想”给行善者指指前途。

恶毒的仇恨，狂热的信仰，
在混沌的浓雾之中看到
这伤心人所钟爱的“理想”，
又纯真，又安详，明察秋毫。

冉冉出现在神秘的天际，
便穷凶极恶地不停咆哮，
如哀悼凄伤的月亮升起，
总有不祥的恶犬群吠叫。

对“理想”抬起凝视的眼睛，
“理想”超凡的额头上，人民！
啊！从今以后，有一片光明，

到明天，照耀着你们前进！

1853 年 7 月于泽西岛

〔手稿：1853 年 3 月 31 日〕

* 第二帝国成立后，雨果眼看人民起来迅速推翻暴政的希望不能实现，便强调“理想”的力量。有“理想”的鼓舞，才能坚持长期斗争。

致妇女们*

一切渺小，妇女们，你们却仍然伟大。
他们徒然往血墙挂上一串串鲜花，
举办盛大的舞会；看到是强盗土匪
在大跳华尔兹舞，啊，我的各位姐妹，
你们——好惩罚！——你们耸耸可爱的肩膀。
你们神圣的微笑更显得他们荒唐。
这些强盗的礼服徒然有绣花织锦，
给魔爪戴上手套，为博取你们欢心，
徒然在三角帽上镶贴金色的丝绦，
你们在嘲笑这些优雅的礼服、手套，
嘲笑这个崭新而已有蛀虫的帝国。
上帝给你们一切，妇女们，上帝掌握：
在暴风雨中只有翠鸟能昂首挺胸，
而你们又是美人，你们而且是英雄。

尘世间还有妇女，在天上还有先辈，
此外，我们就一无所有！

污泥又浊水！

我们眼前的黑夜是黑得无穷无尽，
对，法兰西人民，对，救助人类的人民，
对，这个缔造世界权利的伟大铁匠，

六十年来[1]，他的铁砧一直叮当作响，
他通红的炉膛里不断闪耀出光辉，
他把巴士底狱的高墙彻底地摧毁，
他猛然站立，当家做主，他挥出铁拳，
他伸出铁脚，砸烂已有千年的王权，
法兰西人民吹一口气，如风扫残叶，
让各国国王，各国军队都灰飞烟灭，
狠狠一棍打下来，一旦他大发雷霆，
巨人罗伯斯庇尔，巨人丹东[2]也送命，
战无不胜的人民，对，这非凡的人民，
面对马尼昂野蛮，面对特罗龙挑衅，
今天却脸色苍白，像棵小草在发抖，
牙齿打战，躲在一边，根本不敢开口！
对！这是现实！他们对我们为所欲为，
福图尔[3]之流，鲁埃尔之辈，使人麻醉，
面对遍地的哀鸣，却挥霍百万千万；
无人则声。而我们放荡无耻的大官，
在卡晏，在水深火热的苦役犯监狱，
做的事无法无天，偏有人宁死不屈；
无人则声。囚船在喘息；说话吗？不要。
有的孩子在非洲服苦役；这也很好。
如果你要哭，请把眼泪往肚子里咽。
刽子手工作归来，站在大车的上面，
收割回来，篮子里已装得又满又多；

① 这是指从1789年法国大革命开始以来计算，已60余年。

② 丹东（Danton，1759—1794），法国大革命时期的主要历史人物。

③ 福图尔（Fortoul，1811—1856），曾任教育部长，元老院议员，是严格控制大学的代表人物。

也无人则声。这个提比略－埃兹里诺[①]，
他自以为是蝎子，其实是一条蜈蚣，
开枪时还为海瑙[②]用绞架杀人眼红；
神父身上溅着血，在为他拍手叫好；
这个蝙蝠精恺撒对各国国王说道：
看我的权杖；对恶棍说：看我的罪行；
这胜利者被祝福，洗刷，加冕，受尊敬，
身上穿两件红袍[③]，坐在历史上不走；
他手里握着地球，他脚上拴着铁球，
他冲着我们吐痰，他统治！无人敢动。

我们看到你们的脸颊上涨得通红，
是你们含着眼泪，是你们站了起来，
妇女啊，胸部鼓胀，是你们生气愤慨，
你们对暴君嘘叫，你们给坟墓安慰，
能使秃鹫颤抖的竟是白鸽的小嘴！
我沉思的流亡者说：光荣属于你们！
一点不错，你们是骄傲、温柔的女人，
你们热心于献身，你们甘心去受苦，
在法国，在彼杜里[④]，对斗争全力以赴，
你们的心灵高尚，可比英雄的美德，

---

① 即埃兹里诺三世（Ezzelin Ⅲ，1194—1259），是中世纪时意大利东北部的暴君。

② 海瑙（Haynaud，1786—1853）是奥地利将军，曾残酷镇压意大利布雷西亚的起义。

③ 皇袍是红色，而囚衣也是红色。

④ 彼杜里（Béthulie）是《圣经》中犹太女英雄犹滴解救的城市。

你们曾出了犹滴[1]，你们出了夏洛特[2]！
你们不仅有忧伤，你们更具有勇气，
你们是鲍尔细霞[3]，你们是科尔内莉[4]，
你们还是阿丽娅[5]，纵然流血而微笑；
对，你们永远具有同样的精神风貌，
能让败落的民族撑住、振兴和奋起，
能激励犹太母亲和马迦贝七兄弟[6]，
能借你贞德又使阿马迪斯[7]再复生；
使暴君们在路上，已经口呆又目瞪，
有时出来个姑娘，有时出来个母亲，
让他们在得意时被吓得席不安寝！

所以，我们有时候会看到各种幻景，
在天上出现一个长有翅膀的人形，
是圣米歇尔[8]脚踩一头披鳞的怪兽，
我们说：这是“光荣”；我们说：这是“自由”！
手中有一柄金光闪闪的长剑舞动，
凭这么一副丰采，凭这么一副仪容，

---

① 犹滴（Judith）的彼杜里城被敌人围困，她出城迷惑住敌人首领，斩其首级归来，城遂解围。

② 应是夏洛特·科尔代（Charlotte Corday，1768—1793）是法国大革命期间刺杀马拉的吉隆特党人。19世纪都认为她是女英雄。雨果对马拉的看法到晚年才有转变。

③ 鲍尔细霞（Porcia）是布鲁图的妻子，以勇敢闻名。

④ 科尔内莉（Cornélie）是罗马民族英雄格拉古兄弟的母亲。

⑤ 阿丽娅（Arria）的丈夫被罗马皇帝害死，自己自杀。

⑥ 马迦贝七兄弟（les sept Macchabées）在《旧约》中是殉教者，他们的母亲鼓励他们以身殉教。

⑦ 阿马迪斯（Amadis）是写法国骑士故事的西班牙小说中的主人公。

⑧ 圣米歇尔（Saint-Michel）是天使长，其形象是持长剑，斩妖龙。

当我们需要称呼，就要把名字找寻，
我们想，天使长是男人，却更像女性！

1853年5月于泽西岛

〔手稿：1853年5月30日〕

*法国是《人权宣言》诞生的国家。但是，法国妇女在19世纪的社会地位是很低的。法国妇女直到20世纪40年代才有选举权。雨果对革命妇女的热情讴歌，是走在时代前面，具有历史意义的行为。

致人民*

大海和你一样；大海可怕，大海和平。
大海又无边无际，于动荡中见宁静；
大海有波澜起伏，大海有浩瀚恢宏。
为一线阳光平静，为一声微风激动，
有时是和谐协调，有时是大叫大嚷。
青蓝色的海底里，海兽都心情舒畅；
海上有风暴生成，海里有无底深渊；
谁胆敢来此冒险，谁就会命丧九泉；
茫茫大海上，巨人站立不稳会头晕；
大海把船只倾覆，如同你倾覆暴君；
大海之上有号灯，如你头上有思想；
上帝才知道大海为何盛怒或慈祥；
听到有海涛激荡，如铁甲碰撞，终于，
漆黑的夜晚充满可怕的窃窃私语，
我们感到，这滚滚大海犹如你人海，
今晚已经在咆哮，明天把大口张开。
浪尖很锋利，正和锋利的刀剑相同；
晨星升起，大海唱其大无比的赞颂；
大海浩浩的四周是蔚蓝色的宇宙，
在自己镜中收下满天的大小星斗；
大海有威力无穷，大海有风光妖娆；
大海把巉岩拔起，却留下一茎小草；

大海也和你一样，把浪花抛洒高山，
人民啊；只是我们站立在神圣海滩，
我们在凝目沉思，等待海潮的到来，
大海从来不骗人，从不骗人是大海。

1853 年 7 月于大海之滨

〔手稿：1853 年 2 月 23 日〕

* 水能载舟，也能覆舟。雨果深信这个道理。诗人一比到底，大海的每一个特性都可以有所指。大海有涨潮，而人民没有起来。在诗人笔下，大海不仅是一个比喻，是一个象征，大海对沉睡的人民，还是一个沉痛的责备。

花月*

明媚的春光归来，当此葱茏的花月[①]，
丹东因被雷阿尔[②]出卖，而抛洒热血，
农舍尽头的马厩正在不安地骚动，
阳光下，流水潺潺，幻化成宝石种种，
坐着的年轻女工手里有针也有线，
她正在唉声叹气，却斜眼望着路边，
她不想缝缝补补：这是采花的时辰，
鸟窝里鸟儿做爱，苹果树为了迎春，
往脸上涂脂抹粉，如侯爵参加舞会，
查理十二[③]，汉尼拔，被阳春五月一催，
说："是时候了！"调集大炮的滚滚车轮，
或者指挥投射机去沙场冲锋陷阵；
我却喊道："太阳啊！致敬！"在百花丛中，
我听到有喜悦的燕雀，嘘叫的乌鸦；
树在歌唱；我就来；春天啊！人间天上；
加吕斯邀莉各丽斯幽会，倾诉衷肠；[④]

---

① 花月是法兰西共和历的第8月，相当于4月下旬初至5月中旬末。

② 雷阿尔（Réal）曾是丹东朋友，但未曾出卖过丹东。雨果记忆有误，或纯系押韵需要。

③ 查理十二（Charles Douze，1682—1718），瑞典国王，和汉尼拔一样，常在春天发动袭击。

④ 加吕斯和莉各丽斯是一对恋人。罗马诗人维吉尔在《牧歌》中曾咏唱过他们的爱情。

万物都欣欣向荣；碧天使人人振奋，
真是俯视大地的晴朗、宁静的眼神！
草儿在向我示意，牧场在向我邀请；
我于是宽恕命运，于是我原谅生命。
我说："为什么放下爱情，却忙忙碌碌？"
我感到内心如同外界，正生机勃勃，
我对鸟儿说："小鸟，小鸟，你们听分明，
你们或是金翅鸟，你们或是白鹡鸰，
你们甚至根本不认识我，你们随便
飞到草地上，飞进树丛中，飞进麦田，
乱哄哄的这种鸟，闹嚷嚷的那种鸟，
翘起金色的羽冠，梳理蓝色的羽毛；
你们虽然都很美，但也愚蠢得可以；
你们飞东又飞西，半空中喳喳叽叽；
好，你们使我心里充满神圣的激动！
只要我听到你们躲在金黄的林中，
鸟儿，我张开翅膀，我重又年轻的心
充满无限的情意，满口把爱情喝饮！——
我不禁浮想联翩，我不禁思潮涌起。
绿叶滴翠呀！忘却！牛鸣声声呀！草地！
可是，尤维那利斯，你知道，正当此时，
从我口袋里偶尔掉出来一页报纸，
我注视着天空的毫不在意的眼睛，
碰见一个说起来就是耻辱的姓名，
于是，压抑不住的反感，葱茏的林中，
出现了涅墨西斯，她压下朵朵花红，
她指着要我看她狂躁激动的胸脯。
这是因为，祖国啊！你要人全心投入！

这是因为，法兰西，你的血流个没完，
你要我们寻烦恼，要我们怒发冲冠，
你要我们在世上对万物视而不见，
你要我们的眼睛不再去注视蓝天，
满怀深沉的同情，只看你的血在流！

我起身，美景消失，我全身气得颤抖，
我眼前又只见到全国人民受凌辱，
见到犯罪不受罚，含冤者却无坟墓，
捆手捆脚的巨人交给低能儿带去，
儿童被带上囚船，妇女被关进监狱，
流放犯，尸体，示众，元老院，苦役，关押；
于是，我把枯萎的花朵都踩在脚下，
我拔腿就跑，我对和煦的阳光说道：
“我要黑暗！”而我对小鸟们吆喝：“别吵！”

我泪流满面，从我嘴里飞出的诗行，
打我狂暴的脑袋，拍击坚硬的翅膀。

所以说，不要春天！所以说，不要晴空！
强盗们啊，还有你，奥唐丝[①]生下的种，
诅咒你们，先诅咒你们的所作所为，
其次，还诅咒你们使诗人不得安睡！
诅咒你们，特罗龙，富尔特和马尼昂，
诅咒你们，让哲人看不完虎豹豺狼，

① 奥唐丝（Hortense）即奥唐丝·德·博阿尔内（1783—1837），荷兰王后，拿破仑三世的母亲。雨果又一次不提他的父亲，是对他的蔑视。

处处跟着他，跟到田野，树下和山谷，
走进森林都见到你们丑陋的面目！
挡住诗人阳光的刽子手，诅咒你们，
诗人的一颗爱心如今充满了仇恨！

1853年5月于泽西岛

〔手稿：1853年5月28日〕

*经过1852年的多事之秋，又在阴沉的石屋里度过了严冬，海岛上1853年的春天对诗人真是新生，真是诱惑。雨果甚至放下写《惩罚集》的大笔，写了不少清新欢快的抒情小诗，后收入《静观集》。但大陆彼岸的消息传来，诗人分外气愤，诅咒政变的阴谋家使“诗人的一颗爱心如今充满了仇恨”！

晨星*

夜里，我在沙滩上入睡，一旁是大海。
一阵风把我吹醒，我就从梦中醒来，
我张开我的眼睛，看到启明的晨星。
这颗晨星闪耀在又远又高的天顶，
洒下柔和的白光，无穷无尽又可爱。
北风已经挟带着风暴偷偷地走开。
明亮的星把乌云化成了鹅毛轻轻。
这一点光明正在沉思，它也有生命；
这颗星使波涛在海礁上不再翻滚；
我们仿佛能透过珍珠[①]看到有灵魂。
天色尚黑，黑暗的统治已好景不长，
上帝的嫣然一笑，使天空豁然开朗。
歪斜的桅顶染上银色的晨光熹微；
船帆已经在发白，船身还仍然很黑；
几只海鸥站立在悬崖峭壁的绝顶，
聚精会神，严肃地注视着这颗星星，
如对闪光幻成的这只天鸟在凝望；
像是人民的大海对星星多么向往，
大海在轻轻呼啸，看着星星在照耀，
似乎是非常害怕把星星吓得飞掉。
无法言传的爱情充满了茫茫海空。

① 珍珠指色泽白而淡的晨星。

青草丛如痴如醉，在我的脚下乱动。
鸟儿们待在窝里交谈；有一朵花蕾
醒了过来，对我说："这颗星是我姐妹。"
正当黑夜把皱褶长长的帷幕揭开，
我听到一个声音从星星传了下来，
星星在说："我这颗星星只是个先驱。
我出来了，有人说我已在墓中死去。
我在西奈山[①]照耀，在泰格特山[②]升起，
我是金光闪闪的小石子，我被上帝
仿佛用弹弓击中深夜黑暗的额头。[③]
一个世界毁灭时，我又会重返地球。
我是热血沸腾的诗歌啊！各国人民！
我曾照亮过摩西，我曾照亮过但丁。
大海是一头雄狮，它对我爱慕不已。
我来了。站起来吧，美德、信仰和勇气！
思想家，仁人志士，请登上塔楼，哨兵！
快快点亮吧，眼珠！快快张开吧，眼睛！
生命，把声音唤醒；大地，叫田沟掀动；
你们在沉睡，起来；——因为，我有人陪同，
因为，第一个派我出来的人，他其实
是光明这位巨人，是自由这位天使！

1853 年 7 月于泽西岛

〔手稿：1852 年 12 月〕

① 西奈山（le Sinaï）是上帝启示希伯来人的先知和立法者摩西（Moïse）的地方。

② 泰格特山（le Taygète）是希腊南部山脉名，相传是阿波罗和众位诗神喜爱的居住地。

③ 这个形象取自《圣经》中以色列王大卫和独眼巨人斗争的故事。

*《晨星》也许是《惩罚集》中最受人称道的作品。全诗不着一字影射时事，只从身边景物写起，而以宇宙万物的象征结束。诗人对自由的渴望，对光明的追求，其境界和风格与集中其他的讽刺诗大异其趣。

三匹马*

这儿有三匹马被拴在同一棵树边，
聊了起来。

　　　　一匹是赛马，强壮而矫健，
它曾在埃普瑟姆[①]夺魁，值十万法郎，
全套金马具："我在，故我在！"[②]大声叫嚷。
牲口竟说拉丁文。白净的纤手伸出，
曾千百次抚摩过这纯种马的臀部，
赛马场上一片赞叹声，这伟绩丰功
使马感到女人的芳心在为它跳动。
这也使马的主人抬高了许多身价。

这第二头四足兽，却是作战的军马，
是顶呱呱的好马，钢筋铁骨无所惧，
到拉辛[③]笔下，就是一匹坐骑或良驹。
套着缰绳，却高高立起，英武而狂喜，
长了一双鹅眼睛，就更加扬扬得意。
鞍褥上有字：耶拿，乌尔姆，埃斯林根，

① 埃普瑟姆（Epsom）是英国伦敦附近的城市，是著名的赛马场所在地。

② 原句为拉丁文。法国哲学家笛卡儿有名言："我思，故我在。"此为对笛卡儿名言所作的拉丁文谐谑。

③ 拉辛是法国17世纪的悲剧作家。

如同越是不懂的事情，反而更兴奋，
不可一世的神情，更显得神采飞扬；
它黄褐色的马披华贵而叮当作响；
它蹬蹄踢腿，似乎在等待有人敲鼓。

这第三匹马是在田里劳动的耕畜。
颈子里套的鞍绳就是此马的打扮。
马走路时，像一副骨头架步履艰难，
当北风呼呼刮起，身上的皮还凑合，
倒霉的牲口算有一点活马的效果。

漂亮富贵的骏马其实是绣花包装，
说道：

“一边布里斯男爵[①]，一边是教皇；
“布雷邦[②]解决肚子，罗耀拉解决灵魂；
“既受祝福，又好吃好喝，这样的高论，
“是我主人的教导；我比武稳操胜局，
“我认为我的主人有理，我补充一句，
“家鸡野鸡倒能使赛马会漂亮新奇。
“人民需要有一个神父侍奉的上帝，
“桃花心木的马厩给我们，《圣经》给人，
“报纸嘛，真是见鬼，要严加控制新闻！
“骑师俱乐部要比荣誉团[③]精神更好。

---

① 布里斯男爵（baron Brisse, 1813—1876），曾每天在《自由报》发表菜谱一份，并于1867年结集出版，书名为“布里斯男爵的365天菜谱”。

② 布雷邦（Brébant）是巴黎鱼妇大街上的著名餐馆。

③ 荣誉团是拿破仑创设的勋位，奖励社会上各行各业有功的人士。

“我们不会有社会，如果没有了宗教。
“如果我不是匹马，那我就去当神父。”

“我，我可有的时候真想吃一点麦麸，
“吃点草料。”农民的马说，长吁又短叹：
“我是没命地干活，这你们可以评判，
“我的两腰在流血，我背上骨瘦如柴，
“我几乎受到了和黑奴同样的虐待。
“想要数数我挨的鞭子，这如同需要
“去数数树林里有多少唱歌的小鸟；
“我又饿，我又渴，我又冷；我并不凶恶，
“可是，我多么不幸。”

驽马是这般性格。

这一下，战马怒气冲天，又暴跳如雷，
发了火，很有规矩，大叫道：“皇帝万岁！”

〔手稿：作于从多佛尔[①]去奥斯坦德[②]的海上〕

*本诗是1870年《惩罚集》重版时收入的，创作时间应为1868年7月29日。拿破仑三世早年曾流落英国，热衷于赛马，本人也是骑手。雨果在诗中既倾诉了人民的苦难，又比较了拿破仑和其侄子的历史功过，但文笔颇调侃。

① 多佛尔（Douvres）是英国港口城市。
② 奥斯坦德（Ostende）是比利时港口城市。

第 7 卷　救命恩人逃之夭夭

“吹响吧，要不断地吹响，思想的号角……”*

吹响吧，要不断地吹响，思想的号角！

当沉思的约书亚[①]头颅向天空高翘，
这被激怒的先知领着他的人进发，
围绕着这座城市[②]，吹响起他的喇叭，
绕第一遍的时候，国王展开了笑颜，
绕第二遍时，笑个不停，并向他传言：
“你以为放放空气能把我城市吹倒？”
绕第三遍的时候，约柜在前为先导，
接着是全体号手，接着是军队经过，
孩子们纷纷跑来，向约柜大吐口沫，
学着号角的声音吹起孩子的喇叭；
绕第四遍的时候，妇女们上来谩骂，
就在锈蚀得已经发黑的雉堞中间，
她们在墙上坐下，一边拿纺锤纺线，
并且对希伯来人扔石块加以嘲弄；
绕第五遍的时候，瞎子和跛子一同

---

① 约书亚（Josué）是《圣经·旧约》中的人物，是先知摩西的继承人。

② 指杰里科（Jiericho），一译耶利哥。

走上昏暗的城墙，他们大声地嘘叫，
对阴天下吹响的黑喇叭大肆嘲笑；
绕第六遍的时候，那花岗岩的塔楼，
塔楼高又高，雄鹰在楼顶筑巢停留，
坚固得即使闪电也无法把它劈开。
国王放声地大笑，回到他高塔上来：
“这一些希伯来人音乐可奏得真好！”
全体元老也围着高兴的国王大笑，
晚上还坐在庙里，还在讨论和谈话。

绕第七遍的时候，城墙轰轰然倒塌。

1853 年 9 月于泽西岛

〔手稿：1853 年 3 月 19 日〕

* 雨果借用人们熟悉的圣经传说，赋予其强烈的象征意义，号召为正义事业吹响“思想的号角”。雨果在诗中对思想力量和意志力量的强调，使本诗成为《惩罚集》中的名诗之一。

黑色的猎手 *

“你是谁，过路人？林中很黑。
乌鸦成群结队地在翻飞，
　　大雨即将临头。”
“我这个人在黑夜中来回，
　　是黑色的猎手！”

树林里的树叶被风吹得乱动，
　　呼呼直叫……就好像
巫魔半夜的狂欢[①]，使整个林中
　　充满狂乱的声响；
乌云里露出一角明朗的天空，
　　冉冉升起了月亮。

要追赶牝鹿，要追赶鹿麇，
跑进树林中，跑进荒野里，
　　这是夜晚时候。
要追赶沙皇，追赶奥地利，
　　啊，黑色的猎手！

　树林里的树叶呀——

① 中世纪的基督徒相信深更半夜时，男巫女巫群集森林之中乱舞狂叫。

吹响你号角，系好你猎装，
把庄园附近的公鹿赶光，
　　它们吃草不休。
要追赶神父，要追赶国王，
　　啊，黑色的猎手！

　树林里的树叶呀——

雷在响，雨在下，下个没完。
狐狸在逃跑，去路被切断，
　　无法可以逃走！
要追赶奸细，要追赶法官，
　　啊，黑色的猎手！

　树林里的树叶呀——

圣安东的魔鬼[①]触目皆是，
都在燕麦田里跃跃欲试，
　　却没使你发抖；
要追赶僧侣，要追赶教士，
　　啊，黑色的猎手！

　树林里的树叶呀——

---

① 圣安东（Saint-Antoine，251—356）是隐修士，曾隐居沙漠修炼，经受种种魔鬼的考验而始终不为所动。

追赶大熊，猎狗乱叫汪汪。
别让任何一头野猪漏网！
　　尽好你的职守！
要追赶恺撒，要追赶教皇，
　　啊，黑色的猎手！

树林里的树叶呀——

狼已经甩开了你的小道。
你和猎狗群要紧追快跑！
　　不能让狼逃走！
要追赶波拿巴这个强盗，
　　啊，黑色的猎手！

树林里的树叶被风吹得乱动，
　　纷纷落地，……就好像
巫魔阴森的狂欢之后闹哄哄，
　　离开了森林一样；
雄鸡的一声啼唱惊破了夜空；
　　天哪！露出了太阳！

万物在恢复本来的模样。
你又是法兰西，神采飞扬，
　　你又阔步昂首，
又是白色天使，全身发亮，
　　啊，黑色的猎手！

树林里的树叶被风吹得乱动，

纷纷落地，……就好像
巫魔阴森的狂欢之后闹哄哄，
离开了森林一样。
雄鸡的一声啼唱惊破了夜空。
天哪！露出了太阳！

1853年9月于泽西岛

〔手稿：1852年10月22日〕

*这是一首日耳曼传统形式的民谣体诗歌。“黑色的猎手”原指莱茵河流域民间传说中的“魔鬼”，每天外出猎人。雨果在游记《莱茵河》中对此有记载。“黑色的猎手”在诗中可指诗人自己，也指人民，也可指命运或天数。

罗马的阴沟*

这里有个洞。这里有张梯。请你下去。
对面哨所里，有人玩骰子很有兴趣，
又凑近着粗野的胖女人的脸在笑；
别管小贩在街上震耳欲聋的喊叫，
宣称努米亚[①]人、达西亚[②]人走投无路，
别管木材铺前面，屋檐下靠着店铺，
卖草药的女人和补鞋匠坐在一边，
交换古代智慧女神传下来的格言；
请你下去。

　　　　你到了奇奇怪怪的地方，
阴暗的泥浆地狱，曲曲折折的门廊，
墙上都有麻风病，脓疱疮遍布石壁，
蝎子和毒蛛混杂，乱哄哄窜东窜西。
深渊阴森！

　　　　　　在这座污泥天花板上面，
在巨大热闹的竞技场，在碧空蓝天，
萨宾人[③]的路上，以古老的石板铺盖，

---

① 努米亚为北非洲古国名，今阿尔及利亚北部。

② 达西亚，古地名，在今罗马尼亚境内。

③ 萨宾人是意大利的古民族。

车辆和喧哗，风声和雷声，滚滚而来；
百姓在神圣的大广场上又笑又骂；
奥斯蒂港[1]的大船已经在港口停下，
凯旋门容光焕发，在地界的石桩上，
罗慕路斯和兄弟雷穆斯[2]两个儿郎，
青铜母狼的幼崽，光着屁股在吸奶；
不远处，蒂伯河的清流水弯弯如带，
腹部棕色的母牛走来喝水，而水牛
从牛鼻子里不断滴下银色的细流。

丑恶的地下阴沟通向南北和东西；
行人的脚下，有时开有小窗好通气，
奇臭无比，只会有母猪来碰碰磕磕；
下雨季节，地底下可就流成了江河；
中午时分，紧靠着锈红的通气小窗，
粗硬的铁条挡住并且切割着阳光，
墙上看起来简直就像斑马的肚皮；
剩下就只有瘴气和黑乎乎的东西。

有的地方的石板，像到了凶手屋内，
显得血淋淋；石头竟然会汗流浃背；
此地，遗忘，瘟疫和黑夜都勤奋工作。
耗子奔跑时撞上鼹鼠；一条条水蛇
在墙上蜿蜒游去，如同黑色的闪电；
脚上发绿的断柱、破布、破瓶的残片，

---

① 奥斯蒂港（Ostie）是古代罗马出海港，淤沙后废。

② 相传古有雷穆斯（Remus）及罗慕路斯（Romulus）两个男婴，由母狼喂养长大，兄弟两人后创建罗马城。有表现两个男孩在母狼腹下吸奶的著名青铜雕像。

爬行动物留下的痕迹和唾沫一样，
蜘蛛编结成的网挂上小小的木梁，
角落里一摊摊水，这镜子令人恐怖，
水里游动着又慢又黑，无名的生物，
这一切在昏暗中百般地骚动不停。
瓦砾堆里有古老、狰狞的水怪爬行。
有动物蹲着在吃东西，这可以看见；
而粉红色的霉斑长出银色的鳞片，
一块一块地闪亮，在烂泥坑里映照，
这股烂臭味就是苦行僧也会吓跑，
处处是坑坑洼洼，深坑里有毒发霉；
成群的蝙蝠没头没脑地乱撞乱飞，
如成群的鸽子在鲜花中嬉戏一样。
在这般的浓雾里，在这地下的坟场，
似乎听到阿特洛波斯[①]在低声咒骂；
脚下感到暗中踩了软软的癞蛤蟆；
水在呜咽；有时候，灰乎乎的一段梯
把凄凉的梯级在虚空中伸得很低。
一切在发臭，丑陋，邪恶，看起来吓人。

洗衣池和小溪水，绞刑架以及野坟，
波斯小瓶里已经走味变质的香水，
妓女盥洗用过的水盆，已破破碎碎，
洒在恶神脚上的净水，曾滴滴纯洁，
受难基督徒以及斗兽士流下的血，
一次次谋杀，一场场盛宴，荒淫堕落，

① 阿特洛波斯（Atropos）是命运三女神之一，年老，黑衣，负责剪断生命之线。

奸诈的女巫婆们倒翻在地的小锅，
特里马尔西翁[①]在路上呕吐的秽物，
人类的阴沟罗马的种种残忍狠毒，
都在渗进来，像经过筛子，嘀嘀嗒嗒，
肮脏的世界一点一点渗透到地下。
人们在地上生活，把嘴唇涂得通红，
额头覆青藤绿叶，而酒杯握在手中，
百姓借鲜花掩盖发炎腐烂的伤口，
再放开歌喉；此地溃疡的脓血在流。
这才叫藏污纳垢，这儿才可怕，阴湿。
罗马的全城，加上罗马的全部历史，
罗马的欢乐、强盛，罪恶、奴隶的罗马，
在这永恒、无底的烂泥深渊里腐化。
这儿集黑暗、虚无、混混沌沌之大成；
一切垃圾汇总在张开大口的深坑，
摇头晃脑的、又骂又叹气的老太婆，
来此清扫她篮子，世界来清扫帝国。
这地下深处充满恐怖、污秽的景象。
世上的一切丑恶，人间的万般肮脏，
在这片阴森森的岸边汇总和积聚。
在这般阳光不照、风声不及的绝域，
茫茫的黑暗深处，我们张大了眼睛，
看到难看的东西，而从前曾有生命，
有五脏六腑，有肚皮，有牙床，有眼球，
墙上斑斑点点的都是动物的骨头；

① 特里马尔西翁(Trimalcion)是古罗马作家佩特罗内(Petrone)作品中的人物，在宴会上表现滑稽而肮脏。

我们走近些，却愣住了，但看得仔细：
这一大堆沉积在污泥之中的东西，
从酒鬼也害怕的地洞里扔了进来，
我们分不清这些阴暗的残骸腐尸，
其中有还是没有什么形状可辨认，
到底是死狗，还是恺撒腐烂的尸身。

1853 年 4 月于泽西岛

〔手稿：4 月 30 日在泽西岛〕

＊雨果的作品中，喜欢写地洞和阴沟之类的地下建筑，常写得有声有色。本诗把《罗马的阴沟》写得光怪陆离，颇有史诗笔法。而这一切只是证明：恺撒之流的皇帝是不齿于人类的狗屎堆。本诗曾有别名——“皇墓”。

歌曲："他的伟大曾使历史震惊……"*

他的伟大曾使历史震惊。
　　整整十五年间，
他是站在炮架上的神明，
　　胜利开路在前；
全欧洲对攻势招架不住，
　　又挣扎，又惶恐。——
你呢，你这猴子在后学步，
　　你是小虫，小虫。

拿破仑的神情严肃，安详，
　　打仗深思熟虑，
他曾指引雄鹰展翅飞翔，
　　出入枪林弹雨。
他冲上阿尔科尔[①]的桥头，
　　敢于猛打猛攻。——
这是金币，来吧，可抢，可偷，
　　你是小虫，小虫。

---

① 阿尔科尔（Arcole），意大利城市。1796 年 11 月 15 日，拿破仑率部抢占城外的桥，打败奥地利军队。

柏林，维也纳，是他的情妇；
　　他逼她们就范，
他把多少要塞当胸揪住，
　　竟然毫无困难。
他围困过上百座的城堡，
　　总是马到成功。——
一个个大姑娘供你搂抱，
　　你是小虫，小虫。

他建功立业，既驰骋平野，
　　他也跨越高峰，
他手握闪电，手握棕榈叶[①]，
　　及人类的缰绳；
他感到如痴如醉，因为有
　　响当当的光荣。——
这儿有血，快跑，去喝个够，
　　你是小虫，小虫。

他一倒，撂下世界的大权，
　　白茫茫的大海，
马上张开苦又涩的深渊[②]，
　　让他彻底垮台；
他，阴沉的天使，跳进海里，
　　大海是其坟冢。——

① 棕榈叶是胜利的象征。

② 指大西洋和大西洋中孤零零的圣赫勒拿岛。

你，你将被污泥浊水淹死，
你是小虫，小虫。

1853年9月于泽西岛
〔手稿：1853年9月〕

＊这又是一首以大小两代拿破仑的强烈对比为主题的诗篇。每段的末句源出1851年7月17日雨果在国民议会的著名演说，也可参照《惩罚集》的散文姐妹篇《拿破仑小丑》的书名。

祖国*

（贝多芬曲）

天上，谁笑脸盈盈？
　这是一个精灵？
　这是一个女人？
这额头忧郁、温馨！
　请跪下，啊，人民！
　是我们的灵魂
　在向我们走近？

这张哀伤不已的脸
出现在我们家面前，
而我们古老的尊严
　　死后返回人间。
他胜利、骄傲的眼睛
把我们每颗心唤醒，
唤醒树丛里的鸟巢，
　　唤醒齐声鸣叫。

这位天使管白昼；
　这沉思的心头
　有希望，有爱情；
这是大地在着迷，

而且光明无比。
法兰西是其名，
也可以叫“真理”。

我的天使，当你来到
自己镜前揽镜自照，
时运不济，月黑风高，
你的形容枯槁。
你对世界说：向前进！
整理好队伍，向前冲！
而全世界无比激动，
同声回答：放心！

这位天使管黑夜，
在你身后追蹑，
君王啊，早已经
在天书里面写下，
何时找你回家。
法兰西是其名，
也可以叫“惩罚”。

五月间，有碧波清流，
翠鸟成群，来去悠悠，
各国人民啊，请携手
在光明里畅游！
天使的手伸向天宇，
关上黑漆漆的过去，
关上地狱可怖、阴森

的一重重铁门。

这是上帝的天使。
　她巨大的双翅，
　从蔚蓝的天顶，
把全人类和地球
　搂在自己胸口。
　法兰西是其名，
　也可以叫“自由”！

1853年9月于泽西岛

〔手稿：1853年1月？〕

＊本诗作于1853年，初版未收；1870年重版时，在普法战争的历史背景下收入，雨果有原注：“这首歌颂法兰西的歌有两位作者，法国人作词，德国人作曲，这是国王们永远摧毁不了的法国和德国之间兄弟情谊的象征。下面是贝多芬精彩的曲谱。(略)”

“昨天夜里下着雨，海潮涌来急又高……”*

昨天夜里下着雨，海潮涌来急又高，
灰色的浓浓大雾把整个海岸笼罩，
一堆一堆的岩礁狂吠，如狗叫狺狺，
看到天上在流泪，波涛也唏嘘伤心，
夜的深渊之上，昏天在旋，黑地在转，
正在漠漠无边的苍穹里又搅又翻；
黑夜张开了大口，似乎向空中吼叫。

我听到了海上有遇难的船在鸣炮。
绝望挣扎的水手正在向人们呼救。
黑暗中，雨骤风狂紧接着风狂雨骤，
没有船桅和船锚，一条失事的小船，
不识航道无处躲，发出最后的呼喊。
我走出家门。有个惊恐的老太走过，
对我说：“已经完了。”这是近海的船舶。
我跑到了海滩边，我只见到一大幅
夜雾织成的尸布，好可怕，我，好孤独；
海涛涌起，高高地在深渊之上昂首，
似要把它罪行的见证人远远轰走，
肆无忌惮地发狂，在我的身后吼叫。

你干什么，上帝啊，妒忌，可畏，不宽饶，
排山倒海的上帝，翻天覆地的上帝，
为何你对这么多大灾难还不满意，
为何已经吞下了这么多巨轮大船，
你对小舟和小艇仍然在用心计算，
为何你非要打击平民百姓的额头，
为何法兰西死后，你还要这条小舟！

1853 年 4 月于泽西岛

〔手稿：1853 年 4 月 5 日〕

*黑夜，海上的风暴，海船的遇难，都令人骇怕。笔锋一转，肆虐的大海也是天意。诗人责问上帝狠毒阴险，扼杀法兰西。雨果热爱祖国的赤子之心，至诚至真。

守旧派对捣乱分子一席谈*

一场梦？我还清醒？请你们自己判断。
一位维护秩序的正统派成员，不管
他来自希腊，中国，土耳其或是波斯，
实在，严肃，对我说："这一个江湖骗子，
目无王法，被法律处死，是罪有应得。
必须捍卫秩序和权威，这可是原则。
如何能容忍这些大道理被人否定？
再说，既然有法律，当然应予以执行。
有些永恒的真理要强调，高于一切，
即使为此要动用绞架，也在所不惜。
他这个革新分子鼓吹进步和爱心，
都是些空话，这种哲学我就不相信。
他嘲笑我们自古以来信奉的宗教。
他们这种人，没有一点神圣的信条，
凡是我们尊敬的事物，他毫无敬意。
他去藏污纳垢的一切坏地方，召集
放牛娃和打渔人，一个个脾气粗鲁，
身无分文的游民，肮脏的无耻之徒，
给他们灌输自己别有用心的学说；
他和这一帮浑蛋组成亲密的一伙。
他不和有学问的正人君子打交道，
他们有地租收入，还有鼓鼓的钱包，

还有家产，他不怕把群众引入歧途；
他说什么可以使病人和残废康复，
只需要做做鬼脸，向空中伸伸指头，
这岂非荒唐透顶。可是，这些还不够。
他这个骗子居然把死人拖出坟茔。
他向人招摇撞骗，他善于欺世盗名，
他一再弄虚作假，他一再瞒天过海，
他到处东游西荡，说道：“你们跟我来。”
有时在城市集会，有时在乡村结伴。
这难道不是为了煽动打一场内战，
在公民之间挑起相互敌视和仇恨？
大家看见可憎的异教徒向他投奔，
睡觉躺的是阴沟，或烧制石灰的窑，
有瘸子，也有聋子，有的眼睛贴膏药，
有的用块破碗片去刮身上的伤口。
看见这耍花招的高手和同伙行走，
气愤的正人君子快快地返回家里。
有一天过节①，哪个节日？我已经忘记，
这个人拿起鞭子，他又朗诵，又叫喊，
他粗野无礼，开始在教堂前面驱赶
领有执照的商人，这件事有目共睹，
这些都是老实人，在广场上开店铺，
得到教士的同意，我想，这当然可以，
教士从店铺利润之中得一份收益。
他身后带着一个像是少女的姑娘②。

① 应是犹太人的逾越节。雨果讽刺这位“律法大师”不知道宗教常识。

② 根据《新约》内容，应是抹大拉的马利亚，是妓女悔过自新的典型。

他夸夸其谈，他在动摇宗教的信仰，
他动摇家庭基础，他动摇社会基础；
他破坏道德规范，他破坏财产制度；
人民都跟着他走，丢下荒芜的农田；
这是绝大的危险。他攻击富人贪钱，
他拍穷人的马屁，声言在尘世大地，
人人生来都平等，人人生来是兄弟，
没有贵人和小民，没有奴隶和主人，
地里出产归大家；对祭司如何评论？
他竭力糟蹋祭司，他竟对神明辱骂。
在大庭广众之间，他搬弄种种鬼话，
穷光蛋随便走来，他上去危言耸听。
这事要有个了结；法律是铁面无情，
他被钉上十字架。三个字说得轻松，
我就问："尊姓大名？""十字架"使我震动。
他回答："真是需要立个榜样给后世。
我叫埃利撒[①]，我是圣庙的律法大师。"
"那你说的是谁啊？"我问。他于是答复：
"我说的这流浪汉，不就叫耶稣基督。"

1852年11月于泽西岛

〔手稿：1852年12月23日〕

＊雨果一生景仰耶稣，认为耶稣是人类历史上伟大的革新者之一。他曾认为耶稣受难的十字架是人类第一棵自由之树，"福音是和革命一致的"。不过，诗中耶稣的主张，不正是雨果自己的主张吗？

① 此名系杜撰，但和大祭司埃利阿齐的名字相近。

顺乎自然*

尽管在浑蛋面前，正经人气得哆嗦；
尽管历史又丑陋，又平庸；尽管帝国
如塔莱朗①是瘸子，像巴里厄患斜视；
尽管巧妙的诈骗称作上帝的恩赐；
尽管教皇把他的权杖变成了大棒；
尽管演武场②上演丑剧，看一看肩章，
“偷盗”已经是副官，“谋杀”俨然是将军；
尽管爱丽舍宫里蹿出的亲王国君，
尽管已经离开了黑窝龟岛③的海盗，
杀人、行凶又劫掠，谋财、害命又焚烧，
尽管基督教会的僧侣使劲地敲鼓，
“把门打开！”④他们在苏弗拉面前高呼。
尽管上百家报纸为罪行喝彩鼓掌，
“黄金屋”⑤里罗米厄之流所写的文章，
靠着女人的膝头，边写边把酒喝干，
而有的文丐偏向罗耀拉觅取灵感；

---

① 塔莱朗（Talleyrand，1754—1838），法国外交家，贵族出身，善于见风转舵。

② 演武场在巴黎市区西侧的塞纳河畔，历史上是军队操练的地方，旁有军事学校。

③ 龟岛是加勒比海岛屿，在海地以北，17世纪中叶后，成为法国海盗的老窝。

④ “把门打开！”源出《圣经》。基督徒理解为耶稣即将升天。

⑤ “黄金屋”是巴黎闹区意大利人大街上著名的咖啡馆。

尽管这些无耻的法庭向正义围攻，
正义被拳打脚踢，被打得鼻青脸肿，
塞纳河莫罗[①]、默尔特莫罗[②]相顾而笑；
尽管法律被班长、排长使劲地按倒，
在行军床上强奸以后已奄奄一息；
尽管人是由上帝一手创造的奇迹，
人却向狼变成的皇帝顶礼而膜拜；
尽管哈哈一笑，但因恐怖笑不出来，
就可以概括我们今天见到的一切；
尽管奥普尔[③]卖刀，而居舍瓦尔[④]卖笔；
尽管历代的大盗现在以变种出现；
尽管元老院充斥阿谀逢迎的嘴脸，
他们的奴颜甚至使马赫穆德[⑤]反感，
他们的媚态甚至使苏鲁克[⑥]也腻烦；
尽管黄金是唯一崇拜，事事靠钞票，
既然钱柜是上帝，古塞[⑦]成红衣主教；
尽管忒弥斯[⑧]已经成为下贱的妓女，

① 塞纳河莫罗（Moreau de la Seine，1791—1873）在政变时是高等法院的七名法官之一。

② 默尔特莫罗（Moreau de la Meurthe，1789—1873）于1849年被任命为最高法院法官。

③ 奥普尔（Hautpoul，1789—1865），曾任国防部长，阿尔及利亚总督，元老院议员及掌玺大臣。

④ 居舍瓦尔（Cucheval，1821—1895），投靠政变当局的新闻记者，是半官方报纸《立宪报》社长。

⑤ 马赫穆德（Mahmoud，1785—1839）是土耳其苏丹，以杀戮闻名。

⑥ 苏鲁克（Soulouque，1789—1867）是当时海地的土皇帝，生性野蛮而又可笑。

⑦ 古塞（Gousset，1792—1866）出身农民，1850年任红衣主教，1852年指名为元老院议员。“古塞”在法语中有“钱包”的意思。

⑧ 忒弥斯（Thermis）是希腊神话中的正义女神。

吻芒德兰的时候，蒙吉[①]说不清话语；
尽管蒙塔朗贝尔在供桌旁流着涎水；
尽管弗约向西布尔诉苦，大呼倒霉；
尽管宫廷舞会上，触目是低等娼妇，
昨天在人行道旁还披着破烂衣服，
这些典雅的美人其实低贱又风骚；
尽管埃诺如今比洛特雷克[②]更残暴；
尽管拿破仑手按后腰，处处在让步，
从七塔城堡[③]直到海格力斯的石柱[④]，
因为雄鹰已年迈，马仑戈老态龙钟，
埃斯林根关节炎，奥斯特利茨腰痛；
尽管沙皇和我们那位都害怕对手；
尽管黑熊和白熊彼此面对面发抖；
尽管弗洛里瓦尔[⑤]是圣阿诺的旧名，
骑高头大马，披长长翎毛，得意忘形，
或是白刃战，或是演哑剧，都有本事；
尽管索多玛重现，尽管巴黎城消失；
尽管靠这些人人不敢靠近的无赖，
骨子里流血流脓，看起来金玉其外，
经常去舞会，经常去赌场，又去晚祷；
尽管埃斯科巴、乌丹[⑥]卖同样的油膏；
靠这些江湖艺人给歹徒恶棍帮忙，

① 蒙吉（Mongis）当时是代理检察长。

② 洛特雷克（Lautrec，1485—1528）是米兰地区的总督，出名的暴君。

③ 七塔城堡在君士坦丁堡，即今天土耳其的伊斯坦布尔。

④ 海格力斯的石柱指直布罗陀海峡，在西班牙最南端，连接非洲和欧洲大陆。

⑤ 弗洛里瓦尔（Florival）是圣阿诺在王政复辟时演戏时的艺名。

⑥ 乌丹（Houdin，1805—1871）是著名魔术师，1853 年受命访问阿尔及利亚。

这圣巴托罗缪节竟然以狂欢收场；
大自然啊！你深沉，肃穆，这与你何干！
你是伊西斯[①]戴着面纱在我们门前，
你是神秘的父亲，具有慈爱的眼神，
如库柏勒[②]般年老，如伊里斯[③]般娇嫩，
在你面前，凡人的作为算什么成就；
被你的光辉照耀，丑行也化为乌有；
你不感兴趣哪个暴君，或哪个笨伯，
被拉特朗的教堂又封为首席司铎[④]；
十二月，醉醺醺的士兵，法律被曲解，
碎酒瓶子和尸体在一起重重叠叠；
都与你无关；你有自己的兴衰起伏。
当市郊的居民在沉睡，再也不清楚
把大口径的子弹往步枪里面塞进；
当法国人民已不再是自由的人民；
当我忠于自己的目标明确的思想，
对眼下的麻木病敷上艾绒诗[⑤]一行；
你，你在沉思；常常从阴森森的牢狱，
似乎从地狱传来影子的细声低语，
他们被巴洛什和卢埃尔关进铁门，

① 伊西斯（Isis）是古埃及的婚姻和家庭女神。

② 库柏勒（Cybele），古代的繁殖女神，相当于埃及的伊西斯，被认为是人类和诸神的大地母亲。

③ 伊里斯（Iris）是希腊神话中天神和天后间的信使，其象征是彩虹。

④ 拉特朗圣约翰教堂在罗马。1905年前，法国国家元首都有此头衔。拿破仑三世刚为此头衔致谢，并以厚礼相赠。

⑤ 民间疗法中热敷用艾绒。有人对政变麻木不仁，雨果写诗，比作艾绒，可对人民起到治疗作用。

因为这一群奴才都是刽子手上阵；
他们曾沆瀣一气，心肠都硬如岩石；
我的诗愤然而起，既要抽打巴洛什，
准备的皮鞭沾有卢埃尔皮肉的血；
你呢，你毫不激动；如流水不停不歇，
冷漠的生活注满你的坛坛和罐罐；
你听任深更半夜有谋杀惨绝人寰，
在被囚禁的巴黎，罪行、暴行也升级，
十字架上的罗马有国王们在伏击，
听任圈套和发誓，听任蜘蛛在织网，
听任愤怒的人们发出愤怒的喧嚷；
你竟然心平气和，你总是躲在一边，
听任奥吉亚斯[①]的马厩里堆满粪便，
你让我们摆脱的历史又重新回来，
你让体质羸弱者焕发青春的光彩，
你让法兰西哀伤，发出最后的呻吟，
你又让卖淫高唱凯歌，让懦夫躲进
自己的角落，鼹鼠躲进自己的土巢，
你还让狮子发怒，你还让诗人吼叫！
生气这一类事情，可与你毫不相干。
你就是看到人间最大最坏的坏蛋，
在你的鲜花，青松，紫杉，枫树间游荡，
你也未必会愤怒，更不会慷慨激昂。
清晨，特罗龙张开积有眼屎的眼睛，
维纳斯，她的玉容使天国感到震惊，

① 奥吉亚斯是希腊神话中的国王，其马厩长期不打扫，肮脏不堪。后来海格力斯引来一条大河的河水，才把其马厩冲洗干净。

维纳斯理应避开，怒气冲冲又害怕，
可她似乎不知道特罗龙正在看她！
你甚至会让杜班去摘下一朵玫瑰！
正当称帝的强盗由欧洲照料守卫，
用天鹅绒给枞树上上下下地裹住，
警惕地登上宝座，向两侧嘀嘀咕咕，
一边坐着“夺命刀”，另一边是罗耀拉，
你却轻轻掀开了田沟，让麦苗萌发。
正当丑恶出自元老院，教皇选举会，
正当奴隶市场在美国仍然有地位[①]，
罗马曾有此陋俗[②]，当基督未下凡尘，
正当人可以卖钱，当自由的美国人
给不自由的非洲人肩头放上驮鞍，
而你，你让星星升起，你把大海掀翻；
你扭曲七彩长虹，让荆棘充满蜜蜂，
让空中充满花香，让鸟窝充满歌声，
你又在绿树林里为玫瑰打扮梳妆，
你把愁眉苦脸的人统统丢在一旁，
让百合花的纯白，让童贞女的纯洁，
为争天使颁发的圣奖而一争高低；
当痛苦的沉思者面对卑劣的行径，
拂袖躲进你怀抱，享受孤独和清静，
你说：请来吧！是我！我不会腐化堕落，
我爱你！你暗暗在他的额头上抚摩，

① 1859年，美国反对奴隶制度的约翰·布朗被处死，雨果深为震惊，曾著文并画画多幅，以示纪念。

② 罗马帝国即使在基督教胜利以后，奴隶市场也并未立即消失。

他感到热乎乎的血管里波涛激荡，
你播撒野草以及枯叶苦涩的清凉！
有时候背叛成风，看到你平心静气，
悠悠度你的岁月，转你的一年四季，
看到你冷漠沉着，不论天下起风波，
对于不去表象下探究的愚人来说，
你似乎冰凉有余，有人会不无惊讶。
正当人民的烈士，被上帝恩宠有加，
流亡者坚韧不拔，不埋怨，躺下死亡，
你似乎专心致志，忙着为他的墓上
到处爬的金龟子涂绘它们的金甲。
国王造出绞刑架，你呢，你造出乌鸦。
好人和坏人头上，你只有一座天空。
你照管苍蝇，照管石头，还照管树丛，
照管动物世界里卑微的区区小事，
你似乎对善举与恶行却一无所知；
你不闻不问，让人受到贫困的煎熬。
苏格拉底你不管，毒芹却由你制造。[①]
你生出需要，本能，你生出胃口，贪欲；
强者在吞吃弱者，大鱼在吞食小鱼，
大熊借耗子进餐，老鹰吃的是小鸡，
没关系！生吧，养吧，为坟墓繁殖生息，
苍生万类！生活吧，杀戮吧，交配做爱，
快成长！牧场又绿，黑夜去后白昼来，
驴在叫，而马在嘶，公牛在吼叫不停；
可怕的情景，有人以为你瞎了眼睛！

① 苏格拉底被判死刑，服毒芹自尽。

好人和坏人不分彼此，都在你脚边，
这般的彻底健忘，你甚至没有看见
远方有两个巨人倚在你深渊旁近：
罪恶之父是撒旦，罪孽之父是该隐！

错了！错了！大错了！你是千眼的巨人，
你做的工作伟大，神秘，而且又神圣！
自然啊！换了别人，会对你咒骂亵渎。
当我们戴的锁链把我们腰带箍住，
本原都隐蔽不见，元素都无影无踪！
黑暗从各处聚来，并且又越积越浓，
滚滚的江河，张开红红大口的火山，
气体会凝聚收缩，大气在四溢扩散，
萌芽缓慢倔强，液体流动，太空氤氲，
都是默默无闻中勤奋工作的工人；
工人们不计其数，他们不累，不睡觉。
你阴沉的解放者！你今天夜里来到。
万物在工作：磁铁，沥青，金属和煤炭；
都努力把我们的地狱改造成乐园，
应你的召唤，万种力量从深渊出来。

你在低声地耳语："受苦的亚当后代，
人，拴在旧世界的苦役犯，却在思考，
我的每条法则能解放你们，请寻找！"
所以，每一天都会出现崭新的光明，
所以，思想家窥视，偶然暴露出真情；
风儿永远在播种，计算使财富增加。

此地的富尔顿[1]，加尔瓦尼[2]，那边的伏打[3]，
正对你每时每刻被揭示出的秘密
沉思；人终于读懂你的大书，莫名惊异。
每刻每时，我们能发现更多的天宇：
如同攻城的大槌撞击高墙的监狱，
在求索，在深挖和探测的全体人类，
每一次摸索都使全世界深感欣慰。
各民族间的联姻正在实现。而激情，
利益和风俗习惯，律法和历次革命，
通过这一切，人心萌动，并改变形式，
巴黎、伦敦和纽约，各大洲间的联系，
只是一条在大海深处颤动的铁线。[4]
一种新颖的力量，取法天上的闪电，
接通海洋的海潮以及头脑的思潮。
科学已昌明，掀起自己的狂澜怒涛，
淹没王座和权杖，淹没偶像和绞架。
万物在动，在沉思，万物在成长变化！
飞艇飞过，从天顶给人类播散种子！[5]
福地出现在眼前；我们已经在福地！
以爱情替代眼泪，由活水替代死亡，
从前嘴开口咬人，现在嘴开口歌唱。

---

① 富尔顿（Fulton，1765—1815），美国人，1803年首创汽船。

② 加尔瓦尼（Galvani，1737—1798），意大利人，于1798年发现电的存在。

③ 伏打（Volta，1745—1827），意大利人，于1800年发明以他的名字命名的伏打电池。

④ 英法之间第一条海底电缆于《惩罚集》出版前两年的1857年接通，而欧洲、美洲间的海底电缆将于1866年敷设。雨果的诗有预见。

⑤ 雨果认为飞船的发明开创空中交通时代，这有助于全球统一，使战争不再可能。

科学就和古代的那些大祭司相同，
驾驭可怕的怪兽鹰首马，车声隆隆；
铜铸铁打的怪物[①]鼻孔里喷火大吼。
无所不能的思想领导奴隶的地球。
哪儿有恐怖统治，哪儿有人类走路，
愁眉苦脸背着比驮畜更重的包袱，
拖着错误铸成的血迹斑斑的锁链，
哪儿以前因偏见而导致桎梏出现，
哪儿有恺撒之流脚踩别人的心灵，
扼杀思想，还扼杀火焰，还扼杀光明，
哪儿邪恶的势力阴沉沉分外兴盛，
让小虫匍匐爬行，你就让小鸟出生！
你一吹，我们看到慢慢地逐步展开，
自由从平原上的萋萋野草中出来，
自由出自森林和枝叶，大路和石径，
自由在熠熠生辉，把科学化成法令，
自由把旧世界的外壳给砸个粉碎，
充溢闪亮的火，飘忽的气，沸腾的水，
自由借雷声轰鸣，自由借瀑布流浪，
处处是自由！你使暴君的世界灭亡！
物质今天有生命，而从前没有生机，
现在带人类高飞，而昨天使人窒息。
善良时时在萌芽，欢乐处处在开花。
自然啊！打心眼里骄傲，你真是造化，
有上帝赞许，你的秘密给我们恩赐，
你如同一位母亲，你俯下身来注视，

① 这怪物指火车。

望着怀在身上而正在降生的小孩，
望着人类正走出你那永恒的娘胎！

生命！思想！头脑里沸腾的变化多端！
进步赢得一分又一分，进步会传染，
进步使各项成就彼此间相互沟通。
从这么偌大一堆神奇的事物之中，
没有眼睛看得完，没有话语说得尽，
人的精神啊，你诞生后比雄鹰有劲，
你改造习俗，改造城市、法律和宗教，
过去乃是卵，孵化出你们万千头脑！
大自然啊！这是你自然崇高的新生。
啊！我们目眩神迷，登上了这座高峰！
世界太激动，索取上帝允诺的成就；
这幻想家，科学家，哲学家，从今以后，
把手指放在嘴上，他严肃，全神贯注，
他俯下身来望着未来的一切事物，
他望着造物主和创造的万类物种，
他炯炯的眼神里有一股光芒朦胧，
他听到已在眼中显现的未来，听到
万万千千的翅膀在上上下下蹦跳！

1853年5月于泽西岛

〔手稿：1853年5月23日〕

*这是一首富于哲理的长诗。《花月》里的诗人忧国忧民，无心欣赏春天的美景。这是身在历史旋涡里看待事物的角度。《顺乎自然》要深入“表象”之下，去揭示

历史发展的必然性。诗人以积极的态度,看待自由与暴政,善与恶之间的斗争。最后，雨果讴歌科学对人类进步的贡献，这是和《惩罚集》的姐妹篇《拿破仑小丑》书中的结论相一致的。《惩罚集》出现《顺乎自然》的哲理诗,是雨果思想发展中值得重视的倾向，这个倾向在以后的《静观集》及其他哲理诗集中，将进一步得到发展。

歌曲:“这个流亡者有什么挂念?”*

这个流亡者有什么挂念?
挂念他的农具,他的铁犁,
挂念他种的麦田和菜田,
挂念他被蹂躏的法兰西。
唉!他至死不忘他的回忆。
穷流亡者在受难,在祈祷,
而杜班[①]之流有大钱挥霍。
——我们生活不能没有面包;
我们生活也不能没有自己的祖国。——

工人梦见自己作坊的门,
而农夫梦见自己的草房;
楼梯上放着一只只花盆,
红红的炉火,明亮的小窗,
屋子后面有祖母的木床。
四颗旧的大圆坠子真好,
使木床有了迷人的气魄。
——我们生活不能没有面包;
我们生活也不能没有自己的祖国。——

① 杜班(Dupin)有兄弟二人,哥哥为立法议会议长,是拿破仑三世的积极支持者。

五月里有蜜蜂飞来飞去；
黑麦田里麻雀跑个不停，
麻雀主张共同平分天宇；
麻雀抢劫农田，得意忘形，
捣蛋鬼仿佛都成了老鹰。
有一座丕平[①]时代的城堡，
在田庄附近将倾圮坠落。
——我们生活不能没有面包；
我们生活也不能没有自己的祖国。——

我们用木槌，我们用锉刀，
从清早到夜晚，劳动不停，
养活自己一家妻儿老小，
劳动还能愉悦人的心灵。
瓦特、雅加尔、巴班[②]的发明，
神圣的劳动啊！火光，燃烧，
这样，年青一代才有工作，
——我们生活不能没有面包；
我们生活也不能没有自己的祖国。——

只有在逢年过节的时刻，
工人放下烦恼，放下悲哀；

① 丕平（Pepin，714—768）是法国加洛林王朝的第一代国王，查理曼大帝的父亲。

② 巴班（1647—1714）发明蒸汽机后，瓦特（1738—1819）加以大大改进。雅加尔（1752—1834）发明新的织机。瓦特和雅加尔都出身清贫，巴班曾流亡国外。

嘴里唱二月革命[①]的民歌，
便帽往后推，罩衣飘起来，
大家高高兴兴地去郊外。
吃的兔子肉也许是只猫，
为匈牙利[②]干杯，对饮共酌。
——我们生活不能没有面包；
我们生活也不能没有自己的祖国。——

农民在星期天才有休息，
雅克琳，让娜，嘴巴里嚷嚷，
并说道："娘子，来我们这里，
把你漂亮的小帽子戴上！"
大家去跳舞，大家去山冈。
不是皮鞋踩平地上花草，
是木鞋在地上开心地磨！
——我们生活不能没有面包；
我们生活也不能没有自己的祖国。——

流亡者走去，都心事重重。
他们一个个，唉！落魄丧魂。
望着紫杉下的树荫浓浓，
望着公墓里的座座荒坟；
他想念的德意志有自尊，
他想念的意大利很美好，
他想念的波兰丰饶肥沃。

① 1848年二月革命后，成立第二共和国。

② 欧洲1848年革命失败后，匈牙利、德国、奥地利、意大利、波兰等国都有革命者流亡国外，来到雨果当时生活的泽西岛。

——我们生活不能没有面包；
我们生活也不能没有自己的祖国。——

这流亡者受苦已经受够，
奄奄一息，轻轻合上了书；
我问他："为什么要死，朋友？"
"朋友，为什么要生？"他答复，
"他是司卡班[①]，他又是尼禄，
把枷锁往法兰西头上套。"
又说："我快死了，这是解脱……"
——我们生活不能没有面包；
我们生活也不能没有自己的祖国。——

"……我死，因为不见家乡山河，
我曾望着黎明光芒万丈，
我死，因为不闻家乡民歌，
我曾在窗口下侧耳欣赏。
我的灵魂远在别的地方。
用四块杉树的木板钉好，
让我葬在青草地里长卧。"
——我们生活不能没有面包；
我们生活也不能没有自己的祖国。——

1853年4月于泽西岛
〔手稿：1853年4月13日〕

① 司卡班（Scapin）是莫里哀喜剧《司卡班的诡计》中的主人公，以奸诈闻名。

＊此诗手稿上注明："参加一位流亡者葬礼回来作。"1853年4月10日，雨果参加难友于丹·代塔伊的葬礼，回来写成此诗。同年10月，雨果为《歌曲》附诗成后在两位流亡者葬礼上发表的悼念演说。在泽西岛中部的圣约翰公墓里，葬有许多来自欧洲各国的流亡者。他们生前贫困，死后凄凉。

最后的话 *

人类的良心已经死亡；他扬扬得意，
骑在上面，这死尸真使他大喜过望；
红红的眼睛，高高兴兴，他好不神气，
不时地回转身来，给死者一记耳光。

法官已成了妓女，挣钱要出卖自己。
神父们使正派人都吓得脸色发白，
他们把钱包埋进制陶工人的田里[①]，
犹大出卖的上帝又被西布尔出卖。

他们说道："上帝在恺撒统治的时候，
便选中了他。人民，你们也应该服从。"
当他们握着双手一边唱，一边行走，
大家看见有金币藏在他们的手中。

只要看到这无赖，啊！坐在宝座之上，
这土匪式的君主受到教皇的祝福，
亲王一手拿铁钳，一手又拿着节杖，

① 《新约·马太福音》载：犹大出卖耶稣后感到后悔，把存放叛卖所得金币的钱包扔在寺庙里。神父们即用金币买下了"制陶工人的田"充作墓田。

撒旦造的芒德兰披查理曼[1]的衣服；

只要他躺在地上耍赖，贪婪的嘴中
吞噬了宗教信仰，吞噬美德和宣誓，
醉鬼吐出的耻辱玷污我们的光荣；
只要在天底之下看到有这些丑事；

即使卑鄙无耻的风气会有增无减，
竟对罪大恶极的骗子手顶礼膜拜，
即使英国和美国都不敢仗义执言，
也会对流亡者说："滚！我们怕得厉害！"

即使我们真会像飘零的落叶一般，
有人为讨好恺撒，对我们翻脸不认；
即使流亡者只好挨家挨户地避难，
有人像钉子扎破衣服般中伤他们；

即使连上帝向人发出抗议的沙漠，
赶走被赶走的人，放逐被放逐的人；
即使坟墓和别人一样无耻和懦弱，
竟然也会把死者扔出坟墓的大门；

我也决不会屈服，我的心里有丧事，
但我嘴里无怨言，对畜群心平气傲，
祖国啊，我的祭台！自由啊，我的旗帜！

---

① 查理曼（Charlemagne，742左右—814）先是法兰克国王，后是西罗马帝国皇帝。

在无情的流亡中，我要把你们拥抱！

我高贵的伙伴们，我对你们很崇敬；
流亡者，共和国是我们团结的基础。
凡是别人凌辱的，我就会视作荣幸；
凡是别人祝福的，我就要加以羞辱！

我将要穿起丧服，我将要披上麻衣，
我是嘴，要说："倒霉！"是声音，要喊："打倒！"
你的仆人们指给你看罗浮宫府邸，
而我指给你看的，是你恺撒的监牢。

面对低垂的脑袋，面对背信和弃义，
我叉起双手，义愤填膺，将头脑清醒。
忠于倒下的事物，要忠得死心塌地，
这才是我的力量，欢乐，使我更坚定！

对，只要他在，不论有人坚持或让步，
法兰西啊！我爱你，永远要为你哭泣！
你纵有我爱情的金屋，先辈的坟墓，
我永不返回你那可爱忧伤的土地！

我永远不会返回你吸引人的海边①，
法兰西！我会忘记一切，但责任为大，
我将把我的营帐扎在不幸者中间，
我始终是流亡者，但永远不会倒下。

---

① 泽西岛与法国本土隔海相望，相距不足30公里。

我接受流亡生涯，即使它没有尽头；
我根本不想知道，我也不想去思量，
是否有人本指望留下，却已经远走，
是否某人本以为坚定，却已经投降。

如果还有一千人，那好，就有我一份！
即使还有一百人，我要和暴君拼命！
如果剩下十个人，我就是第十个人！
如果仅有一个人，我就是最后一名！

1852 年 12 月 2 日于泽西岛

〔手稿：1852 年 12 月 14 日〕

*1852 年 12 月，第二帝国对流亡者实行部分大赦，条件是写悔过书，保证不反对帝制。702 名流亡者思乡心切，返回法国。雨果作为回答，写下这首气壮山河的《最后的话》。1859 年 8 月 8 日，雨果对新的大赦的回答是：“自由回国之日，就是我回国之时。”雨果在孤岛上度过了冷冷清清的 19 年流亡生活之后，于 1870 年 9 月 5 日，即第二帝国覆灭的第三天，第三共和国成立的第二天，返回祖国。

光明*

1

未来的时代！春暖花又开！
各国人民都已脱离苦海。
走完了沉闷的沙漠茫茫，
黄沙过后，会有茸茸青草；
大地如同新娘一般美好，
而人类将是定亲的新郎！

从今以后，那张望的眼睛，
清楚看到这美丽的梦境
有朝一日定将成为现实；
因为，主会打开一切牢门，
因为，从前的名字叫仇恨，
而爱情却是未来的名字！

从今以后，各国兄弟人民
是患难知己，要结亲联姻；
这只神秘的蜜蜂——这进步，
如同在黎明醒来的时候，
飞舞在我们阴暗的枝头，
用我们的苦难酿制幸福。

啊！请看正在消逝的黑夜；
这个赢得了解放的世界，
把恺撒和卡佩遗忘干净；
在成年的各个民族上方，
和平张开了巨大的翅膀，
在蔚蓝的天宇又轻又静！

自由的法兰西终于来到！
啊！荒淫后是洁白的裙袍！
啊！痛苦后终于取得胜利！
劳动在锻炉上叮叮当当，
天空在笑，红喉雀在歌唱，
却又躲在山楂树的花里！

一支支长戟被铁锈侵蚀。
长官们，你们的所有枪支，
长官们，你们的所有大炮，
都已被砸烂，都已被粉碎，
碎得无法在水池里舀水，
不足以供一只小鸟喝饱。

彼此的积怨都已经消除。
每颗心和每个思想深处，
都为同一个目标在激动，
如今齐心协力，集思广益，
上帝把心和心连在一起，
用的旧绳曾敲响过警钟。

天顶上闪烁的小点很小。
看哪，小点在变大，在照耀，
越来越近，变得又红又亮。
啊！这世界大同的共和国，
今天，你还只是星星之火，
明天，你就是光辉的太阳！

2

在各个城市欢庆，欢庆在乡村各地！
天国不再有地狱，法律不再有苦役。
绞刑架又在哪儿？这怪物已被摧毁。
万物在新生。每个个人的幸福，因为
每个民族的整体幸福而更加丰盈。
不再看到持剑的士兵，不再有国境，
不再有税收，没有十字架般的刀光。
欧洲羞答答地说：“该死！我曾有国王！”
而美国也说：“该死！我这儿曾有奴隶！”
科学、艺术和诗歌把全人类的樊篱
一扫而光。遭受的苦难去何处寻找？
人类自由的双脚已忘记拴过脚镣。
天下虽大，仅仅是一个和睦的家庭。
每人神圣的劳动融化成和声呼应；
一首首颂歌响彻社会的每个角落，
全社会热情接受小小百姓的成果；
平凡的小人物在小茅屋里的成功，
会使幸福生活的全民族感到激动；

全人类浩浩荡荡，全人类万万千千，
感谢普通劳动者为她做出的贡献；

绿色的枞树战胜雪崩而没有倾倒，
高大的橡树粗干大木，又枝叶繁茂，
郁郁葱葱的雪松比花岗岩更坚硬，
当五月间小灰莺来树下筑巢育婴，
伟岸、挺拔、壮实的雪松轻轻地一抖，
为鸟儿给它噙来小草而喜上心头。

光辉灿烂的前程。万众一心的劳动！
君不见，蓝天下的全人类欣欣向荣！

3

流亡者啊！都要经受考验，
都是我勇敢亲密的战友，
有多少次，我曾坐在江边，
为你们吟唱，放开了歌喉；

有多少次，你们侧耳倾听，
许多人对我说："别抱希望，
"我们难道不是倒霉透顶，
"天空还会更加黑暗无光！

"怎么会有这般严酷无情？
"怎么！仁义之士反受惩罚！
"美德莫名其妙，大为吃惊，

“开始盯住上帝，眼睛不眨。

“上帝在溜，他在躲避我们。
“怎么说！天下就没有公道！
“罪行看到上帝是非不分，
“哈哈大笑，又放肆，又虔诚。

“我们不懂上帝如何走路。
“怎么，这各国人民的上帝，
“竟会从没完没了的痛苦，
“酿造出没完没了的欣喜？

“我们感到他的锦囊妙计
“和你目光里的希望相反……”
可是，流亡者，我的好兄弟，
又有谁看破这千古谜团？

又有谁能穿越茫茫疆界，
穿越大地，江河，烈火，空气，
穿越有灵气飘动的旷野？
谁又能说：“我见到了上帝！

“我见到耶和华！直呼其名！
“他刚才使我感到了温暖。
“我知道他如何创造生命！
“他如何把他的事情做完！

“我见到这只陌生的手掌，

“手一张开，甩出严冬寒冷，
“甩出乌云中的雷声轰响，
“甩出大海上的暴雨急风，

“把阴森的黑夜翻来覆去；
“在胚胎中放置一颗灵魂；
“在空空荡荡的乌有子虚，
“却把北极搁得安安稳稳；

“安排好万物发生的时辰；
“当国王的庆宴正在进行，
“叫死神，这位黑色的客人，
“闯进来，可无人发出邀请；

“为鲜花上色，催果子成熟，
“创造出蜘蛛，让蜘蛛结网，
“夜里把星星都缀上天幕，
“任何一颗小星也不遗忘；

“阻挡住岸边的滚滚浪涛；
“给夏天熏香，用的是玫瑰；
“亘古以来，岁月夕夕朝朝，
“倾注流光，如同倾注流水；

“吹一口气，让漆黑的天穹，
“如牧羊人帐篷，一点不假，
“和无数的星星一起抖动，
“既自左至右，也自上而下；

“用千条万条无形的锁链，
“把一颗颗星球拴在天外……
“这种种事物都显而易见。
“我知道他如何办！我明白！”

谁能说出这一切？没有人。
心里是漆黑！眼中是摸瞎！
人是号角，徒有角声阵阵。
只有上帝才在天顶说话。

4

不要怀疑！要信仰！结局可无比深奥，
我们要等待！上帝知道如何去敲掉
　　暴君和虎豹的利牙。
上帝在考验我们。要有信心，要前进，
朋友们，安静。上帝催发棕榈的绿荫，
　　用沙漠滚烫的热沙！

就因为上帝没有马上显示出结果，
把耶稣给耶稣会，而把罗马给司铎，
　　还把好人交给恶霸，
我们就对他，就对恢恢的天网绝望！
不！只有上帝知道什么种子在生长，
　　正在他的田里萌发。

上帝的确信不是包容万有和一切？

主不是充满我们研究的这个世界，
　　彻里彻外，事事处处？
我们的智慧和他相比，不过是疯狂；
难道光明不是从他身上开始发光？
　　黑暗到他脚边结束？

难道他没有看到水蛇在匍匐爬行？
难道他也没有在洞窟的深处看清
　　阿特拉斯[①]和贝利翁[②]？
难道他不了解仙鹤何时迁徙上路？
难道他不清楚你老虎的进进出出？
　　雄狮，以及你的兽洞？

燕子，请回答，翅膀震响的雄鹰，你说，
你们有没有天主看不见的巢和窝？
　　你能否避开他，鹿啊？
狐狸，你在荆棘里看见有他的眼睛；
狼啊，你夜里感到草丛中有点动静，
　　你不就会说：这是他！

既然上帝都知道，既然他无所不能，
既然他的手一指，因果关系就完成，
　　如果实中剥出果核，
既然他能把蛀虫放进满树的苹果，
也能让大理石柱被刮得七零八落，

① 阿特拉斯（Atlas）原为天神朱庇特的儿子，后化成摩洛哥的山脉，是古代世界的西端。

② 贝利翁（Pelion），希腊山脉名，神话中相传为巨人堆砌而成。

夜风骤起，只须顷刻；

既然他可以拍击如牛鸣叫的海洋，
既然他洞察一切，而人是盲人摸象，
既然上帝才是正中，
既然他掌握我们，既然当上帝经过，
连彗星也会颤抖，如一团废麻着火，
会颤颤悠悠地抖动；

既然茫茫的黑夜认识他，既然黑暗
看见他，他愿意时救起下沉的危船，
我们如何还要怀疑，
我们坚定而高贵，我们垂危时自豪，
我们只对他下跪，面对专制和残暴，
我们永远巍然挺立！

再说，想想吧。我们在生活中受折磨，
但是，每当我们向浓雾中伸出胳膊，
我们感到有一只手；
每当苦难深重时，我们弯着腰前进，
我们听到身后有某个人发出声音：
路就在脚下，往前走。

未来属于人民！和平、光荣、自由将会，
流亡者啊，高坐着胜利的彩车返回，
车轮过处，大放光明；
扬扬得意的罪行只是烟云和谎言；
而这一切，我可以肯定，我浮想联翩，

　　我眼睛注视着天顶！

君主们比海上的波浪会更加高傲，
可上帝说：“我要在他们鼻中扣绳套，
　　再把嚼子放进口中，
他们接受不接受，我都把他们拖走，
还把他们的小丑和吹笛子的乐手，
　　都拖进亡灵的坟冢！”

上帝说话了；他们脚底下的花岗岩
在土崩瓦解，正当他们都春风满面，
　　却乱糟糟四散消亡！
北风啊！北风！是你来敲我们的家门？
如果是你把他们刮走，请告诉我们，
　　你把他们扔在何方？

5

啊，流放犯！流放犯！流放犯！这是天命。
涨潮时冲上来的垃圾，待日上天顶，
　　到退潮时又被卷走。
艰难的岁月不计其数，肯定会过完，
各国欢乐的人民思念起往日心酸，
　　会说：往事去而不留！

幸福的时代不仅为法国闪闪发光，
而是为大家。将会看到，最后的解放
　　只给过去带来晦气，

全人类放声歌唱，鲜花撒满了全身，
仿佛主人曾经被赶出自己的家门，
　　返回已荒芜的家里。

暴君们如同流星，会一颗一颗陨灭。
这仿佛就像出现两股曙光，从黑夜
　　升起在同一个碧空，
我们会看到你们脱离眼前的苦海，
也伴有两道霞光：人与人相亲相爱，
　　及上帝的慈爱无穷！

对，我向你们宣告，对，我向你们重复，
因为，号角再告示，因为，喇叭曾宣布：
　　一切是和平，是光明！
自由了！再也没有无产者，没有奴隶！
啊！上天莞尔微笑！啊！天国对于大地
　　倾倒下庄严的爱情！

“进步”这一棵圣树，从前是画饼充饥，
欧洲有遍地浓荫，美洲有浓荫遍地，
　　在旧的废墟上成长，
白天，树丛中烟气氤氲，祥云悠悠，
大树上下，有白鸽成群，立满了枝头，
　　夜里，星星缀满树上。

而我们，也许已在流亡中成了死鬼，
成了烈士，而人类再没有主人淫威，
　　面目一新，抖擞精神，

这棵大树与天国毗邻，为天国钟爱，
我们在树底下的坟墓里将会醒来，
　　一定要吻一吻树根！

1853 年 9 月于泽西岛

〔手稿：1852 年 12 月 16—20 日〕

*《光明》和《黑夜》遥相呼应，是高屋建瓴的压卷之作。诗人在《光明》一诗中，超越法兰西一时一地的历史，歌颂“世界大同的共和国”。雨果于 1848 年后，提出全人类最后解放的美好理想，喊出“世界共和国万岁！”的口号。雨果一再提出建立“欧罗巴合众国”的倡议，更是今天欧洲走向统一的历史渊源之一。雨果思想中的大同世界，既有基督教的色彩，也和他接受同时代傅立叶的空想社会主义思想影响有关。

静观集

序言

一位作者，如果能有权对打开他作品的读者的思路有所影响的话，《静观集》的作者只想说一句话：读这本书，应该像读一部死者的作品一样。

这上下两卷诗中，有二十五年的岁月。“人生一世，岁月悠长。”①可以说，作者是让这本书在他身上自己完成的。生活通过一次次事件，一次次痛苦，一点一滴地进行过滤，才把这本书沉积在他心中。一泓忧伤的深水在他的心灵深处积聚，对本书有兴趣的人将在这片水池中照见他们自己的身影。

何谓《静观集》？如果不算说大话，这也许可以称之为《灵魂回忆录》。

其实，这是一次次印象，一次次回忆，一个个现实，一个个模糊的幽魂，有的开朗，有的阴郁，都可以容纳在一个人的意识里，召回一线线阳光，追回一声声叹息，最后融合在一大堆纷然杂陈之中。这是从摇篮之谜来到棺木之谜的人的一生；这是一个人走过一片又一片的闪光，在身后留下了青春，爱情，幻想，失望，最后慌慌张张地走到了《在无穷的边缘》。这一切，始于一声微笑，继而是一声抽泣，而终于一声从深渊里吹响的喇叭。

一个人的遭遇，一天一天记载了下来。

这难道是一个人的一生吗？是的，同时也是每个人的一生。我们没有一个人会有此荣幸：一生仅仅是属于他自己的。我的一生

① 原文为拉丁文，引自罗马史学家塔西佗的著作。

是你的一生，你的一生是我的一生，你现在的生活正是我现在的生活；命运是统一的。请拿起这面镜子，照照你自己。有时候，会有人埋怨作家说我如何如何。他们对我们喊道：给我们谈谈我们怎么样。唉！我给你们谈我的时候，我谈的就是你们。这一点怎么你就感觉不到呢？啊！糊涂虫，你认为我就不是你。

这本书，我们再说一遍，同时包含了读者的个性，也包含了作者的个性。“我是人。”[①]穿越喧嚣，嘈杂，梦想，斗争，乐趣，劳动，痛苦，寂静；在奉献里得到休息，于是，静观上帝；始于**大群**，终于**孤独**，排除个人的大小身材，这不就是每个人的历史吗？

所以，我们也就不必感到吃惊，看到这上下两卷诗的色调越来越阴暗，最后却来到新生命的蓝天碧空。欢乐，这青春迅速绽开的花朵，在第一卷希望卷中，一页一页地枯萎，到第二卷伤悼卷中就告消失。伤悼什么？真正的伤悼，唯一的伤悼：死亡；失去亲人。

我们上文说过，在这“往日”“今天”两卷诗中，这是一个灵魂在叙讲自己的故事。两卷中间有一个深渊：坟墓[②]。

维·雨果

1856年3月于根西岛

① 原文为拉丁文，语出罗马诗人泰伦提乌斯的一句名诗。拉丁文全句的意思是：“我是人，和人相关的一切都不能与我无关。”

② 指1843年9月4日雨果长女莱奥波特蒂娜之死。

“有一天，我正站在浪滔滚滚的海边……”*

有一天，我正站在浪滔滚滚的海边
　　看到有条船在航行，
急急驶去，飞快地出没在波涛之间，
　　风和星星裹住快艇。

我在天穹的底层，我俯下身子细听，
　　海阔天空，无尽无头，
听见有人在我的耳边话说得轻轻，
　　我却看不见谁开口；

“诗人，你做得很对，你满脸忧心忡忡，
　　你在水滨沉思不已，
而你却能从万顷碧波的大海之中，
　　汲取出许多的东西。

“大海，这就是天主，命运都由主领路，
　　不论幸福，不论贫困；
有风，这就是天主；有星，这就是天主；
　　而这条船，这就是人。”

1839年6月15日

〔手稿：1839年6月〕

* 本诗置于《静观集》两卷之首，是为序诗。雨果一方面继承浪漫主义诗歌的传统，赋予诗人以特殊的历史地位，同时又深信人类的活动和上帝的意志是相通的。这些主题将在诗集中渐次展开。

往日（1830 年—1843 年）
第 1 部　曙光初照

给我的女儿*

我的孩子啊，你看，我事事谦卑[①]。
要学我的样；不要去红尘之中；
幸福吗？不会；胜利吗？永远不会。
　　　　——要学会顺从！——

要温柔，和蔼可亲，抬起虔诚的头颅。
如同白昼把光芒投入了天空，
你呢，好孩子，你要把灵魂投入
　　　　碧蓝的眼中！

没有人幸福，更没有人会胜利。
时光对大家并不能完美无缺；
时光是虚影，我们的生活，孩子，
　　　　是虚的岁月。

不错，人人都厌倦自己的境遇。
想获得幸福，每个人——命运可悲！——

---

① “谦卑”“顺从”之类，通常不是雨果的词汇。可以认为，诗中的意思是对命运而言的，含有某种宗教的意义。

什么都没有。所谓“都”，只是区区
　　的微乎其微。

这微乎其微，可是在这个世界，
正是每个人努力追求的目标：
一个词，一个名字，一点钱，或者一瞥，
　　或一个微笑！

没有了爱情，君王也不会快乐；
茫茫的沙漠，只缺少甘霖一滴。
人是一口井，井里会缺水干涸，
　　会经常见底。

看这些哲人，被我们奉若天神，
看这些英雄，使我们肃然起敬，
这些名字使我们阴暗的乾坤
　　能大放光明。

他们如同是熊熊燃烧的火把，
先以灿烂的光辉把万物照明，
然后却走进坟墓里，为了寻找
　　一点点阴影。

老天很清楚我们的不幸痛苦，
对我们徒劳、喧闹的生活同情。
每天的清晨，老天以眼泪滋濡
　　我们的黎明。

我们走一步，总有上帝在指引，
指明我们的无能，上帝的威力；
尘世有万物，人间有众生，可信
　　　　同一条真理。

要遵照执行，这条真理很神圣，
请记住，可以进入每个人的心：
心里只有爱，孩子，心中没有恨，
　　　　对一切怜悯！

1842 年 10 月于巴黎

〔手稿：1839 年 6 月 5 日〕

*本诗是《静观集》首部《曙光初照》的首篇。1839 年至 1842 年间，雨果有大小两个女儿，诗中含糊其辞，不确指。诗集的压卷之作是《给留在法兰西的她》，是为葬于维勒基埃[①]的大女儿写的。诗人的“往日”始于女儿，诗人的“今天”终于女儿，首尾呼应，用心良苦，雨果的苦心是不言自明的。

① 维勒基埃（Villequier）是离塞纳河河口不远的小镇。莱奥波特蒂娜新婚不久，夫妻双双在此溺毙，合葬于小镇教堂边的乡村公墓里。

“诗人兴冲冲走进田野；他悦目赏心……”*

诗人兴冲冲走进田野；他悦目赏心，
感叹惊异，他在听自己心中的诗琴；
一看到诗人走来，鲜花，千万朵鲜花，
有的花是红宝石，使颜色感到害怕，
有的花甚至可以让孔雀无脸开屏，
小金花和小蓝花对诗人表示欢迎，
纷纷舞动着花束，彼此还争先恐后，
有的在卖弄风情，有的却神态含羞，
说得很亲切，美人就这么直截了当：
“瞧！”花儿说：“走来的正是我们的情郎！”
生长在树林里的高大深沉的树木，
林中有光影明灭，林中有声响模糊，
紫杉、椴树和枫树，这一位一位老翁，
柳树是龙钟老态，橡树是德高望重，
榆树的枝柯黝黑，身上却爬满青苔，
如有穆夫提①出现，教徒们趋上前来，
都对他深深鞠躬，对他行大礼致意，
低下蓬松的脑袋，低下茂密的胡子，
注目凝视着诗人脸上的从容安详，

① 穆夫提是伊斯兰教中教法的说明官。

轻轻地窃窃私语：是他在沉思幻想！

1831 年 6 月于石居城堡[①]

〔手稿：1843 年 10 月 31 日〕

* 诗人和树木花草间的关系，写得如此温情脉脉，这是人生“黎明”时期诗人主观的印象。雨果在诗集中将会告诉我们，这样的关系并不是永恒的。手稿上的年代使人吃惊。雨果在 1843 年 9 月 4 日痛失爱女，即离此诗的写作不足两个月。手稿上的年代可能有错。

---

① “石居城堡”（les Roches）是雨果朋友贝尔坦一家的别墅。雨果在 30 年代常全家在夏天去那里度假。

两个女儿 *

黄昏已若明若暗，夜色迷人而四合，
一个女儿像天鹅，一个女儿像白鸽，
两个人一般高兴，长得都温柔娇美！
你们瞧，大的姐姐和旁边小的妹妹①，
坐在花园门槛上。就在她们的头上，
有一束白石竹花，细茎儿又嫩又长，
在大理石的盆里被一阵风儿一吹，
俯下身来愣住了，望着这一对姐妹，
暮色苍茫之中在花盆边轻轻抖动，
仿佛有一群蝴蝶着了迷，停在空中。

1842 年 6 月于昂甘附近的露台城堡②

〔手稿：1842 年 6 月 18 日〕

* 在父亲眼里，两个女儿都很美，这本是人之常情。但两个女儿能吸引以淡雅著称的白石竹花的视线，并看得入迷，这就是雨果的生“花”妙笔了。据研究，此诗应作于 1855 年。

① 1842 年时，大女儿莱奥波特蒂娜 18 岁，小女儿阿黛尔 12 岁。

② 1840 年夏天，雨果偕全家曾来此地度假。

“苍穹里里外外是一片茫茫的光明……”*

苍穹里里外外是一片茫茫的光明；
万物是纯洁，希望，幸福，仁爱和欢庆。
湖水在谷中闪耀，翠谷在水中清秀；
葡萄即将会成熟，田野即将会丰收；
世界处处是生机，充满精力和声响，
有青枝挺立，有蔚蓝颤动，流水晶亮，
处处有小鸟，小鸟在吵架，又在挑衅。
花蝴蝶寻找什么？叫哥哥什么找寻？
叫哥哥需要青草，花蝴蝶，空气新鲜；
蝴蝶昆虫要阳春，春的笑声满蓝天。
整个大自然传出欢快和谐的曲调；
歌声悠悠然飘扬，变成一声声祈祷。
小鸡在奔跑，羊羔在欢跳，村儿小童
在嬉戏跳舞，滴滴答答流水的岩洞，
心一软，就和老人一样，正满脸泪痕；
清风在向某一个无法看见的客人
读一段创造天地万物的新奇诗篇；
红花与阳光共语；鸟儿和芬香聊天；
松树都站在池边，把青伞高高竖起；
鸟窝暖洋洋。蓝天看到了锦绣大地；
看到海洋与地球；各种气候在激荡；

这边是秋天，夏天，春季已经到那方。
山坡美！田沟齐！风轻气微，都在呼吸！
森林，河川和平原都把赞美歌唱起，
庄严的歌声飘向光明之父的天主；
斑斑点点的白光都是写爱的辞赋；
百合花在唱：“宽厚！”“光明！”唱的是天鹅。
天如其大无比的耳朵，张开在听歌。
傍晚降临；现在是地球耀眼地辉映，
变成注视黑夜的其大无比的眼睛；
地球欣喜地品尝神圣的其大无比，
品尝着九天重霄肃静的壮美雄奇，
品尝卷曲折绉又泛出银光的云层，
品尝灿烂夺目又祝福的垂天大鹏，
品尝星光闪亮的仿佛怪兽的星座，
品尝飘散四逸而深沉昏黑的烟波，
以及你们的喷涌，晶亮晶亮的星星，
品尝着一团漆黑，品尝着大放光明。
无边无际的宇宙沉醉着翻腾不已。
这时候，撒旦这个妒忌者陷入深思。

1840 年 4 月于露台城堡

〔手稿：1855 年 3 月 19 日〕

* 这是以欢乐为基调的自然颂歌，以光明为基调的宇宙颂歌。诗末撒旦的出现，为雨果将在第六卷阐发的宇宙哲学做准备。

致安德烈·舍尼埃[①]*

对，我的诗句可以，这并非降低身份，
向散文借取一点亲切家常的气氛。
安德烈，真是这样；我有时抚琴而笑。
原因如下。我当时年幼无知，想通晓
树林和流水这本颇为吓人的大书，
我住阴森的大园[②]，有鸟雀叽叽咕咕，
泪珠在长春花的蓝眼睛里面微笑。
有一天，我独自在枝叶间遐想逍遥，
灰雀在林中如有消息便喋喋不休，
它对我说："有时候，也要在地上走走。
"大自然对于人类有点嘲弄的意思；
"诗人啊，你的诗章，这是你用的名字，
"可以更接近自然，如果你把气放掉。
"树林会唉声叹气，但也会尖声嘘叫。
"蓝天有时候欣喜若狂，才大放光芒。
"奥林匹斯山[③]哈哈大笑，却仍然辉煌；
"你别以为诗人的精神会向后退步，
"如果两句雄诗间有个词跳一下舞。

---

① 安德烈·舍尼埃（Ardre Chenier，1762—1794），法国抒情诗人，法国大革命期间在断头台上被处死。

② 这里指雨果母亲带三个儿子曾住过的巴黎斐扬派修道院。

③ 奥林匹斯山（Olympe）是古希腊圣山，传为众神的居住地。

“发作怒号的狂风不是在哭泣不停；
“洪波涌起的海涛不是在浪漫抒情；
“岁月悠悠，而黑夜幽冥，大自然却会
“让拉伯雷[①]和愁眉苦脸的但丁匹配，
“悲愤的于戈兰[②]和格朗固齐埃[③]相交，
“一边是哭得伤心，一边是纵声大笑。”

1830年7月于石居城堡

〔手稿：1854年10月14日〕

＊雨果历来叹服舍尼埃，赞为“古典派里的浪漫派”，但此诗内容似与舍尼埃无太多的直接联系，献给舍尼埃，不无费解之处。本诗更反映雨果早年在《〈克伦威尔〉序言》中提出的美学观点：美与丑的结合；崇高与滑稽的结合。

---

① 拉伯雷（Rabelais，1494—1553），法国作家，小说《巨人传》的作者。

② 于戈兰（Ugolin）吞食仇人头颅的情节，曾在但丁的《地狱篇》里描写过。

③ 格朗固齐埃（Grandgousier）是拉伯雷《巨人传》中巨人高康大的父亲。

乡间生活*

傍晚，乡村里的人总要出门去走走，
富人去自己领地，穷人去自己地头；
我呢，我信步走去；不论到什么地方，
诗人感到在家里，总是在上帝身旁。
我喜欢独自散步。我沉思，我也倾听。
然而，如果有人想在路上陪我同行，
我也接受。每人的思想里都有东西，
每人都是一本书，由上帝亲自执笔。
每当在我的手里捧一本这样的书，
书里有一颗灵魂，书后被坟墓封住，
我就读。

　　　　每天傍晚，我一空，我就出门。
我顺便也去拜访我所认识的友人。
全家的老小都在园子里享受清风。
千金榆下，夜凉已微微沾湿了板凳；
没关系！我就坐下，我也说不清原委，
为什么孩子们都跑来坐在我周围。
只要我坐下，孩子一个个很快就到。
他们知道，我也有他们的兴趣爱好；
他们记得我喜欢野外，蝴蝶和花丛，
也喜欢在田沟里跑来跑去的小虫。

他们知道我这人就是很喜欢小孩，
在我的身旁可以游戏，也可以胡来，
可以吵闹和喧哗，可以大声地谈讲；
我和他们一起笑，从前笑得更响亮，
知道今天我只要参加他们的戏闹，
尽管我非常忧伤，仍会对他们微笑；
小朋友说我这人从来就不会生气，
都说玩得很开心，只要能和我一起；
我会用笔画图画，用硬纸搭建高楼；
我给大家讲故事，当晚上掌灯时候，
噢！我的故事好听，半夜里叫你害怕，
我脾气好，没架子，有问题都能解答。
只要看见我："来啦！"人人跑过来欢迎，
放下游戏，铁环，球，用美丽的大眼睛，
把我团团地围住，无恶意，也无惊恐，
眼睛永远是蓝的，眼中看得到天空！

大家伙们——年纪越是小，胆子却更大——
爬上了我的膝头，大孩子反而文雅；
他们都给我拿来他们逮到的鸟窝，
各种纪念册，巴黎买来的铅笔许多；
大家问这又问那，说起来没完没了，
大家又谈又聊天，还大笑；——我喜欢笑，
不是讽刺的嘲笑，挖苦得叫人难受，
而是坦诚的甜笑，笑得开心又开口，
这种笑同时露出牙齿，又露出心灵。——

铅笔，鸟窝，纪念册，我对此都很热情；

也有的时候，当我欣赏得兴趣很浓，
大家说："他的看法和神父先生相同。"
然后，等他们开开心心地把话讲完，
突然，大孩子靠着我坐的凳子，突然，
大家伙们仍然是围坐在我的膝上，
都一声不响，这就是说："给我们快讲。"

我无所不谈，字句向他们播下情节，
也播下思想。孩子喜欢我讲的一切，
因为他们喜欢我。我用手指指苍天，
天上上帝看不见，天上星星看得见。
他们全神贯注听我讲。我说要学会
思考，梦想和追求。上帝之祝福人类，
不为已达到目的，而为追求有所得。
我说：要给谦卑和羞怯的穷人施舍；
要好好听取教导，否则会受到责备。
给予人，授之于人，心灵就有所作为！
我给他们讲生活，即使我们很痛苦，
就是哭的眼泪里，仁爱也应是基础，
即使我们很幸福，即使是扬扬得意，
就是声声欢笑中，仁爱也应是根底；
人好，就是生活好；人即使内外交困，
把心中一切冲走，仁爱也不能离身；
由此可见，恶人即使恨得咬牙切齿，
也不能责怪上帝。啊，你伟大的上帝！
世上无人一旦对自己的道路选定，
还有权说什么是你让他有此恶名；
这是因为，你并不需要有坏蛋，天主。

我也给他们讲讲历史；对犹太民族
也应祝福，他们被诅咒，却处境艰难；
讲希腊，即使将来也光辉灿烂；
讲罗马，讲有无数平原的古代埃及，
讲在埃及看到的阴森凄惨的问题。
可怕的地方！一切衰亡；人声已消退。
这一个个用花岗巨岩刻成的魔鬼，
奥林匹斯在远古已然是庞然高丘，
一切斯芬克司[①]，阿努比斯[②]，阿蒙[③]之类，
四千年来，他们在沙漠中坐得端正。
风在四周吹，热沙滚烫，如大海蒸腾，
而在海面上探出他们巨大的脑袋；
残缺不全的石头保留下一些形态，
是雕像，又是幽灵，先想起一个一个
尸布覆盖在死者脸上形成的皱褶；
看得清脸上还有额头，有鼻子，嘴巴
和眼睛，我说不清是可怖还是可怕，
这些丑陋模糊的面具正在看着你。
夜行的旅客经过他们身边的沙地，
会吓得魂飞魄散，昏暗的星光阴森，
以为看到了缄默而被捆绑的巨人。

1840年8月于露台城堡

〔手稿：1846年8月2日〕

---

① 斯芬克司(Sphynx)，长着女人的脸，狮身，在希腊神话中是不解之谜的象征。此处指埃及沙漠中的狮身人面像。

② 阿努比斯（Anubis）是古埃及的冥神，人身豺首。

③ 阿蒙（Ammon）是古埃及的太阳神，是主神，相当于希腊神话里的宙斯。

*雨果在诗中又一次表现出他是歌颂仁爱、歌颂儿童的诗人。此诗作于1846年，但诗中的雨果“喜欢笑”，所以只能把此诗列为女儿夭折前的作品。末段对历史的看法，笔调暗淡，与前半篇的主题形成对比。

答一份起诉书*

这么说，我是妖魔，我还是害群之马。
你们心里很难受，世事又错综复杂，
而我把高雅情趣，法国古老的诗句
踩在脚下，我面目可憎，对黑暗说："去！"
于是有了黑暗。[①]——这就是你们的指控。
语言，悲剧和艺术，教理和乐声赞颂，
从此再也看不见所有这一切光辉，
我便是罪魁祸首，让世界一片漆黑。
使万物沉沦堕落，我是盲目的榔头，
这是你们的观点。好哇，行，我都接受；
你们愤怒发作的散文选中我发泄；
你们对我喊：浑蛋；我对你们说：谢谢！
时代继续向前进，要走出一座教堂，
为了走进另一座教堂，更文明健康，
这些重大的艺术以及自由的问题，
就让我们从小处着眼看看，我同意，
把事情放大研究。总之，我没有意见，
不错，我正是这样一个人，可憎可厌；
事实上，尽管我想还犯下别的罪行，
被你们疏忽遗漏，就没有提出批评，

① 这是模仿《圣经》中上帝创造光明时使用的口吻。

我想还多少触及深奥晦涩的问题，
寻求治疗的方法，探求辞藻的奥秘，
我还污辱过古老而又愚顽的蠢驴，
我还从头到脚地猛烈震撼了过去，
我不仅狠打形式，我还把内容猛揍，
我先说这么一点：我是这洪水猛兽，
我一再蛊惑人心，我还不停地煽动，
我把年老力衰的ABCD都葬送；
好好读读吧。

　　　　　　我读完中学，低着脑袋，
做完拉丁诗作业，是个苍白的小孩，
神情严肃，胆子小，四肢已瘫软无力；
当我想学会判断，明白事物的道理，
我张开眼睛看看大自然，看看艺术，
法语分人民、贵族，正是王国的制度；
诗歌当时是君主政体，某一个词汇
可以是公爵，世卿，或是村野的小鬼；
音节间不能混杂，犹如巴黎和伦敦；
同样的情况，行人和骑手绝不相混，
虽说都在新桥[①]上行走，可有来有往；
语言那时是一七八九年前的情况；
词汇出身有好坏　分别圈进了围栏；
高贵的供费特儿[②]、伊俄卡斯忒[③]悲叹，

① 新桥（Pont Neuf）是巴黎最古老的桥，于1578年至1604年建成。

② 费特儿（Phèdre）是拉辛古典悲剧《费特儿》（1677）中的女主人公。

③ 伊俄卡斯忒（Jocaste）是拉辛一部古典悲剧中的女主人公，奥狄浦斯的母亲和妻子。

或供梅洛普[①]使用，一个个知礼谦恭，
可坐国王华丽的马车去凡尔赛宫；
别的词是些瘪三，长得就凶相毕露，
或是土话的居民，或在行话里受苦；
这些词趣味低劣，脚上竟不穿长袜，
集市上衣衫褴褛，头上也不戴假发；
只能写散文、闹剧，不能登大雅之堂，
是些乌七八糟的文体里面的群氓；
乡巴佬，土包子，被词汇总管沃热拉[②]
关进“词典”的大牢，有“F”[③]烙印在脸颊；
只能表达日常和卑贱低下的生活，
只对莫里哀有用，粗劣，庸俗，又猥琐。
拉辛[④]对这些无赖可只会投以白眼；
高乃依[⑤]如在诗中也发现，蜷缩一边，
他对它看看，心地高尚，不会说：“滚蛋！”
“高乃依也在堕落！”伏尔泰却在大喊。
高乃依是老糊涂，低声下气，不吭声。
这时候，我这强盗赶来，喝道：再不能
这些词总在台前，那些词总在幕后！
对法兰西学士说[⑥]，这老太高贵守旧，

① 梅洛普（Mérope）是伏尔泰悲剧《梅洛普》（1743）中的女主人公。

② 沃热拉（Vaugelas，1585—1650）是法国17世纪语法学家，著有《关于法语的意见》。

③ 词典里的“F”指“俗词”；而在苦役犯监狱中，“F”指“苦役犯”。

④ 拉辛（Racine，1639—1699）的悲剧被认为是法国古典主义之正宗。

⑤ 高乃依（Corneille，1606—1684），法国古典作家，其《熙德》曾受到法兰西学士院的批评。

⑥ 法兰西学士院（Académie）于1635年创建，编纂出版《法兰西学士院词典》，收词标准历来保守，不收俚语俗词。

衬裙里藏有惊慌失措的修辞比喻，
对一队队整齐的亚历山大式诗句[①]，
我可曾经刮起过一场革命的风暴。
我给古老的词典戴上了一顶红帽。
不要有词是百姓！不要有词是侯伯！
我在墨水瓶瓶里掀起了轩然大波，
我趁着一片模模糊糊的点点滴滴，
让洁白的思想和黝黑的词汇联系；
我就说：任何沾着清香露水的思想，
可以停留在任何词汇上，凌空飞翔！
混账话！——借喻，婉转，换置，都颤抖不止；
我一步跳上亚里士多德[②]这块界石，
宣布词和词之间平等，自由和独立。
什么破坏的暴徒，什么入侵的顽敌，
虎豹，匈奴人，斯基泰人[③]和达西亚人，
和我的胆量相比，就只是小狗温顺；
我跳出了旧框框，我把旧框框推倒，
我把猪就称作猪[④]，这又有什么不好？
圭夏丹[⑤]以此称博尔吉亚[⑥]，而塔西佗[⑦]
称呼维泰里乌斯[⑧]！我凶狠，无情，醒豁，

---

① 亚历山大诗句是法国古典戏剧使用的唯一诗体，每行12个音节。

② 亚里士多德（Aristote）所著的《修辞学》和《诗学》被古典作家奉为圭臬。

③ 斯基泰人（Scythes）是古代黑海沿岸的民族。

④ 据考，雨果诗中并没有出现“猪”这个词。

⑤ 圭夏丹（Guichardin，1483—1540）是意大利历史学家，著有《意大利史》。

⑥ 博尔吉亚（Borgia）指教皇亚历山大六世。

⑦ 塔西佗(Tacite，约55—约120)，古罗马历史学家，对昏庸的君王多无情揭露。

⑧ 维泰里乌斯（Vitellius，？—69）荒淫无耻，被宣布为罗马皇帝后不久被人民所杀。

我从惊讶不已的狗的颈子里取下
修饰的颈链[①]；青草地上，有树影婆娑，
我安排大母牛和小母牛亲亲密密，
一个是大胖女人，一个是贝蕾尼丝[②]。
于是，颂歌喝醉酒，去和拉伯雷拥抱；
大家在品都斯山[③]山顶把《行啊》[④]大跳；
九位缪斯都裸胸跳卡马尼奥拉舞[⑤]；
“夸张”戴着西班牙绉领，吓得直嗫嚅；
赶毛驴的老汉娶牧女蜜蒂尔回家。
“现在几点了？”[⑥]有人听见国王在说话。
是我把白玉，白雪和象牙通通杀害；
我把一小颗黑玉从眼中挖了出来；
我也敢对胳膊说：要白，白了就可以。
我强奸诗句死后还热乎乎的尸体；
我在诗中用数字[⑦]；恐怖！米特里达特[⑧]
本可提出锡齐克[⑨]被围的确切时刻。
可怕的日子！拉依丝[⑩]竟变成了婊子。

---

① 拉辛的悲剧中有“凶残的狗”半句诗，去掉修饰词“凶残的”，即只剩下“狗”而已。

② 贝蕾尼丝（Bérénice）是拉辛悲剧《贝蕾尼丝》中的女主人公。

③ 品都斯山（le Pinde）是希腊圣山，相传是缪斯的居住地。

④ 《行啊》（Ça ira）是法国大革命时期的流行歌曲。

⑤ 卡马尼奥拉舞（Carmagnole）是法国大革命时期的流行舞蹈。

⑥ 雨果剧本《艾那尼》中国王堂·卡洛斯说过“现在几点了？”后改“现在已是半夜？”

⑦ 雨果的历史剧《克伦威尔》中的第一句诗：“明天，是一六五七年六月二十五日。”

⑧ 米特里达特（Mithridate）是拉辛悲剧《米特里达特》（1673）的主人公。

⑨ 锡齐克（Cyzique）是小亚细亚弗里吉亚地区的古城，于公元 74 年被围城。

⑩ 拉依丝（Lais）是公元前 4 世纪的希腊名妓。

雷斯托[①]每天上午引用过的多少词，
仍然保留着路易十四时代的味道，
仍然还戴着假发，对这些假发遗老，
大革命从钟楼的楼顶上大声怒吼：
“快改变！是时候了。你们要充分吸收
被你们禁锢着的这些词汇的灵魂！”
这时候，假发咆哮，变成了鬃毛披身。
自由啊！这样，正在我们造反的当时，
我们把长毛猎狗竟然变成了雄狮，
这样，借着由我们刮起的该死风暴，
各种各样的词汇一个个熊熊燃烧。
我把一份份告示张贴在洛蒙[②]身上。
告示上写道：“要把这一切彻底埋葬！
“布乌尔[③]、巴特[④]之流都要丢进垃圾桶！
“拿起枪，散文诗歌！整好队伍向前冲！
“是他们给人类的思想套上了锁链。
“请看目前的情况：诗节被夹上口钳，
“颂歌脚上有枷锁，戏剧被投进监狱。
“康皮斯特龙[⑤]就在拉辛尸体上生蛆！”
布瓦洛[⑥]咬牙切齿；我对他说：老古董。

---

① 雷斯托（Restaut）于1730年出版的《法语语法通论》，至19世纪仍然是大学教材。

② 洛蒙（Lhomond，1727—1794），法国语法学家。

③ 布乌尔（Bouhours，1628—1702），拉辛和布瓦洛的朋友，著有《关于法语的意见》。

④ 巴特（Batteux，1713—1810）神父著有《文学教程》四卷，强调区分“雅词”和“俗语”。

⑤ 康皮斯特龙（Campistron，1656—1723）是拉辛的拙劣模仿者。

⑥ 布瓦洛（Boileau，1636—1711），法国作家，其《诗艺》被认为是法国古典主义的理论著作。

别作声！我在狂风暴雨中放开喉咙：
要对修辞学开战！要对句法讲和平！[①]
于是，一七九三年爆发。这风俗，人情，
时尚，激情和温情，一个个丢盔卸甲。
丑角们把卡托丝[②]、普索尼亚克[③]扔下，
在肮脏的小酒店紧追杜马塞[④]不放，
注射器里装满了珀尔梅斯[⑤]的波浪。

音节[⑥]置清规戒律于不顾，态度放肆，
没有教养的名词，下贱卑劣的动词，
三个人奔来。如今恐怖到毛发直竖。
他们把阿塔莉[⑦]的梦从墓穴中挖出；
把泰拉梅纳[⑧]讲述的故事丢弃一旁；
法兰西研究院[⑨]之星星已黯然无光。
不错，他们已经把旧制度彻底推翻，
当我看到诗节在大街上又吼又喊，
大庭广众间一把揪住“诗学”的衣领，
开口唾沫子四溅，嘴巴里不干不净，

---

① 法国大革命的口号：“对城堡开战！对茅屋和平！”

② 卡托丝（Cathos）是莫里哀剧中“可笑的女才子”。

③ 普索尼亚克（Pourceaugnac）在莫里哀喜剧中是丑角们手持注射器追逐的对象。

④ 杜马塞（Dumarsais）于1730年曾出版《论比喻》，并为《百科全书》撰写语法条目。

⑤ 珀尔梅斯（Permesse）是希腊河流，相传诗人在河中喝饮，能汲取灵感。

⑥ 有些风雅之士不仅删去俗词，甚至删去不入耳的音节。

⑦ 阿塔莉（Athalie）是《圣经》人物，也是拉辛同名悲剧（1691）的女主人公。

⑧ 泰拉梅纳（Théramène）是拉辛悲剧《费特儿》的人物，曾讲述主人公死亡的经过，是精彩段落。

⑨ 法兰西学士院是法兰西研究院最重要的组成部分。

当我看到潮水般涌来的人群之中，
全体被高雅趣味逐出的词汇大众，
把贵族文字吊在思想的路灯杆上，
我喝饮文句的血，在一旁拍手鼓掌。
不错，我是这丹东！我是罗伯斯庇尔！
我挑唆当仆人的下贱的脏话粗字，
反叛身佩长剑的高贵的神韵文采，
我在当若的尸身上又掐死里什莱[①]。
不错，是这样，这只是我的几件罪行。
诗韵的巴士底狱被我攻占后夷平。
我还不止这些；我把捆绑民众词汇
的铁的枷锁砸开，把一批批的冤鬼，
把这些古旧词从阴曹地府中解放；
我把拐弯抹角的委婉用语都埋葬，
把巴别塔[②]生下的字母表[③]这座暗塔，
在光天化日之下铲平后猛踩狠踏；
我也不是不知道，愤怒的双手坚强，
既然解放了词汇，也就解放了思想。

人类共同努力的特点是统一步调。
大家是同一支箭，射向同一个目标。

所以，我同意，说句老实话，实实在在，

---

① 当若（Dangeau，1643—1723）和里什莱（Richelet，1631—1698）是法国古典主义时期的两位语法学家。

② 巴别塔（Babel），据《圣经》故事，各国人民想造高塔，直达天顶，取名“巴别塔”，上帝害怕，使各国人民语言不通，塔无法建成。

③ 字母表指书面语言。

这是我几条罪状，我把我脑袋提来。
你们也应该年老力衰，因此，老前辈，
我可以第十次说，我完完全全服罪。
不错，如博泽[①]是神，我确是无神论者。
当时的语言整齐庄严，还晶莹清澈，
蓝色的天花板上金百合花，布瓦洛，
特里斯唐[②]，四十把交椅[③]，中间是王座；
我把语言搅混了，在此高贵的沙龙，
我甚至胡来一通；专有名词这佃农
只是个班长：被我委以上校的重任；
我又把人称代词变成雅各宾党人，
我还使分词这个头发花白的奴隶，
成为鬣狗，使动词大搞无政府主义。
你们的被告坦白认罪。请大发雷霆！
我对鼻孔说：且慢，鼻子是你的本名！
我对金黄果子说：你只是一只梨子！
而我对沃热拉说：你只是一把钳子！
我对全体词汇说：应该组成共和国！
组成密集的队伍，要劳动，好好生活！
要相爱，要有信仰！——我处处大显身手，
我把高尚的诗句扔给散文这黑狗。

① 博泽（Beauzé，1717—1789），法国语法学家，著有《普通语法》，是杜马塞的继承者。

② 特里斯唐（Tristan）在历史上有两人，此处可能指路易十一时代的宫廷大法官。

③ 指法兰西学士院的四十位院士，加上“蓝色的天花板上金百合花”，形成审判语言的法院形象。

而我的一切作为，其他人同样也做；
做得比我更好。卡利奥珀[①]，欧忒尔珀[②]，
波吕墨尼[③]，吓呆后，放下虚假的正经，
我们前后摆动了这“半句诗”[④]的天平。
确实，诅咒我们吧。从前诗句的额头
总是戴着十二支羽毛，圆圆的一周，
不断在双重的捕鸟器上蹦蹦跳跳，
一曰诗歌的韵律，一曰诗歌的格调，
从今后，斩断规矩，斧凿无用武之地，
先成为羽毛小球，又成为飞鸟鸣啼，
冲出“停顿”这囚笼，向山川河谷飞去，
好只神圣的云雀，飞向广漠的天宇。

现在，所有的词汇都在光明里翱翔。
语言在作家笔下获得彻底的解放。
要感谢这些强盗，这些恶煞和凶神，
“真”把发愁的大批学究都驱赶出门，
“想象”吵吵闹闹的，长有千百张嘴巴，
在庸人的心中和思想里大肆糟蹋，
感情丰富的诗歌可以有喜怒哀乐，
又是歌唱，又嘲讽；两代人播撒诗歌：

① 卡利奥珀（Calliope）是希腊神话中史诗的缪斯。

② 欧忒尔珀（Euterpe）是希腊神话中掌管音乐的缪斯。

③ 波吕墨尼（Polymnie）是希腊神话中抒情诗的缪斯。

④ 古典作家使用的亚历山大诗体为十二音节，规定第六音节后“停顿”，前后各是六音节的“半句诗”。浪漫主义诗句的停顿方式不是6—6，而是4—4—4。

普劳图斯[①]为平民，莎士比亚[②]为百姓；
诗歌向各国倾注约伯[③]的智慧聪明，
诗兴勃发时，又传播贺拉斯[④]的教诲；
满天蔚蓝的狂热使缪斯感到沉醉，
这位神圣的痴女一双眼炯炯有神，
随着时间的推移，登上不朽的大门，
缪斯会重新出现，重新给我们指路，
她会又为人类的种种不幸而哀哭，
缪斯抨击或安慰，她时而入地上天，
使每个人的脸上热情洋溢，看得见
澎湃激越的诗兴，狂飞乱舞的火星，
和她千万只翅膀上的千万只眼睛。

正是这样，这一场运动已完成任务。
今天，革命又借助于你，神圣的进步，
在空气里，话语中和书内红红火火。
读者感到革命借鲜活的词汇生活。
革命在喊，在唱，在笑，并在给人启发。
她的舌头[⑤]和思想都已经不再受压。
革命在小说里给妇女们说话轻轻。
现在，革命张开两只火辣辣的眼睛，
一只眼睛看公民，一只眼睛看哲人。

---

① 普劳图斯（Plautus，约公元前254—前184）是拉丁喜剧诗人。

② 莎士比亚（Shakespeare，1564—1616）是英国剧作家和诗人，极受法国浪漫主义推崇。

③ 约伯（Job）是《圣经》人物，备受考验，却不改对上帝的信仰。

④ 贺拉斯（Horace，公元前65—8）是拉丁抒情诗人和讽刺诗人。

⑤ 法语中"舌头"又作"语言"解。

革命拉着自由的手，两人姐妹不分，
让自由渗透进每个人的每个细胞。
各种偏见仿佛是石珊瑚，生长繁茂，
由一代代的恶习和流弊堆积而成，
受到词汇的冲击，便纷纷瓦解土崩，
词中充满自由的意志、目的和灵魂。
自由是诗，自由是剧，自由还是散文；
自由不仅是表达，自由而且是感情，
还是街上的路灯，还是天上的星星。
自由深入语言的最底层，深不见底；
自由借其绝妙的传声筒艺术呼吸；
总之，这是上帝的意志，革命使人人
充满了自豪，革命抹去额头的皱纹，
革命使地位卑贱的群众斗志昂扬，
革命先化作权利，现在又变成理想！

1834 年 1 月于巴黎

〔手稿：1854 年 10 月 24 日〕

* 本诗是雨果对 30 年代初浪漫主义和古典主义文艺大争论的重要总结。雨果于 1830 年上演《艾那尼》成功，奠定浪漫主义在法国胜利的基础；1838 年上演《吕伊·布拉斯》成功，是浪漫主义的又一次胜利。雨果佯托本诗作于 1834 年，是对这前后两个年代的怀念和纪念。雨果在 1854 年 10 月底至 11 月底，集中写了多首回顾 30 年代文艺斗争的诗作，这应该是《静观集》这部“死者”回忆录中不可或缺的内容。1854 年 1 月，泽西岛上演《吕伊·布拉斯》，雨果第二天谈到：“《吕伊·布拉斯》使我想起我

参加文学斗争的年代……浪漫主义和民主，这是同一回事。”本诗可以说，从头至尾，有意使用政治术语，甚至借法国大革命时期的流行词汇，来总结浪漫主义在法国文学史上取得的胜利，意味深长。诗人表明：文学斗争是政治斗争的延续，他当年致力于文学创作的解放，和今天致力于民主、自由的政治斗争，前后是一致的，彼此是呼应的。也就是说，雨果二十余年来，立场没有改变，只是斗争的领域从文学转成政治而已。从这个意义上说，《答一份起诉书》与其说是回答某个假想的文艺论敌，不如说是对自己现在的政治战友做一个交代。

续篇 *

这一点应该知道，词和字也有生命。
幻想者握笔的手写字时颤抖不停；
一管羽毛笔就是一只翅膀的延伸，
在纸上画翅膀时，羽毛笔激动兴奋，
词汇，用语，这家伙不知道来自何处，
是隐蔽事物的脸，未知事物的面目；
由谁创立？由谁铸造？从黑暗中涌现；
在我们的头脑里上上下下地跑遍，
词汇总有其意义，如同水总有水平，
反映大脑中飘浮不定的朦胧光明。

不错，你们都要明白，词汇也是东西，
在散文的深渊里翻滚时好不拥挤，
或者让诗歌这座喧闹的森林鸣响，
掌握斯芬克司的奥秘——“人类的思想”。
词汇愿意，不愿意，是仙女，或是荡妇，
可委身，或逃跑；遇到尼禄吟诗作赋，
或查理九世凑韵，惊恐地后退胆怯；
这个词嫣然一笑，那个词匆匆一瞥；
每个人都会信奉某个深刻的词汇；
世上的每种力量都有词可以称谓；
词在大脑里铸成，可快，可慢，可低沉；

头颅里的窟窿给词汇以大小尺寸；
新鲜的印象才来，陈旧的印象未走；
这词一问三不知，那词却向你泄露；
词和词之间碰头，如水和暗礁撞击；
我们深沉的头脑有万千词汇麇集，
有的词张牙舞爪，有的词张开翅膀；
如同点点的火星在黑炉膛里闲逛。
沉思，苦涩或欣喜，温柔，阴沉或忧郁，
词汇大众在我们身上走来又走去；
词汇是灵魂深处神秘的匆匆过客。

每个词拖着阴影，或者有火苗四射；
每个词在大脑里守一个地区州郡；
为什么？这是因为词的名字叫大军；
这是因为每个词根据射来的闪电，
在共同的努力中做出自己的贡献；
这是因为当我们说话、写字或撰稿，
往前驱赶这一大帮的声音和符号，
产生出叫喊，歌唱，唏嘘和高谈阔论；
因为词无处不在，却在舌头下藏身，
把地球踩在脚下，给地球下达命令；
灵魂是被躯体所占有的天上的光明，
既然人这只野兽身上有灵魂居住，
上帝使词汇成为思想居住的动物。
我们的思想深处，词汇在翻搅不停。

词说声莉各丽斯[1]，贝亚特里丝[2]，但丁
在坎普圣托[3]、维吉尔在无忧山[4]太息。
词汇是长在思想海洋里的黑水螅。
当爱斯古罗斯或马努[5]有作品喷涌，
圣约翰[6]在拔摩岛膝头上文思无穷，
可以看到诗句里充满怪兽和夜叉，
妖词怪字在这些奇书里爬上爬下。

啊，触摸不到的手！啊，威力惊心动魄！
在人身上写个字，此人就哆哆嗦嗦，
他被深沉的力量慑服，并枯干而死；
某个世界的背上被贴上复仇的词，
这个世界连同其旗帜，刀剑和绞架，
法律，风俗和神祇，被这词彻底打垮。
无所不能的巨大威力却来自嘴中，
大地之上有词汇，如田野上有飞虫。
词汇很贪婪，词的牙齿比什么都硬，
词汇吹口气，加上有灵魂和光接应，
任你是庞然大物，也慢慢层层剥离。
词给绝不动摇的人以深沉的能力；
卡图的身上只有这么一个音节：不。

---

① 莉各丽斯（Lycoris）是维吉尔在《牧歌》中咏唱过的不幸女主人公。

② 贝亚特里丝（Béatrix）是但丁在《神曲》中歌颂的情人。

③ 意大利比萨地名，但据考但丁不葬在此地。

④ 无忧山（le Pausilippe）是意大利那不勒斯山冈，山脚下有维吉尔墓。

⑤ 马努（Manou）是印度婆罗门之子，相传是印度民法的作者。

⑥ 圣约翰在拔摩岛写成《新约》中的《约翰福音》。

顽强的伟人：布鲁图，哥伦布[①]，芝诺[②]，
都在眼皮下看到两个闪亮的大字：
希望！——在死者长眠安息的地下墓室，
这“希望”二字可让冰冷的嘴巴启开，
现在，变成石头的唐璜也脸色惨白！
词使人成为雕像，使石头变成幽灵。
词会攻击伤人，使人复活，使人丧命。
宁录[③]说：“开战！”于是，从恒河到伊利索[④]，
刀光剑影，血流成河。“要相爱！”耶稣说，
这句话永远闪耀，在各地传颂飞越，
飞越广漠的宇宙，也飞越你，提比略，
飞越天穹和鲜花，返老还童的人类，
如同无穷的世界被爱得熠熠生辉！

而正当大地轻轻绽开满地的鲜花，
而正当第一个人说出了第一句话，
从他嘴上诞生的、万物听到的词汇，
在天国里遇见了光，对光说道：“姐妹，
“我的姐妹！

“请起飞！请翱翔！万古长青！

---

① 哥伦布（Colombo，1451—1506）是意大利航海家，于1492年发现美洲新大陆。

② 芝诺（zenon）是公元前4世纪末的希腊哲学家，斯多葛主义的创始人，主张禁欲、坚忍。

③ 宁录（Nemrod）是《圣经》中挪亚之子含的后裔，传说他是猎人。他的统治凶狠残暴，在雨果心目中是战祸的象征。

④ 伊利索（Ilissus），希腊河流，流经雅典。

“请点燃星星！永远充溢人人的眼睛！
“温暖天空和苍穹，让群星炽热透亮；
“你将是一个生命，我也将和你一样。
“你负责照亮外面，我负责照亮内部。
“要成为火的语言，姐妹，我就是使徒。
“起来吧，抹去黑暗，在地平线上升起，
“你是黎明；你我相当，因为我是理智。
“眼睛给你，而额头给我。金发的姐妹，
“你将用‘光明’的网把整个世界包围；
“用金光把一个个地球，一个个太阳，
“鲜花，田野和天空，碧波万顷的海洋，
“都串在一起；我呢，我将使嘴巴沟通，
“人类为千万种的艰巨努力而激动，
“我将用一条一条和谐、光明的长线，
“编织巨大的‘爱’网，把人心联成一片。
“我比灵魂先存在。亚当不是我父亲。
“我甚至比你更早：没有我，很难相信，
“你就能跳出万物束缚的苍苍莽莽；
“我名字叫‘要有光’[①]，我还是你的兄长！”

对，词汇威力无比。只有疯子敢取笑！
错误使人生疙瘩，疙瘩被词汇冰消。
词是黑夜的闪电，催熟果子的小虫。
词从喇叭里出来，词在墙头上抖动，
伯沙撒为之踉跄，杰里科颓然坍塌。
词自己就是群众，和人民亲同一家。

① 这是《圣经·创世记》中上帝创造世界前讲的第一句话。

词是生命，是精神，萌芽，风暴和正义；
因为，词就是“圣言”①，而“圣言”就是上帝。

1855年6月于泽西岛

〔手稿：1854年11月3日〕

＊《答一份起诉书》于文艺大争论的“三十年代”写成，用的是激烈论战的笔调。“二十年”后的《续篇》写来心平气和，以只有作家才能有的深切体会和感受，对人类最不可思议的交际工具，写成这首语言文字的颂诗。非雨果的语言天才，不足以道出文字如此神奇的生命力。

① 据基督教教义，圣父、圣言和圣子是“三位一体”，圣言是其中的第二位。

“痛哭流涕的诗歌在哀叹；戏剧不幸……”*

痛哭流涕的诗歌在哀叹；戏剧不幸，
借满台演员滔滔抒发自己的心灵；
观众托着脸，一时感动，先向隅而泣，
又清醒过来：“得了！作者也不无才气，
“他为假人和假事假做文章，他看到
“我们竟为戏里的伤心事流泪而笑，
“把眼泪擦干，妹妹；太太，请不要伤神。”
观众错了：思想是心灵；沉思的哲人
被自己的火焚烧，为他的思想难受。
剧中在流血，正是他诗人的血在流；
他的每一个人物都把他紧紧搂住；
他和人物同生死，他和人物共甘苦；
诗人在他创造的作品里直打哆嗦；
他是作品，作品是他；当他默默创作，
他在哭泣，他撕心裂肺，他还把心肝
放进剧本。他作为雕塑家，独立高山，
他借神圣的黏土揉捏自己的血肉；
不断创作，不断新生，长叹息，泪如流，

以此写成奥赛罗[①]，写成阿尔塞斯特[②]，
他和作品人物一起诞生，有声有色。
身受永恒的痛苦，他全心全意投入，
写他这部巨大、真实、统一、多彩的书，
从自己身上汲取取用不竭的光明。
他所以被尊为神，因为他更有人性。
他是天才，因为他比别人更是凡人。
高乃依身在鲁昂[③]，罗马有他的灵魂；
他头脑里有卡图激昂慷慨的烦恼；
正当巨大的月亮在天边爬得高高，
莎士比亚脸多白！平台上阴风瑟瑟，
幽灵先等的是他，而不是哈姆雷特[④]。
波克兰[⑤]为阿尔冈[⑥]假想的病痛而死；
他在笑：不错，也在咽气！和尤利西斯[⑦]
一起，荷马也心烦，在海雾之中漫游。
圣约翰正在发抖，在他阴郁的心头，
可怕的《启示录》正在把他的丧钟敲。
埃斯库罗斯！俄瑞斯忒斯[⑧]在你心里叫，

① 奥赛罗（Othello）是莎士比亚同名悲剧里的主人公。

② 阿尔塞斯特（Alceste）是莫里哀喜剧《愤世者》里的主人公。

③ 鲁昂（Rouen）是法国诺曼底的城市，是高乃依的家乡。

④ 这场景可见莎士比亚悲剧《哈姆雷特》的第一幕。

⑤ 波克兰（Poquelin）是莫里哀父亲的姓，莫里哀是笔名。

⑥ 阿尔冈（Argan）是莫里哀喜剧《心病者》的主人公。莫里哀正在舞台上饰演阿尔冈的角色，猝然晕倒后不久即逝世。

⑦ 尤利西斯（Ulysses）是荷马史诗《奥德赛》中的主人公，自特洛伊战争胜利后，在海上漂泊 10 年，始返家园。

⑧ 俄瑞斯忒斯（Oreste）是希腊神话人物，曾弑母以报父仇。埃斯库罗斯曾创作《俄瑞斯忒斯三部曲》。

诗人，你的嘴里愤慨，你的心中忧伤，
普罗米修斯[①]绑在你这巨人的头上。

1834 年 1 月于巴黎

〔手稿：1854 年 11 月 1 日〕

*这首诗属回顾 30 年代文艺争论的系列。古典主义要求作者和作品截然分开；浪漫主义相反，认为作者和作品应该融为一体。不仅如此，雨果更把诗人的天职提高到为天下人受苦，这和《静观集》第二卷的内容是一致的。

① 普罗米修斯（Prométhée）是希腊神话中的英雄，因窃取天火，被天神宙斯囚禁在高加索山顶。

丽莎 *

我当年十二；她是长大的姑娘。
她已经十六，而我还是个小孩。
想和她晚上能谈得心情舒畅，
我，我就坐等她母亲走出门来；
然后，我过去坐在她凳子近旁，
想晚上和她能谈得心情舒畅。

多少个春天已随着春花凋落！
多少火已灭，而多少坟已闭合！
是否还记得，从前有玫瑰几朵？
是否还记得，从前有心儿几颗？
她当时爱我。我也爱她。好一双
金童玉女，两朵花香，两缕阳光。

上帝让她是公主，仙女和天使。
由于，她年龄要比我大出许多，
我向她不断提出种种的问题，
“为什么？”为了能和她有话可说。
她陷入深思，看到我两眼发呆，
她有点胆小，有时把眼光避开。

于是，我炫耀我孩子气的学问，
我夸耀玩具，皮球，飞转的陀螺；

我十分得意，因为学过拉丁文；
我给她打开维吉尔写的著作；
我天地不怕；我事事出言不逊；
我还对她说：我爸爸是个将军。

即使是女人，有时也会要读点
拉丁文，也要边想边拼读；
我在教堂里给她译经文诗篇，
我常常靠近她手里拿的经书。
我们星期天在做晚祷的晚上，
天使向我们张开洁白的翅膀。

她每次说起我时：他这个孩子！
而我的叫法，我叫她丽莎小姐。
我常常为她要翻译一首圣诗，
我凑近她的经书，尽量近一些；
你们也看见，上帝！终于有一回，
她的红脸蛋碰到我发烫的嘴。

初恋啊，遽然而来，迸发的热情，
请迷惑孩子吧！使他心醉神摇！
你是心儿的清晨，心儿的黎明。
而当傍晚和痛苦双双地来到，
请再迷惑我们曾入迷的心灵。
初恋啊，遽然而去，已无踪无影。

1843 年 5 月

〔手稿：1843 年 5 月〕

* 本诗注明的写作日期和手稿相同。1811 年，雨果 9 岁，和母亲及两个哥哥经巴约纳（Bayonne）去西班牙马德里，和父亲雨果将军团聚。雨果在巴约纳认识房东女儿罗丝（Rose，意为“玫瑰”），14 岁，相伴经月，终生不忘。雨果事后说，这是“难以言传的第一次闪光，这爱情的神圣的黎明”。(1843 年 5 月，雨果偕情人朱丽叶 · 德鲁埃又去南方旅行，30 年前的往事袭上心头，历历在目)

“她已经脱掉了鞋，她又解开了头发……”*

她已经脱掉了鞋，她又解开了头发，
我正打那儿经过，以为看到了仙女，
坐在灯芯草中间，光着脚没有穿袜，
我就对她说：你可愿意到田野里去？

她朝我看了一眼，目光里一往情深，
我们赢得爱情时，美人才如此倾心，
我又说：你可愿意，在这相爱的月份，
你可愿意我们俩走进深深的树林？

她在水边的草里擦了擦她的双脚；
她又一次地朝我抬了抬她的眼睛，
顽皮的美人这下变得沉思和动摇。
小鸟在林中深处，啊！叫得多么动听！

河水是多么温柔，河水把岸边轻拍！
我看到美丽姑娘矜持、快活又胆小，
在高大而青青的芦苇里朝我走来，
头发飘在眼睛上，挡不住眉开眼笑。

183……年6月于蒙－拉……[①]

〔手稿：1853年4月16日于泽西岛〕

*这首乡村牧歌式的情诗写得轻松自然。《静观集》插进早年无忧无虑的回忆，借以反衬中年痛失爱女的悲痛心情。手稿上的创作日期表明，就是创作《惩罚集》的愤慨心情，偶尔也会被小岛上的春天所冲淡。

① 指"蒙福尔拉莫里"(Montfort-l' Amaury)。雨果于1825年来此地探访朋友。

黛莱莎[①]家的游园会 *

十分精彩的晚会，十分精心的准备。
时当四月的天气，和煦的阳光明媚，
仿佛是爱神有意安排得如此周详。
黛莱莎公爵夫人眼睛如钻石闪亮，
如果我能是国王，我就会给她巴黎，
我给她整个世界，如果我能是上帝，
凭她的金发美貌，我也会有此心愿。
她邀请我们来到她那迷人的花园。

客人不多。游园会少而精才能开好。
我们大家在一起，谈话却不受打扰。
一对对信步慢走，在园里观花游春。
都是不凡的贵人，都是绝色的美人，
阿曼塔[②]在莱奥诺尔[③]身边胡思乱想，
侯爵夫人和主教大人以笑脸相向；
在高大的楼梯上，小矮人上去下来，
一心只想着把手伸进骑士的口袋。

---

① 诗中的黛莱莎公爵夫人是谁？历来评家众说纷纭。根据诗中的描写，有人认为黛莱莎指情人朱丽叶·德鲁埃，也有人认为是40年代前后的情人比阿尔夫人。但是，为什么就不可能是不确指的艺术形象呢？

② 阿曼塔（Amynta）是意大利诗人塔索创作的牧歌中的牧童。

③ 莱奥诺尔（Léonore）是意大利喜剧中天真少女的角色。

演出在中午开始，伴有优美的乐曲。
干吗到夜里才演普劳图斯？这喜剧
是位俊俏的姑娘，大白天笑得更甜。
在树荫下有天鹅游弋的水池一边，
早已借葡萄凉棚搭建成一座剧场，
挂着攀附的葡萄，仿佛爱神的庙堂。
架起有透光栅栏、状如篮柄的横拱，
成为囚禁灰雀的绿荫纷披的囚笼，
盖住了整个舞台，枝枝叶叶的疏影，
在女宾们雪白的胸脯上飘忽不定。
大家听到远处有美妙的乐声悠扬；
舞台上部有一座约半人高的顶梁，
小丑探出身子，吹奏喇叭，身穿白衣，
做出种种的丑态，吸引观众的注意。
两尊牧神的雕像托住舞台的檐幕；
特里弗兰[①]冲着牧神在笑，丑态毕露。
众多雕像点缀在葡萄藤架的中间，
科隆皮娜[②]躺卧在巨大的贝壳里面，
这女像袒露胸脯，两条光赤的玉臂，
几乎就是大海螺，几乎就是维纳斯[③]。
潘塔隆[④]这位老爷，待在右侧的小棚，
摆出狭小的桌子，出售甜甜的柠檬，
不时地这般喊叫："老爷们，人也不朽。

① 特里弗兰（Trivelin）是意大利喜剧中的厚颜无耻的仆人。
② 科隆皮娜（Colombine）是意大利喜剧中的女主角。
③ 相传美神维纳斯诞生于大海螺，随海浪飘至塞浦路斯岛。
④ 潘塔隆（Pantalon）是无耻而又吝啬的老头形象。

上帝只会创造水，而人却酿成了酒！”
斯加拉穆什[①]躲在一边，以木剑恫吓
不幸的阿尔冈托[②]，倒霉的阿尔巴特[③]；
克里斯班[④]穿黑衣，拿一把扇子耍弄；
卡尔里诺[⑤]高坐在大门上，两腿悬空，
俯下身子在倾听晨曲[⑥]的悠扬曲调，
脚下如在梦境里不停地活蹦乱跳。

当头的太阳充作大吊灯；春光明媚，
给一大片青草地绣上点点的花蕾，
地毯葱绿，在嬉闹的人群脚下铺开。
真树实林从两边围住乡村的舞台，
花园里有金雀花，一株株花楸、丁香，
阳春四月，是一片花团锦簇的景象，
透出一阵阵清香，送来一阵阵芬芳。

林木森森，能围成后台，心情很舒畅，
树上的花像眼睛张开，花也想看人，
喜滋滋窃窃私语，和琴声难解难分。
这场古典音乐会[⑦]演奏得优美动听，
大自然以自己的音乐也参加助兴。

---

① 斯加拉穆什（Scaramouche）是喜剧人物，穿黑衣，常弹吉他，执木剑。

② 阿尔冈托（Alcantor）是莫里哀《强迫婚姻》中的人物。

③ 阿尔巴特（Arbate）也是莫里哀喜剧中的人物。

④ 克里斯班（Crispin）是法国喜剧中的角色。

⑤ 卡尔里诺（Carlino，1713—1783）是意大利著名的喜剧演员。

⑥ 晨曲（aubade）是一种中世纪的诗体。

⑦ 指乐队演奏的是法国17世纪古典音乐。

都使我们陶醉：空气清新，树木葱茏，
阳光明媚，多情的美人，湛蓝的天空。

而意大利喜剧，虽是旧戏，十分精彩。
彼埃罗[①]有气无力，懒洋洋坐在前台，
一本正经地高谈阔论，又喋喋不休，
教训一只骑在狗身上玩鼓的小猴。

就这些。简单，却很成功。——不一会儿工夫，
猴子却大发脾气，狠狠砸它的小鼓；
彼埃罗走来训斥。——谁爱听，就请坐好。
有人叫仆人端来一碗冰镇的饮料；
有人是情种，身披一件新奇的短褂，
为女宾系好面具，正和她悄悄说话；
有三位侯爵围桌而坐，唱一首歌曲。
黛莱莎坐在一丛树荫下，笑容可掬；
玫瑰花在她身旁，脸色就苍白无比，
有一只孔雀开屏，看到她如此美丽。

我呢，在听世俗的小调，低下头欣赏，
哼歌的是树荫下那位修道院院长。

夜幕下人语声寂；火炬一把把熄灭；
水泉却在幽暗的树林里悲悲切切；
有一只夜莺躲在昏黑的窝里歌唱，

① 彼埃罗（Pierrot）是意大利喜剧中的丑角，多情而善幻想。

像诗人低声吟咏，像恋人倾诉衷肠。
人们纷纷散开的树丛是又密又稠；
淘气姑娘笑盈盈把正人君子拖走；
情女手拉着情郎，走进了夜色朦胧；
人人都仿佛恍恍惚惚地置身梦中，
感到天边迷漫的蓝蓝月色在溶化，
一点点，又一滴滴，溶进了喃喃情话，
溶进心中和血液，溶进炯炯的眼神，
一个个不能自已，月光溶进了灵魂。

18……年4月

〔手稿：1840年2月16日〕

*18世纪的艺术风尚在19世纪又几度流行。王政复辟时期，尤其是七月王朝时期，巴黎上流社会常举行游园会和化装舞会。和雨果同时代的戈蒂耶也写过这个题材，但《黛莱莎家的游园会》所描写的情调之细腻，历来受人称颂，可以和18世纪画家瓦托（Watteau）的作品媲美。以往的评家多关心黛莱莎和现实生活的关系。本诗出版时未注明年份，可以理解为雨果自有其不便明言的苦衷。而手稿上的写作日期是2月16日，这是雨果和朱丽叶定情的纪念日。

童年 *

孩子在唱歌，母亲卧床，已衰竭病危，
在病人的头顶上，死神在云中游荡；
她奄奄一息，美丽的额头黯然低垂；
我在听母亲喘气，我听见孩子歌唱。

这个孩子才五岁，待在窗子的旁近，
发出动听的声响，笑着游戏不知愁；
这可怜又可爱的生命挨着他母亲，
孩子整天在唱歌，母亲整夜在咳嗽。

母亲将去教堂的石板下长眠安卧；
可是，这个小家伙又开始放声歌唱……——
痛苦是一枚果子；上帝不会让苦果
结在太柔嫩、承担不起的树枝之上。

1835 年 1 月于巴黎
〔手稿：1855 年 1 月 22 日〕

* 雨果在泽西岛有一位女邻居，叫日内斯塔（Ginestat）夫人，于 1855 年 1 月 20 日因肺病逝世，留下一个男孩。此诗于这位母亲死后第三天写出。《童年》中反映出的生和死的主题，是《静观集》的基本主题之一。

统一*

太阳，这是朵永远金光万丈的红花，
夕阳西下的时分，在大地之上高挂，
地平线上是连绵起伏的金红山冈；
小雏菊不声不响在田边墙上开放，
灰墙在野麦地里摇摇欲坠站不稳，
小白雏菊托出她清清白白的光轮；
这小不点儿的花在断墙上很从容，
雏菊定睛凝视着永恒碧蓝的太空，
凝视放射出不朽光芒的巨大星球。
花对太阳说：而我，你的光芒我也有！

1836 年 7 月于格朗维尔[①]

〔手稿：1853 年 7 月 2 日于泽西岛〕

* 雨果早在 30 年代，曾受傅立叶哲学思想影响，逐渐形成自己的宇宙观，认为宇宙万物之间，存在惊人的统一性。《静观集》第 6 部对此将有发挥。此外，《统一》也反映了雨果认为万物一统、大小平等的民主思想。

① 格朗维尔（Granville）是法国位于拉芒什海峡边上的港口城市。雨果于 1836 年 6 月 29 日曾偕朱丽叶来此游览。

第 2 部　心花盛开

五月春[*]

万物以爱的语言在抒怀。请看玫瑰。
别的事情我不谈，别的事情无所谓。
五月春！爱情欢乐，忧伤，炽热或妒忌，
使花木虫鸟甚至狼群都唉声叹气；
那年秋天，我曾把一句话写上树枝，
此树照念，还以为它是在即兴赋诗；
深穴老洞被松鸦嘲笑，正陷入沉思，
紧锁着浓眉，嘴巴做出撒娇的样子；
只为多情的青草爱上迷人的苍穹，
平原向“春天”倾吐相思，因而使空中，
喷香温情的空中充满绵绵的情话。
时时刻刻，只要有日头在蓝天高挂，
如痴似狂的田野已爱得越来越深，
尽情地散发芬芳，又借取和风阵阵，
向阳春送来它的香吻一个又一个；
田野里万紫千红，鲜花有各种颜色，
扑鼻的花香一边低声细语：我爱你！
在沟壑中，池塘边，甚至田垄和草地，
处处是斑斑点点，打扮得花团锦簇；
田野送给人花香，田野留下了花束；
正当此轻枝狂蔓嬉笑的阳春五月，

仿佛田野的唉声叹气，含情的密约，
仿佛田野一封封情书听得人絮烦，
在吸墨纸上留下印迹，点点又斑斑！
树林里的小鸟在细声细气地吟哦，
向各位仙女唱着一支一支的情歌；
万物在暗中倾诉自己内心的秘密；
万物在爱，轻轻地在承认爱得入迷；
仿佛常春藤，湖泊，迎风摇晃的橡树，
发花的篱笆，田野，叮咚的泉水，山谷，
在北边和在南国，在西天和在东方，
借着东南西北风把情诗齐声咏唱。

18……年5月1日于圣日耳曼①

〔手稿：1855年3月29日〕

*第2部《心花盛开》以爱情为主题。情诗都是献给情人朱丽叶·德鲁埃的，但据研究，诗中咏唱的缪斯未必是朱丽叶一人。《五月春》里的大自然完全拟人化，是爱的象征。1834年8月至9月间，雨果和朱丽叶游布列塔尼后返回巴黎，途经圣日耳曼，本诗是对这次旅游的美好回忆。

① 地名，在巴黎以西，凡尔赛以北。

“如果我的诗句有翅膀……” *

如果我的诗句有翅膀，
而诗句的翅膀像杜鹃，
我温柔而娇嫩的诗行，
会飞向你美丽的花园。

如果我的诗句有翅膀，
而诗句的翅膀像思想，
我的诗是点点的火光，
来把你家的炉灶点亮。

如果我的诗句有翅膀，
而诗句的翅膀像爱情，
我的诗会奔向你身旁，
忠实而纯洁，日夜不停。

18……年3月于巴黎

〔手稿：1841年3月22日〕

*《心花盛开》里的情诗出版时多不注明写作年代。雨果在40年代写过好几首三节的抒情小诗，此其一。小诗写得轻松，其实在文字上很有推敲。

翁法勒[1]的纺车 *

中庭[2]安放着这台精致的象牙纺车[3]。
灵巧的白色纺轮，而纺纱杆是黑色；
天青宝石镶嵌在乌木的纺纱杆上。
这纺车在中庭的华丽地毯上安放。

是埃伊纳[4]的工匠雕刻踏脚的填板：
一位天神听不进欧罗巴[5]声声哀叹。
白牡牛把她背走，欧罗巴遇此危险，
只好叫喊，她低下眼睛，惊骇地发现
汹涌的大海正在吻她红嫩的双脚。
休息的纺车近旁，有一只篮子不小，
盛满半启的盒子，以及针线和女红，
米莱特[6]的羊毛被染成金黄和紫红。

此时，正有一大批怪模怪样的幽灵，
可怕、可憎又可恨，走进深宫的内庭，

---

① 翁法勒（Omphale）是传说中吕狄亚国的女王。英雄海格力斯受罚，卖给她当奴隶，着女装纺线，对女王百依百顺。最后两人相爱。

② 中庭是古罗马建筑式样。

③ 古希腊时代没有纺车。

④ 埃伊纳（Egine）是雅典附近岛屿。

⑤ 欧罗巴（Europe）是凡女，被天神宙斯看中，化作白色牡牛，把她从海上抢走。

⑥ 米莱特（Milet）是古代伊奥尼亚地区城市，盛产织物和染料。

一个个血淋淋的怪物[1]看不清脸庞，
乱哄哄在安静的纺车四周围游荡：
有勒耳那的水蛇，有涅墨亚的狮子，
罪恶的洞穴里罪恶的强盗卡库斯[2]，
革律翁[3]三头巨人，堤丰[4]们来自波涛，
夜晚在芦苇丛中，他们大声地吼叫；
每个人额头上有狼牙棒揍的印痕，
远远地躲在暗处，露出屈辱的眼神，
每个人不敢靠近，只能是转来转去，
恶狠狠盯着纺车，车上有羊毛一缕。

18……年6月

〔手稿：1843年6月20日〕

*《翁法勒的纺车》虽有常识错误，却历来为人称道。诗中只出现“怪物”，海格力斯和翁法勒两位主角却并未出现。诗中空有翁法勒的纺车，而怪物额头上被狼牙棒揍的印痕，可使人感到英雄的威风。凶恶的怪物败在英雄手下，而英雄如今却拜倒在美人脚下。难怪怪物都有“屈辱的眼神”。原来，《翁法勒的纺车》是一首曲写爱情伟大的诗篇。至于谁是英雄，谁是美人，当然非雨果和朱丽叶莫属。

① 海格力斯（Hercule）是希腊神话中最负盛名的英雄，是大力士的代名词，曾为民除害，完成12件英雄业绩，他的武器是狼牙棒。诗中仅举出5个被他杀死的“怪物”。

② 卡库斯（Cacus）是火神的儿子，能喷火，住在山洞中，杀死附近的过路人，因偷走海格力斯的牛群而被后者所杀。

③ 革律翁（Géryon）的牛群被海格力斯抢走，是这位英雄的第10件业绩。

④ 堤丰（Typhon）是有100个蛇头喷火的怪物，是海上旋风的父亲。雨果诗中用作复数，有误。

书信*

有白垩，还有赭石。你在此地会看到。
平原上田垄田沟划出万千的线条，
贴地而建的茅屋却被小树林挡住；
旧屋顶给茶色的景致在拨撒烟雾；
草地上高高站着几垛干草的草堆；
这儿没有恒河[①]或凯斯特河[②]的河水，
一条诺曼底小河，还有海水的盐分；
在右侧的向北处，古怪的地形横陈，
似乎用铲子铲成，都有分明的棱角；
这是远处的景色；乡村的教堂古老，
伸出尖尖的钟楼，排列在教堂两边，
弯弯扭扭的榆树一棵棵怒气冲天，
似乎都被放肆的西风吹得很烦躁，
向摇晃树林的风发出严正的警告。
一辆又高又大的大车停在我住所
附近生锈；眼前的地平线空旷辽阔，
蔚蓝的大海填满天边的大小缺口；
满身金装的公鸡和母鸡相约碰头，

① 恒河（le Gange）是印度大河。

② 凯斯特河（le Cayste）是中亚细亚河水，因在维吉尔的《农事诗》中被咏唱而闻名。

在我窗子下聊天，阁楼给我这游客
不时地送来几首用土话唱的山歌。
我路上住着德高望重的制绳工人，
老人叽叽嘎嘎地转动着他的机轮，
麻线系在他腰上，向后面倒着行走。
我爱这儿的海浪时时有风狂雨骤；
这儿的田野整天在邀请我去散步；
这儿的村童手拿书本却对我羡慕，
因为我是居住在老师家里的来宾，
年纪是个大学生，假期却长得开心。
天在笑，而空气清；我主人屋里整天
有孩子们琅琅的读书声，百听不厌；
水在流，翠雀飞过；谢谢！我由衷地说：
谢谢，全能的上帝！——这就是我的生活，
我平平静静，不慌不忙，度我的时辰，
从从容容，一边思念你，白皙的美人！
我正听着孩子们叽叽喳喳，有时候，
我看到大海之上，好不神气的巨舟
在比僻野小村的鸽群更高的天上[1]，
飞快地驶来，插着翅膀，要去远航，
被东西南北的风驱进了万顷烟波，
而不久前曾沿着码头在港口停泊，
远离忌妒的波涛，绝不回头地进发，
纵有高堂的眼泪，纵有妻室的惧怕，
纵有在水中面目狰狞的阴暗海礁，

① 这是一种视觉效果，以后在《追忆似水年华》的作者普鲁斯特笔下也出现过。

纵有纠缠不休的种种不祥的海鸟。

18……年6月作于勒特雷波尔[①]附近

〔手稿：1839年5月15日〕

*这封伪托的《书信》当然是写给朱丽叶的。雨果于1835年曾和情人共游勒特雷波尔。雨果从勒特雷波尔给妻子写过家信，所以这封写给情人的《书信》不便收入1840年出版的《光影集》。《书信》以印象主义的态度，先对景物做现实主义的描写。最后却笔锋一转，从波涛中涌出巨舟，决心扬帆远航。这是一首爱情诗，表明诗人决心跳入激情的波涛，偕情人共做爱的远航。

① 勒特雷波尔（le Tréport）是法国拉芒什海峡边的港口城市。

“来！——看不见的小笛……”*

来！——看不见的小笛
在果园笛声悠扬。——
是什么歌最静谧？
请听牧童的歌唱。

橡树下轻风吹来，
水镜皱起了细浪。——
是什么歌最欢快？
请听鸟儿的歌唱。

祝你无忧无烦恼。
要相爱！地久天长！——
是什么歌最美好？
请听爱情的歌唱。

18……年8月于莱梅村[①]

〔手稿：1846年9月8日〕

---

① 1834年和1835年夏秋，雨果全家住友人贝尔坦的“石居城堡”，而将情人朱丽叶安置在附近莱梅村（les Metz）的农舍里，每天去看她。两情相笃，终生不忘。

＊这是《静观集》中著名的爱情诗，也是最成功的三节小诗之一。雨果故意更改写作的地点，是为了纪念十一二年前和情人朱丽叶一起度过的幸福时光，也为了让读者和朱丽叶共同回忆起另一首著名的爱情诗，即《光影集》中浪漫主义的绝唱之一《奥林匹欧的悲哀》。

清晨短柬 *

如果心心的相印不是骗人的谎言，
啊！你说，你做的梦也应该同样香甜，
我整夜都在梦里梦见在和你聚首。
我们在热烈相爱！你对我说："都在流，
都在灭，也都在走；你的脸不变不移。"
我们应该已死在这个天国的梦里；
此情此景，可以说已经进入了天堂。
啊！我告诉你，不错，我们俩已经死亡。
我们彼此都认识你我灵魂的面目。
你和我在尘世间彼此相爱和倾慕，
这组成我们炽热并且光亮的躯体，
当然，我们彼此你认识我，我认识你。
我们面前出现了许多朝阳的脸庞，
都对我们说："是我！"有声说话的日光
在歌唱；我们成为战栗，又成为呼喊。
你对我说道："你听！"我的回答是："你看！"
我说："找个清静的去处，好倾吐相思；
"活下去；我们从前才只是两个影子。"
于是，我们一起喊，一起叫："来！来呀！来！"
"我呢，我思潮翻滚，你呢，你往事萦怀。"
我们心醉神迷，唱起来；——是我们自己，
才是这红尘之中一切美好的东西；

善良、正义和慷慨，难以言表的崇高；
我们是炯炯目光，我们是奕奕光照；
黎明的微笑，玫瑰的馨香，就是我们；
我们俩把翅膀在星星的窝里放稳；
我们的天宇，我们的地域，就是天地，
我们的年龄：永恒；我们的爱情：上帝。

18……年6月于巴黎

〔手稿：1855年4月14日〕

*这是一首梦游诗。诗人向情人倾诉昨夜的美梦。这首诗绝非诗人的胡言乱语，而是他真诚的信仰。雨果做这样的梦，反映了他的哲学观、生死观和爱情观。雨果和朱丽叶都相信灵魂不灭，生前的俗爱死后成为神爱，更幸福，真美满。1855年12月31日，雨果对朱丽叶说：“我们进入人们称之为死亡的生活中时，我们的肉体将平静下来……只剩下灵魂；你的灵魂，我的灵魂，相交融，相会聚，相拥抱，相混合，相汇合，化成上帝眼中的同一线光明。”

暗中的话*

她说：真的，我心头不应有别的憧憬；
这般的岁月甜甜蜜蜜，又轻轻松松；
你在这儿；我的眼睛盯着你的眼睛，
我在你眼中看到你的思想在走动。

看到你便是幸福；我的幸福不完整。
也许，正因为这样，生活才更有味道！
我知道什么事情可气得让你发疯，
我决不让讨厌的家伙来开门打扰；

我变得十分渺小，我待在你的一旁；
你真是我的狮子[①]，而我是你的鸽子；
我听着你稿纸上安静轻轻的声响；
有时候，我从地上捡起你掉下的笔；

也许，我占有了你；也许，我看到了你。
思想是美酒，喝得沉思者酩酊大醉，
这我懂；但是，我要有人能把我想起。
看到你整个晚上钻进你自己书内，

① 在雨果的剧本《艾那尼》第3幕第4场中，女主人公堂娜·莎尔称情人为“我的狮子”。

你不对我说句话，你也不把头抬起，
在我爱你的心里留下了一丝阴影；
要让我完完全全看到你，要你自己
不时地转脸对我看一眼，一定，一定。

18……年10月于巴黎

〔手稿：1846年11月3日〕

＊诗中是朱丽叶·德鲁埃在说话。雨果常在情人家里写作。朱丽叶为他在床边辟出一角天地，雨果称之为“作坊”。雨果的书稿，都是由朱丽叶誊抄的。1845年前后，雨果开始创作后来称为“悲惨世界”的长篇小说。第二卷《心花盛开》曾考虑题为“暗中的耳语”。

我们什么也别忌妒 *

女人，有爱人的思想，
　有伤痛的心，
你认为鸟儿能高翔，
　而花儿温馨；

你忌妒青青的草地
　有甜花娇俏；
你希望我吃醋妒忌
　天上的飞鸟。

你看一看绿草青翠，
　而苍天空阔，
你这美人漂亮高贵，
　却忧伤地说：

“天地美好，无以复加；
　　“万物都很美；
“鲜花朵朵，容光焕发，
　　“鸟在花上飞！

“你是翅膀，受到祝福，
　　“百合花神奇，
“唉，天才和美貌，呜呼！

“有什么意义？

“云雀轻盈，鲜花纯洁，
“你们才光荣！
“你呀，莉各丽斯，你比
“维吉尔更红！

“多美的高飞冲青天！
“多醇的芳香！——”
你棕色的睫毛下面，
泪珠在闪亮。

不错，请你看看燕子，
再看看香花；
但是，美人，我们会死，
不要有怪话！

因为，我们会去冰清
玉洁的空间；
那儿，女人会是光明，
男人是蓝天；

所以，美人来到天堂，
比玫瑰更美；
所以，思想张开翅膀，
比鸟儿会飞！

18……年8月

〔手稿：1854年8月20日〕

* 此诗原题为“赠 × × ×”。诗人的“美人”把女人的美貌比花，把男人的天才比鸟。诗人的回答出语惊人：死亡才把女人的美貌和男人的天才融为一体，才能爱情天长地久。

“他对她说道：‘你看，要是我们俩一样……’”*

他对她说道：“你看，要是我们俩一样，
胸中有一片光明，心头有一片信仰，
为哀愁和轻痴微醉而感到满心喜欢，
能和束缚我们的这城市一刀两断；
要是我们能离开愚蠢可悲的巴黎，
我们就一走了之，无论到哪片土地，
随便找一个角落，只要有草木幽深，
远离无谓的声响，远离嫉妒的仇恨，
找一处开着花的小屋，有一点孤独，
有一角天空蔚蓝，有一点沉寂静穆，
有一只小鸟停在屋顶上喳喳叽叽，
有一点树荫；——我们还需要别的东西？

18……年7月

〔手稿：1846年7月27日〕

*1846年，朱丽叶唯一的女儿克莱尔因肺病而死，年仅20岁。雨果和朱丽叶同病相怜，同心相爱。诗人梦想偕情人抛却城市的烦恼，投入自然的怀抱。

黄昏 *

神秘的水塘是件泛出白光的尸衣，
在战栗；林中深处露出了空地一片；
树枝都黑黝黝的，树木都深不见底；
你们可透过森林看到了金星[①]出现？

你们可曾在小山山顶上看到金星？
你们从暗处走过，你们是否是恋人？
一片白色的细沙铺满昏暗的小径；
小草醒来，马上和沉睡的坟墓谈论。

一茎小草说什么？坟地又如何回答？
你们活人，要相爱！躺在紫杉下好冷。
嘴唇，去寻找嘴唇！要相爱！夜幕降下；
此时我们在深思，祝你们心想事成。

上帝要我们相爱。生活吧！叫人羡慕，
你们一对对经过葱绿的树荫繁茂。
我们告别了生命，我们跨入了坟墓，
凡是带来的爱情，我们都用来祈祷。

---

① 金星（Vénus）于早晚出现在天空，明亮而肉眼可见。

今天的亡女，从前一个个都是美人。
萤火虫打着火把在暗中东走西走。
地里成排的庄稼，中间有小草生根，
风吹得小草颤抖，上帝使坟墓颤抖。

黑色屋顶的轮廓构出茅屋的外形；
草地上的刈草者传来沉重的脚步；
如一朵发光的花，天上的那颗星星，
容光焕发地开放，明亮得晶莹夺目。

要相爱！八月正是草莓成熟的月份。
夜里沉思的天使借吹起的风飘游，
先把死者的祈祷，再把活人的亲吻，
一起装在自己的朦胧翅膀上背走。

18……年8月于谢尔①

〔手稿：1854年2月20日〕

*《黄昏》诗作于“神桌显灵”的时期，雨果头脑中有不少深沉而复杂的东西。诗以从摹写黄昏的野景开始，以简单的笔触，很快把我们带入爱与死的神秘世界。诗人认为，爱与死是统一的，是同一现实的正反两个侧面。

① 谢尔（Chelles），雨果1845年8月曾偕朱丽叶来此地多次游览。

教堂门下的鸟窝 *

对，请去教堂祈祷；
古老的拱门昏暗，
鸟儿无辜的小巢，
请你顺便去看看。

借取祈祷的大堂，
活泼、纯洁的雨燕，
悬挂营造的住房，
享受更多的蓝天。

大门下软软小屋，
一窝鸟睡得松软，
都感到耶稣基督
的翅膀下面温暖。

教堂有烛光映照，
呢喃使教堂兴奋；
小鸟都其乐陶陶，
石头却夜色沉沉。

门廊下充满生机，

严肃的圣徒[1]喜欢
和带来春天气息、
亲嘴的邻居做伴。

先知在钟楼张望，
圣女也张大眼睛，
老天借鸟的蜂房，
酿造甜蜜的爱情。

小鸟在门下栖身；
使徒在门下欢笑。
“你说，”山雀说，“圣人！”
圣人答：“你好，小鸟！”

屹立在蓝天之下，
大教堂美丽崇高；
上帝建造的大厦，
是燕子住的小巢。

18……年6月于拉尼[2]

〔手稿：1855年6月17日〕

* 雨果曾在兰斯大教堂和科隆大教堂亲眼目睹教堂门下的“鸟巢”。人建造教堂，为了表达对上帝的爱，上帝“建造”鸟窝，为了让燕子“亲嘴”。诗人处处以

---

① 大教堂的拱门下常有圣徒及天使之类的石头雕像。

② 拉尼（Lagny）是法国马恩河畔的小城，多古教堂建筑。

鸟巢比教堂，把教堂比得一无是处。其实，雨果是哥特建筑艺术的欣赏者，在诗中只是巧妙地歌颂爱情之伟大与神圣。

傍晚，我仰望天空*

有一天晚上，她笑着对我开口：
——朋友，为什么你要不断地静观
消逝的白昼？或是降下的夜晚？
或是在东方升起金色的星球？
你抬起眼睛，干吗？我要你眼睛。
请别看天空；请注视我的心灵！

这浩瀚天空，这你喜欢的苍茫，
你那大大的眼睛将阅读钻研，
你看到什么比我的微笑更甜？
你看到什么比我的亲吻更香？
如你知道我心中有星星无数，
啊！请揭开我心上贞洁的帷幕！

有多少太阳！你看，当我俩相爱，
我们自己有光辉灿烂的景象。
忠贞又不贰，把困难照得透亮，
更比山顶上照耀的金星光彩。
碧空是虚空，我的话直截了当；
在我心里的天穹才真是天堂！

看到有颗星在点亮，这很美丽。

充满世界的事物丰富又多彩。
曙光虽可爱，玫瑰花同样可爱。
还能有什么比得上美的魅力！
真正的光明，更加明亮的火花，
是穿透灵魂和灵魂间的光华！

爱情诚珍贵，爱情能别有洞天，
远远胜过人并不认识的太阳。
上帝很清楚男人心中之所想，
所以，天很远，所以，女人在身边。
上帝告诫想探索苍天的人类：
“生活，相爱吧！此外，我一片漆黑！”

相爱吧！这最重要。这是上帝的愿望。
放下你寒光闪烁照亮的天空！
你肯定会在你的爱慕者眼中，
看到更多的美，看到更多的光！
爱，就是去看，去感受，幻想，理解。
思想的高尚，心灵的温柔，两相和谐。

来吧，心上人！难道你从未听清：
我们激动时，透出离奇的和声？
在我们周围，大自然已经变成
一把诗琴，在歌唱我们的爱情。
来吧！相爱吧！共去草地上漫步。
别去想天空！否则，我就会忌妒！——

心爱的女人这般地诉说轻轻，

额头靠在她自己白皙的手上，
而眼神如同天使在俯身下望，
低沉的话声，令人喜欢的神情；
她美丽，安静，看着我，迷迷惑惑，
心爱的女人这般地轻轻诉说。

我俩心在跳；我激动，说不出话；
晚花一朵朵吐出自己的芳香……
树木，我们在交谈，你作何感想？
岩石，我们在叹息，你有何想法？
我们的命运令人多么的伤愁，
因为，这一天也像往常在飞走！

回忆啊！这是存放暗处的宝藏！
这是昔日在朦朦胧胧的天边！
这是逝去的往事在熠熠闪现！
这是消失的从前在大放光芒！
心灵的眼睛来到圣堂前停止，
陷入了沉思，对你们凝神注视！

好时光已去，凄苦的日子已来，
不得不放下幸福美满的思想；
既然希望已变成了空空荡荡，
不如让酒杯沉落无底的大海。
遗忘呀！遗忘！万物泯灭的波涛；
这人人丢下欢乐的江海滔滔。

18…… 年 9 月于 Montf[①].,
18…… 年 1 月于布鲁[②]……
〔手稿：1846 年 1 月 26 日〕

＊本诗是第 2 部《心花盛开》的压卷之作。有的评家比作“又一首”《奥林匹欧的悲哀》。诗中前一半内容是朱丽叶对雨果的爱情的概括，大多可在她多年来的情书中找到线索。后一部分是诗人哀叹时光流逝，佳期不再，爱情的调子转入低沉，为第 3 部做好过渡的准备。原诗出版时写两个均不完整的时间和地点，绝无仅有，颇费评家推敲。可以认为，有一些有纪念意义的爱情回忆，只有当事人心中明白。

---

① 有两解：一指“蒙福尔拉莫里”(Montfort-l'Amaury)，雨果偕朱丽叶曾来此同游；一指“蒙费梅伊”(Montfermeil)，雨果和朱丽叶于 1845 年来此。蒙费梅伊还是《悲惨世界》中冉阿让救出珂赛特的地方。

② 指布鲁塞尔。雨果于 1852 年 1 月在此，以纪念其流亡生活的开始。

第 3 部　斗争和沉思

哀伤[①] *

你们听着。这女人看上去骨瘦如柴，
她脸色青灰，抱着一个吃惊的小孩。
这个在马路中间哀叹呼号的妇女，
人群听不清她说什么，都向她围去。
她在责骂某个人，责骂另一个女人，
或骂丈夫。孩子在挨饿。她身无分文。
一张破烂的草床；没有面包；没有钱。
趁她干活的时候，她男人去了酒店。
她边哭着边走了。这幽灵走了以后，
哲人们啊，围观的这群人待在四周，
她伤心绝望的事，他们刚才都看到，
你们会听到什么？一阵哈哈的大笑。

这个清秀的姑娘，有一天，也许曾经
相信有权利获取幸福、欢乐和爱情。
可她很孤独，无亲无戚，少女很可怜！
孤独！——没关系！她有勇气，她还有针线，
白天黑夜，她待在陋室里不停工作，

① 篇名“哀伤”（Melancholia）取自德国画家丢勒的同名版画。画中右方有天使模样的女性，以哀伤的神情注视前方。法国浪漫主义作家很推重此画，尊为近代痛苦的象征。

黑夜白天，她待在小屋里不断干活，
挣到一丁点面包，布裙和一间小屋。
晚上，她望着某颗星星，而神情恍惚，
整个夏天，她一直在屋顶底下歌唱。
可冬天来了。冬天，天气可冷得够呛。
小屋在楼梯顶上，门窗都可以透风；
冬天昼短而夜长，当然就需要点灯；
灯油很贵，木柴也很贵，面包也很贵。
青春啊！阳春！黎明！严冬欺凌而狼狈！
饥饿很快在她的家门口张牙舞爪，
饥饿夺去旧大衣，抢走家具和钟表，
最后，饥饿还摘下一枚金的小戒指；
都卖完了！这孩子还挣扎，劳动不止；
她很诚实，可当她在夜里迟迟不睡，
在她耳边嘀咕的是贫穷这个魔鬼。
唉！没有活可以干，这事经常很明白。
怎么办呢？有一天，实在倒霉！她出卖
老父亲那珍贵的十字架，她都哭了；
她咳嗽，她又怕冷。她眼看非死不可！
才十七岁！上帝呀！可怎么办呢？……终于，
一天清早，可爱的姑娘走近了地狱，
终于，现在在她的脸上出现的表情，
已是羞愧的神态，不是害羞的反应。
现在，说不完的难受，流不完的泪水！
完了。孩子们，他们很天真，也很可畏，
街上跟在她身后嘻嘻哈哈地喊叫。
不幸的少女！现在，她又唱歌，她又笑，
身披丝绸的衣袍……绝路上的可怜虫！

而人民严厉无情，嚷起来声如洪钟，
这声音会使男人低头，把女人压扁，
人民看到她就喊：“是你呀？滚，不要脸！”

有商人克扣斤两，却居然成了财主；
他被任命为法官。冬天有寒风刺骨，
穷人偷了块面包，他也要养家糊口。
请看，审判大厅里已经挤满了人头；
这富人前来审判这穷人。各位听好。
这合理，既然你是穷汉，而他是富豪。
这位法官——这老板——为浪费时间生气，
心不在焉地望望这男人，他在哭泣，
把他送进了大牢，就返回乡间别墅。
大家回家，好人坏人都说：“令人信服！”
只有基督留下，脸色苍白，沉默无言，
孤零零在大厅里，把双手伸向苍天。

这是个天才人物。他温和，脸带笑容，
他能干，他还高尚；他对每个人有用；
如同滚滚大海上升起的一抹曙光，
他以一线光明把群众的额头照亮；
他发光；他散发的光是灿烂的光辉；
他帮助盼他出现的世纪明辨是非；
他有事业心；他想做好必需的大事，
减少贫穷的现象，增加人类的才智；
他为老天明鉴的工作感受到幸福，
只求人人多思考，只求大家少痛苦！
他来了！——给他戴上花冠！——不，大家嘘他！

文人雅士，下里巴人，录事，学者，作家，
这些人怀疑一切，那些人不学无术，
这些人奉承国王，那些人讨好村夫，
人人同时在嘘叫，发出难听的喧嚷。
如果是个演说家，如果还是个部长，
只是嘘他。如果他是诗人，他会听到
齐声合唱：“真讨厌！混账！屁话！瞎胡闹！”
而他呢，正当别人对他的成就诋毁，
他双臂交叉站着，头仰起，眼睛生辉，
他静观理想和美，他态度从从容容，
他沉思；他不时地把他的火炬舞动，
火炬把他脚底下阴暗的仇恨镇住，
火炬突然照亮了人类的灵魂深处；
他是部长，工作不分昼夜，经年累月；
他作为演说家，勤奋，努力，滔滔不绝；
他前进，他斗争，唉！他向前每走一步，
可悲的污蔑更加激烈，也更加狠毒。
无处藏身。即使是堕落成社会公敌，
即使是怪兽，凶龙，或毒蛇，邪恶无比，
也不会如此受到四面八方的围攻，
也不会腹背左右都有人重炮齐轰，
也不会如此恨他！——就是对这些人物，
他播撒光荣，但是，他的收获是羞辱。
进步是他的目的，公益是他的指针；
他站在船头领航，但他却孤身一人；
他是好水手，为了制伏狂风和海涛，
他要把船头对着不同的方向引导，
要根据情况偏航，才能顺利地靠岸；

他如此行事，马上招致责备和叫喊；
无知会告发一切，无知是无所不知；
他向北行走，错了；他向南，也是过失；
如果天色阴黑，多么高兴，多么愤慨！
不过，如此重压下，他终于垮了下来，
年龄到了，潜伏下慢而顽固的疾病，
他奄奄一息。妒忌这魔鬼十分机警，
赶快跑来，认出他，替他合上了双眼，
使劲地用手把他按进了棺材里面，
并俯下身子细听，在此漆黑的夜里，
窥探他是否死绝，察看他是否有气，
是否再也不知道旁人给他的名分，
于是，揉揉眼睛说："这真是一位伟人！"

这些没有笑脸的孩子们去向何方？
可爱、沉思的儿童都有瘦削的脸庞，
这才八岁[①]的幼女外出已无人陪同；
都在石磨下从事十五小时的劳动；
他们在同一座监狱上班，从早到晚，
他们去重复同样的运动，没了没完。
他们在大机器的牙齿下弯腰屈膝，
这丑八怪在咬嚼说不清什么东西，
天使被关进地狱，苦牢里孩子纯洁，
他们在劳动。这儿一切都是钢是铁。
永远不能做游戏，永远不能停下来。

① 法国1841年3月22日通过的法律规定，禁止雇用8岁以下的童工；12岁以下的儿童每24小时不能工作8小时以上；12岁至16岁的儿童每24小时不能工作12小时以上。

孩子两颊是灰土。他们脸色多苍白！
天色才蒙蒙发亮，他们已筋疲力尽。
他们一点不明白，唉！这一切的原因。
他们似对上帝说：“天呀，我们年纪小，
“你看大人把什么担子让我们去挑！”
啊，强迫孩子从事多么可耻的劳役！
佝偻病！这种劳动如同有阴风刮起，
破坏上帝的作品，这种事就是祸殃，
毁掉脸上的容貌，毁掉心中的思想，
甚至还会带来的结果——这肯定如此！——
阿波罗[①]成为驼背，伏尔泰成为傻子！
这劳动伸出铁掌，把小小年纪攫住，
先会创造出贫穷，然后产生出财富！
使用一个儿童，就是使用一把工具！
这进步使人怀疑：“这进步是否可取？”
这进步扼杀青春年华！把话说到底，
它夺走人的灵魂，把灵魂交给机器！
要诅咒这被母亲恨之入骨的劳动！
都来诅咒这罪孽，会使人退化变种！
都来诅咒这奇耻大辱，这亵渎神明！
上帝呀，都来诅咒。我要为劳动正名，
真正的劳动神圣，高尚，并创造财富，
劳动使人民自由，劳动使人人幸福！

沉重的小车装着一块巨大的石头；
辕马已大汗淋漓，全身的上下湿透，

① 阿波罗（Apollon）是希腊神话中的太阳神，诗歌之神，其形象是美少年。

赶车的挥动皮鞭，打滑的石路有坡，
马胸部的马具上有血一滴滴下堕。
马拉车，吃力，呻吟，还拉，停下了脚步；
而黑乎乎的鞭子在马的头上飞舞；
这是星期一；车夫昨天在郊区喝酒，
酒里充满了疯狂，充满脏话和怒吼；
噢！请问，人世间凭什么混账的法律，
让你使唤我！醉汉使唤受惊的马驹！
牲口发了昏，再也不能向前跨一步；
只是感到有一团黑气把脑袋罩住；
身上压石头，身上挨皮鞭，也不知道
石头为何要压它，主人为何要它跑。
马夫现在已变成暴风雨，鞭打不停，
抽在套着笼头的马身上，真是苦命，
从来没有星期天，从来得不到休息。
如果鞭子抽断了，赶马的用脚猛踢，
如果绳子打断了，赶马的挥拳猛打；
这匹马摇摇晃晃，打残了，担惊受怕，
低下哀伤的脖颈，垂下迷茫的脑袋；
钉有铁钉的皮靴咚咚咚地响，踢在
不会说话的马的光肚子上，真可怜！
马哼哧一声，刚才多少还能够动弹；
可现在一动不动，全身已精疲力竭。
鞭子雨点般下来，眼看马已经垂死，
还想做最后努力，马的脚偏闪一下，
跌倒在地，身上有车辕全部的重压；
正当屠夫狠命地抽打，马昏昏沉沉，
张起混浊的眼睛，正在注视着某人；

我们看到马眼睛对无限充满惊骇，
本已是卑微无光，慢慢地暗将下来，
事物可怕的灵魂在眼中微微闪亮。
呜呼！

　　　这位律师为任何人辩护帮腔。
他嘲笑正人君子嘴里还没有说黑，
先要问问清楚白是否就一定不对；
他冷静地在心中盘算掌握的情报，
或是原告的口袋，或是被告的钱包；
对他来说，钱包重就是他官司有理。
如同强盗杀人，躲在一旁，手中握笔，
这作家在虔诚的报馆里造谣中伤。
群众憎恨这男人，又把这女人流放；
他们被诅咒。什么罪名？他俩曾相爱。
卑躬屈膝的舆论只对受害者迫害，
强者脚下是小猫，弱者前面是老虎。
寄生虫借垂死的发明者发财致富。
这世界说话，保证，肯定，发誓又撒谎，
弄虚作假，一心想让“忠诚”受骗上当。
权贵者春风得意，反而把命运愚弄；
当他在向前行走，炫耀自己的光荣，
他拉的屎也开花，生出拍马的小人。
侏儒对旁人不屑一顾，却唯我独尊。
街上肮脏的一角，此人来捡拾破烂，
垂头丧气地走来，手里提小灯一盏，
你的一堆堆垃圾也比世上人干净！
云影和人心相比，谁更可靠？是云影。

此人无任何信仰，装作对上帝敬畏；
他眼睛明亮，额头高雅，而灵魂漆黑；
他恭恭敬敬；明天，他将是你的主人。

你敲打石子，老汉，在路边沾满灰尘；
你的旧毡帽有洞，已在空气里沾湿；
风风又雨雨，你的脑袋开始在锈蚀；
天热是你的暴君，天寒，你的刽子手；
你罩衣下的一副老骨头轻轻发抖；
你的茅棚和小沟一般高，就在路边，
屋顶上长出青苔，山羊凑着吃方便；
你一天挣到的钱刚够买点黑面包，
既够你傍晚守斋，也够你清早吃饱；
如果从侧影看你，正当是薄暮时分，
使人退而却步：七分像鬼，三分像人，
你穷得使过往的路人都恐慌惊异，
树声簌簌，你是树沉思、阴沉的兄弟，
树木要脱落树叶，你抖落你的年华；
想当初，青春盛年，你也是精神焕发，
眼看不共戴天的死敌欧洲已出兵，
威胁着巴黎，威胁我们新生的黎明，
排山倒海拥来，冲向惊慌的法兰西，
俄国人，匈奴人，在践踏神圣的土地，
你眼看北方边境重又出现阿提拉，
你马上站立起来，拿起你的大铁叉；
不怕掌握乡村的各国国王已临近，

你是伟大的香槟地区伟大的农民[①]。
这很好，请看，沿着绿色的田沟纵横，
冲来了一辆四轮车，像一阵旋风，
暮霭沉沉，你正从额头上掸落灰尘，
马车挥鞭如闪电，雷声隆隆的车轮。
车里躺着一个人。老汉，要摘帽行礼！
这行人在你抛洒热血时发财发迹；
他先做空头，国家的命运每况愈下，
陷入越来越深的困境，他步步提价；
死难的将士总有秃鹰；他就是秃鹰；
他总是窥测方向，他永远贪婪成性，
他叫城堡、富人冒出的冷汗很多；
莫斯科的田野里堆满喷香的草垛；

对他说，由莱比锡[②]付狗和仆人的钱，
而这别列津纳河[③]搬来了一座宫殿；
对他说，要有凉棚，遮阴有鲜花芳芬，
甚至在巴黎也有大公园开启大门，
也有天鹅在水上悠悠荡荡的花园，
从滑铁卢滚过来百万开心的金元；
结果是他把灾难变成辉煌的胜利，
庆祝胜利时要吃，要喝，要称心如意，

① 香槟属法国北部行省。雨果 1838 年初游莱茵河，途经香槟地区，在其游记《莱茵河》中对此老兵的事迹有记载。

② 1812 年至 1814 年间，不法商人利用战争从事投机买卖，大发其财。莱比锡于 1813 年有重大战役。

③ 别列津纳河（la Beresina）是白俄罗斯河流，1812 年 11 月底因法军在此渡河闻名。

这位夏洛克[1]借用布吕歇尔的砍刀，
从法兰西的身上割下一磅肉犒劳。
可是，大家憎恨的是你，尊敬的是他；
老汉，你只是乞丐，而他有百万身价，
这正人君子，得了，站起来，摘帽敬礼！

十字路口事事有争斗，处处在撞击。
熙攘往来的人群在街上来回行走。
人群，是被这几把铁犁挖成的田沟：
有黑夜，痛苦，伤悼！这田野叫人愁煞，
萌出的麦穗经常会使播种者害怕！
生与死！是有海蛇张牙舞爪的海浪！
人民这海洋甩出来的泡沫是群氓！
有千样乌七八糟，有万般正大光明；
有透过似明又暗认出的猛兽狰狞，
及其种种罪恶，种种丑恶，种种恐怖，
及其鬼魂和绝望，憎恨，欲望和痛苦，
及其粗野的渴求，确是可怕的磁铁，
及其出卖的肉体，及其堕落和卑劣，
及其必胜的风尚，及其不败的习俗，
而贫穷更加加重这团愚钝的迷雾。
不幸的人生活在不幸里，无法脱逃。
贫苦匮乏是涨潮，愚昧无知是落潮，
汹涌的海潮卷着瓦砾和残屑乱闯，
卷动严惩重罚的不值一提的渔网。

---

① 夏洛克（Shaylock）是莎士比亚《威尼斯商人》里的角色，是贪婪、残忍的典型。

需要在躲避罪恶，罪恶紧盯着需要，
这是黑夜，人和人彼此摸索着寻找；
赤裸身子的幼童伸出伤心的小手；
犯罪向这片茫茫黑暗张开了大口；
又烂又破的躯体不敌风又冷又寒，
一阵阵吹刮，吹得人灵魂又破又烂；
没有人心中没有不切实际的幻想。
谁在哭泣？母亲。男人咬得牙齿直响。
谁在抽泣，是处女，温柔惊恐的眼神。
谁在说：我冷？祖母。谁在说：我饿？人人。
底层是触目惊心，表面是幸福欢畅。
佳肴珍馐的盛宴开在饥饿的头上，
上面是小帽插花，上面是轻歌欢笑，
下面有一大堆苍白的痛苦和喊叫！
这些人幸福。他们只想着一个念头：
如何荒唐地丢弃更加荒唐的白昼？
小狗、轿车、骏马是黑灰，但红光照映！
星星点点的飞尘，阳光下仿佛金星！
他们的享乐生活无穷，无尽，无目的，
他们的生活只是力求在梦里忘记
他们头上有苍天，他们身下有地狱。
他们盖住拉撒路[1]，也就把耶稣抹去。
他们从来也不看阴暗忧郁的地方。
他们只接受朵朵玫瑰的馥郁芬芳，
他们的盛宴上有享乐、陶醉和傲慢，
也还有仆人，这穿镶边号衣的穷汉。

① 《圣经》里拉撒路有两人，此处指《路加福音》里的穷人拉撒路。

酥胸插满了花香，花瓶插满了花红，
流光溢彩的舞会，使人心醉和激动，
要把晕厥的舞客都震得头脑发昏；
这一座光和夜的伊甸园[1]古怪阴森。
天花板上的吊灯挂下一支支火烛，
似乎天穹里开出一棵天堂的大树，
吊灯是发光闪亮、站满灵魂的树根。
黑天堂在大地牢上跳舞，消愁解闷！
人人欣喜，阴暗中照样是美不胜收，
美人，富贵，四对舞[2]一眼看不到尽头，
蓝眼睛，黑眼睛，成双成对，含情脉脉。
华尔兹舞像梦幻，在镜子里面闪过。
有时候，如同母马在大森林里脱逃，
加洛普舞[3]如快马，没命地发疯奔跑；
舞会一忽儿休息，人们走出来散心，
男女一对对漫步，走进寂静的树林；
音乐又发起狂来，召回走远的人影，
飞快地抓起节拍和音符抛甩不停，
眼睛点亮，音乐又疯狂得叫人头晕，
弦弓又蹦蹦跳跳，抓住走动的人群。
疯狂啊！香烟氤氲，乐声悠扬，都陶醉，
欢笑的时光带走苦于太短的晚会，
也带走黑夜白昼，天国里都是枯叶。
也有的人开心地玩骰子，整整一夜，
有人更贪婪，手上洗牌，心里想黄金，

---

① 伊甸园（Eden）是《圣经》里亚当和夏娃最初生活的人间乐园。

② 四对舞在19世纪法国上流社会里一度十分流行。

③ “加洛普舞”（galop）的本义是“马跑步”，形容舞步很快。

牌里出现的幽灵，笑盈盈或血淋淋，
伏在赌桌的旁边，纸牌一张张抚摩，
直到困倦的日光在百叶窗上闪烁，
打完本地的玩法，再打外国的牌戏；
正当黑暗中有人呜咽，也有人战栗，
正当屋檐底下的家家阁楼在哆嗦，
也正当江河这些声声凄厉的过客，
冲下大冰凌，在和白色的大码头碰撞，
这些活得快活的人又喝又笑又唱；
有时候，人们看到有两根木柱相交，
在他们头上撑起一个丑恶的三角[①]，
从黑黑的石板路慢慢地走出城门……——

森林啊！树木幽深！孤独啊！可以藏身！

1838年7月于巴黎

〔手稿：7月9日〕

*本诗手稿未注明写作年代。研究表明，全诗并非一气呵成。前五节内容，占三分之一稍多，基本上完成于流亡之前，可能在1846年间。1854年7月9日，是本篇成稿的时间。《哀伤》一诗内容重要，体裁别致。全诗由八节，加一篇长篇结论组成。各篇之间，不相衔接，但都可以统一在《哀伤》的大主题下。雨果的小女儿阿黛尔随父亲在海岛流亡，留下一部《日记》，其中有和本诗直接相关的内容。1855年12月25日，圣诞节：“‘我将给你们念

① 指断头机。“三角”是断头机上的三角形铡刀。

的这首诗，’他对我们说，‘来自1845年的贵族院，可以说，我是在贵族院里开始用这张纸写诗的’，父亲给我们看了这张令人肃然起敬的纸……父亲给我们念了这首诗后对我们说，正是这首诗里包含了未发表的长篇小说《悲惨世界》的萌芽……”《哀伤》是和《悲惨世界》几乎同时构思而早于《悲惨世界》完成的长诗，是《悲惨世界》的萌芽，也是《悲惨世界》的浓缩。

写在耶稣受难像之下 *

你在啼哭，来找上帝，因为他在啼哭。
你有痛苦，来找上帝，因为他会治疗。
你在颤抖，来找上帝，因为他在微笑。
你是过客，来找上帝，因为上帝永驻。

1842 年 3 月

〔手稿：1847 年 3 月 4 日至 5 日的夜间〕

* 这首小诗被法国作家莫洛亚的《雨果传》认为写得“简洁有力”。诗中的思想，包括某些用词，明显受到《新约》中《马太福音》和《路加福音》的启发。

你是尘土[①] *

这些人出发，那些人留驻。
一阵阵北风凄凉，千百种声音在哭，
人类和小小尘土彼此一起在飞走。
唉！正是同一阵风罩住我们在吹动，
吹得每一个人都在惊恐，
吹得每一片叶子在颤抖。

留下的人对已走的人说：
——你们不幸！你们的头颅纷纷在淹没。
怎么！你们会再也听不见人语喧哗！
怎么！你们会再也看不见绿树青天！
你们会在大理石下长眠！
你们会在茫茫黑夜倒下！——

已走的人在对留下的人
说：——你们一无所有！看你们流泪涔涔！
上帝给我们死者真的财富和仙境。
光荣、幸福对你们是靠不住的词汇。
活人啊！你们才真是死鬼；
而我们却有真正的生命！——

① 诗题原作拉丁文，引自《旧约·创世记》。

1843年2月

〔手稿：1843年2月3日〕

* 这又是一首借用《圣经》思想和形象的诗，对生死问题进行沉思。本诗的写作时间，离莱奥波特蒂娜举行婚礼仅仅12天，值得注意。是预感？还是巧合？无论如何，我们更可以理解诗人在悲剧发生后的悲痛心情。

? *

为什么大地崎岖、贫瘠、严酷的悭吝，
大地上沉思的人勤奋劳动而不幸？
为什么我们人类如此地耕耘、辛劳，
大地却勉强只给那么一点点面包？
为什么从薄田里出生的人很无情？
为什么城市里的仁慈、信仰及和平，
这些可敬的姐妹[①]纷纷地仓皇出逃？
为什么权贵以及贫民同样的骄傲？
为什么心中都有仇恨？为什么死亡
这瞎鬼打击好人竟如此神秘猖狂？
为什么每座高峰都会有浓雾阴霾？
为什么正义、廉耻两个处女[②]被出卖？
为什么种种激情产生出种种恶行？
为什么森林里是狼群潜伏的险境？
为什么有沙漠的酷热，极地的寒冷？
为什么海洋暴怒，激动得波涛翻腾，
在黑夜里吞噬了无数颤抖的船桅？
为什么在大陆上，硝烟中人声鼎沸，
无耻的战争高举两个火把在吼叫，

---

① 法语里“仁慈”“信仰”“和平”都是阴性名词。

② 法语里“正义”和“廉耻”也是阴性名词。

在某个地方总有一个城市在燃烧，
各国发怒的人民血淋淋地在争斗？
为什么这一切在空中是一个星球？

1840 年 10 月

〔手稿：1846 年 10 月 20 日〕

* 本诗原题作“从高空中看？”。最后，雨果删去文字，仅留下一个“问号”。诗人看到人类社会充满苦难和不幸，但从高空中看地球，也会是一个晶莹明亮的星球，于是提出了问题。1840 年 10 月正是雨果第二次游莱茵河的时间，而手稿上的创作时间，又大致和《悲惨世界》初稿的创作时间吻合。

致亡儿的母亲 *

啊！你对你可怜的小天使总说，
　　他真是天上的天使，
说天上没有痛苦，永远是天国，
　　说回到天上是美事；

说天上是大厦，墙柱壁立千仞，
　　是色彩瑰丽的帐篷，
是蓝色的花园，开满花的星辰，
　　星星的百合花茂盛；

说这是个快乐无比的好地方，
　　人人永远喜出望外，
玩耍、嬉戏的小天使都有翅膀，
　　还有上帝仁慈的爱；

说会变成蜡烛一般点燃的心，
　　春夏秋冬，一年四季，
生活在小耶稣和圣母的旁近，
　　住非常美丽的屋子！

不幸的母亲，你却未曾让你这
　　羸弱的好儿子明白，

在痛苦的尘世，你是属于他的，
　　他是属于你的后代；

明白凡是孩子，要有母亲守护，
　　但以后要保护母亲；
明白母亲年老的时候，她处处
　　要有儿子能尽孝心；

你没有向小宝贝说得很充分，
　　上帝要我们留下来，
女人引导男人，男人帮助女人，
　　进行斗争，忍受悲哀；

终于，无法弥补的损失！好伤心！
　　小家伙就去而不留！……——
唉！可见，你没有把这鸟笼关紧，
　　你的小鸟高飞远走！

1843 年 4 月

〔手稿：1846 年 7 月 21 日〕

＊这位母亲指勒菲佛尔夫人。她是雨果好友奥古斯特·瓦克里的姐姐。勒菲佛尔的儿子保尔于 1840 年 5 月 9 日死亡。更不幸的是，她的另一个儿子于 1839 年死去，而她的丈夫于 1842 年逝世。雨果为她的两个亡儿都写有悼诗。

写在一块古代的浮雕下①*

献给路易丝·贝××小姐②

万物之中有音乐。世界有颂歌回响。
出没波涛的帆桨战船上人声喧嚷，
嘈杂的城市，姐妹之间同病而相怜，
年轻而又美貌的情侣们正在热恋，
生活里共老的是温情的老夫老妻，
缤纷着迷的草地之上有军乐响起，
傍晚时兄弟两家隔着墙拉拉家常，
千年万岁的橡树在战栗，郁郁苍苍，
啊！你们都是和声，啊！你们就是音乐！
你们的声声叹息，唱起了清歌一阕！
对我们灵魂来说，时光，季节和生命，
我们心中的美梦，远处天边的美景，
黎明和它的泪水，傍晚和它的红光，
都在一片朦胧的旋律中飘飘荡荡；
田野里有声音对我们说话，树林里
又一个声音在唱，和人谈别的问题。
牛群不时地鸣叫，铃声不时地叮当。

① 诗中提到的古代浮雕非实指，只是出于诗人的想象而已。

② 指路易丝·贝尔坦（Bertin），雨果全家和她父亲以及她本人都是好朋友。雨果在《暮歌集》《心声集》和《光影集》中都有诗作赠她。

当夜晚来临时分，黑影爬满了山冈，
我们看到整个的夜空里星光灿烂，
透过知了的鸣叫，借助鸟声的婉转，
大群光彩夺目的高低不同的音符，
从四面八方闪闪发光，又翩翩起舞。
总有可爱的音响和我们心灵相交；
大自然对我们说：唱吧！因有此必要，
古代一位雕塑家刻下这块大理石：
一位牧人眯缝着眼睛在吹奏笛子。

1833 年 6 月

〔手稿：1839 年 6 月 8 日〕

* 雨果曾为本诗先起过另外两个篇名：1. “写在锡拉丘兹发现的浮雕上”；2. “音乐”。雨果相信宇宙乃是一曲大歌，天籁和人心有相通之处。本诗杜撰的写作年代，正是路易丝·贝尔坦和雨果合作，为根据《巴黎圣母院》改编的歌剧《爱斯梅拉达》谱曲的时候，以纪念文学和音乐的这番姻缘。

“外界的光明并不能排解我的灵魂……”*

外界的光明并不能排解我的灵魂。
草原在欢笑歌唱，像个年轻的女人。
　　冬青里抖动着小鸟的窝；
处处都有欢乐在张开的嘴里闪亮；
这阳春五月躺在树洞里的青苔上，
　　对有情人频频递送秋波。

彩蝶在飘忽流浪，如同一个个美梦；
在苜蓿田里飞舞，在扁豆田里翻腾；
　　褐色田沟长出青色麦苗；
金黄色的蜜蜂在鲜花的丛中追逐，
有长春花，百里香，牵牛花端出白壶，
　　招引这些姑娘品尝香料。

彩云向天空展示紫红、赤褐的光辉；
树木都春意盎然，软绵绵似乎已醉；
　　枝条间在亲昵，逗着嬉戏，
挥动球拍把小鸟相互拍去又拍来；
玫瑰花卖弄风情，熊蜂有金色饰带，
　　向花儿提出轻轻的建议。

我不问甜香扑鼻，我不问清香氤氲，
我不问花儿窃窃私语，可爱的幽魂，
　　我不听黎明说：好好活着！
我注视我的内心，独自忘记了时间，
眼中看到的尽是心里漆黑的一片，
　　我想这些已解脱的死者！

再过一会儿时间，啊，你壮观的大海，
晚潮涌来，草中会有我的坟墓新白，
　　四周都长满了青草葱绿，
在挂满常春藤的某棵树树荫下面，
你们会读到：——行人，这墓石挡住视线，
　　底下是一座监狱的废墟。

1843 年 5 月于安古维尔[①]

〔手稿：5 月 24 日〕

＊希腊哲学家毕达哥拉斯有这样的提法：人体是座监狱。有的研究家认为，此诗成稿于 1854 年。雨果相信人有灵魂。人之死，即躯体倒下，监狱崩塌，成为废墟。这也是浪漫主义文学爱用的题材。

① 安古维尔(Ingouville)是勒阿佛尔北边的小镇。此地有雨果挚友奥古斯特·瓦克里的家。1843 年 5 月，雨果未曾来此。

“我既怜爱蜘蛛，我也怜爱荨麻[①]……”*

我既怜爱蜘蛛，我也怜爱荨麻，
　　因为，大家恨它们；
因为，谁也不愿受害，更要惩罚
　　它们心里想害人；

因为，它们是肮脏的爬行生物，
　　被人诅咒，又虚弱；
因为，它们自己设置下的埋伏，
　　反而把自己俘获；

因为，它们吃亏在自己的罪恶；
　　命运啊！倒霉的网！
因为，荨麻是一条扭曲的水蛇，
　　蜘蛛是无赖流氓；

因为，它们像深渊一般的黑暗，
　　使大家望而生畏，
因为，蜘蛛和荨麻是黑夜漫漫
　　里的牺牲品一对。

---

① 荨麻是多年生草本植物，茎和叶上有细毛，能分泌浆汁，皮肤接触后引起刺痛。

对无名的植物，对可怜的动物，
　　行路人，要有爱心。
要怜悯丑陋，要怜悯咬人放毒，
　　啊！对恶也要怜悯！

万事万物都会有自己的忧伤；
　　人人想要一个吻。
它们长相是吓人，只要你路上
　　能忘记踩死它们，

只要对它们收起高傲的眼色，
　　邪恶害人的草茎，
卑劣的畜生，躲在阴暗的一侧，
　　低声咕哝着：爱情！

1842 年 7 月

〔手稿：1855 年 7 月 12 日〕

*1855 年 7 月前后，雨果写过几首心情平和、仁慈为怀的诗篇，此为其中之一。诗人将自己对人的怜悯心理扩而大之，包容了恶物，甚至可包容恶。这是他思想中更深一层的内容。

小中见大*

1

白昼在消逝；我正站立海滨的沙滩。
我拉着女儿的手，孩子的神色恍然，
　　孩子沉默，没有声息！
如同大船在沉没，整个大地在倾侧，
在空间不停转动，一步步沉入暮色；
　　苍白的夜正在升起。

苍白的夜向滚滚浓云高抬起头颅；
万物在一一消隐，越来越小越迷糊，
　　失去外形，失去色彩；
正当升起一片黑，却又降下一片灰；
我们又同时感到有凄凉正在下垂，
　　而升起的却是悲哀。

任何人以沉思的眼睛来静观自然，
都会看到苍天是浑然圆形的大坛，
　　从天顶处向下俯身，
向着金黄的乡村，向着蜿蜒的山冈，
向着低沉喧闹的、翻滚不已的海浪，
　　倾撒下寂静的黄昏！

暮云正贴着海岬渐渐地越聚越浓；
这黑影和这彤云翻搅在我的心中，
　　我模模糊糊地感到，
从这大地的地上，从这大海的海底，
在上帝的注视下有某种东西升起，
　　迷人，庄严，而且崇高！

我最疼爱的闺女当时在我的身边。
黑夜四下里散开，如同弥漫的黑烟。
　　我低垂下我的眼睛，
我注视我的内心，我沉思，耶和华啊，
在我们思想深处，当你的太阳落下，
　　也罩下这大片黑影！

这好孩子。这天使眼神已经像女人，
我握着她的小手，她握着我的灵魂，
　　突然，她把脸对着我，
指指深暗的海水，指指崎岖的海岸，
她把两颗闪动的发光点指给我看，
　　——父亲，你看，你看，她说。

那边，那边的黑影在半山坡里弥漫，
这对孪生的火苗像点亮的灯两盏，
　　有风吹动，歪歪斜斜！
是谁的两个家被远处的海雾遮挡？
——这边是牧人的火，那边是星星的光；
　　我的孩子，两个世界！

2

有两个世界！——一个在空间，
在一片漆黑的蔚蓝之中，
在万物消隐不见的天边，
光明的深渊！无底的深洞！
啊！你我的灵魂都很善良，
如果能像两只燕子一样，
孩子，我们可以振翅高翔，
飞进这一片茫茫的稠密，
从那边开始创造了万物，
生活，死亡，闪耀，转动，飘浮，
细微的星辰有不计其数，
多得连哲人也无法估计；

如果我们能穿透这些沉闷的孤独，
如果我们能飞越蓝色的边界极限，
如果我们能到达无边无际的天庐，
直至最后，我们会惊慌地亲眼看见
这颗小小的星星，这原子闪着磷光，
如海上有一条船升腾，似乎在开放，
逐渐逐渐地变成大怪物，明亮耀眼；

如果我们真有可能实现
这一次浩浩无边的旅程，
一番云天接着一番云天，
向这未知的大太阳飞升；

人盲目，人苍白，人又苦恼，
能由爱人的大天使引导，
人真能够活着亲眼看到
这问题奥妙的无穷深处；
我们如能挣脱这片大地，
劈开仅上帝进来的迷离，
来就近看看躺卧在洞里
的这些黑夜的庞然大物；

面前出现的事物会使你脸色变样，
天使！不需要幻觉，不需要假的梦境，
没有东西比得上这般奇妙的景象，
这个充满奥秘的世界里没有定形，
光芒会使我们的肌肤蜡一般融化，
在莫名恐怖之余，我们将只会剩下
毛发直竖的脑袋，一双着迷的眼睛！

啊，旋转有轴！啊！两端有极！
静观物质，流体！静观火光！
啊，美妙无比！啊，尽收眼底！
真不可思议！都上下摇晃！
磁铁在挣扎，空气在颤抖，
有的力顺从，有的气自由，
这壮观的平衡没有尽头！
梦境的世界！真实的理想！
光耀！雷吼！硫黄喷涌不息！
深渊里的面目日新月异！
天上的黑书里字字珠玑！

奥秘有苦难，奥秘在歌唱！

你会看到！——一个太阳，围有许多世界，
每个世界是中心，有几个月亮围绕；
到处流浪的星体会使人目不暇接；
孪生的星球成双转动，又成对烛照；
中间是这颗恒星，在变大，惊心动魄；
无限的一角，一场无与伦比的大火，
这是崇高的辉耀！还是狰狞的燃烧！

我们看，既然我们已到了！
你好好想象！你好好想象！
另一个世界！另一种法则！
你无法称呼这里的事项！
大地已经在茫茫中飘走；
大地已消失在我们身后！
未见的黑夜！崭新的白昼！
天上又有别的星球一堆！
又一个自然，又一番情况，
他俩如看见雄黄色曙光，
毕达哥拉斯[①]会奔跑匆忙！
而以西结[②]则会吓得后退！

我们以为是座山，其实是蛇怪在游；
这些树木是野兽；这些岩石在狂呼；

① 毕达哥拉斯（Pythagore，前580至前570之间—约前500）是古希腊神秘主义哲学家和数学家。

② 以西结（Ezéchiel）是《圣经》中的希伯来先知。

火在歌唱；而血在大理石中间奔流。
这世界是真世界？我们这个是谬误？
啊，我们不可能的事物都有了可能！
千奇百怪的怪物看得见混杂翻腾！
生命的吻在此地使我们感到恐怖。

如果我们还能看到有人，
看到人的胚胎，人的雏形，
他们在彼方，此处有我们，
我们双方都会大吃一惊！
这相遇好阴沉，无法形容！
我们都打量对方的面孔，
怪物看怪物，而彼此相同：
从远古延续传下的后代；
我们用的语言固然可悲，
如果能表达他们的隐晦，
我们会说："蒙昧，你们是谁？"
他们会说："昏黑，从何而来？"

他们也有心，也有头脑和五脏六腑？
他们如同我们在寻找没有的回答？
也会有卢克莱修[①]否认梦里的作为？
也会有狠狠敲击大墙的斯宾诺莎[②]？
他们翻阅完无穷黑暗的一本本书，
在阴森的书页上写道：全都是虚无；

① 卢克莱修(Lucrèce，约公元前98—前55)是拉丁诗人和哲学家，著有长诗《物性论》。

② 斯宾诺莎（Spinoza，1632—1677）是荷兰哲学家。

他们俯身深渊旁说道：“这眼睛已瞎！”[①]

和我们一般，他们一个个
如一阵苍白的风在飘走；
造物把他们的遗骸混合，
然后又播撒进新的田沟；
此人在来，那人上去接替，
走过后也毫不留下痕迹；
他们的来去全在一口气；
深渊上四方的风一阵阵，
如大海上有汹涌的波涛，
借熊熊火焰在永恒燃烧，
混合这般阴森森地倾倒
跌下的灵魂、死鬼和活人！

存在的风暴猛刮，深渊似乎在发狂。
灿烂的星体周围暴风雨怒气冲冲！
万物只能出现后，接着飘浮和消亡，
直至最后以黑夜也闭上眼睛告终；
因为总有一天连恒星也沉没作古；
星星会看到灵魂乱纷纷跌入坟墓，
灵魂将看到星星乱纷纷跌入太空！

你看，孩子！你马上会看到！
有的时候，在茫茫的空间，
有颗行星经过，出人意料；

① 喻上帝不存在，或上帝已死亡，空余一个骷髅而已。

开始，远处是个小的黑点；
快得和发狂的飓风一样，
行星来了，奔跑，临近，飞翔；
这行星刚刚把光环照亮，
这个圆滚滚的家伙古怪，
已经把整个的天空充盈，
开始遮住深渊里的繁星，
啊，永远令人眩晕的黑井，
倒似乎是你巨大的井盖！

是这颗星！是闪电！看它铁青的表面！
还有绿色的海洋都在不停地打战！
它来了，走了，变小，变白，它消失不见，
这颗无名的原子返回天顶的黑暗，
万物消隐，壮观的场面，非凡的声音……——
深渊里这稀奇的弹丸从何处找寻？
啊，一个个的宇宙竟是庞然的飞弹！

有某一颗土星，令人恐惧，
发出喘吁吁的可怕声响，
在夜色沉沉中滚滚而去，
转动着的光环耀眼明亮；
飘落下来雨点般的火尘；
拔摩岛的约翰是个异人，
在梦里见此吓人的星辰[1]，
吓得晕厥过去，倒在尘埃；

---

① 据考，《新约·启示录》中未见约翰见到土星的记载。

因为，他梦见阴森的诗篇，
周围笼罩着忽忽的闪电，
他以为阿多那依[①]在扬鞭，
战车上有车轮滚落下来！

此外，也有的时候，——万物就都会消融？——
在这些世界中间，有颗可怕的彗星，
火的毛发，电的眼睛，加上雷声隆隆，
注视着这些世界，走近时大放光明；
呼啸着逃逸而去，青着脸，不可思议，
如同一个凶恶的女巫仓皇地逃离，
后面也披头散发，前面也面目狰狞。

其中有的星球奄奄一息；
一阵阵的西风北风吹过，
星海在呜咽，星涛在哭泣，
从身上吐出整块的炭火。
星球被雪冻得麻木迟钝，
它们有古怪的疾病缠身，
从深处引发频繁的地震，
瘟疫，水灾，火灾，应有尽有；
它们戕害自己，气息奄奄；
它们的呼吸是喷火吐烟；
远远就听到，但云雾遮掩，
它们的火山在苦苦咳嗽。

① 阿多那依（Adonai）是《圣经》中上帝的名字之一。《以西结书》中有阿多那依驾车的记述。

星星在！星星走！这颗明亮，那颗可怖，
星星身上有生命，都有自然和造化！
它们向蓝空不断抛掷巨大的烟柱，
这些黑暗的东西穿越无际的光华；
眼睛在暗中可以看到众多的星座，
将会一个又接着一个先后地沉没，
如同被无形的嘴吹灭熊熊的火把！

哪位所罗巴伯[①]，真了不起。
哪位代达罗斯[②]，令人目眩。
天宇啊，能在无边和无际，
建成这些光与黑的混乱？
太阳啊，星星啊，尾巴长长！
深渊啊！千处万处的地方！
蓝色的结构，深暗的形状！
谁的手造就、完成并安顿
这些无人曾数过的金塔，
这些浩浩天穹，你小我大，
创造这些星星的巴别塔，
升上这些黑夜的巴比伦？

天穹啊，当此黑暗萌动，而黎明落寞，
既有必然的恐怖，又有深沉的爱情，

① 所罗巴伯（Zorobabel）是《圣经》中大卫王的后裔，曾率犹太人从巴比伦返回耶路撒冷，重建圣庙。

② 代达罗斯（Dédale）是希腊神话中的建筑师，在克里特岛为弥诺斯国王修建“迷宫”。

谁搅动了你壮观而又阴森的旋涡？
宇宙在此地生长，接着又化为泡影；
有两个深渊同时要求每一个乾坤，
存在在说道："无限。"灵魂在说道："永恒。"
永生永世！"无终"在"无底"中转动不停。

这个陌生人，有多少圣贤
想到存在于恍惚的幽冥，
这张不动而又无声的脸，
这在冥冥之中朦胧的影，
他要给罪孽看他有黑暗，
给正人君子看他有绚烂，
在深渊中倾倒，如此这般，
这些面孔，有的黑，有的红，
这一张张面孔怪模怪样，
被我们称作一个个太阳，
有的看不见，有的很明亮，
飘浮在无法到达的太空！

茫茫黑暗中，各国人民都曾经目睹
这些难以理解的夜魂先后地到达；
祭司、麻葛、婆罗门、苦行僧和祆教徒，[1]
曾呼喊：朱庇特！阿拉！毗湿奴，密特拉！[2]
会有一天，在凡尘，又在至高的上界，
这一张张恐慌的面孔会自行消解；

① 分别是古希腊、波斯祆教、印度婆罗门教、伊斯兰教及祆教的僧侣或教徒。
② 分别是罗马神话、伊斯兰教、婆罗门教和祆教的主神。

到那时候，安详的大脸将放出光华！

3

这两个世界，孩子！另一处
是人的一颗心！——茫茫乾坤，
如同在海底藏一颗珍珠，
上帝在林中藏一颗灵魂。
上帝在橡树下藏一个人；
上帝在庄严地为他加冕，
只有平原之上寂寂无闻，
高耸的山冈，碧蓝的晴天！

女儿啊！等傍晚来临以后，
不由自主的教士的思想
被夜的神秘一步步占有，
身旁有这一点火在闪亮！

此人住的是倾圮的废墟，
与荆棘和壁虎一起生活，
还有浓浓大雾，蒙蒙细雨，
——偶然这树上落下的野果！

此人几乎已经变成野民；
他的牧杖是唯一的依靠。
常人一看到他不敢走近；
只有野兽来他身边蹦跳。

他出来活动时总在黄昏。
人们瞥见他也害怕吃惊；
身上有阳光，他就是牧人，
夜晚来临，他是一个幽灵。

在林中空地晒草的农妇，
有的时候会看到他出来，
牧人一步跨出他的孤独，
如同幽魂一步跨出棺材。

断垣残壁中，他穿的衣服
是一块简陋不堪的麻片，
是从贫穷这口棺材取出
一件尸衣，处处都是洞眼。

苹果树给他扔下来苹果；
与世隔绝，无人与他接近；
他只在人世的外面生活，
他是住在遗忘里的居民；

这是个贫民，又身穿粗服，
这是个穷困匮乏的老人，
一间破屋里的一块破布，
茫茫宇宙之中人的精神！

面对这一目了然的乾坤，
这是天真又淳朴的眼睛，
是灵魂一无所知的哲人，

赤足光脚在庄重地步行！

对，你受冻挨饿，沉思默想，
这是一颗心，是一颗眼珠，
永远有光照在他的脸上，
有朦胧的红影摇曳恍惚。

他的灵魂只为苍天沉醉，
他在篝火旁边沉思起来，
而他自己正是一段尚未
被生活完全烧尽的木柴。

他在这浓荫下没有烦恼；
在他这儿，无论什么情况，
总会有草能供羊群吃饱，
总会有柴能把篝火拨旺。

我们的斗争、冲突和灾情，
他全然不知，他别无所求，
他只求夜里能注视星星，
而白天看到他的牧羊狗。

羊群在大片草地上歇息；
他待在一边，唯有他清醒，
他是牧人，朋友，仿佛就是
人民沉睡时守护的精灵。

母羊都不动，睡得很悠闲，

在火堆的近旁张开眼睛，
在满天的浓云底下瞥见
他在黑夜里高大的身影；

大公羊咩叫，小羊羔跳舞，
大胆地都在树林里睡眠，
有上帝高大的影子保护，
它们感到站在羊群身边。

穷牧人在冥想，形单影只，
赤条条啃他的麸皮面包；
他对这个世界一无所知，
他只知道母羊要吃青草。

不过，他知道人要受苦难；
可他在探求太空的深远。
只要孤独，就是一座高山，
只要孤独，就是一个深渊。

每当他站立山巅而凌空，
青天召陌生人重返天地；
古代的迦勒底[①]曾有牧童，
古代的犹太国曾有先知。

牧童和先知向青天探问；
到后来，更有圣火的帮助，

① 迦勒底（Chaldée）是巴比伦的前身。

这占卜人诞生于这牧人，
而这先知生出了这使徒。

人群嘲笑他们不明是非；
流过了悠远漫长的岁月，
是这些疯子给人类智慧，
这些无知者给人类科学。

黑夜是庄严肃穆的见证，
黑夜曾看见牧人和先知
彼此相遇在高山的顶峰，
共同面对四周围的奥秘。

——颤抖的先知，你们去何方？
——迷惘的牧人，你们去哪边？
他们如此说道，神色忧伤，
而黑暗对他们喊：勇往直前！

今天，我们不知道如何说，
琐罗亚斯德[1]的脸色灰白，
而亚伯拉罕[2]又惊慌失措，
两人中谁爬得更高更快。

我们有钦佩他们的眼睛，
想对他们走的路程估量，

---

① 琐罗亚斯德（Zoroaste，公元前8世纪—前7世纪）是古代波斯宗教改革家，创设琐罗亚斯德教。

② 亚伯拉罕（Abraham）是《圣经》人物，相传是希伯来民族的第一个族长。

想知道谁把更多的光明，
把我们人类的眼珠点亮。

这些人计数地上的群羊，
这些人计数天上的星星，
人认识过去黑暗的思想，
却在两者中间摇摆不停。

我们这时代，人间的湖滨
和沟谷都已被黎明照亮，
人类的梦想已更加接近
我们所追求的神圣理想。

人的周围总有云雾遮挡，
仿佛是从望远镜的镜中，
通过自己的思想来观望
由耶稣基督打开的天空。

耶稣受难后，人类的灵魂
视野更宽阔，光线更通明；
这块透镜可以放大尺寸，
使注视的景象看得更清。

孤独令人肃然起敬，今天，
孤独引导着神圣的人类
走得更远，更加接近无限，
走得更深，更加洞察精微。

对，数量和时间都曾先后
欺骗和愚弄过我们凡人，
人群把孤独的阴影驱走，
因为已把孤独变成清晨。

天上的沙漠向我们邀请。
碧蓝的门槛呀！人才可以
看到在生命以外的事情，
并提前揭开自己的尸衣。

人和上帝使之沉默的人
说话，在自己的额头之上
投下坟墓里的光明清纯，
也投下尘世混浊的微光。

人在这片沙漠之中思索，
一步一步，人在天穹底下，
经受到无穷的神秘寥廓
引发出惊人的膨胀扩大。

人纵身投入。人沉着冷静，
品尝实在，真实，以及纯正。
他周围一切伟大的意境，
恍惚中也在他身上诞生。

无须怀疑，人已制服自己，
人在前进，在理智上成长，
如曙光一般在天边升起，

如青草一般在田野兴旺。

他仰望，他崇拜，恐慌吃惊；
他听到天上有号角铿锵，
他听到无处不在的寂静
中传来无处不在的乐声。

借花瓣纯洁的万千花卉，
借哀伤不已的海涛阵阵，
正给暗礁粗糙不平的嘴，
一个个串通一气的亲吻，

借草原这本巨大的《圣经》，
借黑色的山，借流窜的雾，
都是无形的脸张开眼睛，
都是发光的词正在著书；

还要借沉静，还要借不安，
赤裸的岩石，纷披的树林，
借回声此起彼伏而不断，
借陌生人的千万个声音，

孤独使人明白，使人燃烧，
并把人引向伟大的热忱，
用千种灿烂，用万般奇妙，
慢慢造就一个人的灵魂！

张开眼睛看，张开翅膀飞，

人在自己胸中激动颤抖，
人这只奇异的小鸟因为
被奥秘攫住而更加自由。

人感到在身上逐步生出
谦卑的信仰，深沉的爱情，
对前生前世又记忆清楚，
把时间的概念忘记干净。

人感到饥渴得无法满足；
他感到以往的生生世世，
又在令人目眩之中复苏；
他在数灵魂有多少节枝。

他在黑暗的大厦里找寻，
他曾经以什么形式开花；
他听到自己的各个幽魂
在他的身后正和他说话。

人类的冒险历程，他感到
其实仅仅只是一次出游；
他在思忖：——每一次的创造，
也就是创造了万物宇宙。

他在想：——死去，就是去认识；
我们在摸索着寻找出路。
我有过去，现在，今后三世。
魂是一张梯。向高处举步。

他在想：——真实，就是那中心。
其余只是声音，只是表象。
不去狮穴，去把雄狮找寻；
去找那眼睛，不断而雪亮。——

不仅感到有新人的生命，
他感到即使睡着的时辰，
他通体增加一线线光明，
一个个太阳渗进他全身。

太阳都已不再使他激动；
一颗星是一层幕。他希望
从所有太阳的照耀之中，
看到比阳光更远的目光。

我们这些人在城里成长，
为自己的成就感到欣幸，
其实是一颗明星的幽光，
投射进我们鄙俗的眼睛；

正当我们都是鼠目寸光，
看到有第一颗星星经过，
我们急不可待，蜂拥而上，
如同飞蛾纷纷扑向灯火，

我们主次不分，舍本逐末，
我们只满足于一知半解，

可怜啊！以为只要有磷火
照耀，我们可以看清一切，

我们把高高天上的虚影
看成是本质，看成是特征，
只根据转眼即逝的外形，
我们想把一门学问建成，

我们想起地球外的情形，
而人注定生活在此大地，
我们这个地球已经不幸，
另一个世界是难兄难弟，

如同在笼中出生的小鸟，
即使飞出去，也不会飞远，
不知道把绿树浓荫寻找，
只会在各家屋顶上盘旋；

我们在探求的只是空虚，
我们又在黑暗之中行走，
看到萤火虫，我们是小蛆，
十分好奇，不知天高地厚！

我们是尘土对尘土崇拜，
我们死死盯住，紧追不放，
我们自己只是一点尘埃，
紧追正消逝的一点星光！

当我们的幽魂倦怠、无知，
在上天高大的门前停步，
只会在茫茫的空间啄食
无边无际中的沧海一粟，

他，牧羊人，这卑微的行人，
羊群由这个可怜人守护，
这座大教堂不灭而永恒，
借黑色的拱门供他居住，

他住在树影婆娑的绿林，
他不会写字，也不会读书，
他所认识的唯一的竖琴，
只是大风刮起，摇晃大树，

他的心灵似乎没有开窍，
却会用俄耳甫斯[①]的酒杯，
他起飞高翔，目的地一到，
在摩西喝饮的池中喝水！

他这人无知，他这人赤贫，
这牧人在他的忒拜[②]古城，
没有师长为他指引迷津，
他探求，他观察，他还询问，

---

① 俄耳甫斯（Orphée）是希腊神话中的歌手，相传他发明了音乐和诗歌。

② 忒拜（Thébaide）原指以底比斯为首都的古埃及王国。今指荒僻的隐居地。

他坐的岩石上一片寂静，
蓝蓝的天际，黑黑的天空，
四季的大车轮永远不停，
在这两条车辙之中滚动；

他，他永远都是孤独一人，
当五月抖落出全部鲜花，
当十月的收获风调雨顺，
当寒冬在耳边呼啸喧哗；

当白白的雪花无声、晶莹，
纷纷扬扬地飘落在地上，
死亡这是个童贞的幽灵，
在黑夜里鼓动她的翅膀；

当黑暗这只天鹅很忧伤，
随风撒落下雪白的羽毛，
把雪花掷在我们的身上，
我们彻骨寒冷，十分苦恼；

当滔滔大海让小舟颠簸；
当平原躺在远处像亡妇，
惨白又寂寞的可怕轮廓，
由尸布勾勒得清清楚楚；

他一人站在贫瘠的小丘，
在昏昏欲睡的天宇下面，
黄昏的墨杜萨在这时候，

隐隐约约露出她们的脸；

他一人，夜里羊群在睡眠，
当茫茫大地和无边无际，
已经喝过了赞美的诗篇，
如同两片嘴唇合在一起；

他一人，当闹哄哄的白昼
苏醒过来，看前面的远山，
曙光在闪耀，曙光在颤抖，
这是“晨鸡”大红色的鸡冠；

他永远是一人，夏去秋来；
他没有内疚，也没有害怕，
隆隆的雷声却对他关怀，
轻轻说：我的雷不为你打！

他只想看这些大事大物，
忘记了破衣衫上有破洞，
他既欣赏母山羊的驯服，
他也欣赏玫瑰花的殷红，

他探求存在和根本大法，
探求爱情，死亡，花卉，果实；
他一边看着理想的朝霞，
从这一大片黑夜中升起，

他可以通过自己的思想，

时时刻刻地在审视世界，
他感到眼睛已变得雪亮，
可以看清这漆黑的黑夜；

他超越天地万物的纷繁，
他继续成长，他攀登不止，
他专心致志静观大自然，
大自然最后在眼前消失！

因为，根据结果返观原因，
眼睛穿透镜子，看到后面，
孩子；静观事物，越是专心，
最后会对事物视而不见。

人能有目光锐利的眼睛，
物质就瓦解，物质就破灭；
看，就是砍；探索谜的究竟，
就是把斯芬克司也忘却。

他再也看不见枯叶在飘，
他再也看不见爬的小虫，
草原，水池，来喝水的小鸟，
把粉红的小脚浸在池中；

看不见蜘蛛，这凶恶的星，
总是站立在罪恶的中央，
看不见蜜蜂，有翼的光明，
看不见鲜花，馥郁的芳香；

看不见树皮厚厚的老树，
情郎在树上刻两个名字，
岁月使名字越长越坚固，
使他又淡忘了当年相思。

他也看不见成熟的葡萄，
城市这冒烟的巨大屋顶，
看不见大海这怒吼咆哮，
看不见乡村这耳语轻轻；

看不见满地金黄的红日，
看不见日脚长长的夕阳，
看不见这一堆堆的宝石，
人们说这是星座在闪亮，

大气氤氲，星光云掩雾遮，
当好奇的黑夜打开一点
无穷无际的这幽暗宝盒，
昏花的人眼能依稀瞥见；

他再看不见苍白的土星，
火星色红，而双子星色蓝，
天狼星，乳白的王冠一顶，
金牛座，这头巾如火一般；

不见众世界，无帆的小舟，
在没有中心的浩荡天地，

看不见这大堆云烟星稠；
他只看见唯一的星：上帝！

他注视上帝，他静观上帝；
什么也打不断他的观照！
他变成圣庙，他变成坟地；
奥秘在他的额头上闪耀。

他已经征服，他已经明白，
黑暗在翻动，他一目了然，
他是幻视的灵魂，他有爱，
我们却懵然无知地颟顸。

他幸福地行走，身披朝阳，
他来去自如，他四海为家；
他信仰，他接受，他从不想
怀疑，这我们的峭壁悬崖；

怀疑的四周是深渊万丈，
无人可以跨越雷池一步，
我们都愚蠢地停在一旁，
说道：再往前走，就要失足！

怀疑是岩石，我们的思想
在石上闲荡，远离了草原，
这所有这些思想的山羊
在来来去去，在东跑西窜！

正当洛克[1]说："什么是成法？"
当霍布斯[2]说："什么是基础？"
这些胆战又心惊的对话
对出神的妙悟毫无用处！

他是"真谛"之洞里的隐士，
有的人走不出人的阴影，
对于他，这又有什么关系？
更有人把黑夜看成光明！

运算，代数，骄傲会受惩罚，
就是哲学，这又与他何干，
对无穷无限怀有的惧怕，
使之在山巅都毛骨悚然！

科学是烟尘挡住的微光！
科学说：你们有什么学问？
科学从瞎子托勒密[3]身上
爬到了患近视眼的牛顿[4]！

王冠和枷锁，贵人和奴才，
与他无关，这有限的一切！
只要是黑烟，从烟囱出来，
和从火山出来，没有区别。

① 洛克（Locke，1632—1704），英国哲学家，经验哲学的创始人。
② 霍布斯（Hobbes，1588—1679）是英国悲观主义哲学家。
③ 托勒密（Ptolémée，约 90—约 168）是古希腊天文学家和地理学家。
④ 牛顿（Newton，1642—1727）是英国数学家、物理学家和天文学家。

又与他何干，尘土和小虫，
凡人既然只是一丝云彩，
不问在激荡的旋风之中，
所能具有的千姿和百态？

这与他何干，创造的天地，
自信得可悲，懵懂的神态？
大地大声嚷嚷：我在这儿！
而太阳顶它一句：我存在！

当眼前竟然能出现幽灵，
并带着幽灵应有的神秘，
可不吸引孤独者的眼睛，
他只为唯一的光明着迷！

这与他何干，他自己宗教
的祭坛，神父说：唯我独尊！
——可是，不要忘记，存在名叫
“深渊”，存在还可名叫“大群”！

这与他何干，有一颗彗星
在天顶得意忘形地奔驰，
这位天上异端中的首领，
竟在太阳面前招摇过市！

又与他何干，空间这假象？
又与他何干，时间这浓雾？

又与他何干，“创造”的海洋
里永远有浪花奔腾飞舞？

他在超人和星际的外乡，
他在不可企及处的外围，
他喝饮无法言喻的琼浆，
他喝饮“理想”辛辣的沉醉；

他全身全心地彻底沉入，
沉入这蔚蓝的深渊之底；
他这般崇高地沉舟破釜，
嘴里不断低声念着：——上帝，——

四周有满树的枝叶纷披，
他的心灵、眼睛望着天上，
想到有人嘴里不念上帝，
这又有多么的愚蠢荒唐！

他看到了，这唯一的太阳，
身负播撒和创造的重任，
太阳借助他送来的阳光，
对原子，对巨人，一视同仁，

这太阳以火，以气并以波
在黑洞洞的旋风里播种，
以闪亮的世界一颗一颗，
盛满这令人恐惧的太空，

浓浓黑暗中，黑黑浓雾里，
在天上搅动深沉的力量，
听到神秘的铁锤声响起，
发出仿佛是铁砧的声响，

这太阳对撒旦无情粗暴，
对红喉雀的窝却暖洋洋；
仿佛有锻炉的火光照耀，
黑夜里现出明亮的大墙，

我们身处黑暗，但可分辨，
我们从这低处还能辨认，
看到众生间他的光出现，
便知是反映上帝的灵魂！

于是，这牧羊人庄严入圣；
在他的头上有一圈圆光，
他既有智慧，他也有公正；
啊，我的女儿，他这片光芒

和天才们的火炬是姐妹，
把正在各个蓝天里升腾
的一切和谐都包容在内，
由一切至纯的光线组成，

这一颗天真无邪的人心，
这一片令人目眩的光芒，
在茅屋里更美丽更清新，

会借助明天把昨天照亮，

在我们眼前的这个世界，
现在正直的真风已消停，
这颗心风暴前名叫纯洁，
这片光风暴后名叫德行！

这一切就是孤独给人带来的厚礼；
孤独会给人指出、揭示并呼叫上帝，
　　并为默默无闻加冕，
给潜心于上帝的牧羊人无上光荣，
在他其大无比的、深而又深的梦中，
　　点燃起真理的火焰！

孤独又使无知者掌握巨大的学问；
上帝，存在和深渊，无边无际和永恒，
　　橡树感觉到的内容，
榆树猜到的东西，雪松见到的事物，
这激动的牧羊人天真而崇高，孤独
　　暗中已把一切赠送。

人是一盏灯，孤独使灯变成一颗星。
而这牧羊人，穿着破衣烂衫的身影，
　　变成了麻葛[①]；而经常，
他头上的三重冕以星星代替珍珠，
圣庙的芳香便是鲜花，黑柱是大树，

---

① 麻葛（mage）原为古代波斯拜火教中的祭司。集中第6部有长诗《麻葛》可以参考。

他出现时全身透亮！

他没有想到会有这般阴沉的崇高：
他坐在被荆棘丛挡住的篝火一角，
面对的存在大而远，
他在思索，他羸弱，他不骄傲，无野心，
他俯下身，为了在生活的深渊旁近，
不忘他虚无的深渊。

当他从梦中醒来，他又见到大自然。
他先对云彩说话，云彩有聚合离散，
在蓝天上到处浪游；
他说道：“铁线莲啊，你的香多么清高！”
他又对小鸟在说：“你的翅膀多么小，
可你能够高飞远走！”

傍晚时，当他见到人们在返回村庄，
拾穗的农妇，樵夫拖着枝条很匆忙，
可怜的耕马耕完地，
在被农夫用皮鞭狠狠地又打又抽，
他没有想到晚风会把海上的水手，
送回他的兄弟家里；

当他看到苦役犯背着重物的情状，
当他看到士兵和夜里滞留在海上
而急着回家的渔夫，
他给他们每个人，从黑乎乎的山顶，
从他取之不竭又深不见底的爱情，

送去他的声声祝福！

这牧羊人生活在自己的山冈之上，
他知足，他对一切俯下的东西敬仰，
　　这沉思者和蔼可亲，
他给山谷、田野和屋顶都堆满青苔，
他给青草，给庄重可爱的岩石大块
　　浸透他天真的爱心，

一位被滚滚红尘催迫的贤达精英，
如果偶然地走近牧人有益的寂静，
　　他对尘世愤然而起，
他处身在这般的致命浪涛，他惊恐
花岗岩硬的大地和黑洞洞的天空，
　　人是小人，上帝可疑；

也许，和平的牧人连自己也不知道，
黑夜里他的火光远处也可以看到，
　　他泰然自若，他幸福，
被和滔滔的浊浪争斗的此人瞥见，
会突然向他投来深沉的光明一点，
　　并给他指明了前途！

所以，也许这火光在危崖边上照耀，
也许会被某一条下沉的大船望到，
　　下有大海，上有青天，
红红的火光很小，引导远处的沉船，
这同一点的光明既给牧羊人温暖，

又使一条大船脱险！

4

我接着说，并叫我可爱的孩子眺望
牧羊人的小火光，以及神圣的星光：

孩子，这两点火光穿透沉沉的夜幕，
一点显示有太阳，一点表明是觉悟。
　　这是人眼探究到的无限；
一切以上帝为准，只有上帝在创造！
上帝被星星证实，上帝被思想看到；
　　世界终有限，灵魂大无边。

孩子，这灵魂就在牧人的火光之内。
而这一点星光由闪电和鸣雷守卫，
　　正是灿烂星空里的辉煌，
这两座灯塔照亮存在飘浮的幽冥，
两处哀伤的光明，两只黑夜的眼睛，
　　在茫茫的空间遥遥相望。

两点光彼此认识；对木柴生起的火，
星星送来深渊的巨大，深渊的磅礴，
　　又送来蔚蓝天空的亲吻，
又送来预言之中眼花缭乱的幻景，
牧羊人的小火光则给金色的星星
　　以一茎小草的颤抖阵阵。

牧羊人的火说道：——唉，母亲正在啼哭！
孩子身上冷，父亲肚子饿，老人孤苦；
　　一切都黑暗；登高不容易；
借助摇晃的火把照耀，走路也摇晃；
人在摇篮前蹒跚，人在坟墓前踉跄。——
　　星星回答说：——我深信不疑！

两处火光中，彼此各飞出一点光明，
一点充满了蓝天，一点充满了人情；
　　上帝取来，汇成一束光辉，
又用孵育灵魂这火鹰出世的手掌，
把地上的那片光和天上的那片光，
　　造就成祈祷的翅膀一对。

1839 年 8 月于安古维尔

〔手稿：1836 年（或 1846 年？）动笔，1855 年 2 月 1 日完稿〕

＊《小中见大》是《静观集》中最长的一首诗。成诗过程漫长而曲折。大体上说，1—73 行和 100—118 行作于 1846 年，其余部分于 1855 年 1—2 月集中写成。但据专家研究，其中 764—781 行是 1840 年左右的作品。《小中见大》是一首富于哲理思考的长诗，有许多深刻的内容，也不无复杂的思想。诗人携爱女莱奥波特蒂娜在傍晚散步，远远望见牧羊人的火光和夜幕上的星光。雨果就这两点微光，借出神入化的想象，发掘出两个无边无际的大千世界。雨果强调：人有信仰的心灵，通过孤独和沉思，能比上帝创造的宇宙更深邃，更广袤。这可以是《小中见大》的又一层理解。雨果在诗中宣扬安贫知乐的福音。《小中

见大》对“静观”做了透彻的发挥：静观自然和万物，专心致志，会视而不见。所谓“看，就是砍”，于是自然和万物消失，产生觉悟。《小中见大》是第3部《斗争和沉思》，也是整个第1卷《往日》的压轴之作。1855年7月12日，雨果在致友人书中说，这首长诗“标志着从诗集一卷到另一卷的过渡，标志着从浅蓝色向深蓝色的过渡”。《往日》和《今天》两卷中间的“一个深渊”，是“坟墓”。《小中见大》是以诗人和女儿莱奥波特蒂娜的谈话形式开始和终篇的，这为诗人在第4部《写给女儿的诗》做好准备，诗人即将因爱女的夭折而体验“失去亲人”的“伤悼”。从这一点说，本诗杜撰的创作地点安古维尔因是莱奥波特蒂娜丈夫的老家，也有这一层纪念意义。最后一点：《小中见大》的牧羊人并不是雨果自己，诗人在诗中只是“对尘世愤然而起”的“贤达精英”之一，牧羊人是流亡在海岛上的诗人效法的榜样。

今天（1843 年—1855 年）
第 4 部　写给女儿的诗

“纯洁的天真！神圣的德行！……”*

纯洁的天真！神圣的德行！
啊，这是尘世的两座高山！
两棵挺拔的棕榈在山顶，
代表两场战斗，不畏艰难！

一棵棕榈是“无知”[①]的斗争！
一棵棕榈是“真理”的战斗！
心灵里有一盏透明的灯，
可看到两处光明在颤抖。

即使恶人死去，张开眼睛，
纯洁！德行！仍然崇高雄壮！
蓝天上看到这两处绝顶，
一座在西边，一座在东方。

纯洁和德行在指引沉船；
纯洁是灯塔，德行是火把；
和纯洁相联系的是摇篮，

---

① 费解。联系前一首诗《小中见大》，可理解成为实现“神圣的无知”而进行的斗争。

而坟墓可以有德行通达。

人眼看不见的命运之线，
从不幸的地底下已开始，
这条线到天上才是终点，
依仗纯洁和德行的指示。

纵然命中就是凡胎俗身，
目中多屏障，眼前有黑暗，
纯洁和德行能表明：灵魂
维系星星，洁白衔接蔚蓝。

纯洁和德行把疑难解开；
纯洁和德行能预言明天；
两者天真无邪，清清白白，
而渊薮在芸芸众生之间。

大天使轻轻以他的翅膀，
碰碰耶和华坐着的云巅；
在万古不化的白雪之上，
一只脚的脚印清晰可见。

这只脚印能使我们警觉，
这只脚雪白，这只脚光明，
这粉红的脚，唉，脚在淌血，
这只光脚，是你的脚，爱情！

1843年1月

〔手稿：1855年1月22日〕

* 这首诗和前一首《小中见大》，一短一长，是在同一时期创作的，内容上也是紧紧联系的。诗中“纯洁”和“德行”的概念完全取自《小中见大》。雨果故意把本诗说成于莱奥波特蒂娜结婚前写成，以示诗人关心爱女在婚后的未来生活。

1843年2月15日 *

他爱你，要爱他，和他共享温柔。
——别了！——我的宝贝！现在新娘出嫁。
孩子，我祝福你，从我家去他家，
你把烦恼留下，请把幸福带走！

此地都想留你；那儿急着等你。
天使，女儿，妻子，双重责任不忘。
你给我们遗憾，你给他们希望，
泪眼告别父母！笑脸初为人妻！

1843年2月15日于教堂[①]内

〔手稿：1843年2月15日，女儿出嫁，赠女儿诗〕

* 这首诗是雨果在举行婚礼的教堂里写在莱奥波特蒂娜的纪念册上的。戏剧评论家雅南见过此诗，并于1843年9月11日在《辩论报》初次刊出。诗题是后加的。雨果在诗中流露出一种说不出的伤心情绪。半年后，新婚夫妻双双夭折，这首诗成了某种不幸的谶语。

---

① 莱奥波特蒂娜·雨果和夏尔·瓦克里的婚礼在雨果家所属教区的圣保罗教堂举行。

1843 年 9 月 4 日

三年后*

这时候，我应该闭上眼睛；
命运已经把我击倒在地。
请别和我谈论别的事情，
只谈黑夜可以长眠不起！

还能要我再做什么事情？
我对茫茫造化，从今以后，
只求一刻休息，一点安宁，
除此以外，其他一无所求！

你们又何必一再地叫我？
我完成任务，我尽到责任。
谁黎明之前已开始工作，
可以傍晚之前返回家门。

年方二十，我就孤苦伶仃！
我低头在家中仔细找寻，
除了坟地上有野草青青，
再也看不见可爱的母亲①。

---

① 雨果的母亲于 1821 年逝世。

她已经仙去，离别了我们；
而你们知道，我现在却是
在今晚夜色降临的时分，
寻找另一个远走的天使！

你们知道，我绝望得要死，
我无精打采，我筋疲力尽，
我从前是个悲伤的儿子，
我今天是个受苦的父亲！

你们说，我的事业未完成，
如同是亚当，他曾被驱逐[①]，
我认真地审视我这一生，
我已经完成，我看得清楚。

上帝夺走我谦逊的孩子，
孩子爱我，就能给我帮助；
看到她的眼睛对我凝视，
这就是我生活中的幸福。

如果这上帝不愿意停止
他曾经要我开始的工作，
如果他还要我继续做事，
他本来只要把女儿还我！

他只要让我能重温天伦，
有女儿在我的身边依偎，

---

① 指亚当被逐出乐园时，已完成上帝指派给他的任务。

这样的生活真使人销魂，
我为神秘的光辉而沉醉！

为这些来自彼岸的光辉，
妒忌的上帝，你还要代价！
你为什么从我这儿取回
我曾经启迪世人的光华？

无情的天主，你是否想过，
我忘记了我宝贝的女孩，
正是因为看你看得太多，
而她可能一去不再回来！

你想过没有，凡人本虚妄，
唉！只是由于他盯着真理
这一片炫目的光华观望，
会忘记伤心的死别生离？

凡人遭受打击会不痛苦！
凡人的心会痛苦地死去！
因为他对深渊死死盯住，
他的心竟然会变成空虚！

凡人随你打发，不动声色！
而经过这磨难，从今以后，
既然尘世间不再有欢乐，
他也不会有痛苦的感受！

你是否想过，多情人对你
交心，是为压抑自己心灵？
有人要了解事物的道理，
到头来反而不懂得爱情？

上帝啊！你是否真的相信，
天宇底下，我会宁可只要
你光荣的朝晖威风凛凛，
也不会要她的眼神含笑？

如我知道你有陈规陋习，
你对于迷了心窍的信徒
并不会给予这两件东西：
既不给真理，也不给幸福，

那我不去揭示你的秘奥，
在我忧伤而纯洁的心底，
不会在群星中把你寻找，
朦胧世界中朦胧的上帝！

我本来会避开你的大路，
走一条幸福的羊肠小道，
做一个普通的俗子凡夫，
拉着女儿的手，其乐陶陶！

现在，我希望能让我安静！
我完了！命运在趾高气扬。

在我的心中是一片幽冥，
还能把什么东西再点亮？

你们说的话要求我听从，
要求我的理智恢复清醒，
要求我引导衰朽的群众
走向地平线的一片光明；

说面对站立起来的人们，
思想家都要实现其宏图；
说他对沉思的人有责任，
说他对前进的人有义务！

说为圣火所激励的心灵，
应该以自己的灿烂光芒，
为人类未来的美好前景，
更快地实现崇高的解放；

你们说做人能专心致志，
对汪洋大海不应该惧怕，
参加新事物的盛大节日，
巨人的战斗更应该参加！

你们看得见我脸上有泪，
你们找我，心里还不高兴，
这好像有人用胳膊在推，
想把睡得太久的人推醒。

可想想你们何必这么做！
唉！这天使有美丽的额头，
当你们为什么节日找我，
她可能在墓中冷得发抖。

也许，她的脸色又青又白，
听到她在小床上有哭声：
“难道我父亲已把我忘怀？
“他已经远走？我好冷好冷！”

怎么！我才有那么一点点
受不了梦系魂牵的悲哀，
我疲乏，伤心，我心不在焉，
我听见她在对我说：“快来！”

怎么！你们希望我想听到，
我，我被突然的打击征服，
紧跟在诗人身后的喧闹，
古代勇士们的大声疾呼！

难道你们还要我去憧憬
甜滋滋的胜利，灿烂辉煌，
要我向沉睡者宣告黎明，
要我高喊：“好！我们有希望！”

你们还要我在混战之中，
仍然是激动的好汉一条，

双眼仰望着天上的星空……——
噢！死者在地下，野草高高！

1846 年 11 月

〔手稿：1846 年 11 月 10 日〕

* 维勒基埃的悲剧发生后三年，诗人仍然怨天尤人，把自己禁闭在绝望之中。雨果有意让《三年后》成为诗集第 4 部的基调。雨果是轻易不放弃责任的人，只是他对亡女爱得太深。《三年后》可与《在维勒基埃》对照阅读，诗人在后一篇诗中才表示认命，心情有所平静。

“啊！在最初的时候，我几乎疯了一样……”*

啊！在最初的时候，我几乎疯了一样，
我哭了三天三夜[①]，唉！哭得好不心伤。
你们可爱的希望也曾经，各位父母，
被上帝夺走，内心也尝过我的痛苦，
那我的种种辛酸，你们可有过体会？
我真想在石头上把我的脑袋撞碎；
于是，我反抗，有时，露出狰狞的面目，
我死死地注视着这件丑恶的事物，
我实在无法相信，我大声疾呼：不行！
难道是上帝允许这些混账的不幸，
竟让绝望的情绪在心中占了上风？——
我仿佛觉得一切都只是一场噩梦，
仿佛女儿不可能这样离开她父亲，
我听到她在隔壁房间里笑语频频，
总而言之，她似乎不可能离开我们，
我马上会看到她进来，打开这扇门！
“安静些！她在说话！”我多次说得伤心：
“你听！这是她的手转动钥匙的声音！
“请等一下！她来了！请让我独自静听！

① 雨果9月9日在旅途中闻知噩耗，12日返回巴黎，其间共3天时间。

“她就在屋里什么地方，这可以肯定！”

1852年9月4日于泽西岛之海景台[①]

〔手稿未注明日期。大概作于1846年11月〕

＊这首诗反映雨果得知女儿不幸夭折后最初抢天呼地的绝望心情。诗人在理智上无法接受这一悲惨的事实。女儿的音容笑貌历历在目，最后竟至出现“幻听”的现象。9月4日是莱奥波特蒂娜的忌辰。本诗和第4部最后一首《夏尔·瓦克里》都有意注明作于1852年9月4日。这是雨果一家流亡到泽西岛后第一次纪念爱女的忌辰。

---

① 海景台（Marine-Terrace）是雨果1852年至1855年间居住在泽西岛时的住宅名，这是一幢临海而筑的屋顶为平台的两层建筑。

“她在童年的时候，养成了一个习惯……”*

她在童年的时候，养成了一个习惯：
她几乎每天早上到我房间里来玩；
我像等待渴望的阳光一般在等她；
她走进来，对我说：“早安，亲爱的爸爸”；
拿起我的笔，打开我的书，并且坐在
我床上，乱翻我的稿纸，还喜笑颜开，
接着又突然飞走，像是过路的小鸟。
于是，我头脑开始有点清醒，并需要
做完放下的工作，我一边在写诗篇，
同时又常常会在我的诗稿里发现，
她画的一圈一圈、乱七八糟的线条，
被她的手揉皱的白纸上，我不知道
为什么，偏偏写出最美最美的诗句。
她爱上帝和鲜花，星星和青草葱绿，
还没有成为女人，她已经富有才情。
她眼睛里反映出她灵魂里的光明。
她随时都来问我，问东问西没有完。
啊！有多少个其乐融融的冬天夜晚，
大家对语言、历史和语法仔细讨论，

四个孩子[1]围坐在我膝头，纷纷发问，
围着火聊天，还有母亲和几位来客！
我把这样的生活看成是知足常乐！
只是孩子去了！唉！上帝要对我关怀！
感到她在伤心时，我从来不会愉快；
如果，出发时看到她眼中有些阴影，
我在欢天喜地的舞会上也不高兴。

1846 年 11 月于万灵节[2]
〔手稿：1846 年 11 月 1 日[3]〕

＊这首诗中回忆的是莱奥波特蒂娜出嫁前的少女时代的形象，天真烂漫，稚气未消，据有的专家推测，年龄在 16 岁左右。女儿还是大孩子，已经给诗人的创作以莫大的灵感。

---

① 除大女儿莱奥波特蒂娜外，其余三个孩子是：长子夏尔，次子弗朗索瓦·维克多，小女儿阿黛尔。

② 万灵节（jour des morts）在 11 月 2 日。

③ 11 月 1 日是诸圣瞻礼节（Toussaint）。

“我们生活在一起的时候……” *

我们生活在一起的时候，
住在我们从前的小山上，
有流水淙淙，灌木丛颤抖，
住的屋子和小树林接壤。

我三十，她是十岁的孩童，
我可成了她的整个宇宙。
啊！森森的大树葱葱茏茏，
树下的小草有清香外透！

她使我的生活万事顺心，
我的工作轻松，天空澄碧。
当她对我说道：我的父亲，
我全身心在喊：我的上帝！

在我做过的无数的梦中，
我听到她在欢快地说话，
看到她的眼中目光炯炯，
我的脸在暗中容光焕发。

她的神态真像一位公主，
当我携着她的小手出门，

她老是寻找开花的草木，
在路上东张西望找穷人。

她施舍时像在偷窃东西，
她想要躲过人人的眼睛。
啊！她那件小裙袍多美丽，
你们是否还记得那情景？

傍晚，待在我烛光的旁边，
她喋喋不休地小声说话，
此时，在映红的玻璃窗前，
夜蛾纷纷飞来，又扑又打。

天使在她身上发现自己。
她的一声问好令人难忘！
她的眼睛生来神采奕奕，
她的眼神从来不会说谎。

啊！我看着她的青春风姿，
曾经过和穿越我的生命！
她是我曙光初照的孩子！
她是我一生启明的金星！

我们一起在草原上闲走！
我们一起在树林中奔跑！
这正是春暖花开的时候，
月色皎洁，在夜空里映照。

我们后来经山谷里返回，
我们绕过了旧墙的墙角，
这时屋子已经一片漆黑，
望得见孤灯一盏在照耀；

我们回家，心里充满光明，
谈论着天上的辉煌神奇。
我在培植这年轻的心灵，
如同蜜蜂酿制它的蜂蜜。

她回家时高兴，天真烂漫，
温柔的天使，单纯的思想……——
这一切已一去不再复返，
像云烟一般，如清风一样！

1844 年 9 月 4 日于维勒基埃

〔手稿：1846 年 10 月 16 日〕

＊莱奥波特蒂娜 10 岁时，诗中的情节应发生在 1834 年。但诗中描写的场景难于确定确切的地点。这只是慈父对往事的回忆。杜撰的创作日期是莱奥波特蒂娜逝世一周年纪念。

“她脸色苍白，转而又红润……”*

她脸色苍白，转而又红润，
人虽小，却有长长的头发。
“我不敢”，是她经常的口吻，
“我想要”，她从不这么说话。

晚上，她取走我那部《圣经》，
帮妹妹在书里拼读字音，
她像一盏灯，灯光很平静，
照亮妹妹这颗年幼的心。

她们纯洁的眼睛在仔细
阅读我十分仰慕的圣书；
这姐姐在书里学习沉思，
这妹妹在书里学习阅读！

她轻轻俯下可爱的脑袋，
如小姑娘独自不会拼读，
她说话和蔼可亲的神态，
使人以为她是一位祖母！

姐姐说道：“要懂事，要听话！”
可从来不提魔鬼的名字；

两个人在书上指指画画，
指过所罗门[①]，也指过摩西，

指过来自波斯的居鲁士，
指过摩洛克[②]，指过利维坦[③]，
指过耶稣曾穿越的地狱，
还指过撒旦[④]爬行的乐园！

我，我在听……——噢，有多么高兴，
能够看到姐姐带着妹妹，
对难以言喻的姐妹之情，
我无声的眼睛感到沉醉。

平凡的房间里空空荡荡，
我们三个人都靠着墙壁，
我们感到从打开的木窗，
吹进黑夜和树林的气息，

她们在捧读庄严的真经，
在经书里汲取美、善和真，
两颗心的态度热情虔诚，
我，我在沉思，沉思得深深，

我听到在我们周围，仿佛

---

① 所罗门（Salomon）是《圣经》中大卫王的儿子和继承者，以智慧著称。

② 摩洛克（Moloch）是异教神，牛首人身，喜食孩童。

③ 利维坦（Léviathan）是《圣经》中巨大的怪物。

④ 乐园中爬行的撒旦指蛇。

有人在教堂里唱歌赞颂，
我仿佛看到上帝的大书
在两个天使的手下颤动！

1846 年 10 月

〔手稿：1846 年 10 月 12 日〕

* 这是又一首回忆亡女童年时代的诗。姐妹两人读父亲的《圣经》，这本是亲切的家庭生活。诗人出人意料地从平凡的画面引出不平凡的结论。

“谁在操纵着我们？我们又取决于谁？”*

谁在操纵着我们？我们又取决于谁？
啊，你天命之秃鹫，是你在掌握人类？
　　　啊！请说，红红的天空，
无底的灵魂是否依附无数的星星？
天上的每束阳光是条线，无踪无影，
　　　却把人和太阳接通？

我们是否会看到，父辈们所做的梦
返回我们的思想，这里是迷迷蒙蒙？
　　　命运啊，凄厉的攻击！
活人啊，我们是否会是争执的对象？
一方要我们堕落，一方要我们繁昌？
　　　在天上又势均力敌？

从前，深沉的麻葛以为，在九天之顶，
两个可怕的赌徒隐隐约约地显形。
　　　对谁祈求？为谁恐惧？
摩尼斯[①]哆嗦，琐罗亚斯德铁青着脸，
看到两只巨手在漆黑的棋盘上面，

① 摩尼斯（Manes，卒于273年）汲取琐罗亚斯德的教义，创立提倡善恶二元论的摩尼教，成为摩尼教教祖。

把星星拨来又拨去。

噩梦！他们会不会从天上把恶和善
垂在我们头上？斯芬克司，给我答案！
上帝，帮我摆脱忧虑！
这可怕的梦压着我们蒙眬的眼睛，
忧伤的活人！他们幸福啊，突然惊醒，
猛然一下子地死去！

1845 年 9 月 4 日于维勒基埃
〔手稿：1854 年 4 月 25 日〕

* 从创作时间看，尤其从诗的主题看，本诗应属第 6 部《在无穷的边缘》的范畴。雨果认为，只有死者才摆脱人对善恶二元的苦思冥想。诗人写最后两行诗时，无疑会想到莱奥波特蒂娜才是“突然惊醒，猛然一下子地死去！”。此外，杜撰的创作日期是爱女忌辰的两周年。

“春天！曙光！回忆滚滚而来！……”*

春天！曙光！回忆滚滚而来！
阳光和煦，暖人心，添人愁！
——那时候，她可还是个女孩，
她妹妹小得更是个丫头……——

你们可知道有一处山冈？
在蒙里尼翁和圣勒中间[①]，
上有一座“平台”[②]侧身斜躺，
底下是暗林，头上是蓝天。

我们曾在此生活。——进来吧，
我的心，请进迷人的往昔！——
清早，我听见她在我窗下，
正轻轻地玩着她的游戏。

她踩着露水，在跑去跑来，
但轻而又轻，怕把我吵醒；
而我呢，我不把窗子打开，
怕她惊飞，飞得无踪无影。

---

① 当时雨果全家在圣普里度假。蒙里尼翁（Montlignion）和圣勒（Saint-Leu）两处是圣普里的地名。

② “平台”是一座城堡的名字。

弟弟都在笑……——纯洁的黎明!
万物在绿叶摇篮下欢唱,
我的全家和大自然齐鸣,
孩子们和小鸟歌声嘹亮!——

我咳嗽声,他们胆子就大;
她蹑手蹑脚地轻轻上楼,
“我把孩子们都留在楼下。”
她一本正经地对我开口。

不论她的头发梳得好坏,
不论我是忧是喜的心情,
我赞美她。我的仙女可爱,
她是我眼中的一颗明星!

我们一整天都兴高采烈。
谈话多亲切!游戏好开心!
到晚上,因为她是大姐姐,
她对我说道:“请过来,父亲!”

“你给我们讲个故事,快讲!
“我们会把你的椅子端来。”——
我看到,一双一双天堂
的眼睛闪出喜悦的光彩。

于是,我的故事大开杀戒,
天花板的黑影给我启示,

黑影里有我的英雄豪杰，
我编出一则深刻的故事。

孩子们正是大笑的年龄，
这四个大笑不停的脑袋，
看到巨人恶汉愚蠢透顶，
竟被机灵鬼的侏儒打败。

我是阿里奥斯特[①]，是荷马，
一口气便呵成一首长诗；
我在讲故事，他们的妈妈
看着孩子在笑，陷入沉思。

外祖父[②]正躲在一边读书，
不时朝孩子们抬起眼睛，
我呢，我望望黑暗的窗户，
瞥见一角天宇已是黎明！

1846年9月4日于维勒基埃

〔手稿：未注明日期。（大概在1846年12月10日后）〕

*1840年和1842年两年夏天，雨果全家在圣普里的“平台城堡”度假。本诗是对1840年假期的回忆。当年莱奥波特蒂娜16岁，妹妹阿黛尔才10岁。杜撰的创作日期是亡女第三年的忌辰。雨果在《写给女儿的诗》中接连四年，每逢忌辰，都要“作诗”纪念。

---

① 阿里奥斯特（l' Arioste，1474—1533）是意大利文艺复兴时期诗人，著有长诗《疯狂的罗兰》。

② 指雨果的岳父富谢。他当时已退休，鳏居，来看望女儿和外孙辈。

“正当水手在认真计算，在犹豫不定……”*

正当水手在认真计算，在犹豫不定，
他向天上的星座询问他走的航路；
正当牧人的眼中充满奇异的景物，
在树林中间寻找他的归途和星星；
正当天文学家的全身都光彩夺目，

相隔十万八千里，在秤量一颗星球，
我，我却别求于这浩浩纯洁的晴空。
可是，这碧落朦胧，是一个无底深洞！
我们晚上看不清天使在碧空行走，
天使身穿蓝色的裙袍，应微微颤动。

1847 年 4 月

〔手稿：1847 年 4 月 8 日〕

*在《小中见大》诗中，诗人曾携女儿静观星空。如今每次对天仰望，他当然触景生情。水手，牧人，尤其是天文学家，都善于观察星空。可是诗人只是失去爱女的慈父，愿做一个凡夫俗子，面对夜空，一无所见。他的眼中，他的心中，只有女儿。

“生活，说话，头上有天空，空中有云彩……”*

生活，说话，头上有天空，空中有云彩；
捧起圣贤先哲的著作，当然很愉快；
读读维吉尔，读读但丁；又高高兴兴
乘公共马车去游赏心悦目的胜景，
对投宿的小旅舍大笑一阵很轻松；
有女人走过，她的顾盼能使你激动；
自己爱，也被人爱，这幸福国王没有！
听听树林子里的小鸟在舒展歌喉；
早晨醒过来，全家都会来和你拥抱，
有母亲，有姐妹，有闺女，有老也有少！
中午吃午饭，读读报上的新闻短评。
思想里整天转的是希望，工作，爱情；
生活之中烦神的事情一件件来临；
在阴沉的大会上[①]丢下自己的声音；
面对未来的命运，希望实现的计划，
感到自己脆弱又坚强，渺小又伟大；
在群众里是波浪，在风雨中有灵魂；
万物过而不留；既有伤悼，也有振奋；
有时成功，有时后退，斗争总很难苦……——

① 雨果于1846年2月14日在贵族院第一次发表演说。

最后，死亡笼罩下巨大、深沉的静穆！

1846 年 7 月 11 日从公墓返回时作

〔手稿：1846 年 7 月 11 日从圣芒代公墓[①]返回时作〕

＊这是雨果参加朱丽叶的女儿克莱尔（Claire）的葬礼回来后写成的作品。克莱尔是朱丽叶认识雨果前和雕刻家普拉迪耶生的女儿，1846 年 6 月 21 日死于肺病，年仅 20 岁。雨果没有能参加莱奥波特蒂娜的葬礼，却冒着风险，为朱丽叶参加克莱尔的葬礼。本诗是雨果 1846 年生活的一幅自画像。诗人希望通过人生生与死的鲜明对比，使本诗具有更大的普遍意义。

① 圣芒代公墓（cimetière de Saint-Mandé）在巴黎市东郊。

两个骑手在森林里想什么*

深夜里一片漆黑，森林中昏暗幽静。
赫尔曼在我身旁，看来像一个鬼影。
两匹飞马在奔驰。上帝给我们保护！
天上的云层像是一块一块大理石。
星星却和一大群发光的小鸟相似，
　　在密密的枝杈之间飞舞。

我心中无限惆怅。赫尔曼痛苦万状，
他深沉的思想里没有一丁点儿希望。
我心中无限惆怅。安息吧，我的亲人！
在穿越这一片片绿色寂寞的时候，
赫尔曼说："我在想坟墓张开的大口！"
我回答道："我在想坟墓又关上大门！"

他正在朝前观看；我正在向后张望。
两匹奔马正穿过林中空旷的地方；
远方催人祈祷的钟声正随风飘来，
他说："我在想那些受苦受难的人们，
"想一切活着的人。"我呢，我对他承认：
　　"我想念的人都已经不在！"

泉水在叮咚歌唱。泉水为什么叮咚？

橡树在低声咕哝。橡树为什么咕哝？
荆棘丛像老朋友，彼此在耳语轻轻。
赫尔曼对我说道：“活人得不到安歇。
“有的眼睛在哭泣，有的眼睛在守夜。”
我对他说：“唉！有的眼睛已长眠不醒！”

“生活，这就是不幸。死者不会再受苦。”
赫尔曼接着又说：“死者幸福！我羡慕
“他们的青草发芽、树木凋谢的墓冢。
“因为，草木到黑夜，沐浴着柔光阵阵，
“因为，给每座墓中每个死者的灵魂
“以安慰的是灿烂的星空！”

而我对他说：“住口！对于奥秘要尊敬！
“死者在我们脚下，已躺下长眠不醒。
“死者都是往日里爱你的一颗颗心！
“死者是你逝去的天使①！是你的父母！
“不要让死者伤心，不要对他们挖苦。
“他们会在睡梦中听见我们的声音！”

1853年10月

〔手稿：1841年10月11日〕

* 本诗创作于雨果一生中的“日耳曼时期”。他刚漫游莱茵河归来，正整理出版书信体的游记作品《莱茵河》。

① 在写此诗的1841年，雨果唯一“逝去的天使”，是1823年出生三个月即夭折的长子莱奥波尔特。

这可以解释诗中日耳曼民间传说的气氛和色彩。这首诗是在莱奥波特蒂娜逝世前两年写成的，雨果将写作日期挪后12年，才能让这首诗进入“今天”第4部的范畴。诗中的人物名字，黑夜和森林的背景，对生死奥秘的讨论，具有浓重的浪漫主义文学的情调。评论家通常认为，诗中的赫尔曼和“我”都是雨果自己，分别代表雨果思想的一个侧面。“我”代表诗人当时敦厚和温良的一面，赫尔曼代表雨果当时怀疑和刻薄的一面。两人的对话只是诗中内心独白的一种艺术表现形式。

我到了，我见了，我活过了[①] *

我真是活得够了，既然我如此痛苦，
却找不到扶持的手帮我向前行走，
既然我对身边的孩子已笑不出口，
既然连鲜花也已不能再使我欢娱；

既然上帝在春天把自然打扮一新，
我看到这壮美的景象却只有忧愁；
既然我到了只想回避阳光的时候，
唉！我凡事只感到说不出来的伤心；

既然达观的心灵空余破灭的希望；
既然在玫瑰盛开、花香四溢的春季，
啊！女儿啊！我只求能和你一起安息，
我真是活得够了，我的心已经死亡。

我从来没有拒绝我在尘世的任务。
我的来历？请看吧。我的花束？请收下。[②]
我微笑着生活时温和得无以复加，

① 原题用拉丁文 veni，vidi，vixi。这是雨果仿恺撒出征时向元老院报捷的名句“我到了，我见了，我胜了”（veni，vidi，vici），改写而成。

② 1848 年 3 月，雨果在其致选民的信中曾汇报过自己的经历：“我写过 32 本书，有 8 个剧本上演，在贵族院发过 6 次言。”

我巍然屹立，我只屈从神圣的事物。

我鞠躬尽瘁，尽力而为，熬红了眼睛，
我经常看到别人在讪笑我的苦恼。
我受过许多痛苦，我有过不少辛劳，
还是仇恨的对象，真使我感到吃惊。

尘世是一座不能展翅飞翔的牢笼，
我流着血，不呻吟，但总与对手相逢，
我沮丧，疲乏，囚犯还对我冷嘲热讽，
在无穷的锁链上，我也被锁在其中。

现在，我只微微地半张开我的双眼；
即使有人叫唤我，我也懒得再回头；
我变得懵懵懂懂，痛苦得难以忍受，
如同黎明前起身，一通宵都在失眠。

百无聊赖的时候，我宁可无所事事，
也不屑回答那些妒忌、诽谤的小人。
唉！主啊！请你给我打开长夜的大门，
就让我从此离去，就让我从此消失！

1848 年 4 月

〔手稿：1848 年 4 月 11 日〕

* 本诗初题“精疲力竭”。40 年代，雨果先是文学生涯受挫，继而爱女夭折，1843 年从政后，又遭到一连串的失败。1848 年 3 月，雨果参加“制宪会议”竞选，但

预感前景不妙。诗人内外交困，心灰意冷。此诗即是在极度失望和心力交瘁的情况下写成的。评者多以为诗中有《旧约·约伯记》的回响。

“明天天一亮，正当田野上天色微明……”*

明天天一亮，正当田野上天色微明，
我立即动身。你看，我知道你在等我。
我穿越辽阔森林，我翻爬崇山峻岭。
我再不能长久地远远离开你生活。

我将一边走[①]，眼睛盯着自己的思想，
我对外听而不闻，我对外视而不见，
我弯着腰，抄着双手，独自走在异乡，
我忧心忡忡，白昼对我将变成夜间。

我将不看黄昏时金色夕阳的下沉，
也不看远处点点飘下的白帆如画，
只要我一到小村，马上就给你上坟，
放一束冬青翠绿，一束欧石南红花[②]。

1847年9月3日

〔手稿：1847年10月4日〕

---

① 雨果从勒阿佛尔出发去维勒基埃女儿的墓地，要在塞纳河河谷的山坡地区步行35公里。清早上路，大步行走，也要傍晚到达目的地。

② 冬青和欧石南是乡间普通的野花野草。

* 这是雨果在《静观集》中悼念女儿的一首著名小诗。雨果已45岁，不顾长途跋涉之苦，无心欣赏沿途的景色，为不幸夭折的女儿上坟，一颗慈父爱女之心，跃然纸上。本诗杜撰的写作时间是女儿忌辰四周年的前夕。

在维勒基埃*

现在，巴黎的马路和大理石的建筑，
它的浓雾和屋顶，都远离我的眼帘[①]；
现在，我的头上有许多浓荫和大树，
现在，我终于可以想想美丽的蓝天；

现在，我脸色苍白，我苦恼过后已经
　　胜利地摆脱了悲痛，
现在，我感到那大自然的和平宁静
　　又回到了我的心中；

现在，我坐在水浪滔滔的河边墓地[②]，
看到辽阔安静的地平线十分感动，
可以在心中审视各种深刻的真理，
望着草中的花儿一朵朵姹紫嫣红。

现在，我的上帝啊！我虽然出于无奈，
　　但还可以平心静气，
亲眼看到这墓碑，我当然知道她在
　　墓碑深处长眠不起；

---

① 诗人坐在维勒基埃公墓的墓园里，离巴黎约有150公里。

② 墓园望得见塞纳河及其河谷。

现在，平原和谷地，森林和白浪银涛，
望着这一片使我感动的神圣美景，
我看到你的奇迹，看到自身的渺小，
面对广漠的世界，我头脑重又清醒；
我前来找你，主啊！必须信任的父亲，
　　　和平重返我的胸怀，
我把赞颂你光荣、被你砸碎的破心，
　　　完完整整给你带来；

我前来找你，主啊！我承认你很崇高，
啊！英明的上帝啊！你温和，宽大，仁爱，
我承认你做的事只有你自己知道，
而人仅仅是一茎芦苇，在随风摇摆；

我认为，对死者说关上大门的坟墓，
　　　却掌握通天的钥匙；
而我们在尘世间以为这已经结束，
　　　其实才刚刚是开始；

我同意，跪下承认你是威严的天父，
独自在执掌无限，洞察绝对和现实；
我同意，心中应该流血，我口服心服，
我心服口服，因为这是上帝的意志！

我不会再想不通因为有你的决断
　　　而发生的一切事物。
灵魂要历经哀伤，而人要历经边岸，

才飘向永恒的国土。

我们仅仅看得见事物的一个侧面；
另一面却消失在神秘的长夜深底。
人不知道为什么自己被套着锁链。
人所见到的一切：无谓的一点一滴。

你总是安排孤独返回凡人的脚边，
不论何地何时何刻。
你不愿意让凡人活在这世界上面，
获得确信，获得欢乐！

人一旦获得幸福，命运就把它夺走。
不给他任何东西，他那短促的生命
不让他建立一个安定的居所，能够
说声：这是我的家，我的田，我的爱情！

人对所见的事物无法仔细地打量，
人要衰老，无凭无依。
既然事情是这样，那就应该是这样；
这我同意，这我同意！

世界是多么凄惨！和谐永远是如此，
上帝，这里面既有歌声，但也要哭声；
在无穷的黑夜里，人只是一颗原子，
恶人在夜里沉沦，善人在夜里上升。

我知道，除了怜悯我们每个人以外，

你有别的事情要想，
有一个孩子死去，母亲是多么悲哀，
可是不关你的痛痒！

我知道，有风一吹，果子就落地纷纷；
鸟儿会掉下羽毛，花儿会失去芳香；
造化其实是一个其大无比的车轮，
轮子要前进，总得有人被轧死遭殃；

年年，月月，大海的波浪，哭泣的眼睛，
都在蓝天之下烟消；
孩子们应该死去，而小草需要发青；
我的上帝啊！我知道！

在你的苍穹，在比云雾更高的天际，
在无始无终、静止不动的晴空碧霄，
也许，你正在制造人所不知的东西，
而人世间的痛苦是你制造的原料。

不测的事件要把可爱的人儿带走，
像旋风般来势汹汹，
对你无穷的主意，对你无尽的念头，
也许是非常的有用。

有一些不容变更、铁面无私的法则，
冥冥中在支配着我们莫测的命运。
上帝，你从从容容，就不能一时一刻
有一点恻隐之心，变动世界的均匀！

上帝啊！我恳求你，请注视我的灵魂，
　　　并且要仔细地看清：
我谦卑得像孩子，我温和得像女人，
　　　我对你十分的崇敬！

我还要请你看到：我自从曙光升起，
就在劳动和奔波，拼搏、战斗和思考，
我借助你的光辉去阐明各种道理，
谁对大自然无知，我就去加以开导；

要看到：我的责任在尘世都已尽到，
　　　不怕仇恨，不怕翻脸，
我不能指望竟会得到这样的酬报，
　　　我更没有可能预见，

连你也竟然伸出扬扬得意的拳头，
沉重地打在我这屈服顺从的头上，
你这样快地就把我生的孩子夺走，
而你明明也看到我生活很不欢畅！

心上被狠狠一击，就会有怨言出口，
　　　我对神明也会冒犯，
我像生气的孩子向大海投掷石头[①]，
　　　向你喊出我的悲叹！

---

① 孩子在海边用沙子造屋游戏，一旦被海水冲垮，会生气地向海中扔石块，发泄自己的不满。

要看到，人痛苦时，上帝啊！就会怀疑，
而眼睛哭得太久，最后就变成瞎子，
伤心的事情使人堕入绝望的井底，
他再也看不见你，就不能对你沉思，

最后请看到：当人痛断肝肠的时候，
　　那此人不可能再会
让光灿灿的星空，仍然在自己心头
　　放射出清澈的光辉！

我曾像做母亲的那样软弱，可如今，
面对开阔的天穹，我在你脚边依偎。
因为我对造化的看法现在已更新，
我在哀伤中感到身上又有了光辉。

主啊，我现在承认：除非是疯病大发，
　　凡人才敢叽叽咕咕；
我不再怨天尤人，我不再诅咒责骂，
　　可是，你得让我痛哭！

唉！请让我的眼泪从眼中长流不止，
既然你创造凡人，就为了这么一点！
请让我俯身抚摸这块冰冷的墓石，
对我孩子说：你可感到我在你身边？

请让我和她谈谈，脚下是她的遗骸，
　　到了晚上，更深夜静，

仿佛黑夜里，天使会把她眼睛睁开，
　　这天使在仔细倾听！

唉！我羡慕的目光回顾逝去的往昔，
我生命中那一时一刻已去而不回，
我望着她张开了翅膀，并飞向天际，
我已经在人世间无法再找到安慰！

我会永远地记住这时刻，直到我死，
　　白流的泪啊！那时刻，
我喊道：刚才还是属于我的这孩子，
　　怎么！从此就算死了！

我这副狼狈样子，请你千万别恼火，
上帝啊！这伤口里血总是流淌不住，
我总是焦虑不安，我总是失魂落魄，
我的心只好顺从，但心里总是不服。

我请你不要恼火，哭哭啼啼是凡人，
　　丧事接二连三而来！
我们不那么容易能让我们的精神，
　　摆脱这巨大的悲哀。

你看，我们的子女对我们非常重要，
主啊，我们的命运，在每一天的早晨，
给了我们这么多痛苦，这么多烦恼，
还有这么多无知，还有这么多贫困，

我们看到出现个孩子，她高高兴兴，
　　小家伙可爱又神圣，
这样美，大家以为，孩子一走进大厅，
　　看到天上打开大门；

我们都看着这个宝贝十六年以来[①]，
是多么聪明伶俐，是多么讨人喜欢，
当我们承认，这个大家疼爱的小孩，
在我们心里、家里像阳光一般温暖，

我们在尘世梦寐以求的事物之中，
　　孩子是唯一的乐趣，
要知道，这件事情多么伤心和悲痛：
　　看到她匆匆地离去！

1847 年 9 月 4 日于维勒基埃

〔手稿：1844 年 9 月 4 日；1846 年 10 月 24 日〕

＊这是第 4 部《写给女儿的诗》中最重要的一首诗。长诗并非一气呵成。手稿本身就有两个日期：1846 年 10 月 24 日是完稿的时间，但大部分诗句是 1844 年 9 月 4 日在维勒基埃的墓园里写成的。雨果本来有一周年忌辰时写完此诗的考虑。所以，《在维勒基埃》最初曾题为《一年后》。女儿莱奥波特蒂娜对诗人感情生活的影响，事实上超过童年时代的母亲，中年时代的妻子，和终身的伴侣朱丽叶·德鲁埃。这首诗采用向上帝倾吐衷肠的形式，表示自己心情

① 莱奥波特蒂娜生于 1824 年，逝世时已 19 岁，诗中有意保留她的孩子形象。

已经“平静”，但诗中反映出来的“平静”是表面的，创伤是深刻而持久的。《写给女儿的诗》总体上给人的印象是：诗人经历了从惊诧、反抗到平静、认命的过程。可是现实生活并非如此，可以说，反抗和认命这两种对立的感情或交替出现，或同时存在。诗中采用两种诗节形式，是法语“悲歌体”最常见的两种诗节组成方式。

死神 *

我看见在她自己田里收割的死神[①]。
这架黑色的骷髅身后留下了黄昏，
她大步前走，一边收割，一边收获。
阴影中仿佛一切在发抖，在往后躲，
人的目光注视着长柄镰刀的闪光。
胜利者在凯旋门门洞下倒地死亡：
死神能把巴比伦王国改变成沙漠，
把王座变成绞架，把绞架变成王座，
把儿童化作小鸟，把黄金化作垃圾，
玫瑰成粪土，母亲哭得泪水成小溪。
妇女们喊道：快把小家伙还给我们。
既要他死，又何必叫他来投胎做人？
人间不问富和贫，同一声呜咽悲哀；
病榻上伸出的手一只只骨瘦如柴；
一阵冷风在无数尸布里簌簌作响；
阴森的长柄镰刀使人民疯了一样，
吓得像是黑暗中狂奔乱逃的牲畜；
死神的脚边只有哀悼、黑夜和恐怖。
死神的身后，却有微笑的天使一位，

① 基督教文化里的死神形象，是一架高大的黑色骷髅，手持一把长柄的镰刀。

手捧着一束灵魂，满脸柔和的光辉。

1854 年 3 月

〔手稿：1854 年 3 月 14 日〕

* 女儿去世十年有余，死神的形象仍在父亲的头脑里萦回。但是，诗人意识到，死是世界、人生不可避免的规律，心中有所释然，并寄希望于灵魂的永生。

夏尔·瓦克里*

再不要有人说起：伤心啊！这年轻人
是用自己的双手把那口阴阴森森
　　的可怕棺材为自己开启，
唉！也不要再说起：他的金色的酒杯，
酒杯盛得满满的是他的年华高贵，
　　却是被他自己倾翻在地，

不要说起：他母亲发疯的脸色骤变，
看到这儿子会被抬回到自家门前，
　　却裹着断肠伤心的尸布，
这儿子好端端地如同新生的太阳，
经过死神的抚摩，现在却灰白、冰凉，
　　马上要送进黑暗的坟墓；

再不要有人说起：他如此这般死去，
他心地善良，为了爱情竟不加考虑，
　　把青春献给了我的白鸽，
不要说起：他追随她去地下的阴间，
而父亲却没有能跪拜在这座坟前，
　　再和女儿叙叙悲欢离合！

面对如此的品格，面对如此的爱情，

再不要有人说起：纵然有无数不幸，
　　我却一言不发，沉默不语！
再不要说我没有在他灵前点香烛，
再不要说我没有为他黑黑的坟墓，
　　献上几句悼念他的诗句！

他已经无法救她，就愿意同归于尽。
在你的年龄，何愁没有希望和欢欣，
　　祝福你，你年轻俊俏，
你本可以留下来，活下去，享受青春，
你的眼前有二十青春年华的晓雯，
　　有黎明的曙光向你微笑，

你不要青春年华，你不要欢乐享受，
你不要更新爱情，你不要遗忘温柔，
　　从此可以无忧无虑，
你不要生活刚刚开始的锦绣前程，
你不要阳光，生命，你只要波浪翻腾，
　　去紧紧抱住必死的身躯！

啊！这可爱的人儿在临终之前看到，
她能够被你忠贞不贰的绝望拥抱，
　　这一份欢乐有多么伤心！
我可怜的闺女在险恶无情的水中，
会在惊骇的一刻，恐慌中露出笑容，
　　因为感到你在向她靠近！

两个人的灵魂在滔滔波浪中交谈。

——她问道：你在干吗？——而他说：你会遇难；
　　那我也应该，也应该死亡！——
手和手搂在一起，这对夫妻多可爱，
双双颤抖抖共赴阴曹地府；而现在，
　　听得见江河在哭泣哀伤。

你年轻，好丈夫，爱妻子，竟愿意死亡，
祝愿黎明在你的长夜里永放光芒，
　　你如此高尚，你如此可爱！
祝愿你永受祝福，请在墓石下长眠！
我的好儿子，请你睡在我女儿身边！
　　祝愿上帝永远与你同在！

祝福你，祝愿和风和树林中的小鸟，
这些神秘的行人，都以甜蜜的声调，
　　和你在你的冥府里交谈！
祝愿清泉的滴滴眼泪能为你哭泣！
祝愿清香的旋花能钻入你的墓里，
　　仿佛黑夜里来和你做伴！

啊！牺牲自我，陪着出走的天使出走，
追随心中之所爱，不惧死亡之大口，
　　跨进了坟墓的大门，
献出自己的生命，鲜血和一切梦想！……——
耶稣流着泪亲吻这些神圣的榜样，
　　他的伤口就是他的嘴唇。

这些英雄在地下，在天上，都是俊杰，

他们都容光焕发，都在轻轻地流血，
　　宝贝，你堪称他们的师表；
凝神注视的精灵腾飞时叱咤风云，
不如心胸慷慨的威力如雷霆万钧；
　　天使飞翔得比雄鹰更高。

安息吧！——我痛苦而凄惨的儿女一对！
让贞洁的婚姻在墓中安睡！请安睡！
　　一边听惊涛拍岸的波浪，
人在受苦，远方的风吹来，一阵一阵，
风在命运的中途驱赶忧伤的活人，
　　让水手漂泊在大海之上！

也可以，反正死亡并非是沉睡不醒，
你们双双地飞入通红通红的幽境，
　　飞进无底的欢乐的深渊，
那儿将死的好人仿佛初升的太阳，
那儿苍白的亡女好像百合花一样，
　　天使全身发亮，令人目眩！

飞吧，我的比翼鸟！双双远走而高飞，
远离我们的寒夜，远离不幸和可悲，
　　你们振翅高翔，飞上九天！
远远飞出这尘世不见阳光的寒冬，
飞向光辉灿烂的永恒的晴霄碧空，
　　人的灵魂成为一只春燕！

可爱的人儿不见，啊，已经永远出走，

走向葱绿的山坡，长发披肩的小丘，
　　轻轻诉说情话，相依相偎！
待到欢歌、鸟语和丁香的季节来到，
你们再也不会去，唉！播撒声声微笑，
　　你们再不会去采摘玫瑰！

啊，已经永远出走，愉快地走在田间，
随处漫步，仿佛是你们想避而不见
　　茫茫地平线的云天雄壮，
寻找幽暗的洞窟，寻找幽深的树林，
只有颤抖的日光照进这一片浓荫，
　　给草地刻印上点点阳光！

维勒基埃，科德贝克[①]，绿茸茸的河谷，
我们今后将再也听不见你们欢呼：
　　“风儿好，塞纳河风景如画！”
这些可爱的地方给人多少的烦恼！
“是他！”大胆的海鸥再不会如此说道；
　　鲜花再不会这么喊：“是她！”

上帝关上了生命，上帝重开了理想，
又让你们新婚的喜床永远地飘荡
　　在壁柱灿烂的空中大殿；
你们土地被夺去，痛苦也就被取走；
微笑的天父补偿开满鲜花的田畴，
　　给你们撒满星星的云天！

① 科德贝克（Caudebec），塞纳河畔小镇。

你们应该去加入精英贤杰的队伍。
这杯酒，你们没有，唉！碰过杯中之物，
　　将会由我们捧起来饮啜。
当我们声声抽泣，当我们满脸热泪，
你们两人很幸福，你们为自己沉醉，
　　请在天国的辉煌里生活！

啊！生活吧！相爱吧！享受无穷的幸福，
只有祝福的天使，头顶神圣的天幕，
　　只有沉思的天使才知道：
被上帝突然变成星星的两颗灵魂，
从此在天上结成永生永世的亲吻，
　　心醉又神迷，和蓝天拥抱！

1852 年 9 月 4 日于泽西岛

〔手稿未注明日期〕

*1843 年 9 月 4 日，莱奥波特蒂娜和夏尔·瓦克里在维勒基埃的塞纳河里遇风浪翻船。水性很好的年轻丈夫跳水抢救年轻的妻子，因抢救无望，和妻子共沉河底。两人的尸体被捞起时，紧紧抱在一起。《写给女儿的诗》的最后一首诗悼念这位救妻自溺的女婿，并以女儿女婿在天国里“永生永世的亲吻”结束，除纪念意义外，也和第 4 部第一首诗中的“纯洁”和“德行”两大品质相呼应，而诗末灵魂不死的主题将在第 5 和第 6 两部中在更高和更广的层面上展开。杜撰的创作日期是雨果到达泽西岛后第一个女儿的忌辰。据研究，本诗写成于 1854 年 10 月间。

第 5 部　征途漫漫

写在 1846 年 *

“……先生，我在可尊敬的令堂家里看到你时，你还是孩子，我想，我们还多少带点亲。我曾为你早期的颂歌《旺代[①]》《路易十七[②]》，还拍手叫好……从 1827 年起，在你题作“铜柱颂”[③]的颂诗中，你背离神圣的学说，弃绝正统；自由派的乱党对你的变节行为拍手称快。我为之感到痛苦……今天，先生，你干脆煽动群众，完全是雅各宾党的一套。你有关加利西亚[④]问题的无政府主义演说，应该拿到国民公会[⑤]的集市舞台上去作，而不应该在贵族院的讲坛上作。你是在跳卡马尼奥拉舞……我对你说，你在堕落。那你的抱负是什么呢？从你美好的拥护君主政体的青少年时代起，你做了哪些事情？你在向何处去？……”

(C.d'E 侯爵：[⑥]《致维克多 · 雨果信》，1846 年于巴黎)

---

① 旺代 (Vendée) 是法国西部古行省。1793 年，贵族煽动农民，发动反对法国大革命的叛乱。

② 路易十七 (1785—1795) 是路易十六的次子。路易十六于 1793 年初被处死后，关在狱中的次子被逃亡贵族宣布为路易十七，不久瘐死狱中。

③ 《铜柱颂》借歌颂旺多姆铜柱歌颂拿破仑的光荣。

④ 加利西亚 (Galicie) 是波兰地区名，19 世纪波兰各地展开反对俄国统治的解放运动。

⑤ 国民公会于 1792 年建立，是法国大革命时期的政权机关。

⑥ 这缩写可推测是柯里奥利斯 · 代斯比努兹 (Coriolis d' Espinouse) 侯爵，保王党作家。但这位侯爵已于 1841 年去世。可以认为，雨果的引文是杜撰的。

1

侯爵，我清楚记得，你常来母亲家中。
有时候，你还要我把语法规则背诵；
你总送给我一点好吃的糖果食品；
既然大家是侯爵，我们也就是表亲。
我还是一个孩子，你已是白发老年；
你把我抱在膝上，在两首颂诗中间，
为了对科布伦茨[①]和国王表示敬意，
你会讲一个故事，讲狼和人民受气，
也讲雅各宾党人和妖魔，一点不假，
你的糖果和故事，我一起胡乱吞下，
你当时是保王党，我当时还是小孩，
我听这种故事的胃口可大得厉害。

我是听话的孩子，从小就规矩诚实。
我轻信简单，我充满幻想，总而言之，
我正直率真，我的双眼仰望着理想，
爱沉思，结结巴巴念我最初的诗行，
你觉得诗中自有回味的地方，侯爵，
你从小跟在美惠三女神[②]身边勤学；
可你说："不错！很好！一代名家的新苗！"
多么神圣的回忆！我母亲喜上眉梢。

---

① 科布伦茨（Coblentz）是德国西南部城市。被法国大革命赶出来的贵族曾麇集于此，图谋复辟。

② 侯爵在美惠三女神身边学艺，说明他是18世纪的古典派作家。

我至今记忆犹新，母亲当时多激动，
对你说：“你好。”黎明！阳春！欢乐何匆匆！
这微笑又在何方？这声音又在哪里？
仿佛林中的树叶，你们都已经远离，
母亲的吻啊！今天，我这忧伤的额头，
这额头依旧，低头沉思，罩上了哀愁，
如今没有了亲吻，如今却多了皱纹！

你才气横溢，侯爵。纵然命运有浮沉，
世事沧桑，可你的心灵仍不改初衷；
你曾经是玛丽·安托瓦内特[①]的随从，
你在流亡国外时，这时世变幻无常，
你把命运的甜酸苦辣都已经饱尝。
你对卢梭很仇视，但你喜欢伏尔泰。

皮戈·勒勃伦[②]适合你对朴素的偏爱，
不过，狄德罗应该示众，此人太可恨。
你非常讨厌，不错，那位杜拜里夫人[③]，
可同时你对代斯特莱[④]却敬若神明。
赛维涅侯爵夫人[⑤]丝毫不感到吃惊，

---

① 玛丽·安托瓦内特（Marie-Antoinette，1755—1793）是奥地利人，路易十六的王后，法国大革命时在断头台上被处死。

② 皮戈·勒勃伦（Pigault-Lebrun，1753—1835）和这位侯爵一样，也是滑稽歌舞剧作家。所以，这句诗是反话。

③ 杜拜里夫人（madame Dubarry，1743—1793）是路易十五的宠妃，出身平民。

④ 代斯特莱（Gabrielle d'Estrées，1573—1599）是亨利四世的宠妃，出身名门。

⑤ 赛维涅侯爵夫人（marquise de Sévigné，1626—1696）是法国书信作家。她曾在书信中提及1675年吊死农民一事，态度冷漠，但她未必亲眼目睹。

这才女耽于幻想，可以眼望着农民
被善良的肖恩公爵[1]吊死而不动心，
挂在路边的树上，披着枯黄的树叶，
月光下变成灰白，有风时迎风摇曳，
你对乡巴佬被人用暴力杀害死亡，
而穷苦人被劳役压垮不放在心上。
在殷勤的纵火犯一七八九年之前，
你只是普通贵族，你出身还差一点；
你细嫩的颈子里粉擦得又白又浓；
在人民身上行走，你脚步又轻——又重。

尽管旧时的流弊没有事对你不起，
你年纪轻轻，已经和全体贵族聚集，
蒙莫朗西[2]、舒瓦泽[3]，诺阿伊[4]，都是英豪，
你们和王朝有过情人之间的争吵；
如贝蕾妮丝和提圣斯[5]，翻脸又缠绵。
你那时喜欢的是革命最初的童年；
你紧跟塔莱朗的身后，你亦步亦趋；
你当时认为对此妖魔[6]不必要过虑，
你还托着洗礼盆，成为妖魔的教父。
“我喜欢你！”你甚至对这新生儿欢呼。

---

① 肖恩公爵（duc de Chaulnes）曾指挥镇压 1675 年布列塔尼的一次农民起义。

② 蒙莫朗西（Montmorency，1767—1826）公爵是三级会议代表，后任路易十八政府的部长。

③ 舒瓦泽（Choiseul，1760—1838）公爵曾为路易十六出逃提供方便，最后自己也流亡国外。

④ 诺阿伊（Noailles，1756—1804）子爵也是三级会议代表，曾提出废除特权。

⑤ 贝蕾妮丝和提圣斯是拉辛的古典悲剧《贝蕾妮丝》中的男女主人公。

⑥ 这一节的“妖魔”以及“海怪”之类，都是指法国大革命。

"神圣联盟"[①]，"投石党"[②]，救急款，拒付凭证[③]，
说清这到底怎么回事，你也不可能；
拉法耶特[④]给海怪准备好婴儿衣柜。
这时你拍手鼓掌，这时你感到欣慰。
以后，当火炬点燃，你马上感到害怕。
你看到了米拉波[⑤]这猛虎雄姿英发。
晚上，炉火正红时，你会对我们畅叙：
巴黎从自己胸头拔除了巴士底狱，
圣安东市郊穿着木拖鞋西跑东奔，
我们伟大的人民如同墓里的鬼魂，
胆战心惊地摆脱自古以来的羞耻，
每逢六月二十[⑥]，八月十日[⑦]，十月六日[⑧]，
你会给我们朗诵布弗莱尔[⑨]的小令，
他脸带微笑，挥写当年的电闪雷鸣。

因为，你们这些人首先不认识波涛，

---

① "神圣联盟"是16世纪法国天主教的组织，旨在反对新教，推翻国王亨利三世。

② "投石党"（Fronde）是17世纪中叶时，路易十四尚未成年，社会上反对王权的政治运动。

③ 法国大革命前，宫廷财政困难，常年向民间举债。

④ 拉法耶特（Lafayette，1758—1834）是法国政治家，曾参加美国独立战争。法国大革命期间，他持开明的保王派观点。

⑤ 米拉波（Mirabeau，1749—1791）是1789年法国大革命初期的英雄人物，后被国王收买。雨果对米拉波很赞赏。

⑥ 1792年6月20日，巴黎人民冲进国王所在的杜伊勒里宫。

⑦ 1792年8月10日，国民议会废黜国王。

⑧ 1789年10月6日，国王被迫离开凡尔赛宫。

⑨ 布弗莱尔（Boufflers）曾是三级会议代表，善于写些小巧的情诗之类，1792年出逃流亡。

你们也不懂黑夜，法兰西，却又在笑；
你们将一切视为无伤大雅的游戏；
你们看到哀怨的大群！咆哮的世纪，
看到惊恐的人们，以为是乌合之众；
轻轻松松，请人群，请饥饿，还请骚动，
猜猜贵族沙龙的谜语，就大功告成；
而当黑黑的天上刮起了浩荡北风，
而当大革命威风凛凛地猛然出现，
大革命蹲在不可估量的奥秘门前，
你们没看见利爪，狂怒发亮的眼睛，
而其古怪的脸容黑夜里没有辨清，
正准备嘲笑荒唐无知，你们在怀疑，
竟然要和魁伟的斯芬克司玩哑谜。

你说道："多么不幸！心怀不满的无赖
"做事情一点不讲分寸，竟发作起来。
"也许，妥协一下就可以把一切了结。
"就不能既有自由，而国王仍是老爷？
"人民只有保留下王座，才算是高尚。"
接下来你们悲伤消沉，私下里在讲：
"智囊能人都未能挽救祖上的社稷。
"都完了；这些圣主，这座宏伟的巴黎，
"马利[①]和蒙泰斯庞[②]，圣西尔[③]和曼特农[④]！"
你们哭泣。——老天哪！岂能让他们成功，

① 马利（Marly），路易十四在此建有精美的城堡，大革命时被毁。
② 蒙泰斯庞（Montespan，1640—1707）侯爵夫人是路易十四的妃子。
③ 圣西尔（Saint-Cyr）有路易十四和曼特农侯爵夫人创建的女子学校。
④ 曼特农（Maintenon，1635—1719）夫人是路易十四事实上的王后。

这些人伤天害理，穷凶极恶，只喜欢
我们受害的法律，我们脸红的弊端，
旧制度，旧风俗，君权神授，国运盛昌，
想把王权的鞋子去给大革命穿上？
雄狮的爪子捅破这只无用的拖鞋！

2

以后，你就再没有见到我；大风猛烈，
吹刮你我的命运，岁月，心胸和头脑，
刮得在阴沉沉的地平线东摇西飘；
每个人从各自的黑夜里走向光明。
第二颗灵魂嫁接上了第一颗心灵；
总之，同一枝植物，但花朵已经不同。
我经历种种战斗，种种耕耘和苦痛，
遇见伪善的朋友，友谊中包藏祸心；
我失去几多亲人；我写出几多作品；
我不必向你隐瞒，我已经把你忘却，
突然间，我在家中听到脚步声，侯爵，
是你在走，我听到声音，是你在招呼，
你说我叛徒，我还以为自己是使徒！
不错，这的确是你；可你怕得要发疯，
你这老弗龙萨克[①]受“恐怖”时期折腾，
对海怪大发议论，被海怪一口吞下。
年龄在你我之间仍然留下了时差，

① 弗龙萨克（Fronsac，1696—1788）公爵是法兰西元帅，富有才气，为人轻浮，是18世纪贵族的典型代表。

结果在老人面前，成年人还是小孩，
再说，你看我总是隔着一厚层云霾，
两眼茫然，气得满脸通红，大声喊道：
“呀！呀！他变了！怎么会有这么个强盗？”
你大发雷霆，不用手指，而是用掌心，
指着我家的祖宗，要我回忆我母亲。
——九泉下的母亲啊！我吻你冰冷的脚！——
你惊呼：“奇耻大辱！活现眼！逆子不孝！
“这世纪该死！无人再愿意保持沉默！”
又问我如何如何，又问我前因后果，
列举一件件往事，提到一个个死者：
罗伯斯庇尔，马拉，夏雷特[①]，朗贝斯克[②]，
你对我用的语气毫无文明的口吻：
“这浑蛋是自由党！畜生，雅各宾党人！
“他的嗓子在街头唱歌已嘶哑变坏。
“你为何东张西望？眼睛总望着墙外？
“你去哪里？你从何而来？谁教你放肆？
“没见你以后，干了何事？”

我成年独立。

怎么！就因为我出生时有这群人物，
他们只看到地狱，戈摩尔和索多玛，
不见古老的信仰，不见往昔的时尚；
怎么！因为我母亲曾在旺代这地方，

① 夏雷特（Charette，1763—1796）是旺代暴动中的叛乱头子。

② 朗贝斯克（Lambesc，1751—1825）于1789年7月12日率兵镇压在巴黎街头聚集的人群。

一天之内救出了一打教士的性命；
因为我这孩子刚摆脱先人的阴影，
我首先只会掌握他们教我的内容，
因为小鸟在过去如同被关在笼中，
我不得不在笼里长出全身的羽毛，
然后再飞进树林，然后再飞上树梢；
因为我曾经哀哭，——谁知道，我仍哭泣，——
哀哭这个小家伙，名字叫路易十七；
因为少年时代的心灵被带错方向，
我对法兰西陌生，熟悉旺代的家乡；
因为歌颂过布列塔尼的壮烈，歌颂
朱安[1]和斯托弗莱[2]，不唱马尔索，丹东，
因为伟大的农民使我看不见伟人，
我开始没有学好本世纪这门学问，
因为我在保王派歌声中牙牙学语，
我就应该一辈子生活得像头蠢驴？
我应该向本世纪喊：后退！对思想说：不！
对真理讲：给我滚，你这下流的淫妇！
树木对我就应该只供洒圣水之用？
大自然是巨大的旋风，在自然之中，
我就应该在胸前斜披“无知”的绶带，
遭到洛里盖[3]幽禁，再被拉阿尔普[4]阻碍？
就应该视而不见，存在而没有生命？

---

① 朱安（Chouan）是旺代暴动头子的绰号。雨果早年在《颂歌集》中把他视作英雄。

② 斯托弗莱（Stofflet，1751—1796）是旺代叛乱时的又一个头目。

③ 洛里盖（Loriguet，1767—1845）是耶稣会会士，著有《法国史》。

④ 拉阿尔普（Laharpe，1739—1803）是古典派评论家，著有《文学教程》。

当夜晚降临，天幕应永远没有星星，
而是为我用朵朵百合花修饰美容？

3

因为，国王甚至在上帝的教堂——天空
里遮住他。

4

　　　　听我说。我已思考和成熟。
流泪的生活帮我轻轻改正了错误。
你双手握住我的摇篮，把我的头脑，
把我的思想放在你的梦想里浸泡。
唉！我是车轮，你是车轴，都取决于你。
有关神圣的真理，有关正义和上帝，
及理智给我们的洞察事物的光亮，
由于你，你的同道，——我对你可以原谅，
侯爵，——我完完全全被你放错了位置。
我曲着突出在外，我自己重新站直。
思想是生活中的权利，严峻而深沉。
上帝拉着人这个孩子的手，请我们
走进上帝为一切生物，又不声不响，
在田野深处，树林之中，开设的课堂。
我在水边和草地沉思，我想得清楚，
我稚嫩的颂歌里最初出现的愤怒，
前进时自自然然留在了我的身后。
大自然才是我的欢乐，也使我颤抖；

不错，在你使我的诗琴走调的同时，
侯爵，我溜了出去，我的学习已开始，
我读这一本象形文字的大书：宇宙。
不错，我会去翻阅书页打开的田畴；
我很小很小，试着拼读好这部《圣经》，
书里有惊喜交加，欣喜和胆战心惊；
这本书在蓝天、在大海、在小路纵横，
这本书用鲜花、用清风、用星星写成；
造化手中握着书，具有石像的眼神，
这神奇的诗篇里，闪电使黑夜深沉，
诗里茫茫的海洋描绘出无际无边。
在慈祥的大橡树怀抱里，或在田间，
我更强壮，我也更温柔，我也更自由；
我和这世界和睦相处，也无虑无忧；
我颤抖，苍白，着迷，我努力想要知道：
面对说“好”的星星，黑夜是否说“不好”；
我还努力想领会：千变万化形与数，
在我眼前写下的妙句有什么意图；
我触目所见：生命，爱情，自由和天地，
于是我说：——王权是错误；文章是上帝。——

大自然是一出戏，饰演人物有优伶：
我在自然里；仿佛要旁证，我在倾听
小鸟，百合花，潺潺流水，降下的夜幕。
我接下来关心人，这是又一种字母。

在我面前出现了罪恶，它强大，结实，
开心，得意；我渴望一件事：为人正直；

如同有人愤怒地逮住在路上进行
偷窃的乞丐，我也揪住人心的衣领，
我还发问：为什么有敌意，仇恨，眼红？
于是，我把生活的口袋都掏得空空。
我发现里面只有伤心、贫困和烦恼。
我听到狼说："它害了我！"一边吃羊羔。
真理才道高一尺，谬误却魔高一丈；
大大小小的石头投向各种的思想。
我看到黑夜威风，唉！镣铐套住手足，
有基督，苏格拉底，杨·胡斯[①]和哥伦布[②]；
偏见如荆棘，必须独自去砍伐荆棘，
我们才能向前进：砍刀还没有落地，
人们群起而攻之，把你撕咬得粉碎。
啊！使徒多么不幸！啊！贤达多么倒霉！
有人费尽了心机，历史不让我知晓；
我读书；我把黎明去和黑夜相比较，
我还比较九三年和圣巴托罗缪节；
因为在九三年间，你们都悲悲切切，
此事必然要发生，以后再无此情状，
一七九三年，这是血光掺和着曙光。
革命为一切报仇，革命是天翻地覆，
造成短暂的痛苦，带来永久的财富。
恐怖统治历经了一个又一个朝代，
一场场革命正是恐怖的一种形态。
当苦难已经达到令人伤心的规模；

① 杨·胡斯（Jean Huss，1369—1415）是捷克宗教改革家，被罗马教廷以火刑活活烧死。

② 哥伦布第三次航行归来，作为囚犯被押回西班牙。

当主子们长期借没落的罗马帝国
和黑暗的中世纪压榨哭泣的人民，
从南到北是无休无止的剥皮抽筋；
当历史已经成了一堆黑黑的坟茔，
克雷锡[①]，罗斯巴赫[②]，被乌鸦啄咬不停；
当恶人踩在穷人身上，并得意扬扬，
而穷人在马槽旁和牲口有福同享；
当巴别塔的两端分别是路易十一[③]
和特里斯唐[④]，路易十五[⑤]和勒贝尔[⑥]；
当后宫成为亲王，断头台成为大臣；
当生灵都在抽泣，当月光阴阴森森，
看到人只是草芥，长期以来都倒伏，
看到堆满绞架的是遍地累累白骨；
当耶稣总在侧耳倾听的夜里流血，
一滴滴白流，已有一千八百年岁月；
当无知甚至已使未来也瞎了眼珠；
当希望已经没有东西可以把握住，
如今已干脆成为人身体上的躯干；
当酷刑每时每刻在各处各地泛滥，
当战争处处都有，当仇恨处处存在，
于是有一天，猛然之间，起来，站起来！
悲惨的影子提出种种要求和抗议，

① 克雷锡（Crécy）是法国国王菲力浦六世兵败的地方。

② 罗斯巴赫（Rosbach）是路易十五兵败的地方。

③ 路易十一（Louis XI，1423—1483），法国国王，以残暴闻名，好用酷刑。

④ 特里斯唐（Tristan）是路易十一的亲信和警察头子。

⑤ 路易十五（Louis XV，1710—1774），法国国王，以好色闻名，其宠妃多艳名。

⑥ 勒贝尔（Lebel）是路易十五的贴身男仆，负责为国王物色情妇。

巨人一般的痛苦，这幽灵其大无比，
都从深渊里出来；高山上传来声音；
一个个社会集团在互相碰撞频频；
令贱民惊骇的刑场一下子涌现；
我们听到响起了皮鞭，镣铐和刀剑，
声嘶力竭的嗥叫，呜咽，饥饿和屠杀，
过去的一切声响这一下全都爆发！
上帝对人民说：去！激动不已的警钟
被平凡而阴森的绳子拉得直咕哝，
钟塔响彻罗浮宫，而钟楼响彻教堂；
路德①先砸烂教皇，米拉波砸烂国王！
这都是规律。这样，旧世界一一倾倒。
远处，沉闷的波涛滚滚。噢！终会来到！
阵阵的喧闹声中，但见哀伤和尸体，
浪花翻腾，高山的顶峰变成了礁石，
历朝和历代推着绝望的革命前跑，
一场场的革命是奇形怪状的海潮，
这全人类流出的眼泪汇成的海洋。

5

制造深渊的不是别人，恰恰是国王；
可是，播下种的手却不肯接受收获；
刀剑说，喷涌的血要反抗，不能沉默。

这是历史教我的常识。对，这很残忍；
理智在决斗时杀死我的王权理论。

① 路德（Luther, 1483—1546）是欧洲宗教改革的倡导者，是争取自由的象征。

现在，我是雅各宾党人。要我怎么办？
你喜欢金路易[①]的正面，可是这反面
使我害怕。我自由自在地不断前进，
我知道向前走会使你的信仰伤心，
以及你的宗教，你的教条，你的祖宗，
你的永恒的事业，加上你的法兰绒[②]，
加上你的一副老骨头，千万年不变，
骨头里有称为王权的陈年关节炎。
我毫无办法。纵然宫廷里也有忠良，
我再也不会相信草菅人命的国王；
既然不相信，我要尽责任，我说清楚。
马可·奥勒利[③]写道："我从前走了错路；
"可我寻求公正和智慧，我再也不能
"让我从前的错误阻挡住我的前程。"[④]
我个人微不足道，我要以他为榜样；
侯爵，我二十年来心中唯一的思想：
是为人类的事业服务，如今天一般。
生活是一座法院；弱者竟然和坏蛋
彼此捆绑在一起，被带上法庭受审。
我写作品和剧本，我用诗句和散文，
来为小百姓讲话，并为穷苦人辩护；
去向富人家恳求，还向狠心人疾呼；
我为丑角和戏子重新获得了尊重；

---

① 金路易是法国旧时使用的金币名。

② 法兰绒是质地柔软的毛料，轻薄而保暖。

③ 马可·奥勒利（Marc-Aurèle，121—180）是罗马皇帝，一译马可·奥勒利乌斯，富有智慧。

④ 此处引文并非原著。雨果仅取其大意而已。

为一切苦命人，为特里布莱[①]，玛丽蓉[②]，
也为仆人，为罪人，为妓女，[③]恢复名誉；
我为一切扼杀的心灵把亲吻送去，
如同孩子们一般，金发的天使多美，
他们去吻将死的蜜蜂，让小虫再飞。
凡是纤弱摇晃的事物，都为之凄恻，
我曾经要求为普天之下实行大赦；
这样，由于我当然触犯了许多老爷，
一方面底下的人也许对我说谢谢，
我四周乌云密布，我曾经常常收到
阵阵粗野的掌声，阵阵阴沉的嘘叫；
我呼吁要争取妇女和儿童的权利；
我努力给人温暖，让他能懂得道理；
我大声疾呼：要科学！要作品！要话语！
我要以学校逐渐取代苦役犯监狱；
对于我来说，罪犯应作为证人出现；
我憧憬一切进步，罗马的三重金冕，
我看不如巴黎的额头更神采奕奕。
我看到人的精神自由，心灵是奴隶；
我曾经想要同样解放我们的心灵，
我当时也曾努力争取要释放爱情。
总之，我曾经攻打杀人的“沙滩广场”[④]，

① 雨果剧本《国王取乐》里的弄臣。

② 雨果剧本《玛丽蓉·黛罗美》中的女主人公。

③ 分别指雨果剧本《吕伊·布拉斯》中的吕伊·布拉斯和小说《悲惨世界》中的冉阿让和芳汀。《悲惨世界》是1845年动笔的。

④ “沙滩广场”（la Grève）即今天巴黎市中心的市政府广场，是古时执行死刑的地方。

我如同海格力斯，狠狠打击过死亡；
我经历胜利，失败，我经历痛苦，厮打；
我现在还在前进。——侯爵，还有一句话，
既然我们在两座大门的中间聊天。
我们双方都可以指责对方已叛变：
不论变成异教徒，还是变成基督徒。
我们和谬误交谈，彬彬有礼很舒服。
你想要离开谬误，她马上两手叉腰。
真理对好人和善，但也会直率粗暴，
如果有人背叛她，为金钱，权力，封官，
真理会变成挥之不去的心腹大患。
前者是泼妇骂街，后者是和蔼可亲。
埃庇米尼得斯[①]，我们别吵架，欢迎光临。

过去总不肯下台。过去总要翻老账，
伸出黑黑的指头，一切又抓住不放；
过去又掀起老的波涛，又厚着脸皮，
过去又刮起老的风暴，又大发脾气；
过去老调重弹，又喊处死，又喊打倒，
过去又哭，过去又闹，又吵，又叫，又咬。
未来一笑，对过去说道：走开，老家伙。
“昨天”面前巨大的叛徒，侯爵，它叫作
“明天”；五月撇下冬天不管，独自前行；
蝴蝶是什么？蝴蝶就是幼虫的逃兵；

① 埃庇米尼得斯(Epiménides)是古希腊克里特岛哲人。相传他在山洞中小睡，回家时发现世事大变。此处喻侯爵从国外流亡回来，世道已变，实属正常。

法尔斯塔夫[1]回头？他是醉汉的叛逆；
我的脚，一双叛徒，把我旧皮靴遗弃；
啊！仇恨有可爱的叛徒，这就是爱心。
此时此刻的太阳明亮得煮金烧银，
逃出阴郁的地牢，多么辉煌和灿烂，
抖动的太阳就是坚决背弃了黑暗。
啊！侯爵，你不同于从前虚伪的贵族，
你这法国人也是克尔特人[2]的叛徒。
你看得分明，侯爵，你刚才怒气冲冲。

6

不过，应再说一遍，其实在我的心中，
什么也没有改变，我还是我那个人，
只要公正在闪亮，我挑起我的责任，
我像约伯是小树，风一来轻轻颤抖，
但我要求真善美，我要求公正，宽厚。
我就是这个大人，我就是这个小孩。
只是有一天清晨，我的思想飞起来，
我看到广阔、纯洁、召唤我们的乾坤；
视野改变了，侯爵，改变的不是灵魂。
我的心依然故我，我的周围已全变。
我看到历史，明白多少代人的信念，
他们背负着约柜，他们在寻找上帝，

---

① 法尔斯塔夫（Falstaff，1370？—1459）是英军将领和外交官。在莎士比亚的《温莎的风流娘儿们》和《亨利四世》中，他是典型的放荡鬼。

② 克尔特人（Celte）是欧洲的原始部族之一，长期在现在法国的高卢地区定居，罗马帝国入侵后被同化。

一级又一级，攀登又高又大的阶梯。
我还是那只眼睛，我看到山外有山。
这可是我的错误，如果永恒的蔚蓝
比凡尔赛的天花板更高大，更澄碧？
这可是我的错误，又如果，我的上帝
听到自由在呼求，你在我心里激动！
在他的眼中，光明更灿烂，曙光更红，
你是活该！你要怪就怪永恒的黎明。
这是太阳的错误，错的不是我眼睛。
你问我：你去何方？我不知道；我要去。
只要是道路正直，就不会坎坷崎岖。
我的前方是白昼，我的身后是黑夜；
我已经心满意足；我排除一切羁绁。
我朝前看，就行了；我有信仰，不能少。
而属于我的前途，无须我烦神操劳。
作古的英雄豪杰，历史的风云人物，
都在一一纠缠我，我不计他们人数，
我顶住这番悬殊，甚至危险的围困。
但朗伍德[①]，戈里茨[②]，对我是两个证人，
我从来没有侮辱神圣可敬的放逐。
不幸，这就是黑夜；降下庄严的夜幕，
地上的人，天上的天，都是星光灿烂。
最后下台的国王对此都深为感叹。

---

① 朗伍德（Longwood）是圣赫勒拿岛首府，是拿破仑逝世的地方。

② 戈里茨（Goritz）是意大利靠近南斯拉夫的边境小城，是查理十世流亡的地方。* 雨果原注：此诗作于 1846 年，未加更动。作者在今天还想加上克莱尔蒙特[③]。

③ 克莱尔蒙特（Clare mont）是英国伦敦附近城堡，是路易－菲力浦流亡的地方。雨果假托此诗作于 1846 年，当时路易－菲力浦还在位。

每当有夜幕降下，我总禁不住伤悲，
我总为流放流泪，我总为坟墓下跪；
我总是安慰一切跌倒在地的路人；
他们都在幽黑的坟墓里对我首肯。
我母亲当然知道！她得知后很高兴：
我已有新的责任，这是上帝的指令；
因为，她在九泉下对事物也有真知。
对，人在尘世间是经受考验的天使；
要有爱心！为人服务！要斗争！要吃苦！
我母亲知道，我已把幻想彻底清除；
她知道我的眼睛向进步事业张开，
知道我等待危险和考验，准备失败，
知道我努力工作，知道我时刻准备，
让这伟大的明天快到：更美的人类！
知道我欢笑，伤心，经历过宠辱耻笑，
我的一切决不会背离深远的目标，
我的心，意志，脚步，呼喊，愿望和激情！
神圣的坟墓，啊，我的心，你看得很清！
啊！不论命途多舛，也不论面子全丢，
我的这一颗良心永远也不会低头；
我前进，从从容容，我自信，不屈不挠；
我不论命运好坏，也不论何时来到，
不论被打入地下，不论被捧到天上，
不论黎明和黑夜，不论雨骤或风狂，
我永远有远方的忠告，永远有光明，
我永远看到前面有我亡母的眼睛！

1846 年 6 月于巴黎

〔手稿：1854 年 11 月 7 日，12 日誊抄〕

＊雨果在《静观集》中多次对自己一生的文学活动和政治活动做过回顾和小结。《写在 1846 年》是一篇重要的政治总结。总结始于 1827 年的歌颂拿破仑的《铜柱颂》，终于 1846 年。1846 年 3 月 19 日，雨果第一次在贵族院发表政治演说，谈波兰问题。雨果自己认为这是他政治活动的起点。这是诗题的由来。但是，纵观全诗，并联系到雨果出版《静观集》后的政治立场看，《写在 1846 年》与其说是 1846 年前的政治总结，不如说是 1854 年后的政治纲领。据专家研究，长诗并非一气呵成，而是长期酝酿，最后成稿的。

写在 1855 年*

九年后，我加几句附言。我仔细倾听；
你还健在吗？估计你已经成了幽灵，
侯爵；但从我这儿可以和死者说话[①]。
呀！你的棺材开了：——你在何处？——出来吧。
和你一样。——你死了？——差不多。我在暗处；
我住岩石上，四周是茫茫黑水凄楚，
海礁受波涛侵蚀，是一片阴阴森森，
沉船者脸色苍白，滴着水，石上栖身。
——好啊，你给我说说后来呢？——我的周围，
孤独的处境总是没有变化地可悲；
我只见深渊，只见大海，我只见天空，
而黑压压的乌云静静地飘过空中；
夜里，我屋顶颤抖，海上掀起的风暴
把我家拱手送给肆无忌惮的波涛；
有人似乎把黑纱钉死在地平线上；
羞辱从远处正把我家的大门猛撞；
我的脚踩上岩石，岩石在脚下坍塌；
似乎连风也不敢接近我，风也害怕，
只能压低了嗓子轻轻地对我传言：

---

① 雨果在《静观集》中把“流亡”看成是“死亡”，把《静观集》说成是“灵魂回忆录”。参阅诗集的“序言”。

一位友人神秘地送给我一声再见。
尘世活人的喧闹轻轻地化为乌有。
乌云啊，我希冀的梦想都已经飞走！
我孤独，苍白，望着“无限”这一块尸布
在我已成虚影的悠悠岁月上倾覆。——
你问：——后来呢？——上有凌空的悬崖峭壁，
旁有波涛，我发现有我未来的墓地；
到此地，耳中只有大海的声响可听；
只有恐怖和黑夜。——后来呢？——我很高兴。

1855 年 1 月于泽西岛

〔手稿：1855 年 1 月 10 日〕

*《写于 1855 年》和《写于 1846 年》事实上是同时完成的作品。诗人在续篇不用慷慨激昂的语气，而是以阴暗甚至凄凉的笔触，描绘眼前的流亡生活，明言“流亡”就是“死亡”。但是，最后说得轻松的结句，使续篇具有同样崇高的境界。

“泉水从高高岩石上落下……”*

泉水从高高岩石上落下，
流向汪洋大海，一滴一滴。
凶险的海洋对泉水说话：
“你要我怎么样？哭哭啼啼！

“我就是风暴，我就是骇怕；
“天的开始是我海的结束。
“小不点儿，我是无边的大，
“难道我还需要你的帮助？”

泉水对大海说道：“我给你，
“我默默无闻，我又细又微，
“茫茫大海，你没有的东西！
“我给你一滴可以喝的水。”

1854 年 4 月

〔手稿：1854 年 4 月 21 日〕

*这是一首寓言诗。寓言是可以多解的。但是，这则小诗收在第 5 部《征途漫漫》中，可见寓言应该是社会性的。

乞丐*

风雪交加的一天，有个穷人在路边。
我敲一敲玻璃窗，他便停在我门前。
我给他客客气气打开自己的家门。
这正是农民骑着毛驴经过的时辰，
从城里的集市上赶完集纷纷回家。
这小屋里的老人住在坡路的底下，
他孤身一人，沉思默想，从阴沉的天
等一线阳光，而从大地等一分小钱，
他对人伸出两手，对上帝两手拢合。
我对他说道："请来把身子暖和暖和。
请问你尊姓大名？""我的名字，"他开口，
"叫穷人。""请进，好人。"我握住他的双手。
于是，我叫人给他端来一大碗牛奶。
老人冻得直哆嗦，他和我谈起话来，
我回答时在沉思，他的话没有听见。
我说："你这些衣服湿了，在火炉前面
把湿衣物摊开来。"他于是走近炉火。
　　他这件旧蓝大衣给蛀虫已经蛀破，
　　现在舒展地挂在热乎乎的火炉上，
熊熊的火光照亮大衣的百孔千疮，
盖在壁炉上，仿佛黑夜的满天星斗。
正当他烘干这件破烂大衣的时候，

从衣服上滴下来雨水和泥浆不少，
我想，此人的全身上下都是在祈祷，
我对这谈话听而不闻，我正在凝望
他的粗呢大衣上点点的灿烂星光。

1834 年 12 月

〔手稿：1854 年 10 月 20 日〕

* 这是雨果又一首描写“穷苦人”的小诗。小诗使人想起《悲惨世界》中米里哀主教开门接待冉阿让的情景。在雨果笔下，生活里的一个“即景”——通过壁炉前烘烤一件破大衣——马上变成了一个崇高的象征。

痛哉，母亲！*

母亲[①]，我们的女儿去世已十二春秋；
我这父亲，你，坚强的女性，从此以后，
我们俩从来没有一天，这老天知道，
不思念她的名字，以爱心，也以祈祷。
我们养成迷人而伤心的习惯，仿佛
看到她的灵魂在陪伴我们的孤独，
感到她走来走去，听到她走去走来，
我们长跪在地上，在流泪，又在悲哀。
我们再不愿离开这份可爱的苦痛，
我们只牵挂这个可亲的小窝茸茸，
却在风暴中连同两只小鸟被刮走。
母亲，我们是芦苇，我们却没有低头，
我们也没有失却彼此的体贴入微，
也没有向被称作遗忘的可耻行为，
要求放下你和我各自的哀伤心情。
对，蓝天，田野，星星，鲜花，纯洁的黎明，
以及朦胧的自然，及其壮丽和辉煌，
从伤心的这天起，都变得黯然无光。
留下的三个孩子是财富，要感谢上帝，
有这笔财富，就有爱情，也就有勇气，

① 指亡女莱奥波特蒂娜的母亲，即雨果的妻子阿黛尔·雨果。

我们以后又经受种种的悲欢离合，
人们称之为不幸，称之为敌意，坎坷，
没有哆嗦和弯腰，也不怪暗礁可恶，
我们只对心中的伤悲，对故人，坟墓，
对这灵魂或家庭为之流血的忧虑，
对离去或过世的亲人，我们的闺女，
对已被极乐世界请去的父母二老，
抛洒眼泪，对别的痛苦却付之一笑。

1855 年 8 月于海景台

〔手稿：1855 年 7 月 14 日〕

*1843 年维勒基埃的悲剧发生后，雨果曾给妻子写过一封安慰的长信。但几乎 12 年后，诗人才在诗中描写母亲痛失爱女的伤心。事实上，阿黛尔·雨果对女儿的夭折也痛彻肝肠。她生前立有遗愿：死后葬在维勒基埃女儿的身边。

沙丘上的话 *

现在[1]，我的生命如火炬在失去光焰，
　　我已经尽完了我的责任；
现在，我年事渐高，丧事一件接一件[2]，
　　我正在触及坟墓的大门；

现在，我看到多少幸福美好的时光，
　　就在我梦寐以求的天顶，
有去无回，像往事被旋风一阵扫荡，
　　被黑暗吞噬得无踪无影；

现在，当我这样说：“我们胜利了一天；
　　明朝，明朝一切都是胡诌！”
我很伤心，我走在滔滔的大浪旁边，
　　像发遐想的人低下了头。

我的视线越过了翻滚不已的海洋，
　　越过了山冈，越过了河谷，
我看到满天浓云像一头头的绵羊，
　　在北风这秃鹰嘴下飞舞；

① 1854 年，雨果 52 岁。

② 最近、最伤心的丧事当然是长女莱奥波特蒂娜的早逝，但还会联想起死得更早的父母亲、长子及二哥。

我听到有人正在捆扎收下的麦束，
　　空中有风声，海上有涛声；
我听着，我听浮想联翩的思想深处
　　比较着人语、水浪和轻风；

有时候，我头枕着稀稀落落的草茎，
　　躺在沙丘之上不想起身，
一直躺到当月亮张着阴森的眼睛，
　　开始出现和做梦的时分。

月亮升起，撒下了催人欲睡的月光，
　　撒向神秘，撒向海洋，大陆；
我们俩眼睛盯着眼睛，彼此在相望，
　　月亮在照耀，我却在受苦。

我已逝去的岁月到底消失在哪里？
　　有没有谁是认识我的人？
我青春时的光辉在看花了的眼底，
　　如今，究竟还能留下几分？

一切都已经离去？我疲倦，感到孤寂；
　　没有人来回答我的问话；
风呀！水呀！唉！我不也就是一声叹息？
　　唉！我不也就是一个浪花？

我所爱的人和物都已经无踪无影？
　　在我的心里已降下夜幕。

大地啊！你升起的浓雾抹去了山顶，
　　我可是幽灵？你可是坟墓？

我等待，请求，恳求，回答我：生活，欢笑，
　　爱情，希望，我都品尝完毕？
我把我这些坛坛罐罐一一地倾倒，
　　想从中再倒出一点一滴！

回忆和悔恨原来是多么难解难分！
　　一切都使我们哭断肝肠！
死亡啊！你是门闩，封死了人的大门，
　　我一摸，你是多么的冰凉！

我听不可逾越的海浪在轻轻咕哝，
　　海风在呜咽，我一时无话；
夏天在欢笑，但见大海边上的沙中，
　　蓝色的大蓟处处在发花。

1854年8月5日，我到达泽西岛周年纪念日

〔手稿日期相同〕

＊两年前，雨果全家远离祖国，来到大西洋中的泽西岛。诗人面对隔海相望的法兰西，历尽丧乱，深感世事沧桑。雨果虽然坚持斗争，信念更加坚定，创作空前丰收，但在遥遥无期的流亡生活初期，要接受新的残酷现实，毕竟是不容易的。诗人抚今追昔，陷入了流亡生活中最哀伤的深思。当时有的评论家认为，这首诗是“《静观集》中的佼佼者”。

致大仲马*

（答谢其题献剧本《良心》）

感谢，大海边的人表示诚挚的感谢：
有人转身来问候历尽丧乱的边界，
有人自己头顶上笼罩着一片光明，
却偏偏扯下金冠，扔给远方的幽灵，
有人听不完掌声，有人满身是荣誉，
却给苍白的悲剧题献自己的正剧！

朋友，我从未忘怀安特卫普①的码头，
勇敢的人群都是立场坚定的朋友，
一个个主持公道，还有你，还有大家。
轮船在浪里颠簸，把船上小艇放下，
开过来接我，于是，彼此长时间拥抱。
邮船点火，我登上船前的甲板高高，
叶轮转动，劈风斩浪，我们互道珍重，
彼此告别，于是浪花翻腾，波涛汹涌，
码头上站的是你，甲板上站的是我，
两把诗琴在颤动，彼此在声声应和，
我们俩注目对视，仿佛灵魂在交流，
一直看到最后还能看得见的时候；

① 比利时的安特卫普有航线直达英国伦敦。

大船飞快地离去，大陆在越变越小；
你我之间，地平线扩大，而万物烟消；
海雾茫茫，把一望无际的波涛盖住；
你返回你的作品，一部部杰作，好书，
越写越多越精彩，都写得光彩烨烨；
而我，我返回一片昏暗阴森的黑夜。

1854 年 12 月于海景台

〔手稿：1855 年 7 月 30 日〕

*1854 年 11 月 6 日，大仲马的剧《良心》在巴黎奥德翁剧院上演，12 月剧本出版。大仲马把此剧献给流亡中的雨果："我亲爱的雨果，我把《良心》一剧献给你。"1852 年 8 月 1 日，雨果离开比利时，经伦敦去泽西岛，开始其流亡生活。大仲马等友人到码头送行，情真意切，场面感人，雨果深为感动。8 月 2 日，雨果从伦敦写给妻子的信中，对大仲马的送别有详细介绍。

薄暮 *

当时我在法兰西，当时人民在庆祝，
堂而皇之在巴黎全城内欢欣鼓舞，
如果遇上光荣和凯旋胜利的一天，
值得骄傲的回忆，使人人尽开笑颜，
正如解渴莫如用巨大的酒杯盛酒，
我独自在欢笑的人群中随便走走，
不和任何人说话，可仍然心平气和，
这样又独来独往，同时又与民同乐，
我可以一心二用，在自己身上兼顾
人民之所爱以及我所喜欢的孤独。
我为沉思而幸福；我无声却又在场。
我有时手捧书本坐下来，我读几行
维吉尔，贺拉斯，埃斯库罗斯或但丁；
接着我休息片刻，接着我触景生情，
我暂时放下诗人，兴冲冲吟咏诗章，
品味碧蓝的晴天，品味热烈的阳光，
巴黎及其塞纳河，及其神圣的宫殿，
及其来自群众的和平，肃穆而庄严。
从此后也会有人咕哝说：此乃天命。
我在溜达，桥底下，河两边，走走停停，
直至田野里，处处有笑声如荼如火，
蹦跳的欢乐撕得金色的破衣更破。

先贤祠闪闪发光，如同是一个幻梦。
一个豪迈、自由的民族在欣喜欢腾，
正在蓝天下，正在各个广场上跳舞；
仿佛从圣经时代投来的阳光一束，
照得安静古朴的巴黎城内外通明；
这狮子有使豺狼慌忙逃窜的眼睛，
这个市郊的人民在散步，心安理得。
我傍晚回家；巴黎全城的行人过客，
或唱歌歌声嘹亮，或吟诗慷慨激昂，
罗浮宫到演兵场，夏约[①]到沙滩广场，
追求自由，又心平气和，事事有分寸，
但处处人头攒动；正当自己的精神
正在各个哲人的宁静夜空里沉思，
正借他们的幽光沐浴自己的青枝，
又接受这可爱的喊叫，如接受曙光，
又接受这天真的熙熙攘攘的热狂，
古老的香榭丽舍大街上，大树沉静，
黝黑、安详，俯下身，上有点点的眼睛，
树下是人民欢乐，树上是星空寥廓，
缀满星星，又同意树丛间装满烟火。
我也在走，我的心在歌唱，欢欣鼓舞；
孩子们游戏得意，挡住了我的去路，
待在一旁的母亲看了都兴高采烈；
父亲正在和女儿，弟弟正在和姐姐
交谈；我静观这些高大的玉砌雕栏，
对我显得或金光灿烂，或硝烟弥漫，

① 夏约（Chaillot），地名，在塞纳河右岸，与埃菲尔铁塔隔河相望。

这些建筑使巴黎成为第二个罗马；
我听到年轻人的笑声在身边迸发，
而老年人却一本正经地在说：“想当初。”
啊！祖国啊！公民和公民要和睦相处！

1855 年 7 月于海景台

〔手稿：1855 年 8 月 30 日〕

* 本诗注明的出版日期为 7 月。雨果的手稿上有“15 年”的字样。可以推测，这是雨果于 1855 年回忆 1840 年巴黎人民纪念 1830 年七月革命的情景。“七月革命”推翻封建王朝，雨果曾有诗歌颂。但如何理解诗歌《薄暮》，研究家意见很不一致，没有找到令人信服的解释。

“我给渔夫付了钱，他正从路上经过……”*

我给渔夫付了钱，他正从路上经过，
我伸手接下这只令人惊骇的家伙；
这是一只被海浪冲来的无名生物，
大一点会是海怪，小一点会是鼠妇[①]；
如黑暗没有形状，如上帝没有名字。
它张着吓人的嘴，一段退化的残肢
从鳞甲下露出来；它见我张口想咬；
上帝创设的等级范畴有多多少少，
居然给这些恶鬼也留出地方饲养；
它见我张口想咬，我们俩双方较量；
它的牙齿在寻找，并吓坏我的手指；
渔夫卖了钱以后，已经绕过了岩石；
正当他走远不见，海蟹咬得我好疼；
我喊道：“逃命吧！祝福你，可怜的畜生！”
我将此畜生扔进深而又深的波涛，
我让它去把汹涌澎湃的大海寻找，
大海是只供太阳行洗礼用的水盆，

---

① “鼠妇”属等足类甲壳动物，长仅2厘米，喜岩石下的阴湿环境。

对大海说，人对它以德报怨并施恩。

1855 年 7 月于泽西岛阿泽特沙滩[①]

〔手稿：1855 年 7 月 17 日〕

＊这首诗表面看是首纪实作品。其实，雨果一贯怜悯丑陋而受人蔑视的生物。可参阅第 3 部的《我既怜爱蜘蛛，我也怜爱荨麻……》一诗。这是雨果人道主义思想的延伸和扩大，是他整个世界观的一个组成部分。雨果全家在海岛流亡的现实生活中，都有怜爱动物或放生之类的行为。

① 阿泽特沙滩（grève d' Azette）是离雨果家海景台近在咫尺的海边小路。

牧人和羊群 *

献给路易丝·科……夫人[①]

我每天都去一座可爱的山谷[②]出游，
这儿凄凉而清幽，天底下绝无仅有，
长满开花的树莓；这是寂寞的微笑。
山谷能使你忘却一切，你万念俱消，
如果听不见田里农夫劳动的声音，
简直不知道有人生活在这儿附近。
浓荫是情意绵绵；自然有牧歌悠悠；
灰雀和翠鸟争吵，彼此间喋喋不休，
这边有株山楂树，那儿有棵染料木；
黑的花岗岩粗糙，绿的苔藓却悦目；
山莺生气的神态，歪戴着它的便帽；
因为上帝写的诗，会有不同的诗稿；
他像老荷马一样，吟哦是反反复复，
但总是山山水水，但总是花草树木！
有个小小的水塘，当水面粼粼皱起，
对于路过的蚂蚁，模样像波涛无疑，
绿草如茵的地上，这番奚落和嘲笑

① 指路易丝·科莱（Louise Colet，1810—1876），法国女作家，十分敬仰雨果。雨果在海岛流亡期间，科莱夫人和友人福楼拜等不顾警方禁令，为雨果传递书信。

② 指泽西岛格鲁维尔的山谷。

怎么能比天边的大海在低沉咆哮。
有时，我在丑陋的树莓丛中能遇见
一个可爱的姑娘，十五岁，赤脚碧眼。
牧羊女住在一处黝黑的山沟尽头，
危颤颤的破草房到晚上满天星斗；
家里的姐姐妹妹在用纺锤纺羊毛；
脚在池塘里沾湿，她在芦苇中擦脚；
公羊母羊在吃草；看到我愁眉苦脸，
可怜的天使害怕，却向我轻展笑颜；
我呢，我向她问好，天真烂漫的姑娘。
满山遍野在开花，鲜花熏得她喷香，
当羔羊跳跳蹦蹦，夕阳下满身通红，
北风刮起后，每头小羊在灌木丛中
留下一点点羊毛，仿佛一朵朵浪花。
我走后，孩子，羊群，一一在雾中融化；
面对一条条长而灰暗的田沟，黄昏
张开它蝙蝠似的翅膀，仿佛是幽魂；
我听得到在远处勤劳的平原之上，
那可爱的牧羊女在我的身后歌唱，
瞧，远处，在我前方，有位沉思的老人，
守卫着海藻，海礁，守卫着海浪阵阵，
守卫着奔腾不息、翻滚不已的波涛，
海岬这位牧羊人，头戴浓云当草帽，
支着胳膊在沉思，耳听无穷的天籁，
面对正腾空飞起、受到祝福的云彩，
他凝望着得意的月亮向天顶上升，
夜幕在簌簌抖动，此时，有呼啸狂风
把大海里阴森的羊群身上的羊毛，

无情地猛吹，随风铺天盖地地乱抛。

1855 年 4 月作于泽西岛格鲁维尔[①]

〔手稿：1854 年 12 月 17 日〕作于拉科尔比埃尔角[②]

* 泽西岛风光旖旎，有山有水。雨果以羔羊的羊毛比波浪泛起的白沫，把大自然两种截然不同的景色借羔羊的形象而归于统一，写出海岛上可爱又可怕的风光。“海岬这位牧羊人”是有口皆碑的佳句，代表了雨果丰富而奇特的想象力。此诗手稿上没有诗题，也没有题献。

① 格鲁维尔（Grouville）是泽西岛地名，离雨果家海景台仅需步行 20 分钟。

② 拉科尔比埃尔角（La Corbiere）是泽西岛西南端的一座岩石岬角，离海景台有 20 公里的距离。

不幸的人*

给我的孩子们[1]

既然斗争的考验让你们尝过味道，
孩子们，我们谈谈目前的生活也好。
我记得曾有一天，走进幽黑的林中，
沟壑纵横，在地上冲出一大个空洞，
在这种地方只有丛生的野草荆棘，
小路已渐渐不清，小溪正渐渐消失，
只有低矮的野树，只有冬青和砂岩，
我看到其中有座茅草屋顶在冒烟。
炊烟被枝杈压得差一点冒不出来；
木板中间有缝隙，这就算窗户打开；
可以说有大块的岩石惹起了麻烦，
这座摇晃、简朴的陋室被挡住一半；
鸟雀在山毛榉和枫树上深为同情，
屋子太弱不禁风！屋子太飘摇孤零！
我一想，寻觅荆棘丛中前去的小路。
我正注视这茅屋，有人抽打着驮畜，
一个赶骡的村民走来，还哼着山歌。

---

① 当时雨果有三个孩子：长子夏尔，次子弗朗索瓦·维克多和二女儿阿黛尔。从内容看，主要指两个儿子，1851至1852年间均因为《时事报》撰稿而入狱，出狱后追随父亲来海岛。

“请问谁住在那边？”我问这一位大哥。
此人一边唱，一边对我说：“一个穷人。”
我向山沟的深处走去，去找这蓬门；
有棵树翘起树枝，上有闪光的水珠，
似乎对我伸出手，指示我前去有路，
又有风为我开门；我发现有个老丈，
披着棕色的粗呢衣，坐在地面的石上。
这位老人家靠近烘烤衣服的炉边，
他在为行人也为星星打开的陋室里面，
不论白天黑夜，没有篱笆，独自栖身，
没有钥匙，没有狗；贫穷守护着穷人。

我走进屋；老人在喝水，吃一个苹果，
没有面包；我可怜这可怜人的生活。
——他过的这种日子行吗？甚至这破屋
都没有一扇窗子，也未免过于艰苦；
这地方僻远寂寞，到冬天会很可怕；
甚至没有张破床！他睡就睡在地上！
他就睡这堆麦秸，他就睡这个角落！
你该会很不舒服，你该会冷得哆嗦，
老伯啊，你的命运可真是十分不幸！

“孩子，”他温和地说，“别为我愤愤不平。
“我在这大森林里，上有绚丽的太阳，
“我是没有床，孩子，可是我睡得很香。
“当黎明为我升起，鲜花，淙淙的流水，
“大森林生机盎然，而清香使我陶醉，
“当我看到这一切，难道我还能有权

“去怨天尤人，我是大家庭里的一员。
“我从未做过坏事，我安心，甘守清贫，
“我身穿破衣烂衫，生活里友好睦邻，
“我和上帝这邻居和睦相处地生活。
“我感到上帝就在我身边，鸟窝，蜂窝，
“茂密的树林中有温和的声音讲话，
“在我出生的广漠、神圣的树荫之下，
“在我们时时刻刻注视的蓝天之上。
“我对上帝提出的要求不会很荒唐，
“因为我并无野心，只希求能够得到
“有桑葚、栗子成熟以后挂下的枝条，
“上帝对我很满意，我对上帝也满意。
“我生活幸福。”

过去和今天一样，我是
眼睛朝下的过客，是喜欢深思的人。
透过坟墓的幽光，透过枕边的鬼魂，
孩子们，我还透过迷雾，还透过谎言，
透过浮光掠影的表象，我一遍一遍
沉思，我总有某种会引导我的本能，
引导我认识人类所受苦难的底层。
痛苦的深渊吸引着我。其他人测量，
同时会全身发抖，深沉的大海大洋；
天风呀，他们探索被你抛掷的洪流；
他们潜入了海底；而我潜入了伤口。
他们的深渊可怕，但不如我的深渊。
我比他们潜得深，这点我可以自炫；
对于每个探索者，上帝都豁达大度，

上帝乐于我能有智慧，别人有珍珠。

对于沉思时深渊一览无余的哲人，
仁义之士如遇上浓云和朔风阵阵，
如同一大群雄鹰，又是一大群白鸽。

我经常跪倒在坟墓之前的时刻，
看到命运清晰的幻景，有时很清楚，
命运在眼前出现，仿佛是一张天幕，
看到一颗颗灵魂，不是一颗颗星星。
人们称之为苦恼，称之为敌意，激情，
称之为热火，刑柱，经常是千种百样，
孩子们，同时在我黑黑薄暮里闪亮。
我通过这幽暗和沉闷的透明，看见
有位罗马人经过，佛罗伦萨人出现，
身穿白袍的卡图，翘起眉毛的但丁[①]，
前者腰间插匕首，后者在外地飘零；
卡图是心情愉快，但丁是心安理得。
我看到在市内的刑柱被焚的贞德，
我喊道：贞德，你那浓烟滚滚的火场，
不是在熊熊燃烧，在放出光芒万丈。
我看见康帕内拉[②]套着刑具在沉思，
他为自己的思想准备的食物难吃：
有拷问架，铁钩子，有铁钳，还有火炉，
以及飘浮在地牢天花板上的恐怖。

① 卡图是罗马人，自杀身亡，但丁是佛罗伦萨人，曾被迫流亡他乡。

② 康帕内拉（Campanella，1568—1639）是意大利哲学家，在狱中度过27年，多次受刑，著有《太阳城》。

我看见托马斯·莫尔[①]和拉瓦锡[②]经过，
简·格雷[③]有张小嘴，张开时像是花朵，
还有你，夏洛特·科尔代，你，罗兰夫人[④]，
卡米耶·德穆兰[⑤]，鲜血淋淋，静观乾坤，
罗伯斯庇尔冷峻，而丹东慷慨陈词；
马尔泽尔布[⑥]，舍尼埃在云峰间沉思，
我看见埃格蒙特[⑦]，约翰[⑧]对沙漠独白，
我的眼睛注视着这些砍下的脑袋，
从容泰然的微笑而永远赞叹不已。
科利尼[⑨]头上纵有锃亮的刀剑相逼，
对我激动的目光脸上闪耀出辉煌。
苏格拉底铁青着脸，却又满面红光，
把杯子递给我说：——渴吗？请喝饮生命。
胡斯看到我流泪，对我说：——羡慕美名？
特拉塞阿斯[⑩]割开自己血管于浴池，

① 托马斯·莫尔（Thomas Morus，1478—1535）是著名《乌托邦》的作者，因拒不承认国王亨利八世的精神权威被斩首。

② 拉瓦锡（Lavoisier，1743—1794）是法国化学家，因早年当过包税人被斩首。

③ 简·格雷（Jane Grey，1537—1554）被姐姐玛丽·都铎下令斩首，死时17岁。

④ 罗兰夫人（madame Roland，1754—1793）在法国大革命期间因支持吉隆特党人而被送上断头台。

⑤ 卡米耶·德穆兰（Camille Desmoulins，1760—1794）曾积极鼓动巴黎人民攻占巴士底狱，是国民公会成员，因有温和情绪被送上断头台。

⑥ 马尔泽尔布（Malesherbes，1721—1794）因为为路易十六辩护而被斩首。

⑦ 埃格蒙特（Egmont，1522—1568）因为反对宗教法庭被斩首。歌德著有同名悲剧，贝多芬写“序曲”。

⑧ 指施洗者约翰。

⑨ 科利尼（Coligny，1519—1572）是法国海军上将，因是新教徒在圣巴托罗缪节大屠杀中遇害。

⑩ 特拉塞阿斯（Thraséas）是罗马暴君尼禄的一个受害者。

唱道：——罗马是古代萨宾[①]树上的果实；
太阳这果实来自这些凄凉的枝杈，
称为黑暗和黑夜在我们头上交叉，
欢乐这果实来自痛苦这一棵大树。——
哥伦布侵犯海浪，一举成功地逮住
美洲这一只凶鹰，此人受上帝派遣，
他给人一个世界，却收到一条锁链，
哥伦布戴着镣铐喊道：这很好。前进！
“我自由，没死。”圣朱斯特[②]对我说，鲜血淋淋。
福基翁[③]奄奄一息，对我扔下这句话：
——我有信仰，我赦免诸神！——在佛罗伦萨，
正当我快走近萨伏那洛拉[④]的火堆，
他伸出手来指路，而手已烧得发黑，
对我说，一边示意熊熊大火别作声；
——不要害怕死。难道这片大地能长生？
难道是你的躯体带给你欢乐，希望？
真正的生命始于没有肉体的地方。
不要害怕死。你这悲悲切切的生灵，
你不感到身上有翅膀而不能飞行？
不感到你的脑袋是地窖，四周封闭，
有被囚禁的天使正在低声地哭泣？
死亡者成长。躯体，灵魂肮脏的丈夫，

---

① 萨宾（sabin）是意大利古代民族的称谓。

② 圣朱斯特（Saint-Just，1767—1794）因支持罗伯斯庇尔和罗伯斯庇尔同时在断头台被处死。

③ 福基翁（Phocion）是古希腊将军，和苏格拉底一样，被判服毒芹自尽。

④ 萨伏那洛拉（Savonarola，1452—1498）是意大利多明我会修士，在佛罗伦萨被火刑处死。

一身庸俗的欲念，由此产生出迷误，
沉重，恶臭，及下流，又已经病入膏肓，
装在一副丑陋的骨架上摇摇晃晃，
全身胀满了体液，盖满发皱的皮肤，
它又怕冷，又怕热，又为饥渴而痛苦，
拖着难看的肚子，吃饱喝足就睡觉。
最后免不了衰老，当死的时刻一到，
才从这个可恶的怪物的身上解放，
于是，灵魂向金光耀眼的光明飞翔。——
一天夜里，我张着昏黑蒙眬的眼睛，
出现陌生的鬼魂，墙上有几个幽灵，
我在万物无形的梦里听到有声音，
仿佛在大圆屋顶寺庙的塔楼附近，
声音从堆积如山的黑块底下传出，
黑块里有血往下在流淌，血流如注；
这个声音在低声歌唱，在低声祈求。
这是被石头击毙者正在祝福石头；
是殉教者艾蒂安[①]在说：——啊，我的脑袋，
请放射光辉！今后，人与人彼此相爱；
耶稣会说话。我的上帝，请酬报苍生！
是苍生给了我们上帝选民的美称。
欢乐！爱心！一块块石头，上帝请理解：
我的兄弟扔给我天堂的级级台阶！——

是她，她站在那头，这位痛苦的母亲。
四野漫漫的昏黑，盲目、沉闷，在逼近，

① 艾蒂安（Etienne）是基督教的第一个殉教者，在耶路撒冷被石头击毙。

从髑髅地的周围涌上来哭泣。基督，
谁剥夺你的阳光，阳光就漆黑模糊，
你的最后一口气把光明一并带走。
这位母亲，靠近着刑架，她站在那头！
我心里想：这才是痛苦！我前来陪同。
“什么东西，”我问她，“在你神圣的手中？”
她在满身是血的儿子的脚边悲哀，
于是，她举起右手，轻轻地把手张开，
我在她手中看见那颗启明的晨星。

怎么！主啊！这件丧事竟然不足为凭！
母亲在十字架下恸哭得十分伤悲，
黑暗中得到众多太阳，得到了安慰，
她那慌乱的双眼已哭得泪中有血，
她突然自言自语，感到巨大的喜悦：
——我儿子救了世界！我的儿子是上帝！——
然而，何处的恐怖会更加龌龊卑鄙！
何处更加可怕，更加恐慌，更加绝望，
在此凄凄惨惨的时刻，人类在服丧，
却为盛宴、为殉难而震惊颤抖，听到
马利亚在哭，而特里马尔西翁[①]在笑！

但是，人群在喊叫：——对呀，这又有多美，
殉教后死去，如果这个墓高大宏伟！
如果做苏格拉底，做杨·胡斯，弥赛亚[②]！

① 特里马尔西翁（Trimalcion）是古罗马作家佩特罗尼乌斯（7—66）的讽刺作品《萨蒂列孔》里的人物，其盛宴奢侈荒唐。

② 弥赛亚（Messie）是“救世主”的意思，基督教中即指耶稣。

如果这叫作生命，叫未来，叫预言家！
如果这香炉能借焚烧你的火点燃，
如果世世又代代，人民在同声赞叹，
四周都是他们的重重迷雾和帷幕，
却在繁星中为你竖起巨大的空墓，
使黑夜看来像是覆盖棺材的黑罩，
使星星成为棺材四周的蜡烛照耀！
如果棺木能送进金字塔内去停放，
即使刽子手也会装出安分的模样。
如果我们在走向死亡，一路上耳闻
全体人类唱出的声声祝祷和感恩，
如果哭泣的人群吻你神气的脚印，
如果听到监狱的墙壁、石头有声音，
甚至监狱门槛的铰链也对你赞颂：
“你将会名垂千古，功业将照亮天空；
“你是辉煌的鬼魂，你将使历史增光，
“如身上裹着胜利，你身上披着死亡，
“雄坐在不朽者的殿堂蔚蓝的顶端！”
如果竖起的绞架具有祭坛的外观，
感到自己受杀死你的刽子手赞扬，
感到尸体站起来便是大理石雕像，
死的时候四周是黎明和晴空万里，
是光彩，体面，荣耀！死就太轻松容易！
人的虚荣心很重，面对酷刑也会笑，
如果这次悲惨的冒险盛大而美妙，
如果用一把其大无比的钳烙[①]烧他。

---

① 钳烙是一种古代酷刑的刑具。

如果残酷的刑具把人折磨和残杀，
却出自某处新奇、巨大的锻炉炉膛。
人的虚荣心太强，忘却巨大的创伤，
看到铁锤，就会以小钉子聊以自慰。
有一座大山作为刑柱，庄严而崔巍，
能够被波涛殴打，或者被彤云抽打，
听到整个宇宙间充满模糊的叫骂，
一声声轻轻地喊：——你们看，这个巨人！
锁链，镣铐和枷锁更使他灿若星辰！
这是挨打的“阳光”，这是受苦的“流星”！
他曾经偷来闪电，他曾经偷来黎明！——
是在无边无际的深渊里经受折磨，
又是巨人被钉在异乎寻常的场所，
这当然是好。我们喜欢崇高的痛楚；
我们会想：苦就苦，但在顶峰上受苦！

并非如此！——崇高在下面。伟大的选择，
是选择受辱。经常出于同样的原则，
大红大紫丢人脸，泥浆反而增光彩。
不应该有的污水向英豪身上泼来，
蒙受耻辱，这是有曙光升起的牢房，
命运把我们送进地牢深处的地方，
不幸把我们拖进灾难深重的考验，
都是无与伦比的高贵，使人人欣羡。
如果我们斗争时，我们非要吃大苦，
卑劣的命运竟然对我们加以侮辱，
如果对我们羞辱，讪笑，并严加责备，

命运和心灵之间出现荒唐的误会，
结果我们的生活会变得奇丑无比，
考验的丑恶因此变成考验的美丽。
如参孙[①]在加沙，爱比克泰德[②]在罗马；
命运的卑鄙下流是人的光荣伟大。
乌烟瘴气越是多，使晴天碧空更蓝。
尘世间，我们凡人只能是泪流潸潸，
我们所能获得的至美、至贵和至纯，
只是屈辱和沉沦，只是身外的贫困，
欣然接受，这才能保持内心的高尚。
对，暗中恶狗成群，在你的四周叫嚷，
仇恨时大肆发作，谴责时忘恩负义，
对，为了光明可以跌入漆黑的夜里，
做眼中钉，肉中刺，使幸福的人愤怒，
让别人看到你在流血而欢欣鼓舞，
把你踩在脚底下，冲你的脸上吐痰，
如果这是为德，这是为真，这是为善，
是为了智慧、荣誉，那可是再好没有。
义士被人人抛弃，这是多美的成就，
饱受不幸时，身上只披着破衣烂衫，
面对人间的害虫，面对轻蔑和丧乱，
面对痛苦和创伤，冷静得不屑一顾！
纵有普罗米修斯，约伯，有你就知足，
有了你，垃圾堆比高加索山更高耸。

---

① 参孙（Samson）是以色列大力士，曾双眼被剜去，在加沙的狱中推磨。

② 爱比克泰德（Epictète）是公元1世纪的哲学家，曾在罗马沦为暴君尼禄手下人的奴隶。

义士受蔑视，如同被人掐死的小虫，
被别人骂得越凶，他越能使我着迷。
刽子手冷酷无情，长相和魔鬼无异，
行刑伸出罪恶和奴颜婢膝的毒手，
却使斩首更令人愤慨，更令人作呕，
反而使受刑者在常人眼里更辉煌。
十字架！两个窃贼是基督的两道光①！

这样，受苦的人都出现在我的眼前，
满足、率真和幸福，和蔼、荣耀和威严，
神采奕奕，身上有创伤，心中有欢乐；
有人被扔进烈火，变成了香花一朵，
有人被扔进黑夜，他们变成了曙光；
信徒们在喧闹的斗兽场被噬身亡，
倒在猛兽的脚边，咽气时轻唱歌曲；
思想家面对手镣脚铐，刀剑和刑具，
面对毒辣的火刑，脸上却露出微笑；
于是，我失声惊叫：到底是谁在苦恼？
上帝呀，如果命运不开玩笑不弄鬼，
你放在我心里的怜悯究竟要给谁？
这份怜悯心如何利用？又为谁保管？
谁才是不幸的人？——上帝对我说：——你看。

于是，我看到宫殿，游园会上的盛宴，
身上的绫罗绸缎托出美人的粉脸，

① 耶稣在十字架上被钉死时，左右还有两个十字架，这同时被处死的是两名窃贼。

高墙巍峨的楼台以雕栏玉砌建造，
螺旋形的柱子上有条条金蛇盘绕，
高大的天花板上垂下巨大的华盖；
我听到有人在唱：——要行乐！常胜不败！——
于是，竖琴加诗琴，声音洪亮的喇叭，
像在欢快地生活，像在乐声中融化，
大风琴竟使黑暗也倾听，一声不响，
庞大的乐队乐师众多，而乐声悠扬；
凯旋胜利，多少人一个个神情傲慢，
笑着把整个世界捧在手，好不贪婪，
他们的额头闪亮，金灿灿，得意忘形，
神气活现，似乎都成了天上的明星。
正当他们四周围在喊叫：——百战百胜！
我们要兵强马壮！我们要万世昌盛！
城里要热闹庆祝！家里要欢天喜地！——
我看到地平线上阴森森扑朔迷离，
大天使的大宝剑阴阴沉沉在抖动。
他们是在反常的曙光里欣欣向荣，
他们在城里生活，也在傲慢里生活，
他们似乎只感到有摘不完的喜果。
于是，上帝一个又一个地带走他们，
饱食终日的富人，无所事事的贵人，
沙皇在克里姆林、教长在尼罗河边，
如从狗窝里端走一窝狗崽般方便，
上帝也在海浪的深处投射下阳光，
他为我伸出巨手，翻开深厚的胸膛，
用他晶莹透亮的手指在东找西翻，
拨开海底的五脏六腑，他指给我看：

一条条海蛇正在咬这些人的灵魂。

于是，我看到这些颤抖的男人、女人；
他们的笑脸像是面具，已掉了下来，
他们的思想，一个驼背、可怕的丑怪，
这个惊恐不安和暴躁易怒的侏儒，
坐在他们头颅下，在我面前很清楚。
我也在发抖，感到双膝也摇晃轻微，
我上前问他们道："你们各位都是谁？"
这些苍生的人脸几乎已荡然无存，
都对我说："我们是作恶多端的恶人；
"既然是我们作恶，由我们忍受苦痛！"

啊！眼泪和侮辱的浮云正飘走匆匆，
痛苦经过的时候喊道：要寄予希望！
天父啊，是你让我看到、摸到这情况，
你是伟大的法官，你宽大而又公正！
成功和胜利只有虚假不真的笑声；
一只无形的给人安抚的手指在动，
摸着人类贫困的每一个链环拨弄；
逆境对受到逆境煎熬的人有好处：
贫乏对懂得品尝贫乏的人是财富；
永恒的和谐颤动在穷人家的四周，
给穷人安慰；奴隶有灵魂，也有自由，
乞丐说：我是富人，因为我拥有上帝。
无辜对磨难大声叫喊：这不值一提。

畸形在伊索[①]身上笑，激情在斯卡隆[②]
身上笑；垂危张开嘴唇，向赞歌靠拢；
当我问他道："痛苦是不是很疼？"芝诺
在我面前站起来，平静地对我说："不。"
啊！殉教只是欢乐，啊！受难只是激奋，
原来火刑是乐事，原来酷刑是销魂，
其实，痛苦是愉快，其实，折磨是幸福；
只有一个人不幸：这就是恶人，天主。

开天辟地的初期，当彤云又惊又喜，
静观着世上创造出来的每一样东西，
当地球上的罪恶已经蔓延和滋长，
伊甸乐园消失后有一丝余光飘荡，
当世间万物似乎还在霞光中沐浴，
当岁月早已经在时光之树上孕育，
大地之上肉与灵也已经融为一体，
傍晚降临的时候，万籁是一片沉寂，
沙漠和各种林木，边岸开阔的波涛，
以及飞虫和走兽，以及田野的青草，
都很激动；这些是黑暗牢狱的石头，
待在岩洞深窟里，大树围住了四周，
大得我们的橡树像灌木；它们看见
出来两个高大的老人，阴沉而庄严，
这是白发苍苍的夏娃和她的丈夫，

① 伊索（公元前7—前6世纪）是古希腊寓言家，他是驼背。

② 斯卡隆（Scarron，1610—1660）是法国滑稽剧作者，他也是驼子。

脸色苍白的亚当[1]，深沉，憔悴的肌肤，
他们的目光里还余有上帝的影像[2]。
他们赤条条走来，同坐在一块石上，
面对狰狞而荒凉、焦虑不安的群山，
面对天地的苍茫，时空的延绵不断。
他们忧伤的目光使大自然更苍凉；
他们俩坐在石上，而嘴里一声不响，
双手放在膝头上，彼此又转过脸去，
仿佛身负重荷时神情消沉而空虚，
他们的身上没有一点生命的表示，
只是把脑袋垂下，并垂得越来越低，
他们无法摆脱掉命定的懵懵懂懂，
他们冰冷又阴沉，弯着腰，神色惊恐；
无穷无尽无数的万象的轮廓消隐，
男人望白昼逝去，女人望黑夜来临；
正当天上的星座一一地升上天顶，
正当第一次海潮面对着一片昏暝，
对第一批的翠鸟[3]送来长长的夜吻，
黑黑的天空缀满密密麻麻的星辰，
如从瓶里撒出的花朵有万万千千，
他们陷入了沉思，眼睛里一无所见，
没有听到暴风雨来到前风高浪急，

① 据《圣经·创世记》，亚当（Adam）和夏娃（Eve）是上帝创造的人类第一对夫妻。他们生有两个儿子，长子该隐（Cain）务农，次子亚伯（Abel）牧羊。因为上帝只收亚伯的供礼，该隐气愤而杀死弟弟亚伯。这被认为是人类第一次发生谋杀罪行。

② 他们在伊甸园时曾面对面见过上帝，如今空余回忆而已。

③ 翠鸟（alcyon）是古希腊神话中的海鸟，是吉祥鸟。

他们整夜在黑暗之中无声地哭泣；
这对人类的父母，两个人哭得伤心，
做父亲的哭亚伯，做母亲的哭该隐。

1855年9月于海景台

〔手稿：1855年9月17日〕

* 本诗是《静观集》最后脱稿的诗篇之一。《不幸的人》之后，雨果仅写了一首12行的小诗和长篇跋诗《献给留在法兰西的亡女》。本诗是第5部《征途漫漫》的最后一首，其重要性和第3部的《小中见大》相同，而两诗的主题思想也相通。对雨果手稿的研究表明，全诗基本上在1855年创作完成，但结尾一节，人类第一对夫妻对人类第一件罪行的失声痛哭，这40行诗的雏形很早，可以上溯到1835年。可见，受苦的穷人，受难的先哲，肉体痛苦，而心灵高尚伟大，唯有恶人、罪人，才是真正“不幸的人”。本诗曾考虑题为“谁是不幸的人”。第6部《在无穷的边缘》主要是抽象深奥的哲理诗。有的研究家认为：“这首诗仿佛是幻想的诗人在探索无限的深渊之前，投向大地的最后一瞥。”

第 6 部　在无穷的边缘

桥 *

在我的眼前，出现一片茫茫的黑暗。
深渊既没有顶线，深渊也没有边岸，
这深渊巨大，死寂，一切都纹丝不动。
我感到在无声的无穷里无所适从。
我透过这层幽冥，这帷幕绝不透明，
瞥见潭底的上帝像颗暗淡的星星。
我惊叫起来：——我的灵魂啊，我的灵魂！
让你穿越这无边无际的大谷幽深，
让你在这黑暗里把你的上帝见到，
需要建造起有千百个桥拱的大桥。
可无人能造此桥！灵魂啊，伤心，吃惊，
你哭吧！——在我面前跳出来一个白影，
当我俯身向暗处投下惶恐的目光，
这个白影变成了一滴眼泪的形状；
这脸有童贞女的额头，孩子的小手；
像朵百合花，白得真叫人不敢接受；
两只小手一合拢，幻成了光明一圈。
她给我指指人间尘土堕入的深渊，
深渊深得连回声也永远无法听见；
她说：——如果你同意，这座桥由我来建。
我向苍白的朋友把眼睛抬得高高。

——你的名字叫什么？我问。她回答：——祈祷。

1852 年 12 月于泽西岛

〔手稿：1854 年 10 月 13 日〕

* 雨果在灵魂和罪恶深渊间架桥的形象，可能是受英国诗人弥尔顿《失乐园》的启发。祈祷在雨果的精神生活中占有重要地位。他于 1867 年曾向友人表示：“我不会一连度过 4 个小时而不祈祷。”可是，诗中“祈祷”天使完全是亡女莱奥波特蒂娜的少女形象。

我要去[①]*

你说，为什么借不可思议
　　的铁壁和铜墙，
你借万里晴空，一片澄碧，
　　黑得无可估量，

为什么你在这无动于衷
　　的宏大的圣府[②]，
为什么用捆扎浩浩无穷
　　的广漠的尸布，

把你的永恒的法则埋藏？
　　以及你的知识？
你知道我的身上有翅膀，
　　真理呀，你真是！

为什么你在黑暗中藏身，
　　使我们都狼狈？
为什么你回避苦闷的人，
　　你想展翅高飞？

---

① 原题用拉丁文，语出罗马诗人维吉尔的《牧歌》。

② 指上一节的“晴空”。

不论罪恶在破坏，在建造，
　　是国王，是小丑，
你非常清楚，正义，我定要，
　　定要把你追求！

“理想”，神圣的美，你在苦命
　　的人心中萌芽，
“理想”，你使英雄豪杰坚定，
　　你使人心伟大，

你们也都知道，“理智”，“爱情”，
　　我对你们崇拜，
你们像地平线上的黎明，
　　冉冉升将起来，

簇拥着一圈星星的“信仰”，
　　羞答答的“自由”，
以及“权利”，人人可以分享，
　　我把你们追求！

上帝的光啊，是无际无边，
　　你们虽然居住
在蓝色深渊的阴森空间，
　　可也毫无用处。

我当年看惯了深渊空虚，
　　年纪还很幼小，

我对乌云密布毫不畏惧；
　　我是一只大鸟。

我这鸟，阿摩斯[1]日夜思念，
　　曾经梦寐以求，
我这鸟，圣马可[2]也曾看见
　　出现在他床头。

这只鸟迎着绚丽的日光，
　　额头抬得高高，
身上长着雄鹰般的翅膀，
　　雄狮般的鬃毛。

我的翅膀。我向往着顶点；
　　我会飞得很好；
我的翅膀可以搏击蓝天，
　　可以穿越风暴。

我攀登无穷无尽的阶梯；
　　即使科学无知，
像黑夜一般的不辨东西，
　　我偏要有知识！

灵魂对此极限，你们知道，

---

① 阿摩斯（Amos）是公元前8世纪的希伯来先知，原是提哥亚的牧人。他梦寐以求的鸟，不详。

② 圣马可（saint Marc）即是《新约·马可福音》中的马可，其标志是一头有翼的狮子。

定要大闹一场，
要知道，不论要攀登多高，
我要勇往直上！

你们知道，心灵多么坚强，
只要上帝撑腰，
敢在任何事情上去较量！
你们也都知道，

我要走遍蓝天里的栏杆，
我在空中行走，
借通往群星的长梯登攀，
脚步决不发抖！

在目前的时代，动荡如此，
像混浊的海洋，
人就应当以普罗米修斯，
以亚当[①]为榜样。

人应该从巍巍天宫偷取
长明之火；应该
去揭穿笼罩自身的玄虚，
并把上帝偷来。

人即使在自己家的茅舍，
经受暴风骤雨，

① 亚当为了和上帝一样聪明，偷食“知识之树”上的果子。

需要一条作为他的美德
　　和智慧的法律。

没完没了的无知和痛苦！
　　人总是被追赶，
命运无情；永远都是桎梏！
　　永远都是黑暗！

要让人民从苛政的蹂躏
　　中能摆脱出来，
要让这受罪的伟大人民
　　知道这张大牌！

在行将结束的黑暗世纪，
　　现在爱情已经
给未来勾画出一幅依稀
　　而不清的面影。

支配着我们命运的法则，
　　要由上帝写完；
如果这些法则神秘莫测，
　　那我就是精灵。

我这个精灵永远向前进，
　　谁也无法拦阻，
我的灵魂时刻准备接近
　　耶和华这天主；

我是个不留情面的诗人，
　　做人责任为大，
和痛苦共呼吸，军号阴森，
　　借我的嘴说话；

我爱沉思，我把活人的事
　　一一放在心上，
我撒给东西南北风的是
　　我可怖的诗行；

我好默想，我是长着翅膀，
　　手有劲的力士，
把彗星的头发揪住不放，
　　在天宇里奔驰。

所以，解决这问题的法则，
　　我会全部到手；
我是可怕的哲人和麻葛，
　　我为法则奋斗！

为什么把这些法则藏好？
　　万物无墙可挡。
我只要把你们法则找到，
　　不惜蹈火赴汤；

我定要阅读天上的大书；
　　甚至赤身裸体，

就闯进令人害怕的圣幕[①]，
找未知的真谛，

走到虚无和缥缈的门前，
这裂开的深渊，
由大群凶恶的黑色闪电
加以严密看管，

走进凡人所不见的宫闱，
走到九天重霄；
雷声啊，如果你狺狺犬吠，
我会大声吼叫。

1853年1月于罗泽尔石棚[②]

〔手稿：1854年7月24日〕

＊这是一首融雨果人生哲学和社会哲学于一体的“启示录式”的长诗。1854年夏秋间，正是雨果酝酿并完成其哲学思想体系的时期。诗人为了追求生活和斗争的真理，以咄咄逼人，甚至盛气凌人的气势，表示要和天公一比高低的决心。雨果身处逆境的拼搏精神，在这首气势磅礴、想象雄奇的诗中得到充分的反映。有的研究家认为，《我要去》是“对超人最好的赞美诗之一”。

① 圣幕（le tabernacle）原为犹太民族在耶路撒冷建立圣殿以前，存放“约柜”和“圣物”的帐篷，是代表上帝存在的圣地。

② 石棚（dolmen）是原始人类的一种墓葬，属巨石文化的遗迹，由两行平行的直立巨石上置横向巨石构成，状如棚屋。罗泽尔（Rozel）石棚在泽西岛东北角海边，由23块大石构成。雨果另一首哲理长诗《黑暗的大口在说话》即在罗泽尔石棚边写成。

克莱尔 *

怎么！你的女儿也跟在我闺女身后！
好心肠的母亲啊，你白白敞开大门，
你白白希望她能离家后重再回头，
青草丛中的那块石板是一座新坟！

我的闺女消逝在汹涌的波涛之中；
现在，克莱尔，轮到你也要高飞远走。
难道她们竟是，唉，一个个行色匆匆，
难道她们在天国暗暗地彼此招手？

孩子，你容光焕发，曾拒忧愁于门外，
从前，你母亲曾以歌声来哄你入睡，
你使你母亲入迷，因为你娇小可爱，
你以后又使她的天宇充满了光辉。

现在，你已长眠在这一块灰石之下！
现在，刚长大成人，你已经凋谢枯萎！
少女啊！蓝天和你是一般纯洁无瑕，
星星召唤百合花，你已被蓝天召回！

现在，你逃回重霄，如斑鸠逃回树林，
现在，你急急返回巍巍崇高的天顶，

你是火焰和翅膀，颂歌和芬芳，如今，
堕入的深渊充满光明、清香和爱情！

我们在黑夜再也听不到你的笑语。
我们仅仅是看到，仿佛为我们祝颂，
你在我们天空里、回忆中走来走去，
怀念是你的名字，彩云是你的脸容！

你是否已经预感即将忧伤地完婚？
你走过我们世界，用轻又轻的步伐，
你用一切美好的理想组成你灵魂，
这仿佛是为天上在准备一束鲜花！

看到你如此沉静，如此的明亮润泽，
噗噗流血的心头再没有任何怨恚。
你走在我们中间，如拾麦穗的路得[①]，
你捡拾的是好事，而路得捡拾麦穗。

天仙女啊，大自然赠你优美的丰姿，
曙光赠给你纯洁，田野赠给你善良；
我们人人免不了都有痛苦，但从此，
你的天生丽质使我们有温馨可享！

她冰清玉洁，显得万物都不宜相配，
她的身影只来自灿烂绚丽的仙乡；

① 路得（Ruth）是《圣经》里的人物。《旧约·路得记》载：路得是年轻寡妇，陪婆婆回家乡，在远亲波阿斯家田野拾麦穗为生，后与波阿斯成为夫妻。

她仿佛是天底下玫瑰树上的玫瑰，
她仿佛是天底下爱情庙里的乳香。

有人如果不认识这位可爱的少女，
就不会知道她会有怎么样的眼睛，
清澈又透明，如同闪耀的水波欢愉，
当惊恐的海洋上升起一颗颗星星。

她心地善良，单纯，诚实，天真和谦恭；
她以轻轻的声音把梦想的歌哼唱，
她一言一行，她一举一动，具有某种
说不出的遥远和朦胧，如一个幻象。

人们感觉到她在大地上不会久停，
她所以出现，只为马上又销声匿迹，
她无心接受不由自己做主的生命；
而坟墓似乎有时有吸引她的魅力。

她已经转入凡人只能屈从的阴曹；
凄凄的阴风吹起；她静悄悄地离开，
她美丽，纯真，像是一支天鹅的羽毛，
即使穿越黑夜，她依然一般洁白！

她在黎明升起的那时刻出发动身，
她是蓝天的美德，她又是晨光熹微，
她的这张嘴只有接受过梦的亲吻，
她的这灵魂只在上帝的床第入睡！

现在，我们正在被伤心事频频折磨，
母亲呀，我们跪在神圣的棺木前面，
眼中有一片漆黑，心里是无边落寞，
注视我们的亲人永远地消失不见！

相信亲人会不走！做梦！上帝催他们。
即使他们的白手搂住我们的脖颈，
天上的长风浩荡，这些可爱的幽魂，
我们以为是儿女，一个个颤抖不停。

他们在我们身边，在我们路上游戏；
他们也并不鄙弃地上阴暗的阳光，
在他们身后，他们天真地不会想起，
有时墙上的黑影，正是他们的翅膀。

他们来我们家中；我们便呼儿唤女！
他们也住在家里；他们有多么美好，
愉快地抚摩我们，喜笑颜开又死去。——
母亲啊，他们都是些天使，你可看到！

这是命运的意志，使我们望而生畏，
他们很快便返回大门洞开的天府；
他们的嘴唇没有沾过我们的酒杯，
他们没有做什么，他们也没有受苦。

他们兴冲冲走了，他们不知道妒忌，
不知道错误，骄傲，仇恨，痛苦和罪行，
这些可爱的亲人飞离生命的大地，

正当天真的眼睛如花开放的年龄！

不论我们是魔鬼，不论我们是使徒，
我们都应该工作，应该等待和准备；
我们沉思着为人或为己忍受痛苦；
我们肉体应流血，我们眼睛应流泪。

他们是空气飘逸，是一歇脚又远飞
的小鸟，是消失的呜咽，是四月艳阳，
但韶光易逝，他们是芬芳的玫瑰，
花香飘进天国里，完全融进了阳光！

他们神秘的灵魂具有强烈的厌恶，
厌恶我们有罪的肉体，我们的境遇；
这些另一个天地召唤去的沉思者，
他们有某种渴望，急于在清晨死去！

他们是金色的星，沉入曙光里不见，
对我们已死，对另一个天宇是新生；
因为，当一颗星星在死亡怀中出现，
死亡则会在彼岸继续成长的过程！

对，母亲，他们都是神秘的谜的选民，
是神的使者，长着翅膀，已赢得胜利，
为让几个可怜的父母能略为开心，
上帝才同意他们稍微碰一碰大地。

他们到我们跟前，我们才没有愁苦，

如天使来见雅各[①]，如耶稣来见彼得[②]，
每个人美丽，纯洁，人人眼睛中闪出
高高的天堂里的光芒，晶莹而澄澈。

然后，他们虔诚地亲吻我们的创伤，
包扎我们的苦痛，净化我们的思想，
透过我们的栅栏，让黎明闪出金光，
唱起天国的歌曲，在我们家里回响。

他们返回天上时，向上帝谈谈凡人，
让上帝看看我们尘世要走的道路。
我们经受的痛苦，我们的行为言论，
他们离开的时候，手里握一点泥土。

他们走了；有时是闪电把他们带走，
有时是我们治疗无能为力的病痛。[③]
我们会苍白，冷淡，眼巴巴望着门口，
我们已一无所知，只知道人去楼空。

我们说：——炉中没有火花，那要它何益？
家里不闻他们的脚步声，岂不可悲？
树荫下不见翅膀，那还有什么意义？
如果他们不回来，那我们还要等谁？——

---

① 雅各（Jacob）是《圣经》中以色列人的远祖，途中梦见天使从长梯上走下来见他。

② 彼得（Pierre）是耶稣十二门徒之一，被托付建立教会。

③ “闪电”可指莱奥波特蒂娜意外溺毙；“病痛”可指克莱尔死于肺结核。

他们走了，和诗琴奏出的琴声相同。
而我们留下，孤独，伤心，在我们前面，
才是万物的深渊；他们可爱的笑容
不时若隐若现地在茫茫黑夜闪现。

现在他们回来了[①]，这真是不可理解；
我们听到飘忽的人影，徘徊的声息，
有衣袍轻轻擦过我们孤寂的台阶，
而这一切岂不是叫我们只好哭泣。

我们感到他们的头发在暗中颤动；
我们也感到，有时祈祷后站起身来，
我们身上很疲乏，我们心中很沉重。
他们的白手轻轻触摸我们的膝盖。

他们以最最低的声音向我们说话：
“父亲呀！再等一等！母亲呀，再等一天！
“听见吗？我在这儿，我要等你，我留下，
“爱情的长梯很长，我等在梯子下面。

“我等你，为了我们大家可一道离去。
“尘世的生活太苦，你将会摆脱尘世。
“你别害怕，有上帝！死亡让大家团聚。
“你在世上是烈士，你将会变成天使。”

---

① 因为思念死去的亲人，有时会产生幻视、幻听。但是，雨果全家于1853年至1854年间，热衷会说话的“灵桌”。1853年9月11日，亡女莱奥波特蒂娜“回来”和父母亲说话。

啊！你们何时再来？再见你们是新生。
我们何时会见到死亡这一颗星星，
如同一支理想的火炬，亮得如明灯，
出现在这黑黑的天边，人们叫坟茔？

白鸽啊！我们何时去到你们的地方？
何处寻找死去的孩子？消失的春天？
可爱的亲人，我们只是亲人的坟场？
人间的光明，我们只是光明的夜间？

向着这唯有慰藉、仁慈的苍天飞驰，
向着不见的亲人，向着纯洁的男女，
向着心灵的热吻，向着灵魂的凝视，
我们何时能飞去？我们何时能飞去？

我们何时能飞去见到黎明和雷电？
我们何时能看到，还是人，却已解放，
我们阴暗的肉体可化作光明一片，
我们黑黑的双足长成金色的翅膀？

我们何时能躲进无穷无尽的欢畅：
戴着面纱的天使就是生动的颂歌！
透过蔚蓝的和谐，看到蓝色的诗行
在布满了星光的诗琴上来回闪烁？

你们何时来接应我们沉沦的苦心？
何时来把我们从下界和红尘接走，
仰望永恒的目光，灿烂得如花似锦，

我们共同在朦胧深处逍遥和遨游？

1846 年 12 月

〔手稿：1854 年 12 月 27 日〕

＊克莱尔是朱丽叶早年和雕刻家普拉迪耶生的女儿，也是她唯一的孩子，1846 年死于肺结核病，才 20 岁。此诗伪托于少女死后半年写成。雨果对克莱尔一直怀有慈父的感情，但诗中对死去少女的追念已达到理想化的地步。诗人表达对克莱尔的怀念，更寄托对莱奥波特蒂娜的哀思。同时，雨果也表达对灵魂不死的强烈信念，对彼岸世界的无限憧憬。

一角青天 *

满天的云层之下，大海闪耀出光辉。
无穷尽的争战后，波浪已十分疲惫，
只得让礁石休息，自己也昏昏沉沉，
把整个海岸化成一个巨大的海吻。
仿佛在无论何地，也无论何时，生命
在融化冬天，黑夜，嫉妒，伤悼和恶行，
仿佛躺下的死者告诫站着的活人：
要相爱！仿佛万事万物都一往情深，
向我们的嘴凑上其嘴唇，轻而又轻。
众生在暗中出神，由激动转为宁静，
张开眼睛和鼻孔，敞开心田和胸膛，
把神圣的元气和活力从四面八方
深深地吸入自己全身的每个毛孔。
天上伟大的和平降临，和海潮相同。
在路边的石缝里颤动着几茎小草；
灵魂热乎乎。似乎鸟窝里在孵小鸟。
无穷的空间仿佛充满树丛的战栗。
人们相信，这时候正在苏醒的大地
听到了白昼正在打开光明的门户，
听到风、劳动、爱情、人的第一声脚步，
听到乒乒乓乓的大门在插上门闩，
听到了曙光这匹白马的嘶叫、气喘。

小麻雀唰地展翅，像小精灵般活泼，
却飞来逗弄笑容可掬的巨涛洪波；
空气和蜜蜂逗乐，海浪和老鹰嬉戏；
神态一本正经的农夫在挖沟灌畦，
安排将要供麦子挥写诗行的篇章；
有渔夫坐在葡萄藤下的桌子一旁；
地平线上仿佛是一个迷人的梦境，
游动着海的鱼鳞和云的羽毛轻轻，
因为大海是海蛟，因为云彩是彩鸟，
有母亲在茅屋的门前把摇篮在摇，
从摇篮里飘出来一缕飘忽的柔光，
把田野、花朵、海浪涂抹得一片金黄，
和小教堂的坟墓相遇就变成光明。
阳光潜入深海的海底，去寻找黑影，
光明在浊浪惊涛亲吻黑影的额头。
一切都平和安乐；上帝在环顾四周。

1855 年 7 月于海景台

〔手稿：1855 年 7 月 4 日〕

＊小诗写雨过天晴的海岛景色。时间是傍晚，但明亮得如同曙光初照。很可能是真情实景。但诗中天、地、人的大和谐无疑具有象征意义。第 6 部多阴沉沉，甚至阴森森的诗篇，突然，诗人掀开《一角青天》。

“唉！万物都是坟墓。坟中出来又入墓……”*

唉！万物都是坟墓。坟中出来又入墓；
黑夜是此墓其大无比的围墙一堵。
　　光明闪耀，需由星光提供，
猎户星和天狼星，火星、木星和水星，
都是你暗沟里的石子，这看得很清，
　　啊，“永恒”你这黑暗的墓冢！

一天夜里，有精灵在梦中和我讲话，
对我说：——我是雄鹰，我飞的天宇很大，
　　升起对你是陌生的太阳。
我总是希望揭开一角巨大的乾坤；
希望就近看看你的天宇，你的星辰；
　　所以，我就来你这儿飞翔；

当我穿越过广漠而又可怕的河汉，
当我看到一大堆天昏地暗而骇然，
　　看到不敢看的深渊巨大，
我就自问，人们在这片黝黑中受苦，
黝黑是否能填满这深渊，而这深谷
　　又是否能把这黑夜盛下！

我是远方的雄鹰，我到的时候很怕，
我叫喊；你，沉思者，手中却没有火把，
　　我向你的边岸向下俯冲。
你是否也有这战栗，这惊恐，这惶惑，
你是又一个天上又一只雄鹰？——我说：
　　我是又一座墓中又一条虫。

1855 年 6 月于拉科比埃尔石棚

〔手稿：1854 年 6 月 9 日〕

*雨果借天外来客的鹰道出人世是一片黑夜，是无底深渊的信息。诗人自己从手执火把的鹰变成坟中的虫。这反映诗人思想一度经历悲观绝望的阶段。一个月后，雨果又写了另一首消沉的《沙丘上的话》，但在两诗中间，却写出了振奋人心的《我要去》。诗人的内心世界如海潮消长，起伏奔腾。

麻葛[①] *

1

你们中间已有祭司不少，
为什么要成为新的祭司?
凡带领众生前进的英豪 ，
都有忧郁而可爱的标记。
我们生来就是本来面目。
上帝站立在摇篮的暗处，
上帝亲手为某些人加冕；
上帝借山脉、森林和大海，
把圣经写进他们的头脑，
而他可怕的手隐而不见。

这些人里面，有的是诗人，
诗人的翅膀能上下飞翔；
一片片焦急不安的嘴唇，
为激动的言辞发出声响；
既有维吉尔，也有以赛亚[②]；

① 麻葛（les mages）本义为古代波斯拜火教的祭司，雨果借此比喻指引人民前进的思想家、科学家和艺术家。第 3 部的《小中见大》已出现过这个概念。

② 以赛亚（Isaie）是希伯来先知。相传是《圣经》中《以赛亚书》的作者，他富有诗意和想象力。

为命运的大谜放心不下，
苦苦求索的一个个心灵；
一位位上帝意志的帮手；
一个个光辉照临的额头；
一只只闪出光明的眼睛。

上帝对这些人关怀备至，
会在圣山和高峰上等候；
无底深渊不把他们吞噬，
让他们在边上吓得发抖；
他们感到石头也有生命，
他们为浩浩自然而酩酊；
他们看到云就陷入深思，
朵朵白云多么寂寞孤独，
只有一支支天风的队伍，
从中呼啸而过，百态千姿。

严峻的艺术家也在里面，
他们都仰慕洁白的黎明，
科学家，发明家实在可怜，
他们寻觅探求，捕捉踪影，
他们摸索着搜集和寻找
每一个事实和几何三角，
捡拾包容万物的每个数，
捡拾我们算不准的猜想，
捡拾从未知这一垛高墙
掉落下来的每一块碎土！

他们有豁然开朗的头脑，
这思想的海洋一片混沌，
在他们头脑里越涨越高，
这种涨潮群众无法看见。
这无边而又无际的大海，
由上帝伴随，由黑暗带来，
大海使人全身上下光耀，
浪花在礁石上碰得粉碎，
大海借无穷无尽的海水，
冲洗着荷马的一双光脚！

诗人背靠着约柜而站立。
大卫[①]咏唱，上帝看得更清；
作为森林中粗犷的祭司，
赫西奥德[②]在沉思，在前行；
摩西是不同凡响的人物，
两只大手向大自然伸出；
摩尼斯向受罚深渊宣讲，
无数的星星都洗耳恭听[③]……——
啊！黑黝黝的三重冕一顶！
天才啊！执掌无穷的教皇！

---

① 大卫（David）是《圣经》中《旧约》里的著名以色列王，相传是《旧约·诗篇》的作者。

② 赫西奥德（Hésiode）是公元前8世纪的古代希腊诗人，其作品有《劳作与时光》等。

③ 摩尼斯创立的宗教的僧侣多观察星象，所以雨果有“星星都洗耳恭听”之说。

你在蒂阿纳，他在拔摩岛；[①]
也有的人在喊：明天！明天！
正当人类在呼呼地睡觉，
也有的人已把号角吹遍；
有人命中注定，有人宽恕；
埃斯库罗斯有神灵长驻，
弥尔顿沉思在他的白厅[②]，
你，莎士比亚的灵魂永恒；
在理想之窗后面有明灯，
啊，是这些人脸上的眼睛！

阿基米德[③]站立高高山巅，
可以重新打开深渊万丈，
借助他雄伟壮丽的螺线，
如果上帝竟想重新关上；
欧几里得[④]掌管种种定律；
哥白尼[⑤]满脸的神色惊惧，
望着这天空如同是海洋，
有并无船首的大船航行，
阴沉沉的巨轮转动不停，
而车毂是一个一个太阳。

① 蒂阿纳（Tyane）指公元1世纪新毕达哥拉斯派哲学家“蒂阿纳的阿波洛尼奥斯”（Apollonios）。拔摩岛指《新约·启示录》的作者圣约翰。

② 白厅（Whitehall）是克伦威尔的官殿。弥尔顿是克伦威尔的秘书。

③ 阿基米德（Archimède，约公元前287—前212）是古代物理学家。

④ 欧几里得（Euclide）是公元前3世纪的希腊数学家。

⑤ 哥白尼（Copernicus，1473—1543）是波兰天文学家。

泰列斯[①]，毕达哥拉斯很多；
而错误百出的凡人看到
这些伟大的侦察兵经过，
如樗鸡[②]飞过幽暗的野草。
阿里斯托芬[③]可嘲笑先哲；
卢克莱修希望名垂史册，
写成了振聋发聩的长诗，
给这篇响亮的千古文章
插上曙光的每一只翅膀，
装上黑夜的每一只爪子。

大自然的规矩深沉严峻！
他们先知先觉，不同一般，
有人能接受古怪的命运，
去神圣老林，去幽幽深山；
他们去到凄凄然的忒拜，
待在瓦砾堆里脸色灰白，
行使其可怕的神圣职务，
他们制伏大海，大山，走兽，
制伏了阴险毒辣的鬣狗，
制伏了东奔西跑的猛虎！

---

① 泰列斯（Thalès，约公元前624—约前546）是希腊哲学家。

② 樗鸡（fulgores）是南美洲热带地区的昆虫，头上有隆起部分，在黑暗处能发出光亮。

③ 阿里斯托芬(Aristophane，约公元前448—前380)是古希腊最著名的喜剧家。雨果曾在一首诗中写过阿里斯托芬嘲笑哲学家苏格拉底。

杰罗姆[1]，你这沙漠的老人，
你在深渊边，头发已银灰！
以利亚[2]，你的性格很认真，
由天使供你食物和饮水。
阿摩司[3]，远不可及的地方
有不可见的喇叭在吹响，
一声声传入了你的耳朵；
上帝特别关怀你的灵魂，
你明明已完全进入墓门，
你没有肉体而仍可生活。

你严厉申斥出逃的灵魂！
圣保罗[4]，啊，可敬畏的斗士，
你手持利剑的非凡巨人，
只在永恒面前俯首帖耳！
你光耀，你下手，严加责备，
你一挥指，驱逐这些祸水：
伊西斯，阿斯塔黛[5]，基西拉[6]，

---

① 杰罗姆（Jérome，约 347—420）是拉丁文《圣经》的译者，曾隐居沙漠修行。

② 以利亚（Elie）是公元前 9 世纪的犹太人先知，相传他得到神力帮助，才能维持生活。

③ 阿摩司（Amos）是《旧约》中出身普通牧民的小先知，笃信上帝，为人严厉，常义愤填膺，富于激情。

④ 圣保罗（Saint Paul）是十二使徒之一，于公元 67 年在罗马殉教而死。他早年迫害基督教徒，顿悟后皈依基督教。

⑤ 阿斯塔黛（Astardé）是古代闪米特人的天后。

⑥ 基西拉（Cythérée）原是希腊岛屿，居民崇拜爱神阿佛洛狄忒，此处指爱神。

你要的是惩罚，不是宽恕，
天上电闪雷鸣，你这使徒，
看到的是长剑，不是光华。

俄耳甫斯关心世界苦难；
迷人的人被眯住了眼睛；
在他的四周，万物都充满
深邃和荒唐可怕的事情；
嶙峋怪石都是无畏勇士，
在暮色苍茫中拼杀不止，
和这阴森的暴风雨对抗；
啼哭的大海见两军相交
而颤抖，披头散发的波涛
紧抱住岩石赤裸的胸膛。

巴录[①]在告诉受难的信徒：
——兄弟，你的皮肉受到折磨；
你的品德也在我们住处
忍受被蔑视的丑恶枷锁；
可是，要相信会得到解放，
要对上帝寄予你的希望，
如果你确实能坚信上帝，
你定会摆脱命运的黑夜，
明天，你站起来，轰轰烈烈，
如同是启明的晨星升起！——

① 巴录（Baruch）是犹太先知，耶利米的弟子，对被囚在巴比伦的希伯来人预言会得到解放。

品达[①]在他的贝利翁山上，
心灵变得崇高，豪情满怀；
但以理[②]在狮子坑里歌唱，
使上帝从狮群中走出来。
塔西佗在精雕细刻羞耻；
珀西斯[③]，阿基洛克[④]，耶利米[⑤]，
三个人的眼神完全相同；
因为，犯下罪行，永远招致
凶狠的猎犬似的讽刺诗，
还招致天上的雷声隆隆。

现在各位笑的祭司相聚，
斯卡隆[⑥]总在痛苦中挣扎，
莫里哀哭，塞万提斯[⑦]入狱，
伊索[⑧]被主人用皮鞭抽打！
绝望之中竟有希望涌现！
德谟克利特[⑨]、泰伦斯[⑩]之间，

---

① 品达（Pindare，公元前518—约前438）是古希腊抒情诗人，曾住在贝利翁山上。

② 但以理（Daniel，公元前7世纪）是希伯来人先知，被扔进狮坑而能安然无恙。

③ 珀西斯（Perse，34—62）是罗马讽刺诗人。

④ 阿基洛克（Archiloque，公元前7世纪）是古希腊讽刺诗人。

⑤ 耶利米（Jérémie）是希伯来人的先知，传为《耶利米哀歌》的作者。

⑥ 斯卡隆常年患有关节炎。

⑦ 塞万提斯（Cervantès，1547—1616）是西班牙作家，《堂吉诃德》的作者，曾被海盗关押五年。

⑧ 伊索是奴隶。

⑨ 德谟克利特（Démocrite，公元前5世纪）是古希腊乐观主义哲学家。

⑩ 泰伦斯（Térence，约公元前190—前159）是罗马喜剧诗人。

拉伯雷的书没有人读懂；
他摇晃着亚当，哄他睡觉，
拉伯雷的哈哈一声大笑，
是一个思想的无底深洞！

普劳图斯和牝山羊谈论[①]，
阿里奥斯特把梅多[②]咏唱，
卡图卢斯[③]、贺拉斯的嘴唇，
吸引金色的蜜蜂来品尝[④]；
阿那克里翁[⑤]和伊壁鸠鲁[⑥]
两个人仿佛是情同手足，
彼翁[⑦]全身上下都是阳光，
莫斯库斯[⑧]有埃特纳照耀，
他们是祭司，都播撒欢笑！
他们是祭司，把爱情提倡！

这地方雅各[⑨]和天使为敌，
格鲁克[⑩]和贝多芬却自如；

---

① 普劳图斯的一篇作品中，主人公梦见自己的妻子和年轻女奴变成牝山羊。

② 梅多（Médor）是阿里奥斯特滑稽英雄史诗《疯狂的罗兰》中的人物。

③ 卡图卢斯（Catulle，约公元前 87— 约前 54）是拉丁诗人。

④ 《惩罚集 · 皇袍》中有蜜蜂飞上柏拉图的嘴唇的诗句。

⑤ 阿那克里翁（Anacréon，公元前 560— 前 478）是古希腊抒情诗人，笔调轻松愉快。

⑥ 伊壁鸠鲁（Epicure，公元前 342— 前 270），希腊哲学家，提倡享乐主义。

⑦ 彼翁（Bion）是公元前 1 世纪的罗马田园诗人。

⑧ 莫斯库斯（Moschus）是罗马田园诗人。

⑨ 雅各（Jacob），曾在梦中遇天使，与之争斗。

⑩ 格鲁克（Gluck，1714—1784）是德国作曲家，曾在法国生活和工作。

莫扎特一笑，而佩戈莱西[①]
低声念这名句：圣母痛苦[②]！
皮拉内西[③]有黑黑的头脑，
是个极大的熔炉在燃烧，
约柜和天空在炉内相逢，
有高塔，有列柱，还有盘梯，
而巴别塔大得无法估计，
都在他头脑里升高沸腾！

忌妒躲在他们身后冷笑。
这些半神半人[④]一一签名，
菲迪亚斯签帕台农神庙[⑤]，
布拉曼特签梵蒂冈宫廷[⑥]；
布奥那罗蒂[⑦]高傲而自负，
望着洁白马槽里的耶稣[⑧]，
像祖父，像来朝拜的博士[⑨]，
米开朗琪罗啊，在你笔下，
婴儿变成鬼魂，襁褓入画，

① 佩戈莱西（Pergolèse，1710—1736）是意大利作曲家。

② 《圣母痛苦歌》是佩戈莱西的名作之一。

③ 皮拉内西（Piranèse，1720—1778）是意大利建筑师和绘画家。

④ 原指希腊神话里神与人生下的后代。

⑤ 菲迪亚斯（Phidias，约生于公元前431年）是古希腊最伟大的雕塑家。帕台农神庙是其杰作之一，位于雅典的卫城之上。

⑥ 布拉曼特（Bramante，1444—1514）是意大利建筑师，曾设计梵蒂冈的圣保罗大教堂。

⑦ 布奥那罗蒂是意大利画家米开朗琪罗的姓氏。

⑧ 相传圣母马利亚是在马槽里生下耶稣的。

⑨ 相传耶稣诞生后，从东方有三位“博士”前来朝拜，以示吉祥。

阴阴沉沉，更像一件尸衣！

这一部宇宙大典的大书，
每个人都写下一篇一章；
有人把神圣的书架雕塑，
也有人为经书烫金精装；
人人作圣诗，人人写圣经；
吕西珀[①]站在伊托姆山顶[②]，
他的诗行是晶莹的云石，
伦勃朗[③]目光炽热用绘画，
普利马蒂乔[④]用石头刻画，
约伯用污泥[⑤]，但丁有雄诗。

每个人的诗章加在一起，
有的发光膜拜，有的颤抖，
都咏唱生命，都升向上帝，
都是闪亮的异相的神兽；
每篇诗都是深渊的喊叫，
尘世的请求，高山的呼号，
都是对奥秘做出的解释，
都是我们人的不安忐忑，
都是自发或有意的颂歌，

---

① 吕西珀（Lysippe，公元前4世纪）是古希腊雕塑家。

② 伊托姆山（Ithome）是吕西珀家乡地区的山。

③ 伦勃朗（Rembrandt，1606—1669）是荷兰著名画家。

④ 普利马蒂乔（Primatice，1505—1570）是意大利艺术家，多才多艺，任法国王家宫室总管。

⑤ 约伯曾受生活折磨的考验，坚持信仰。雨果认为他是天才的诗人。

都是对坟墓之谜的启示!

我们的生命仅一刻一时,
诗章显示出无限的深广,
老天哪,和你的伟大相比,
我们看到了内心的凄怆!
人是囚徒,人在侧耳倾听,
此时,怀疑之虫瞎了眼睛,
怀疑在人的脑袋里生存,
在头颅这座地牢的顶上,
怀疑撒开其蜘蛛网一张,
在等待捕捉愤怒的灵魂。

诗章在爱,在哭,给人安慰,
诗章在沟通思想和意义,
诗章也沟通火灰和香灰,
把活人和死者联在一起,
诗章连接金字塔和黄沙,
提醒此人曾经意气风发,
告诉那人万物去而不留,
使星星的眼睛迎着光明,
也使黑夜里猛兽的眼睛,
一边哭泣,一边眼泪在流。

2

对,苏格拉底也是个祭司!
对,还有那个自刎的卡图!

逃离罗马的尤维那利斯，
手杖比权杖更令人羡慕；
都是祭司，提尔泰[①]有歌声，
梭伦[②]的大法人人都遵奉，
柏拉图明哲，拉斐尔[③]美妙！
都是觉悟的英豪，是主宰！
头上都闪出炫目的光彩，
胜过圣诞夜耀眼的主教！

大自然的子孙，你们看到：
映照出真正光明的脸形
在你们火炬前纷纷出现，
都是美的幽魂，真的幽灵；
先哲，在希腊和埃及一样，
奥秘借你们脸刻写思想，
借你们墙刻画象形文字；
古国迦勒底，以及古印度，
踏进你们地底下的古墓，
化作幽暗的门廊和古寺！

当鹤群在凯斯特河河边，
乘着夜风纷纷飞向天际；
当高大的黑圆屋顶后面，
月亮阴森森地正在升起；
当龙卷风紧紧依靠波涛；

① 提尔泰（Tyrtée，公元前7世纪）是古希腊抒情诗人，以歌声激励斯巴达人。
② 梭伦(Solon，公元前640—前558)，雅典立法者，七贤之一，为雅典确立法规。
③ 拉斐尔（Raphael，1483—1520）是意大利画家和建筑家。

当冬天的北风阵阵呼号，
使恐怖和暴风骤雨乱飞，
挟带着叫骂声纷至沓来，
向着一声声呜咽的大海，
洒下乌云的每一滴眼泪；

当阴风在各处坟墓之中，
正和先王们的尸骨戏耍；
当又高又大的野草丛丛，
正使劲摇晃芳香的长发；
当风暴的大钟齐声轰鸣，
我们办丧事，我们有喜庆，
都在高高的钟楼上敲响；
当黎明展现其乳色白光，
是为有这些人静观凝望，
永远担惊受怕，沉思默想！

静观者知道寂静的夜晚
对离去的死者作何想法；
知道功勋对谁更加喜欢：
是征服者受奖？烈士受罚？
静观者听得见渔网、麦束
和铁甲各自在低声倾诉，
听得见当此枝头已开花，
夜短昼已长的愉快时候，
一朵朵玫瑰已张开小口，
对天宇巨大的耳朵说话。
枯黄的林木，蔚蓝的海天，

风声、浪涛及荒野的喊叫，
由于这些人在渴求无限，
是他们解渴的上好饮料；
他们有严肃思考的习惯，
把一切物质都赋予感官，
把一切神秘才藏诸深心；
他们为茫茫空间而沉醉；
黑影是一只举起的酒杯，
供这些忧郁的过客喝饮。

这些比赛亚多认真观察！
啊！他们在冥想，多么惊恐！
在此沉沉黑夜，密密匝匝，
这些观众多么非凡出众！
啊！多少脑袋吃惊得愣住！
这些诗人、先知以及使徒，
他们在宣讲、写作和沉思，
有的裹尸布，有的戴面网，
衣袍的褶皱里缀满星光，
劲风中飘拂灰白的胡子！

3

他们是否认识他们自己，
这出大戏的一位位名角？
他们可明白自己的问题？
他们的存在，自己可知晓？
为让他们好好穿衣打扮，

有时天使也从天上下凡。
他们从更衣室走上前台，
神情庄重，愉快，古怪，忧伤，
他们把阴沉的面具戴上，
为了把未知的奇迹掩盖。

欢乐或痛苦为他们搽粉；
他们的身影朦朦又胧胧。
比苍白的大地更远更深，
映照在浩浩的宇宙太空；
他们的行为使深渊惊讶；
当他们用人的语言说话，
面对是乌合之众的众生，
其深刻的程度见未所见，
他们每次把手伸向苍天，
或黑暗降临，或旭日东升。

他们各有扮相，先后有序；
他们的衣装穿着是凡人，
演出这其大无比的喜剧，
演黎民百姓和万古永恒；
他们手执火炬，或是酒杯；
我们，我们凡夫俗子可悲，
如参与其间，会吓得发抖！
沉沉的深夜，金色的星星，
对这些辉煌灿烂的优伶，
彼此在黑暗中问答不休。

4

啊！他们的事业多么庄严。
这些优伶每人都是英雄！
他们在我们法庭上出现，
是真理，神圣，是一心为公。
在黑暗的尘世，我们感到
既有翅膀，同时也有监牢；
他们使我们有一线希望；
他们是食粮，他们是光明；
他们让人心充饥和活命，
他们给众生把上帝分光！

面对我们这人类被奴役，
苍天无言，苍天保持沉默。
难道这就是生命的藩篱？
难道这就是死亡的帷幄？
黑暗呀！心灵徒然想起飞，
冥冥之中未知从不张嘴，
凡人感到命运无法主宰，
不知道对此大谜和无穷，
这一片苍苍茫茫的青穹，
究竟应该害怕，还是热爱。

他们，他们和这奥秘交谈！
他们在向这永恒者询问，
他们在把这孤独者叫唤，
他们升空，叩敲天上的门，

他们又飞入墓中，问死者：
你在家吗？如同一只白鸽，
把衔在口中的嫩枝伸出，
语调庄重，或恭顺，或温柔，
我们相信听到，有的时候，
有人走近时沉重的脚步。

5

我们是活人，站立在死亡
这无边无际的深渊门口，
我们赤身裸体，心里恐慌，
全身被浩大的战栗浸透；
这浪花里有我们的亡魂；
我们这一大群迷茫的人，
手里的火炬被海风吹灭，
既不见船桨，也不见帆影，
在有墓地的峭壁下倾听，
亡灵借波涛发出的呜咽。

我们注视着黑浪的沉浮，
深暗的海底，丑恶的外貌；
我们注视着黑夜和浓雾，
无边无际墓穴里的海涛；
如同海面上的海鸟一样，
掠过充满耶和华的海洋
正在发怒和哭泣的海边，
跨越深渊上的高墙，不时

有个清白和崇高的天使
突然出现，一转眼又不见。

有时候，从天使舒舒服服
的翅膀里掉下一片羽毛；
这片羽毛将会返回坟墓？
以后又怎么样？无人知道。
羽毛会落进尘世的沟壑？
这大天使究竟喊叫什么？
他是说不对？他是说正是？
于是，人群纷纷赶来寻找，
在下面寻找消失的羽毛，
在上面寻找不见的天使！

接着，恍若这是一个梦境，
多少眼睛闭上，心儿不跳，
而海滩上又一遍遍历经
阵阵波涛，波涛，还是波涛，
在命中注定的山洞里面，
由闪闪发亮的手指一点，
大家终于找到一个超人，
手里紧握着天使的羽毛，
在撰写云蒸霞蔚的书稿，
在勾画熊熊燃烧的奇文！

他紧握铁拳，支撑着下巴，
他沉思，他运算，忧心如焚；
此人在说：我是莎士比亚。

此人在说：而我，我是牛顿。
而此人在说：我是托勒密；
他在合上的巨大的手里，
握住了一个黑夜的地球。
此人说：我是琐罗亚斯特；
他的眉宇下有星辰一颗，
他的头颅下有蓝色宇宙！

6

对，有了这些先哲和贤明，
这些狂徒称：我一目了然！
黑暗呈现出种种的面形，
寂静充满了种种的呼喊！
人借上帝颤动，如同灵魂，
人已作为生灵，抖擞精神，
追求勇敢又大胆的进步；
凡是沉默者纷纷在开口；
万物闪亮；黑沉沉的地球
有天光灿烂而云开日出。
他们用解剖刀，借助思想，
从天下万物中认识上帝；
大自然的主宰从不亮相，
应他们召唤露出了真迹；
黑影把自己的象征揭晓，
而奥秘正在解释其玄妙，
黑夜张开了敏锐的眼睛；
问题的答案也被迫出来，

亲自把黑黑的疑团解开，
即一刀叫斯芬克司丧命。

对，有了这些人，卓越超凡，
有这些诗人，都凯旋荣耀，
他们要建造诗篇的祭坛，
借人心作为建造的石料，
从罗马祭司到北欧铭文，
从印度僧侣到白色塔门，
从高卢祭司到希腊教士，
如一条普遍灵魂的大河，
有某一位上帝，永不干涸，
在人类血管里滚流不止。

7

环形大石圈[①]散卧在草丛，
高高耸立在寂静的山顶；
群岛在晶莹澄碧的水中；
天幕上有一簇簇的群星；
高山啊！大海啊！云天高深！
青草，海鸥，以及人的灵魂，
都遭受冬天的欺凌鞭挞，
这些流亡者，一个个忧伤，
对写在黑夜的三页书上

① 环形大石圈（cromlech）是一种巨石文化遗迹，巨大的立石围成圆圈形。雨果流亡的泽西岛山顶上有环形大石圈。

的这三句话在思考回答。

——啊，古老悠久的环形石圈，
人们怕你，如对暗礁胆怯，
你在山顶上写什么书卷？
沉思的石圈回答说：黑夜！
——群岛，你的波涛如烟喷涌，
你在雾中有什么话咕哝？
岩石对海上翠鸟说：死亡！
——群星，你们照透我们船帆，
你们彼此有什么话好谈？
——上帝！众星星在齐声高唱。

啊，茫茫空间深沉的见证，
说同一个词汇，用三种语言！
世间万物朦胧，生长，驰骋，
凋谢和死去，都掉在上面。
我们都同样经历了一圈。
一座深渊，就是一处源泉。
黑夜悼念时披戴的黑纱，
荒丘野坟上的一块石碑，
纯洁的星星照下的清辉，
都只是同一只眼睛在眨！

面貌在变，万变不离其宗；
为了能啄咬鲜红的果实，
小鸟们飞进柑橘的林丛，
而彗星却向着太阳飞驰；

万物是原子，星星是万物；
草茎是微不足道的支柱，
结出麦穗，城市才能出现；
黄莺的金色小脑袋一斜，
在一滴水中喝一个世界……——
无边又无际！无际又无边！

深夜，赫歇尔[①]在工作平台，
他独自借助巨大的透镜，
在追踪独一无二的存在，
靠这只晶莹的玻璃眼睛；
他在上面的世界看上帝，
而显微镜十分奇妙稀奇，
在注视下面的微乎其微，
为深不可测而感到恐怖，
窥视着小而又小的怪物，
彼此乱糟糟地又打又追！

8

上帝是爱心、威力和愿望
的三把火，是三重的和谐，
是巨大的眼睛，永不合上，
充满仁爱，永远光华烨烨，
在漆黑的地方清晰可见，

① 赫歇尔（Herschell，1738—1822）是英国天文学家，制造大望远镜，发现天王星及其卫星。

在灵魂、生命和天宇面前，
现出其三张光荣的面容，
使眼睛惶恐，使嘴巴惊愕，
有令人眩晕的光芒四射，
照彻碧落黄泉，重霄太空。

这每一个麻葛，有人逞强，
有人愿意，而也有人爱护[①]，
每人心中都有一线光芒，
能和耶和华的眼睛接触；
他们的精神在深思熟虑；
从上面照下来天光一缕，
从天上照临群山的山顶，
从上帝照临受苦的世界，
并在深渊的三角[②]上联结
所罗门目光炯炯的眼睛。

9

他们向孤寂的沙漠发言，
孤寂的沙漠一听就明白；
他们向众多的人群讲演，
能使这股人流激动起来；
他们能摇动高大的城墙；
并启发不可动摇的信仰，

---

① 三类麻葛“逞强”“愿意”和“爱护”的行为和上帝“威力”“愿望”和“爱心”的三种属性相对应。

② 历史上有把上帝图解为三角里张着一只眼睛的传统。

他们激励人们做出牺牲；
而他们汲取灵感的诗神，
是躁动不安又激动万分
的普天之下的芸芸众生。

一个民族如何诞生？是谜！
在某一些时候，一切声音
都已经消失，而整个大地，
黑夜仿佛是无穷又无尽；
一切光亮都已无踪无影；
竟没有一只张开的眼睛，
地下没有火，天上没有光，
没有人思想，没有人开口……——
白茫茫的沙漠尽是石头，
以西结[①]！以西结！你来观望！

一阵风从浩浩长天吹落，
其声轰然，像是大发洪水，
从阴沉沉的石头上吹过，
这些石头变成白骨一堆；
白骨之窸窸窣窣，战战兢兢；
这阵风刮呀刮，刮个不停，
刮得这堆骨头四处乱走，
这些白骨变成一个个人[②]，
我们站立起来，我们生存，

① 以西结作为希伯来先知，相传上帝曾命他在堆满白骨的山谷里讲话。

② 本段石头变白骨、白骨变人的描写，既取材以西结的传说，也取材希腊神话中普罗米修斯之子丢卡利翁夫妻两人向肩后掷石头，石头变成男女的故事。

而这一阵风，这就是自由！

从大无之中诞生出大有，
这个发生过程如此完成。
上帝沉思着说道：我要求
躺倒的东西站起来立正。
虚无说：我曾是苦难无疑；
痛苦说：我现在是法兰西！
啊！这个景象有多么恐怖！
裹尸的黑布已掉下不见；
这样，沙漠变成白骨一片，
一片白骨变成一个民族。

10

万物是恐怖、战争和死亡；
人类被自己的影子压倒；
“风暴”在全世界各个地方，
像发疯的孩子一般奔跑。
风暴把闪电折断于山巅，
波浪于沙滩，枝条于冬天，
阳光被暴雨，都一一摧毁；
在我们称之为自然万物
的这一整个古怪的地窟，
现在是风暴在滥施淫威。

风暴无情践踏，残酷折磨，
凡是这个酷烈的大自然

所有的狰狞可怕的灾祸，
都是供它吃的一日三餐；
它喝的是燃烧的熔岩流；
从基多[1]这白色的火山口，
周围有一圈永恒的冰块，
直至赫克拉山[2]，深渊万丈，
又是牢狱，是极地的乳房，
这个阴险的婴儿在吃奶！

风暴是一股盲目的力量，
在抖动那块巨大的尸布；
风暴是恶兽，是魑魅魍魉，
又嘶鸣，嗥叫，又怒吼，狂呼；
它扼杀新生事物的出现；
风暴对曙光，风暴对春天，
对和平，对爱情狂喊：滚蛋！
它是疯狂，霹雳，它的臭名
叫野蛮，风暴对人是罪行，
对昼是夜，对上帝是撒旦。

这是物欲之风，多么阴冷，
使整个大自然感到害怕；
精神，精神是光明的劲风，
劲风紧追阴风，抓住就打；
精神狠打猛揍，斩草除根，

① 基多（Quito）是地处赤道的厄瓜多尔首都，周围确有火山口。
② 赫克拉山（Hékla）是冰岛的火山名，但算不上在北极。

精神的原则是以本治本；
精神要把敌人一一打倒，
它以和谐打倒无法无天，
它以精灵打倒千难万险，
它以雄鹰打倒北风呼号！

他们都是金刚，身高百尺，
由基督领队，荷马在中间，
每个人都是思想的斗士，
每个人都是上帝的武弁；
当有某种形式的恶来到，
只要恶在手里舞剑弄刀，
如同院子里的苦役犯人，
上帝在浩大的军阵之中，
选定某个力士，力大无穷，
去踏平灾难，去扭转乾坤。

来吧，伏打！请你快快出现，
制伏“电流”这地狱的火川！
来吧，富兰克林[①]，你看“闪电”。
请快来，富尔顿，镇住“急湍”！
卢梭[②]，把“仇恨”紧紧地抓牢。
“奴隶制度”挥动它的镣铐；
伏尔泰啊，要对贱民相帮！

---

① 富兰克林（Franklin, 1706—1790），美国政治家，物理学家，曾发明避雷针。

② 卢梭（Rousseau，1712—1778）是法国作家，著有《社会契约论》，倡导人类平等。

泰伯恩[①]得意，而“沙滩”[②]在笑，
隼山这恶狗在狺狺吠叫，
啊！贝卡里亚[③]，人们在死亡！

人没有不能实现的事情。
闪电对这捕鸟人也害怕。
人对自己痛苦说：要安静！
其实他的伤口又深又大。
桅杆的横桁也许是翅膀；
灵魂把人沉重的脚一双
送到目力能达到的所在；
星星十分寂寞，形单影只，
以十分不安的心情注视
哥伦布的船帆正在发白。

艺术在科学的一旁飘摇，
眼睛对双重的天宇观看；
诗歌是一个高明的向导；
伊阿宋[④]由俄耳甫斯陪伴。
一艘迷失的大船有一天
同时在茫茫的天际看见：
有一只鸟在茫茫的空中，

① 泰伯恩（Tyburn）是古代伦敦的刑场。

② 指古代巴黎的刑场“沙滩广场”。

③ 贝卡里亚（Beccaria，1738—1794）是意大利犯罪学家，不主张用酷刑。

④ 伊阿宋（Jason）是希腊神话中的英雄，曾率船队去远方找到金羊毛，返回希腊。

有一支桨在孤独的水里；
于是，伽马[①]大声喊道：陆地！
而卡蒙斯[②]大声喊道：天空！

赢得的成就会日积月累。
沉思的哲人会发明创造。
说吧，讲讲你们到底是谁，
磁铁，运动，力量，以及波涛！
深渊中万物都大吃一惊：
黑影看到我们升上山顶，
地下岩洞吓得脸色已变，
我们和洞里怪兽比高低，
珍珠竟然会被我们获悉，
世界竟然会被我们发现！

头上是高大的高加索山，
人类由觉悟的哲人指引，
世世代代以来，不畏艰难，
人类在沉思着向前迈进；
人类在大地上前走，他走
进黑夜，走进茫茫的宇宙，
他走进无限，他走进有限，
走进蔚蓝，走进惊涛骇浪，
借助普罗米修斯的火光，
解放者的身上绑着锁链！

① 伽马（Gama，约 1469—1524）是葡萄牙航海家，首先绕过好望角，到达印度。
② 卡蒙斯（Camoëns，1524—1580）是葡萄牙民族诗人，著史诗歌颂伽马的英雄业绩。

11

哲人，祭司长非你们莫属，
啊！你们为浩大希望斗争，
你们把鹰首的野马[1]制伏，
你们把黑色的飞马[2]骑乘！
上帝面前唯有赤子之心，
能看见真相，能听见真音，
你们才认识宗教的真谛！
你们的神思要远走高飞，
天上的云彩有无数马背，
对你们说：浩荡大军，快骑！

你们在启示，你们在赞颂，
当你们把疑难问题解决，
返回到苍白的人群之中，
你们又告别巍峨的山岳，
圣光把你们请上去做客，
我们的祝愿，你们的颂歌，
都扶摇直上高高的山巅，
你们和曙光的额头相撞，
巨人们啊，一缕缕的金光，
还留在你们的头发上面！

---

① 半鹰半马是神话中的怪兽。

② 飞马象征诗的灵感。

请人人去发现新的事物！
请走进雷声隆隆的云中！
请你们去把伟大的祝福，
带回给一片碧绿的草丛，
带回给炙热滚烫的沙滩，
带回给，不论深渊有多暗，
被撒旦统治的地府阴曹，
给伊克西翁[①]流血的地下，
祝福善人，恶人，祝福大家，
不论此人在笑，在唱，在咬！

啊！雄鹰，灵魂，飞鸟和英豪，
奋飞和理智，大家要同时，
为了把火焰紧紧地握牢，
为了把未知的天宇认识，
去穿越风暴，去穿越黑夜，
你们的头上有众多世界，
众多太阳，下望山山水水：
埃及，希腊，犹太国和印度，
从大山顶上，从思想高处，
请快快起飞！请快快起飞！

这岂非无法形容的欢喜：
感到自己成为无限宽广；
借自己以为找到的真理，

---

① 伊克西翁（Ixion）因侮辱天后赫拉，被天神宙斯罚入地狱受苦，被缚在一个火轮上，永远转动不停。

把本来以为的寓言照亮；
看清巨大火山口的深处；
感到奥秘的战栗一步步
在自己的全身上下传遍；
去拜访星星，自己是火光；
自己告诉自己：我是翅膀；
自己告诉自己：我有蓝天！

去吧，祭司！去吧，各位天才！
去吧，寻找人自己的音符，
星光灿烂的深渊里，传来
交响乐的乐曲，响彻今古！
远离我们这烦恼的世界，
远离我们所建立的法令，
你们去品尝，崇高的生灵，
茫茫天宇里的归寂陨灭！

1856 年 1 月

〔手稿：1855 年 4 月 24 日〕

*《麻葛》是一首抒情颂歌。颂歌的创作过程很曲折，原稿的长度曾在 500 行和 760 行之间，诗节数在 7 节与 13 节之间。诗人数易其稿，最后选定目前的 11 节，710 行。《麻葛》的主题是歌颂广义的诗人及其神圣的使命。“麻葛”在诗中有时称“祭司”，也称“天才”，除诗人和作家外，还有哲学家、艺术家、科学家、探险家，尤其是《圣经》中的先知占有不小的比重。诗中先后列举 80 余人。但是，在雨果认为指引人类前进的这些“麻葛”中，却没有军

事家，更没有帝王将相。诗人受命于天，身负神圣的使命，这在浪漫主义文学中并不是陌生的主题。雨果本人在流亡前的《光影集》中就写过《诗人的职责》一诗。但是，普遍认为，像《麻葛》这般高瞻远瞩，气势宏大，可谓空前。雨果在《麻葛》中阐明的思想，在1864年出版的《莎士比亚论》中还有发挥，而两者可以互为参照。本诗虚构的写作日期为1855年1月，这是整部《静观集》所注明的最后的日期。至于雨果自己是否也在这支“麻葛”的浩大队伍之中？答案是肯定的。诗人的小女儿在流亡生活中留下一部《阿黛尔日记》，1854年4月记下了雨果的一段表白：“经历了人们通常称之为荣华富贵之后……我现在在流亡；我在流亡中失去了人的特征，而具有了使徒和祭司的特征。我是祭司。”

黑暗的大口在说话*

人一边低头沉思，走下世界的深渊。
我漫步之处距离罗泽尔[①]石棚不远，
在海岬开始延伸成为半岛的高坡。
幽灵在等我；这个阴森、安静的家伙，
用他越来越大的手揪住我的头发，
把我放在危岩的高处，并对我说话：

告诉你，大自然里万物都具有意识；
万物知道自己的法则、途径和目的；
从星星到小虫，在天地间彼此倾听；
耳朵也能有视力，也能把事物看清，
因为事物和存在进行巨大的对话。
万物在说话；元素，草茎，萌芽和鲜花，
空中吹过的轻风，海上划行的翠鸟。
而你想象的宇宙可是另一种面貌？
你以为上帝一手创造数，再创造形，
只会永远让这些东西发声和轰鸣：
幽暗的森林，暴风骤雨，浪中的礁石，
滚滚的泥石黑流，桑果生长的荆棘，

① 罗泽尔湾在泽西岛东北角，此地山深林老，人迹罕至。海边不远处有罗泽尔石棚。雨果有多首哲理诗“写于”此地。雨果有一幅素描，题作“黑暗的大口对我讲话的石棚”。

灌木丛和小飞虫，山里的各种野兽，
上帝却没有东西能永远轻声开口？
你以为河中的水，你以为林中的树，
这般大声地喧哗，其实没有话倾诉？
你以为海上起风，仅仅把笛子吹奏？
你以为大海洪波涌起，大海在争斗，
仅仅只是为白天黑夜把大口开启，
只是向空中吹吹嗡嗡作响的蒸气。
如果大海想发作，暴风雨猛刮猛打，
大海在咆哮怒吼，但大海并非说话？
你以为坟墓阴森，除了有野草生长，
就只是一片寂静？你是否如此设想：
深沉的天地万物之所以嘈杂喧闹，
借助雷鸣和闪电，借助浊浪和波涛，
百合花和玫瑰的战栗，蓝天的清韵，
万物对上帝说话，自己却不知所云？
你以为天地万物不说话，浑浑噩噩？
你以为自然虽大，却只会张口结舌，
你以为上帝至大，上帝能无所不在，
上帝唯一的乐趣，无非是古往今来，
去听又聋又哑的自然界吞吞吐吐？
不对，黑暗是诗人；不对，深渊是神父；
不对，万物会说话，万物有清香散发；
万物都在冥冥中对某人说什么话；
纷繁杂乱的喧嚣充满了某种思想。
上帝把深意赋予他造的每个声响。
万物都像我歌唱，或像你哀叹呻吟；
万物在说话。现在，人啊，你可知原因？

为何万物说话？听着。因为林木森森，
芦苇，风，火，石，都有生命！

万物有灵魂。

这怎么可能呢？噢！这是最大的奥秘。
既然你这一路上还没有晕倒在地，
谈谈吧。

上帝创造的生命难以估量。
他把生命造得绚丽，纯洁，可爱，漂亮，
但并不完美；否则，大家能平起平坐，
这造物和造物主彼此就不分你我，
这完美无缺最后逐渐逐渐地消失，
和上帝混同一起，和上帝不分轩轾，
而造物因为想要获取更多的光明，
会回归上帝身上，就根本没有生命。
神圣的造物正是先知梦想的期待，
造物应该不完美，深沉啊，才能存在。

所以，上帝产生宇宙，宇宙产生了恶。
生命被创造出来，披着洗礼的光泽，
在只有我们还能记忆犹新的时光，
张开灿烂的翅膀，迎着辉煌而翱翔；
歌声和香烟缭绕，闪光同色彩缤纷；
生命这金色翅膀在五彩光里浮沉，
处处是香花芳草，地地有鲜瓜甜果；
空中飞，而水中游。

然而，第一次过错
产生第一个负担。

上帝感到很痛苦。
负担流露于外形，和捕鸟人相仿佛，
他离开时，带走的小鸟在颤抖、挣扎，
负担往下跌，带着狂乱的天使落下。
恶就此产生。以后，一切越来越沉重；
于是，精气变成空气，空气又变成风；
于是，天使变成精灵，精灵又变成人。
恶反反复复，于是灵魂便堕落下沉，
堕落成兽类，树木，甚至更等而下之，
堕落成沉思的石子，这丑陋的瞎子。
几多卑贱的生灵，天使说起便伤心！
一团一团，一个个星球就这样降临，
这一堆堆星球的后面，产生了黑夜。
恶，这是物质。黑树结恶果，必是罪孽。
你看到自己影子，有没有什么感想？
讨厌，阴暗，在地上爬的是你的形象，
跟着你亦步亦趋，像一个活的幽灵，
有时走在你后面，有时在身前步行，
和其倒霉的大姐黑夜相互能作陪，
影子又黑又无情，对阳光百般诋毁，
这影子从何而来？来自你，你的肉体，
来自精灵变魔鬼时候披上的淤泥；
这躯体由于你的第一次过错成形，
你这个躯体摈弃上帝，并抵制光明；
来自你的物质，唉！来自你不仁不义。

这个影子说：——我是生命，但我有残疾；
我现在已经堕落；我可能继续堕落。——
天使让一束曙光把这个影子穿过；
从没有虚影假象愿意和灵性结合；
人啊，是一切喜欢影子的人产生恶。

现在，正是在这座命中注定的危崖，
我要来给你解释我说给你听的话；
我要让你的眼睛充满微光和黑暗。
请准备好，可怜虫，你要出一身冷汗。
天风会对你吹来，此风先把我托好，
我再传给你；接住，看吧。

　　　　　　　　　首先，要知道，
你所生活的世界是个可怕的世界，
对此世界，沉思者对无限服服帖帖，
向天上举起双手，令人害怕地后退。
你们的太阳凄凉，你们的大地可畏。
你们现在居住在惩罚世界的门口。
但是，你们并没有和上帝完全脱钩；
上帝是灰中火星，上帝是碧空晴日；
他是万物的终结，和万物都有联系；
闪电是他的目光，光线和闪电一样；
万物，甚至包括恶，都是创造的对象，
因为，面具的里面仍然是一张面孔。

——啊，这无形的翅膀，森森然横亘半空！
精灵！精灵！精灵啊！我失声惊叫起来。

这幽灵继续解释，对于我并不理睬：
这些深刻的道理，让我们深入探讨。

人啊，你愿望，你作为，你行动，你创造，
你说：——我是沉思者，所以我一人孤独。
宇宙中森严壁垒，舍我则别无他物。
这一边只有黑夜，那一边却是梦境。
理想乃是一只被科学戳瞎的眼睛。
只有我才是高峰，只有我才是尽头。——
来看看；你曾观察俯首帖耳的耕牛？
你是否听过自己踩大理石的脚步？
你可曾询问流水？当你看到有树木，
你是否有的时候和这些修士交谈？
仿佛站在山坡上，面对神奇的大山，
你看到在你面前升起了森罗万象，
从黑暗中升上来，乱哄哄不可估量。
岩石却离得较远，而动物离得很近。
你如同山巅出现，高昂而威风凛凛！
你说，有木石兽类，你是否自命不凡？
你所看到的长梯，你以为长梯已断？
但你身上的感官由天上加以开启，
你以为万物都会慢慢地，一级一级，
向着光明在上升，整个前进的过程，
使用的光明越多，越少的物质生成，
但以更多的本能给予低级的丑物，
你以为天底下的生命有不计其数，
使树丛充满气息，使头脑充满光辉，
从悬崖直到树木，从树木直到兽类，

又从石头直到你，上升得不知不觉，
到人的面前停步，人是峭壁，是深穴？
不，这长梯在继续，壮观而气势磅礴，
长梯已隐而不见，长梯已不可捉摸，
你是凡胎看不见，可长梯却使蓝天，
黑暗世界的明镜，成为灿烂的空间，
有的生命远离人，有的却和人相似，
充满纯洁的精灵，充满闪耀的先知，
人的全身是本能，天使满身是光明；
长梯深入进永远无法达到的天顶，
星光闪烁的长梯一张张向上延伸，
从被囚禁的魔鬼升上有翼的灵魂，
可使忧伤的额头触及闪光的脚趾，
而且使精灵星星能联系太阳天使，
穿过千千万万又万万千千的里程，
使星星的集群和蓝色的大军相逢，
使上天，下界，四边和正中，都有生灵，
在深不见底之中化作上帝而忘形！

这架长梯出现在生命、死亡的领域，
但影影绰绰。只有善人才攀登上去：
雅各看着梯上爬，卡图上去未见梯。
哀悼，明智，流亡，责任，是梯上的梯级。

这架长梯来自比大地更远的地方。
要知道，这架长梯开始于奥秘之邦，
始于恐怖的世界，始于堕落的世界；

要知道，一片幻影依稀中时明时灭，
长梯来自恶鬼和罪行的绝壁悬崖，
众生万物的模样使深渊感到害怕，
黑暗中化成冤鬼，混沌驳杂的一片。
因为，在被逐的人生活的地球下面，
人啊，比你们更小，在天底，令人惊悚，
在这片空空而又满满的恐怖之中，
恶，唉！恶奴役你们，通过你们的肉体，
恶喷吐出来四下弥漫的污秽浊气！
“世间”这怪物扭动全身的星光蛇鳞，
在灾难的波涛里沉了几下即消隐；
万物先沉浮，接着无声无息地沉没；
这是个无边、无窗、无墙的无底深窝，
一切生灵都成为纷纷下落的烟灰；
但见深渊的谷底，如果眼睛敢下垂，
远离一切的生命，远离气息和声响，
夜被狰狞可怕的黑太阳照得发亮！

所以，物质吊挂在理想上，借以寄身，
把精神拖向兽性，把天使拖向林神[①]，
把高峰拖向谷底，把爱情拖向性爱。
物质又为垮掉的大人物传宗接代。

何以众多的蔚蓝生出众多的可畏，
何以白天有黑影，何以明火成烟灰，
何以一目了然的慧眼竟然会失明，

① 林神是生有羊角、羊蹄的半人半兽神，生活放荡。

何以金光闪闪会降下阴暗的黑影，
何以精神的精怪生下物质的精怪，
有一天到阴森的更衣室，你会明白，
我指坟墓；坟墓的目的是让人知晓；
你会看到的；今天，你只能隐约感到；
不过嘛，既然上帝允许我提醒于你，
我就对你说了吧。

　　　　　　　　首先，什么叫正义？
谁主持正义？何时？何地？又由谁执法？
谁明断错误大小？谁决定什么惩罚？

被创造的生灵在浩浩光明里翻动。

生灵自由，知道恶何处始，善何地终；
生灵的行为就在审判自己。
　　　　　　　　　　　　不论谁，
是善人，还是恶人，就够了。他的作为，
美德，把我们解放；罪行，让我们坐牢。
生灵打开自己的大书，自己不知道；
他平静的良心在大书上按下指印，
证明恶行大小，或上帝欠他的金银。
有所作为，相应地或有福，或是遭殃；
可以是一颗火星，可以是一点泥浆；
是光明，或是污水，是天使，或是匪徒；
这就是浩然长梯。我对你再说清楚，
万有的生命通过无穷的领域上升，

也可以永远下跌，一层下又是一层，
从污浊的黑夜可升到美丽的蓝天。
通过长梯的生灵变得邪恶或成仙。
欢乐在高处翱翔，恐怖在低处爬行。
根据灵魂的爱心，是否在渴求光明，
是否恭顺、善良和清正，向理想靠拢，
或是否卑鄙龌龊，因罪恶滞钝臃肿，
可在无止无境的生命里飞升，驰骋，
也可以堕落；万物乃是自己的天平。

上帝不审判我们。生活时我们人人
在称量自己，每人根据体重而下沉。

人啊！我们俩已经闭上了眼睛不看，
却走近这茫茫的下界。

来，如果你敢！
看看这座凄凉的令人眩晕的井底，
清点一下生灵间哀伤的种种关系，
来吧，看吧，看仔细：

在静观的人之下，
人可以是垃圾堆，人也可以是名刹，
人在生活里，本能在理智之中融入，
人的下面是脑袋贴着地面的动物，
兽类之下是植物，没有活力不会走，
没有眼睛不呼喊；植物下面是石头；

石头下面是无以命名的迷离扑朔。

在此阴暗的世界继续走，请跟着我。
任何错误是自己给自己打开牢门。
恶人不知道究竟什么奥秘在缠身，
这些人暴戾，嗜血又背叛，令人畏惧，
在用自己的作为营建自己的监狱；
当死神走来拍拍每个强盗的肩膀，
把他唤醒，他发现在牢中，十分恐慌，
他的罪孽造成的牢房拖在他身后；
塞扬身上是条蛇，提比略是块石头[1]。

人行走时看不见自己暗中的状态。
凶手看到受害者，脸色会吓得发白；
他自己受害。暴君卑劣，猖狂又无情，
他迫害打击别人，一边在锻造铁钉，
会在黑暗的物质深处把自己钉住。

墓穴是筛子上的网眼，筛子是公墓，
灵魂可怕的旋风乱纷纷跌进墓中：
冥田平凡的种子。

　　　　　　　　凡是恶人，是孽种，
咽气的时候生下他这辈子的丑物，
又把他咬住。恐怖的报应也是恐怖。

---

① 罗马暴君提比略晚年蛰居卡普里岛，所以“转生”为石头；而塞扬是其宠臣，蛇喻其在暴君前阿谀逢迎的态度。

宁禄关在高耸的危峰峭壁上号叫；
大利拉[①]走进坟墓，尸衣中毒蛇一条
钻了出来，将她的虚伪的灵魂带走；
弗丽内[②]死时，一只癞蛤蟆跳出坟头；
这石板下的蝎子，是在和情夫勾搭，
埃葵斯特的姘妇克吕泰涅斯特拉[③]；
从阿尼托斯[④]墓中长出来一株毒芹；
大蓟刺人时尖痛，冬青阴暗有祸心[⑤]，
被北风狠刮猛打，哭哭啼啼，而北风
喊道：住嘴，佐伊尔[⑥]！活该痛苦，加纳龙[⑦]！
布吕纳豪[⑧]马把弗雷台贡德[⑨]路踩平，
上帝让嘚嘚啼声在整个平原轰鸣；
这丑恶的炭火中烧得红红的铁钳，

---

① 大利拉（Dalila）是《圣经》中的非利士妇女，利用女色诱骗力士参孙说出自己力大无穷的秘密，害死参孙。

② 弗丽内（Phryné）是古希腊绝色名妓。

③ 克吕泰涅斯特拉（Clytemnestre）是荷马史诗中希腊联军统帅阿伽门农的妻子，和姘夫埃葵斯特合谋杀死远征归来的丈夫。

④ 阿尼托斯（Anitus）是苏格拉底的告发者，使哲学家被迫服毒芹自尽。

⑤ 大蓟和冬青都有硬刺，能伤人。

⑥ 佐伊尔（Zoïle）是公元前4世纪时批评荷马史诗的人，因而臭名昭著。

⑦ 加纳龙（Ganelon）是法国史诗《罗兰之歌》里的叛徒，英雄罗兰战死，是他阴谋的结果。

⑧ 布吕纳豪（Brunehaut，约543—613）原是西哥特人公主，嫁给法兰克王国东部奥斯特拉齐国王，招致弗雷台贡德恶毒嫉忌，后由弗雷台贡德的儿子捉住布吕纳豪后，缚于马上，分身而死。

⑨ 弗雷台贡德（Frédéconde，约545—597）是法兰克王国西部纳斯特里的王后，为人阴险毒辣。

由阿尔布公爵[①]和菲力浦二世[②]相连；
法利那切[③]是屠宰场上血腥的铁钩；
暗处的海鸥长着杰弗里斯[④]的猫头；
特里斯唐可以能操纵林中的绞架。
当这帮强盗死亡，一个一个地倒下：
埃兹林，理查三世[⑤]和卡里埃[⑥]以及麦克白，
物质强制给他们穿上一件件囚衣。
啊！梅萨利纳[⑦]或伊莎博[⑧]会颤抖急促，
仿佛得意忘形时，其实福兮祸所伏，
这个女人的作为已经接近墓和坟，
如果她仍然能够感觉到自己有根，
她纵然曾是野兽，还会变成一朵花！
任何人罪孽越多，任何人痛苦越大！
克劳狄[⑨]是片海藻，在水中东漂西游；
薛西斯[⑩]是堆粪土，查理九世是尸首；

① 阿尔布公爵（duc d'Albe，1508—1582）是西班牙国王菲力浦二世的将军，以残酷闻名。

② 菲力浦二世（Philippe Ⅱ，1527—1598）是西班牙国王。

③ 法利那切（Farinace）是教皇保罗五世等人的大法官，以严酷和堕落著称。

④ 杰弗里斯（Jeffryes，1648—1689）是英国大法官，镇压人民起义。

⑤ 理查三世是莎士比亚同名历史剧（1592年）里的主人公。这个英格兰国王曾杀害爱德华四世的孩子。

⑥ 卡里埃（Carrier，1756—1794）是法国大革命期间的国民公会议员，曾在南特淹死很多人。

⑦ 梅萨利纳（Messaline）是罗马皇帝克劳狄的第三个妻子，以淫乱著称。

⑧ 伊莎博（Isabeau，1371—1435）是法国王后，曾串通英国，出卖法国。

⑨ 克劳狄（Claude，公元前10—54）是罗马皇帝，性格软弱。

⑩ 薛西斯（Xerxès）是公元前5世纪的波斯国王，曾侵入希腊，劫掠雅典。

希律[1]是编织呱呱啼哭的摇篮柳条；
犹大黑黑的灵魂散落各地随风飘，
一千八百年以来，有人吐痰时新生；
想当年，曾经吹刮索多玛城的天风
在肮脏的炉膛内，龌龊的锅炉下面，
翻搅尼禄[2]这火，赫洛斯特拉特[3]这烟。

万物，兽、树和石头，都在此世上寄身，
都是丑物，人除外，人是孤独的精神。

灵魂因为其丑行被逐出碧落天穹，
根据各自愚昧的程度会彼此不同，
进入该受惩罚的不同等级的地方。
人是灵魂的监狱，兽是苦役犯工场，
树是灵魂的囚室，石头则是其地狱。
头上的青天才是光辉灿烂的区域，
天在暗中注视着灵魂，并洒下曙光，
一边仍努力吸引灵魂，又深情相望。
何等堕落！当灵魂进入了兽类，借助
本能的栅栏，却把苍白的气窗堵住，
但仍有声音，仍在努力，还仍有眼睛，
灵魂远远遥望着一线永恒的光明；
灵魂在树中颤抖，眼睛无光已封闭，

---

① 希律（Hérode，公元前40—公元4年在位）是犹太王，闻知耶稣诞生后，下令杀死伯利恒两岁以下的全部儿童，因而被称作是“无辜儿童的凶手”。

② 尼禄曾焚毁罗马。

③ 赫洛斯特拉特（Erostrate）是古代希腊爱琴海上的城市以弗所人，为扬名天下，无端焚毁以弗所的世界七大奇迹之一的阿耳忒弥斯神庙，遗臭万年。

有风刮起，会感到天国的某种东西；
灵魂在石头之中匍匐，这哑巴迟钝，
甚至看不见这个世界在消失隐遁，
看不见这世界的昏影在忽明忽灭，
在漫漫的黑夜里，面对自己的罪孽。
灵魂在此三类的牢房里自作自受。
没有忘记错误，是错误的阶下之囚；
灵魂很明白身份；下跌时失去依傍，
深渊井壁上只见越来越少的亮光；
灵魂看着自己跌；这颗滚动的石子
在想：我是屋大维[①]；作为被踩的大蓟，
灵魂对脚跟喊道：我是阿提拉[②]巨人；
作为藏尸所里的蛆虫，灵魂正在啃
腐臭的骷髅，说道：我是克娄巴特拉[③]。
灵魂体现出上天对它规定的惩罚，
做猫头鹰怕黎明，是熊又欺凌牧人；
是石可压人，是刺可伤人；恰如其分。
丑物禁闭在自己活生生的恐怖中。
丑物想摆脱恐怖的外衣也没有用；
它必须令人可怖，带着受罚的烙印；
奥秘啊！老虎可能也会有恻隐之心！
靠着永恒牢笼的一扇一扇的铁窗，
老虎在它的背上可能也长着翅膀；
有一根无形的线通向黑色的绞架，

---

① 屋大维（Octave）是罗马皇帝奥古斯都的父姓。

② 阿提拉曾有妄言：我的马蹄到处，青草不长。

③ 克娄巴特拉（Cléopatre）七世是公元前 50—前 31 年在位的埃及王后，其美貌征服过罗马皇帝恺撒和安东尼。

系着翅膀像长柄镰刀的黑色乌鸦；
豺狼般的灵魂不可能不成为豺狼，
因为丑物都会在考验丑物的天上，
由命运以及天数压着在低头赎罪。
印度对灵魂转生从前几乎已领为，
但是并没有理解，张着迟钝的眼睛。
荆棘会变成利爪，玫瑰的叶子一经
变成了猫的舌头，有叫喊声嘶力竭，
模样可怕地舐着并喝下耗子的血；
谁又认识曼德拉草[①]这丑物的真相？
谁又知道到晚上樗鸡把什么照亮，
此虫的其貌不扬竟会变成了光明？
在有夏花开放的暗中发生的事情，
抹去了古代阿韦尔诺湖[②]下的惊恐。
可怕的一层一层！地洞下还有地洞。
恶、罪行、悔恨的隐隐约约的地窖！
所以，有野兽去来，在吼，在叫，又在咬；
有棵树对天伸出高高翘起的枝杈，
有一块石板会在马路的中间崩坍，
被一辆大车压裂，或在冬天里下陷，
在这一切厚厚的物质和黑夜下面，
树木，野兽和石板，绝没有办法抬起，
在这可怕的深沉之中，有灵魂沉思！

① 曼德拉草（Madragore）产热带地区，根须常似人形，据说常在巫术上使用。

② 阿韦尔诺湖（Averne）在意大利那不勒斯附近，常有硫化物析出，古代认为这儿是地狱的入口处。

干吗？灵魂在思念上帝！

由命中注定！
到期！返回！又挫折！事物背面的情景！
这可是法则！正当你们恶人和权贵，
兴冲冲坐在桌边，高举手中的酒杯，
扬扬得意的神情，张开大嘴赴盛筵，
可是他们都忘了：明天在窥视今天，
死亡在其无声却其大无比的夜里，
躲在大厅的深处阴森森大笑不已，
像他们张开大口，为他们在做安排！

我们，我们不仅能看清高高的天外，
你们下界可怕的景象也一目了然。
我们倾听巨大的不幸在声声呼喊：
哲人啊，难道要你跌进这黑夜中间！
在一块石头、一条狼、一朵花的上面，
我们有时会看到，半裸身子的幽灵
出现，在哭泣，挣扎，几乎被吞噬干净；
狼攫住了他，顽石拧住他的脚在绞，
无情而又粗野的花对他狠狠地咬。
我们听到上帝在投射一束束光华，
听到凡人所谓的寂静会开口讲话，
你们这些绝望的小石子叹息悲哀！
我们看到封死的脑袋一颗颗苍白。
透过物质这没有门洞的可怕地窖，
我们能看出这是天使，翅膀被剪掉。
我们看到有人在辱骂，在悔恨，在哀悯，

有人在发狂；夜晚，我们又看到森林
蓬松的头发暗中化成凄凉的黑烟，
禁锢其中的鬼魂在夺路逃离危险。
处处都一样！处处都一样！水上，林中，
铸造国王权杖的黄金，著花的草丛，
赫耳墨斯[①]用来做魔杖的灯芯草里，
惩罚处处在静观，在窥探，也在监视，
惩罚无动于衷，愁伤，可憎，沉思，恐慌，
处处都张着眼睛，射出可怕的目光。

惩罚啊！这哀伤的螺旋形的迷宫[②]！
这下界的建筑物只求有黑暗浓浓，
沉入世界的底层，走下茫茫的黑夜，
这倒置的巴别塔，遁入黑暗的下界！

人是半明半暗的生命，翱翔又匍匐，
人构成中间一层。

　　　　　　　　人是宽厚，是愤怒；
高塔敞亮的平台，水井污浊的井底；
黑暗的最高一格，光明的最低一级。
天使谪凡降为人，兽类死后升为人；
人对兽类是光荣，人对天使是沉沦；
不幸的人啊，上帝在人的身上融入
受到责罚的天使，得到宽恕的丑物。

---

① 赫耳墨斯（Hermès）是希腊神话中承担众多职能的神。这里指他又是接引亡灵去冥国的接引者。

② 但丁《神曲》中的地狱是螺旋形的结构。

由此出现的情况，——上帝的秘密深奥！——
有时候从仿佛是人的嘴巴中听到，
一些话说出嘴来将是一声声怒吼，
而又在别的地方，而又在别的时候，
看到有的额头上张开天使的翅膀。

精神在思考，物质要吃饭，人是囚王。
灵魂在人的身上不能自己坐起来。
人也和兽类一样，灌足了酒囊饭袋，
每天夜里懵懵懂懂，一觉睡到天亮。
地狱有一条铁链，紧拴在人的脚上，
并且把已经升上蓝天的天才和美
到白天重又拖回这脏肮的垃圾堆，
瘟疫却和心头的灵气被混杂一起，
阿斯帕西娅[①]上茅坑，带着苏格拉底。

但是在一个方面，人可以高飞远走。
丑物都套着桎梏，而人却拥有自由。
哲人啊，请你记住：人乃是一个平衡。
人这座监狱，灵魂在狱中自由驰骋。
灵魂在人的身上可行善，也可作恶，
可以堕落成野兽，可以为精神饥渴；
为了能让人在向天际飞升的时候，
一心只想上帝的意识能充分自由，

① 阿斯帕西娅（Aspasie）是古希腊才貌双全的名妓，曾接待过苏格拉底。这两人在这儿分别代表美和天才。

上帝等着看人的灵魂能一心向善，
把人的记忆之中过去的线索割断；
因此，黑夜对此事比曙光更加清楚。
丑物能认识自己，而人对自己糊涂。
丑物只能是痛苦，而人有自主行动。
宇宙的造物之中，人是唯一的一种，
灵魂应该把前生前世都忘记干净，
为保持自由，需要不断地修身养性。
奥秘！在万物面前，精神思索多诚心。
人虽看不见上帝，却能向上帝靠近，
只需遵循永恒的善的光芒向前走；
而丑物，树木，石头，或是吼叫的野兽，
却戴着锁链，远远望着上帝，很痛苦。

爱情是人的翅膀，需要是人的桎梏。
人自己在看到的事物上播撒黑影；
黑夜和黑烟一样，都出自人的眼睛；
人啊，你一无所知；你行走，脸色苍白！
过客啊，有时蒙住你的黑幕飞起来！
会随着别的天宇吹来的风而飘荡，
一瞬间，幕布撑饱，可以透进来光芒，
接着落回你身上，幽灵啊，又是黑暗。
人的先哲和前贤都曾经想要细看；
看到什么，说什么，这些夏娃的儿孙？
没有……

　　　人啊！你周围造物的思绪深沉。
你家里在你四周，有无数陌生生命。

你的一举和一动，它们暗中看得清，
你感觉不到它们在你的周围生活：
这支灵魂的浩大队伍都由你掌握；
它们正在可怜你，却被你踩在脚下。
你向光明每走一步，都被暗中侦察。
你称之为是东西，是事物，所谓静物，
它们倾听后听见，它们知道后思索。
你的门看到你犯错误后真想不开。
你的窗认识黎明，说：要看！要信！要爱！
你的床帏在为你做的梦微微打战。
当你为某个阴谋诡计而算尽机关，
灰烬在阴森森的壁炉里对你劝说：
看看我吧；我正是罪恶留下的结果。
唉！人多轻率，背叛，折磨和欺压同类。
兽类在其监狱里看得清罪行原委；
一头狼也可以给尼禄提几点忠告。
人啊人！瞎眼的鹰，你比飞虫更渺小！
当你住在罗浮宫，或是住在茅草屋，
而你甚至不能把第一个星座拼读，
黑夜是一本大书，展开巨大的书页，
上有暗淡的文字在颤动，时明时灭，
当你在声声诅咒，当你在否认抵赖，
当你在否认星星，当你在否认天才，
当你在否认理想，当你对美德怀疑，
当你没有把律法放在自己的眼里，
有些古代的先哲借雕像沉思默想，
当你模仿他们的轻蔑，不安或好强，
说：我又知道什么？无信仰，冰冷，辛辣，

为了无谓的笑竟糟蹋自己的嘴巴，
你不问自然浩大，通过区区的柴荆，
伸出丑陋的鼻子，对永恒嗅个不停，
这时，在你脚边的狗却看到了上帝。
哈！我听到你在说：——小狗算什么东西，
人不稀奇。可悲的律法啊！虚无！缥缈！

哲人啊！这可悲的律法却十分美妙。
对你虚弱的头脑，都要再讲给你听！
被囚禁的丑物的法则是命中注定，
与此可形成对照，人的命运是责任。
因此，四面八方的考验会咄咄逼人，
不论被动的丑物，不论人聪明能干，
阴沉沉的必然性化作责任的必然，
灵魂努力要恢复最初具有的丰美，
会从命定的黑暗走向自由的光辉。
为了替自己赎罪，我对你再说一遍，
人应该浑然无知，才能把面貌改变。
人应该被大小的灰尘蒙蔽住眼睛。
否则的话，如同用布带把孩子带领，
人就会一目了然，一路上向前进发。
怀疑是人的特长，也是对人的惩罚。
看到曙光可怀疑，看到玫瑰可否认，
如果人一看分明，可做意志的主人，
人因为有了自由，因而也有了确信，
那走上光明大道，有什么值得欢欣？
不行。必须让人在茫茫自然里彷徨，
必须让人去经历选择的可怕情状，

必须让人去比较责任哭泣的眼睛
和摇晃着镜子的堕落、享乐和罪行；
让人怀疑！昨天是信徒，明朝却亵渎；
人会从恶走向善；人寻觅，探求，潜伏，
人去了回来，摇摇晃晃，跪下又站起，
人可悲，伸出双手，到处在寻找上帝；
人试探无限，最后在上帝身边找到；
于是，灵魂展翅飞，颤抖着冲向云霄；
在透亮的人身上闪出天使的光华。
怀疑能使人自由，自由能使人伟大。
囚禁的状态知晓；自由的状态找寻，
探求，并抓住结果，比较结果和原因，
相信在返求幸福，希望向天穹飞驰；
想寻找的是碎石，找到的却是钻石。
正是这样，灵魂才一步步征服天国。

灵魂为丑物赎罪；在人的身上补过。

对，你粗野的宇宙是上帝的苦役犯。
一个个星座都是文字，发光而暗淡，
这是牢狱的标记，烙在世界的肩上。
你们的地区是个充满恐怖的地方，
在人的身上就有烙铁留下的印痕，
人抬起眼睛仰望天上高高的星辰，
巨蟹座闪闪发亮，天蝎座烨烨发光，
天际茫茫，阴森的犬星座吠声汪汪！
这些陌生的火球包围着人的头颅，

仿佛是害怕，是哀伤，是威胁，是羞辱；
难以估量的黑暗从四面八方涌来；
下界的阴暗、肮脏、凶残、狠毒和祸害，
搅成大堆的丑恶现象；深处有角落，
彼此在暗中交流各自的恶行恶果；
撒旦在犯下罪行，飓风有波涛凶险；
这是罪恶和渊薮凄惨的狼狈为奸！
丑的灵魂和丑的宇宙在相亲相爱！
可悲的亲吻！腐化堕落生丑陋病态，
物质，粗笨和污浊，地狱里痛苦难忍，
白沫，混沌和严冬，都是仇恨的子孙，
有的魔鬼戴着的面具却十分美丽，
受到诅咒的生命涂上卑劣的淤泥，
化成植物的粗野，化作兽类的残暴，
牙齿咬得咯咯响，恐惧，傲慢和狞笑，
一个一个被无限压得抬不起头颅，
成为可悲的囚徒，在夜的洞里匍匐。
狰狞、黝黑的大门沉甸甸，壁垒森严；
有时候，可以听到昏昏沉沉的下面
拼命挣扎的声音，来自山岳和波涛，
来自火山和森林，来自猛兽和风暴，
一切丑物都拼命挣扎，想掀翻锁闩；
下界是这一大堆罪行、痛苦和黑暗，
这浩浩天空正是上帝贴上的封条。

以死为愿的哲人，啊，由此可以知晓，
为何隐士的额头刻有如许的痛苦！

我刚才指给你看深渊。你在深渊住。

各个世界在黑夜，你们称之为蓝天，
利用死亡在墙上打开的缺口中间，
飞离的时候相互把灵魂扔向对方。

各个宇宙的坏人在你们那儿相聚，
这些囚徒们来自各不相同的天宇，
借岩石低头沉思，借树木弯腰顺从；
都为看到的这个世界而深感惊恐，
也会说不出话来，如果它们能开口。
人们感到有石头和树木吓得发抖。
由此而来和尚和卜官[1]徒然的梦境。

所以，你想象一下这幅凄惨的情景：
受罚者的坠落是阴风惨惨的一束，
从天下各个地方纷纷汇总到此处。
这个深渊，正就是天下罪恶的阴沟。
从每个星球落下令人眩晕的黑流，
在永恒之中滚滚不尽地到处流动，
其中有灵魂，恶人，也包含毒草毒虫，
在这粗鄙、阴暗又不幸的深处落下。
每颗闪金光的星都有黑暗的长发，
飘然垂落在这座骇人可怕的井口。
不灭的灵魂，你看，你看到时会发抖：

---

① 卜官指古罗马时代，负责以观察飞鸟的鸣叫和飞翔预卜吉凶的官员。

眼前是你沉沦的险恶的无底深谷。

啊！请把你的怜悯给这无穷的痛苦，
无论你是谁，只要你进入这个冥界！
在这万丈绝境里，深渊又层层叠叠，
罪行成酷刑，备受层出不穷的折磨，
除了黑暗是帮凶，有痛楚，哀伤，胁迫，
叹息声出自花朵，哭泣声出自羊毛，
而封死的石头里传出来阵阵喊叫！
哎呀！无论你是谁，请为这不幸哭泣！
是谁需要这不幸？只有全知的上帝；
你可以为巨大的地牢而泣不成声，
这样并不会打乱上界凄惨的平衡！
唉！唉！唉！万物都有生命！在沉思默想！
回忆有多么痛苦，既然回忆是补偿。

啊！此地何等痛苦！往事又何其之多！
精神被物质掌握，要经受多少折磨！
畜生和岩石，对于灵魂是多么残酷！
这骡子曾是苏丹，女人变成这鼠妇。
树木是在被放逐，岩石是在被流放。
这些现实的东西都是黑暗的一帮，
是否在某个地方偶尔有笑声不停？
废墟、死亡、尸骨和瓦砾也都有生命。
某个悔恨在一片碎片里沉思冥想。
对于洞察的慧眼，洞窟在发出声响。
百合花回忆罪行，唉！天鹅全身发黑；

珍珠是黑夜；白雪是高山上的浊水；
猫头鹰和蜂鸟的身上彼此都开启
同一个深渊。可怕，狰狞，又深不见底；
苍蝇是灵魂，起飞以后在火上自焚；
火焰是精神，正在无情地焚烧灵魂；
恐怖能使小鸟的羽毛不停地哆嗦；
万物是痛苦。

　　　　　　鲜花在剪刀下受折磨，
又像闭上的眼睛把花瓣合上萎谢：
每个女人身上都沾有玫瑰的鲜血；
容貌鲜艳的处女去到舞会上跳舞，
这天使在她手里正捧着鲜花一束，
她笑盈盈闻着的是一捧奄奄一息。
请为丑陋而哭泣，请为丑事而哭泣，
哭泣吧，为肮脏的蜘蛛，也为了小虫，
为了奇丑的螃蟹，为了可憎的蜈蚣，
也为了蜗牛，背上湿漉漉的像冬天，
也为了芽虫，挂在一张张树叶上面，
为吓人的癞蛤蟆，这丑物眼睛温柔，
癞蛤蟆总对神秘莫测的天空凝眸！
怜悯有罪的猛禽，怜悯猛兽的兽行。
恺撒图密善[①]轻松愉快时做的事情，
老虎同样也在做，却令人多么惊恐。

① 图密善（Domitien，51—96）是罗马皇帝，81—96年时在位，是十二个恺撒中的最后一个。

威勒斯[1]是狼，从前穿皇袍，现在林中；
他醒来之后，走下梦的北坡的山腰；
他的笑声在林中最后变成了嗥叫；
请为威勒斯哭泣！请为嗥叫者哭泣！
这些活的坟墓上写的判决很神秘，
请你恭恭敬敬地挥洒下你的祈祷！
怜悯能使石头中迸射出金光照耀。
请为小狼崽怜悯，请为小狮子伤悲。
可怕的一团物质只是沉甸甸一堆
奇丑无比的行为，其原委阴森残忍。
可怜吧！请看关在事物之中的灵魂。
唉！就是囚室本身也蹲在监狱里面；
请你为囚犯怜悯，也要为门闩可怜；
肮脏的苦役犯监狱的锁链也不幸；
铁斧和木砧也是两条凄惨的生命；
铁斧和尸身一般受苦，木砧和首级
也同样一般受苦；啊！上界真是奥秘！
铁斧、木砧展开的一场大决战真狠；
木砧使铁斧缺口，铁斧砍进了木砧；
双方彼此低声地在对对手说：凶手！
铁斧对这阴暗的人群在发出诅咒，
而到晚上，铁斧又回到刽子手背上，
暗中回来，像一面阴森的镜子闪亮，
一滴滴血滴下来，照出头上的天空；
夜里，冰凉、惨白的尸体颈子里殷红，
横陈在凄凉而又无声的砧板上面，

① 威勒斯（Verrès，公元前 119—前 43）是罗马派往西西里岛的行省总督。

听到砧板在叹苦，砧板也无首有肩。
啊！大地多么冰冷！啊！岩石多么坚硬！
幽暗的荆棘丛中，多恐怖，又多安静！
黑夜为白鸽抛洒黑色的眼泪哀悼；
阴风吹来，剥光并恣意地蹂躏枝条；
满枝青翠的树上传出可怕的独白！
草丛里有战栗！啊！不动的眼睛张开
在底层的石子里，都是灵魂的牢房！
锯断某个灵魂的是冷冰冰的水浪；
压榨机在把灵魂压榨得滴滴答答。
处处黑暗！宇宙在惊慌。当夕阳西下，
升起黑黑的天空，落下黑黑的夜幕；
两者同样在西天动作慢得像坟墓，
双方相互在靠拢，头上天穹的四周，
恐怖啊！对被慢慢蚕食吞吃的白昼，
黑暗的可怕铁钳正在一步步合上。
啊！摇篮使人害怕。萌芽中有座牢房。
可怜，你们人人要可怜，无论你是谁！
可怕的惩罚，彼此一个个都被压碎，
滚滚而来，除了回忆外，把一切淹没。

有时，仿佛有永恒之爱的微光穿过
这一大片的黝黑，而且更深不见底；
于是，豺狼帖木儿[①]，及鬣狗阿特柔斯[②]，

① 帖木儿（Timour，1336—1405）是蒙古帝国的首领。

② 阿特柔斯（Atrée）是希腊神话中的国王，兄弟有仇，曾残酷处死弟弟。

以及芦苇彼拉多[1]，以及荆棘该亚法[2]，
以及野猪谢里姆[3]，和脏猪博尔吉亚，
阿拉里克这火山张开血口在燃烧，
这大熊亨利八世，莫尔白白地求饶，
一一在向永恒的造物主发出呼求；
而从前头上戴着主教高帽的禽兽，
沙粒成堆的国王，小草一丛的皇帝，
种种的妄自尊大，种种的大发脾气，
都俯首帖耳；温柔抓住了大发雷霆；
猫儿在舐着小鸟，小鸟又在吻苍蝇；
秃鹰暗中对麻雀轻声说：请你饶恕！
从冬青和大蓟中透出一阵阵爱抚；
一声声吼叫融化成为一声声祈祷；
石头纷纷在责备自己的罪恶滔滔；
一座座被称之为鲜花的阴暗监狱
都在颤抖；岩石已忍不住挥泪如雨；
死气沉沉的墓中伸出一只只臂膀；
风在呜咽，而夜在呻吟，水也在哀伤，
上界下望的眼睛慈祥地俯视大地，
整个深渊如今是一声巨大的啜泣。

抱住希望！要抱住希望！可怜的众生！
没有不完的伤悼，没有不治的绝症，

---

① 彼拉多（Pilate）是罗马派驻犹大的总督，判处耶稣死刑。

② 该亚法（Caïphe）是耶路撒冷的大祭司，曾参与对耶稣的审判。诗中将这两个罪人化成使耶稣受难的工具：荆棘做荆冠，芦苇用以做嘲笑耶稣的权杖。

③ 谢里姆（Selim），1512—1520 年为土耳其苏丹，征服埃及和波斯，曾残杀全部亲属。

也没有永恒的地狱！
如同箭射向箭靶，痛苦去上帝一边；
积下善举和德行都是无形的铰链，
推开大门，走进天宇。
伤悼是一件好事，悔恨更加是目标，
深渊本来是关押被绑丑物的地牢；
某个生灵一生无辜，
来到耶和华面前，背着沉重的皮囊，
死神这天使仁慈，发还他两只翅膀，
此人这才出发上路。

地狱化作了乐园；这是地狱的工作。
整个地球这只鸟，众生啊，我可以说，
被恶捉住后已释放。
美德在你们中间从事庄严的劳动：
扩大你们的天空；凡是善人，都共同
在准备和建造天堂。

时间快到了。重新点燃熄灭的灵魂！
抱住希望！相亲相爱！这份温暖神圣，
这是真太阳的光明。
阴沉的宇宙寒冷，冰凉，又迟钝笨重，
要求生命能升华，借助烈火的熊熊，
人的升华，借助爱情！

上帝统治着昏昏漠漠的无边海洋，
苦牢的群岛已经从黑暗变为明亮；
上帝，这是爱的终极；

一个个星球，张开昏昏沉沉的眼珠，
向着由永恒曙光照亮的无穷前途，
　　已慢慢地转动不止！

啊！各方来的和声将会美妙地奏响，
一张张光明的脸神采奕奕地发亮，
　　照彻受祝福的天空，
各方的天宇将会欢天喜地地高兴，
天下巨大的竖琴——安详和宁静，
　　都将会轻轻地颤动。

当上帝对物质的丑类把铁手放开，
把苦难以及不幸化为灿烂的光彩，
　　并把苦艾变成甜蜜，
当上帝让消隐的黑夜充满了华美，
如同太阳可以把浓浓的乌云召回，
　　在云中将彩虹挂起，

当上帝的静止的目光吸引住黑暗，
从藏污纳垢处的底层，此地很凄惨，
　　恶曾经向上帝祈求，
上帝看到丑怪来结结巴巴地称谢，
上帝肯定会打开众多的天使世界，
　　重新接回贱民宇宙！

我们将看到泥浆被照亮后在抽动，
我们也看到奇丑无比的丑物种种
　　在高山的顶峰生辉，

蔚蓝的壁柱之前色彩鲜艳的蜘蛛
在闪现，看到监狱直起了腰杆，结出
　　一串串星星的麦穗！

光明如一段元气，在万物之中浸透；
我们也将会看到沉思的牛的额头，
　　有天上的新月闪烁；
尸体堆将在一片恐怖中高声歌唱，
暗中将会在一切畜棚的厩肥之上，
　　出现金灿灿的约伯！

古代的革出教门从此会销声匿迹！
莫测深渊对巍巍高山会说：我爱你！
　　流放犯将踏上归途！
巍巍的蓝天高处多令人眼花缭乱！
更多的光明来自深渊的茫茫黑暗，
　　深渊在说：为你祝福！

人们将看到，这群奇丑的妖魔鬼怪，
都从深不可测的浓雾中上升，出来，
　　并在改变它们的外观；
而从它们头颅的黑孔中出现星星，
正义的上帝！一步一步，先近乎透明，
　　怪物最后全身碧蓝！

它们来到后，不作回答，也不会说话，
却欣喜若狂！人们看到，曙光将熔化
　　它们额头上的犄角；

它们端坐在云中，爪子里握的却是
几根颤抖的光束，很像棕榈的树枝；
　　张开大口，只吻不咬！

它们会来的！它们哆嗦，会神情恍惚，
人人都抽泣不止，哭得像一个水壶，
　　然而它们并不害怕；
巍巍天宫中，有人向它们张开臂膀，
耶稣便俯下身来，而撒旦眼泪汪汪，
　　耶稣对他说：你来啦！

耶稣将拉着这位兄弟的手见上帝！
当他们快要走近金光四射的梯级，
　　我们当然看不清楚，
两人都美如冠玉，上帝的火眼金睛，
因为这父亲激动兴奋，竟无法分清
　　谁是撒旦，谁是耶稣！

万物有法则。恶将死亡，眼泪将干涸；
没有锁链，也没有哀悼，也没有灾厄；
　　可怕而严酷的深渊
不再是听而不闻，结巴着说：我全知。
痛苦将会暗暗地消失，有一位天使
　　喊道：重新开始纪元！

1855 年于泽西岛

〔手稿：10 月 1 日至 13 日。这首写世界服从天命，世界必有希望的诗篇，写成于 1854 年 10 月 13 日星期五〕

*《黑暗的大口在说话》不仅是第6部的末篇,也是《静观集》全集的终篇。本诗之后还有一首《献给留在法兰西的亡女》,只是献诗而已。手稿上注明的创作时间,只是诗人集中整理成稿的过程。像这样一首篇幅很大、内容极为复杂的长诗,研究家迄今没有理出一个完整的创作过程。手稿研究表明,全诗共有190行诗是插加进来的,个别段落从内容上看,可能成诗于30年代后期。《黑暗的大口在说话》是雨果长期酝酿的哲学、宗教、伦理和社会思想之集大成,以诗的形式,构成一个完整的宗教哲学体系。雨果的许多思想可在长诗中找到根据,得到印证。长诗阐明的思想还散见第6部的其他诗篇。雨果还以散文的形式发挥或概述过这些思想。我们应该指出,雨果写成此诗,还有一个重要的外在因素:招魂灵桌的启示。雨果当时深信不疑的灵桌启示,对其创作产生重大影响。1855年1月4日,雨果给启发他从事灵桌招魂活动的吉拉尔丹夫人写道:"整个几乎是宇宙起源的体系,20年来我在酝酿并有一本已写成文字,现在已被灵桌证实,并加以精彩发挥。"1855年10月3日,雨果在致友人书中称:"最后一篇是我的启示录。正是为了这首诗,我才写了两卷诗,尤其第一卷多加点缀,费了不少苦心。有多少有识之士能喝这杯苦酒,我不知道,但是,我是为未来献上这杯酒的。"雨果对灵魂不灭的信仰,对通灵哲学的兴趣,在当时并非个别例外,而是浪漫主义思潮中的一种倾向,拉马丁、乔治·桑、巴尔扎克和奈尔瓦尔都有此同好。最后,雨果提出的万物有灵论和灵魂转生论等思想,和基督教的传统教理是相去甚远的。当然,《黑暗的大口在说话》是一个诗人的哲理思考,不是一个哲学家的逻辑体系。

凶年集

告读者

《凶年集》中包括有戒严的内容，而目前戒严状态仍然维持。所以，各位会在书里看到空白的诗行。这正好给未来表明了本书出版的年月。

同样原因，书中好几首诗，尤其是“四月”“五月”“六月”和“七月”各章，有待补充。这些诗以后会收入的。

我们目前所处的时刻会过去的。我们有了共和国，我们会有自由的。

1872 年 4 月于巴黎

“作者预期的时刻终于来到。所有待补的诗句在本版[①]已全部收入。”

① 指 1879 年的版本。

引诗 *

我准备着手叙讲惊涛骇浪的一年，
可我又犹豫不决，把臂肘支在桌边。
是否必须往下写？我是否应该继续？
法兰西！看到天上有颗星星在下去！
伤心啊！我已感到奇耻大辱在登台。
苦恼！一个灾难才走，一个灾难又来。
没有关系。继续写。历史需要我写成。
本世纪已经到庭，我是世纪的见证。

* 从手稿上看，这 8 行诗本来只是下一首诗《色当》的一小部分，应在第 12 行以下。诗人最后将这 8 行诗单独抽出，成为无题的引诗。《色当》作于 1871 年 7 月 5 日，这应该也是引诗写成的大概时间。

1870 年 9 月

两个国家间的选择 *

对德国

没有哪一个国家能比你更加伟大；
在从前，整个世界都令人感到害怕，
强大的列国之间，你本是正义民族。
然而现在你如同面目神奇的印度，
你在闪耀；啊，你的人民有蓝的眼睛，
欧洲一片黑暗处，你是高傲的光明，
现在，朦胧的高冠在你高贵的额头；
粗鲁、笨重、巨大的光荣围着你四周；
你的灯塔已经在巨人的山上点亮；
如同海上的雄鹰飞越不同的海洋，
你也从一种强大变成另一种强大；
智者胡斯在使徒克雷申蒂[①]后出发；
你家出了红胡子[②]，仍然有席勒[③]出现；
皇帝是一座高峰，害怕思想的闪电。
不，尘世没有事物，日耳曼，可遮挡你。

---

① 克雷申蒂（Crescentius）是罗马的护民官，反对教皇势力，试图恢复共和国。

② 红胡子（Barberousse，1122—1190）是西罗马帝国皇帝腓特烈一世的绰号。

③ 席勒（Schiller，1759—1805）是德国诗人和作家，著有《强盗》《华伦施坦》等。

你的白孩子[1]顶住我们查理曼大帝，
而这查理曼大帝几乎是你的士兵。
有时候，指引你的似乎是一颗星星；
多产的战士，各国人民都亲眼目睹，
你反抗压在世界身上的双重桎梏，
你的两只铁拳上有一抹曙光闪烁，
赫尔曼[2]反抗恺撒，而路德反抗彼得[3]。
长期来，如橡树向常春藤伸出臂膀，
你尊重失败者的古老权利，很高尚；
如同冶炼好青铜需要放进铅和银，
你善于融合成为一统天下的人民，
达西亚人，匈奴人，共有二十个部落，
莱茵河给你黄金，波罗的海给琥珀；
音乐是你的灵气，是灵魂，和谐，馨香，
音乐使你激越的歌声雄壮而嘹亮，
既有雄鹰的呼叫，又有云雀的鸣啭；
人们以为在你的倾圮的市镇上端，
看到山上有怪物以及勇士的侧影，
若隐若现，隆隆的雷声响彻在山顶；
你青翠的田野里清新、悦目又可爱；
雾中有缺口打开，把束束阳光迎来，
庄院的羽翼之下，有村舍茅屋沉睡，
傍晚，金发的少女来到水池边汲水，
可爱的模样像是天使下凡到人间。

① 白孩子（Vitikind）是撒克逊英雄，与查理曼大帝较量多时，最后屈服，并接受洗礼。

② 赫尔曼（Hermann）是德国的人民英雄，于公元9年打败罗马帝国的军队。

③ 彼得本是使徒名，此地喻罗马教皇。

如同神庙挺立在奇特的石柱上面，
德意志脚下有二十个丑陋的世纪，
但是从其阴影中也出现辉煌瑰丽。
圣山[①]有很多高峰，德国有更多英雄。
条顿民族四周有五彩的祥云簇拥，
在星光以及雷电交混的云端登临；
到夜间，条顿人的长矛像一座森林；
条顿民族的头上，旗开得胜的军号
经久不息，而传说和历史一般美好；
图林根州[②]的托尔[③]把他的长枪收住，
德洛伊祭司[④]加娜[⑤]披头散发地踯躅；
江河之中翻滚着熊熊燃烧的火浪，
美人鱼正在歌唱，长着妇女的乳房，
哈茨山[⑥]山上从前韦莱达[⑦]常来山腰，
陶努斯山[⑧]上斯比利尔[⑨]在草中擦脚，
如今都有女先知在深山密林之中，
遗留下十分凄楚而又神圣的悲恸；
夜里，整个黑森林是座阴森的乐园；
在内卡河[⑩]的河畔，突然间皓月正圆，

① 圣山（Athos）在希腊的马其顿地区，山高3000米。
② 图林根州（la Thuringe）是德国中部的一个地区。
③ 托尔（Thor）是北欧斯堪的纳维亚史诗《埃达》中的雷电之神。
④ 德洛伊祭司是指古代高卢人原始宗教的祭司。
⑤ 加娜（Ganna）是古代日耳曼人崇拜的女先知。
⑥ 哈茨山（Harz）是德国的高原地带，主峰布罗肯峰相传为女巫聚会的场所。
⑦ 韦莱达（Velléda）是日耳曼人的女先知，曾领导反对罗马人的斗争。
⑧ 陶努斯山（Taunus）在法兰克福以北，高880米。
⑨ 斯比利尔（Spillyre），不详。
⑩ 内卡河（Neckar）是德国河流，汇入莱茵河。

使得充满仙女的树林充满了声响。
条顿人，你们的墓有战利品的模样；
你们祖先播撒的只是成堆的尸骨；
你们处处有荣誉，德国人，值得欢呼。
只有巨人的大脚能穿你们的凉鞋。
封建时代的光荣色彩鲜艳而强烈，
为你们军盔镀金，为你们盾牌添姿；
罗马有科克莱斯，你们有加加古斯[①]，
希腊有荷马，你们有贝多芬的琴心；
德国强盛而华贵。

对法国

啊，你是我的母亲！

〔手稿：1月2日〕

＊本诗列“九月”之首。雨果9月5日返回法国。9月9日，发表《告德国人书》，义正词严，警告德国人不要进军巴黎，否则将是历史罪人。雨果的善良愿望没有实现。面对普鲁士军队大军压境，雨果于9月17日发表《告法国人书》，号召法国人民抗击入侵之敌，保卫巴黎，保卫共和国。

① 科克莱斯（Coclès）是反抗伊特鲁立亚人统治的古罗马人；加加古斯（Galgacus）是反抗罗马入侵的古苏格兰人。

巴黎被围*

巴黎城啊！你将会使历史跪下双膝。
流血是你的美丽，死去是你的胜利。
噢，不，你不会死去，血在流，但谁看到
恺撒[1]在你懒散的双臂中哈哈大笑，
会大吃一惊：你在穿越赎罪的烈火，
巴黎，你得到的比失去的东西更多，
你将会赢得光荣和全世界的尊敬。
哀伤的城市，谁来围攻，就叫谁送命。
卑下虚假的繁荣只是慢性的死亡；
你软绵绵时倒下，你血淋淋时强壮。
致人死命的帝国曾使你昏昏欲睡，
你醒来时是女神，驱赶贪馋的色鬼。
你从令人作呕的渺小幸福中出来，
如今你成为烈士，恢复了英雄气概；
当你的一边死去，另一边才能新生，
才有荣誉，真善美，才有高尚的民风。

〔手稿：1870 年 11 月〕

---

① 恺撒原指古罗马皇帝，此处指普鲁士国王。以后的德国皇帝的名号也叫“恺撒”（Kaiser）。

*1870 年 9 月 1 日色当一役，拿破仑三世率军投降。法军节节败退。10 月 27 日，巴赞元帅在梅斯的 10 万精兵不战而降。普鲁士军队猛扑巴黎，围困首都。雨果谴责第二帝国表面的繁荣同时，对国家前途寄予无限希望。

1870 年 10 月

“我曾经是大海上年迈、孤僻的浪人……”*

我曾经是大海上年迈、孤僻的浪人，
好像是个无底的深渊边上的鬼魂；
我在酷寒的严冬，有冰刀霜剑飞舞，
耳边是狂风怒涛，暗暗写就一本书，
书一旦完稿，遵照我流亡者的调遣，
呼号的风暴一页一页地把书翻遍；
我一无所有，只有丢弃不掉的荣誉；
我已回来，我看到这个非凡的城区；
城市在饥饿，我把此书放进它口中[①]；
我对巴黎人民说，他高傲，倔强，激动，
他愤怒，无所畏惧，没有枷锁和框框，
“请吃我的心，你会生长出新的翅膀”，
我对巴黎这么说，如山民叮嘱老鹰。

当基督正在咽气，当潘神[②]闭上眼睛，

---

① 《惩罚集》于 1870 年 10 月 22 日第一次在巴黎出版。

② 潘神（Pan）是希腊的森林之神。潘神死了，可喻一个时代的结束，或基督教取代异教。

约翰和路加[1]在犹太[2]，伊壁鸠鲁在印度[3]，
都曾听到过一声隐隐不安的惊呼；
大地在哆嗦，因为奥林波斯山崩塌；
从俄斐[4]直到迦南[5]，从亚索[6]直到示巴[7]，
如同弯裂的底座使石柱倒下断裂，
当巴比伦陷落时，整个东方也倾斜；
今天，人身上又有同样神圣的恐怖，
大厦感到支撑点在摇动，不再稳固；
人人在为有毒手扼杀巴黎而战栗；
如果把此城毁掉，也就是毁掉天地；
国王们想钉死的不是一国的人民，
而是全世界，十字架上，有鲜血淋淋；
人类已开始经受触目惊心的折磨。
要斗争。比特洛伊[8]，比努曼提亚[9]，推罗，
被围的巴黎更要做出牺牲的榜样。
要和暴君统率的强盗们进行较量。

---

① 路加（Luc）是使徒之一，是《新约·路加福音》的作者。

② 犹太（Judée）是地区名，即指死海与地中海之间的巴勒斯坦。

③ 有的注家认为，对雨果来说，印度泛指地理上遥远的概念。

④ 俄裴（Ophir）是《圣经》中所罗门王派人去东方寻找黄金的地方。

⑤ 迦南（Chanaan）是上帝赐给希伯来人的福地，即巴勒斯坦。

⑥ 亚索（Assur）是亚述帝国最古老的首都之名。

⑦ 示巴（Saba）是古代阿拉伯城市，在今也门一带。示巴女王曾访问所罗门王。

⑧ 特洛伊（Troie）是古代中亚城市，被希腊军队围困10年，故事详见荷马史诗《伊利亚特》。

⑨ 努曼提亚（Numance）是西班牙古城，公元前2世纪曾受罗马人长期围攻。

匈奴人又来了，如弗雷台盖[①]的时代；
让这战争的机器向我们滚滚而来；
有人叛变，在流血，要挺住，坚决顶住，
独自接受拯救这国家的艰巨任务。
倒下，但是并没有发抖，这就是胜利。
成为历史的幻想，这幻想巨大无比，
从今后，让追求真善美的天下群英，
见到有一座坟墓，大家会肃然起敬，
这对于一个民族，一个人，都是光荣，
卡图如果比罗马伟大，更值得称颂；
罗马应该向卡图学习，向卡图模仿，
所以，罗马应战斗，所以，巴黎应抵抗。
我们的耕耘最终换来我们的鲜花。
战斗吧，我的巴黎！啊，人民意气风发，
身上有累累伤痕，但盾牌不沾血渍，
要有不被打垮的顽强拼死的勇气。

〔手稿：1870 年 10 月〕

＊雨果曾为本诗反复推敲，数易其稿。战场上的形势继续在恶化，战争已是无法避免的事情。雨果号召人民奋起自卫，做好牺牲的准备。10 月 7 日，雨果为自己购置了国民自卫军的军帽，表明自己与人民坚持斗争的决心。

---

① 弗雷台盖（Frédégaire）被认为是法国墨洛温王朝时期的编年史作家，其实并无此人。

1870 年 11 月

从巴黎城墙上远望 *

（夜色降临）

俯视东方一片黑，远望西方一片白；
仿佛从尸首堆里伸出来一条臂膀，
借用黄昏为柱子，搭起追思的灵台，
把两大块裹尸的白布系挂在天上。

小草在阵阵战栗，小鸟在声声悲鸣。
黑夜就这般阖上，如同是一座监牢。
我慢慢走。当我向地平线抬起眼睛，
夕阳已经只剩下一柄红红的血刀。

这景象使人想起一场巨大的决斗，
恶兽在攻击神明，两个人一般高低；
看起来像是天上苦战了一番以后，
惊心动魄的长剑血淋淋掉落大地。

* 本诗手稿上的原题为《城墙漫步》。围城期间，雨果常以虔诚的心情，带着朱丽叶在巴黎各地察看，不仅了解阔别 20 年的巴黎变化，更注意了解城外战争的进展情况。

班克罗夫特[①] *

这件事对伟大的法兰西起何作用？
她有悲伤的轻蔑，不惜于知道内容。
法国且不问无名之辈的说三道四，
不论在王家宫苑，或在破烂的陋室；
你是个堂堂公使，你是个无业游民，
你还不具备作孽造恶的可悲人品；
你徒然对永恒的法兰西狺狺狂吠。
你在侮辱法兰西。你这侮辱的是谁？
法兰西有事伤心，法兰西得意高兴，
根本看不见你这一点朦胧的鬼影；
你得混个人样来，提比略，成吉思汗，
做人做一场祸水，做人做一场灾难，
别人然后再考虑你是配还是不配。
别人蔑视你；招恨先得要有个名位，
然后看着办。否则的话，请滚蛋。侏儒
当然是其小无比，纵有一肚子狠毒，
可仍然还是侏儒，尘埃有什么稀奇！
此人嘴里的恶毒攻击更不值一提！
粪土化成为灰烬，来去又何其匆匆！

---

① 班克罗夫特（Bancroft，1800—1891）是美国历史学家，政治家。他早年在德国的哥廷根大学取得博士学位，著有《美国革命史》《美国史》等。

在有凶残的猞猁转悠的沙漠之中，
臭不可闻的贼鸥[①]鬼头鬼脑地到来，
而一动不动的是巨人巨大的脑袋，
幽幽的星光之下，这巨人万古不变，
鸟一飞即走，但对巨人可放肆随便。

〔手稿：1871 年 1 月于巴黎〕

*普法战争期间，班克罗夫特任美国驻柏林公使。在他取得德国博士学位的五十周年之际，俾斯麦给他写信祝贺。美国老公使感激涕零，复信致谢，信中对普鲁士许多军政要人，歌功颂德。这封信于 10 月底传至巴黎。对希望美国能同情法国的巴黎来说，这无异于天上落下一枚炮弹，引起众多的抗议。其中，以雨果最为愤慨。

① 贼鸥（stercoraire）是海鸥的一种，形体可较大，以偷食其他鸟类捕到的鱼为生，故名。贼鸥此名的外语词源意义为“粪便”。

见塞纳河上漂着普鲁士人的尸体有感 *

不错，你们是来了，你们已经在安睡；
你们头枕着又软又深的温柔河水，
或侧身，被人抚摩，或仰卧，亲了又亲；
你们都拥着波浪——又冷又湿的寒衾；
是你们，北国之子，蓝眼睛已经闭上，
赤条条躺在水上，被来回轻轻摇晃！
你们说过："我们去！去敲妓女的房门。
巴比伦惯于接受来自世界的亲吻，
巴比伦就在前面，充满笑声和歌声；
撒克逊人！去那儿寻欢作乐才可能，
日耳曼人！让我们斜着眼向南望去，
快！快！冲向法兰西！巴黎城是个妓女，
她正在为外国人涂脂抹粉地梳妆，
向我们张开双臂……"——塞纳河是她的床。

* 雨果曾呼吁法德民族和解，无效。于是，诗人和巴黎军民同仇敌忾，投入抗击侵略者的爱国斗争。诗中以近乎刻薄的语言，鞭笞侵略者的尸体。

给围城时生病的孩子 *

如果你在大人的窒息空气里呼吸，
　　继续这般脸色苍白，
如果我看到由你陪我命中的孤凄，
　　我已垂暮，你是小孩；

如果我看到你我生命的锁链相连，
　　我在膝头把你端详，
我只求死亡离你遥远得如同天边，
　　快快降临我的身上；

如果你的手总是又白，又弱，又瘦小，
　　躺卧在摇篮里发抖，
如果你的神情已如同是一只小鸟，
　　在等待翅膀好飞走；

如果你似乎并不希望牢牢地扎根
　　在我们的大地之上，
如果你，让娜，美丽而不满意的眼神，
　　在生命之谜里游荡；

如果我看不到你开心，红润，又强壮，
　　如果你忧伤地沉思，

如果你并不转身把那扇大门关上，
　　你从那边来到尘世；

如果我不能看到你像美丽的女人，
　　走来走去，身体健康，
活泼欢笑，如果你像个小小的灵魂，
　　你不愿意留在世上，

我就会想在这个世界，襁褓和尸布
　　有时候会不分先后，
你来了，又要动身，你这天使的任务，
　　是带着我一起远走。

*让娜是雨果的孙女，于1869年9月出生，当时已满周岁。围城期间，雨果手记中对让娜的成长、健康，甚至一举一动，都有记载。让娜于1871年1月28日至31日患病，2月5日康复。2月17日，手记中有“这个天使的任务是带着我一起远走”的文句。诗当在文后。

1870 年 12 月

“唉！这只是个梦！不！我们决不会同意……”*

唉！这只是个梦！不！我们决不会同意。
站起来，满腔怒火，紧握长剑，法兰西！
把你的木棍，把你的铁叉，拿在手中，
搬起路上的石头，站起来，发动群众！
法兰西！这场战争算什么？如何回答？
我们拒绝芒德兰，上帝派来阿提拉。
每当上帝要消灭一个伟大的帝国，
和人类共呼吸的高贵民族快没落，
如罗马或底比斯，恭恭敬敬的天命
放出沙漠里某种猛兽，可畏而狰狞。
为什么有此侮辱？不像话。你能忍耐，
法兰西？不，永远不。当然，我们本应该，
人民啊，被人吞噬，我们也正在被吃！
不必先在心里想：——我们会被人掐死，
如孟斐斯[①]，特洛伊，如索里姆[②]，或是雅典，
在壮丽的斗争中很快壮烈地归天！——
但身下不明不白被人咬，太不像话，

① 孟斐斯（Memphis）是古埃及的首都，地处尼罗河上游河畔，曾兴旺一时。
② 索里姆（Solime），不详。

受到四面八方的乱攻，有捶又有打，
掠夺加偷盗，瘟疫加饥荒，各显神通！
本希望遇上狮子，却来了虱子臭虫！

*本诗的誊清稿后附有《比利时人民报》的摘录。1870 年 8 月 9 日，该报报道了德国一位普鲁士精神的大权威批评普鲁士军队在法国的粗野行为。

致维克多·雨果号大炮*

听我说，听你说的时候即将会来到。
令人畏惧的战士！啊，惊雷啊！啊，大炮！
仇恨满腔的愤怒巨龙，你张开大嘴
发出的吼叫，还有可怕的火光伴随，
你沉甸甸的巨人，全身都电光闪闪，
将把盲目的死亡在空中到处扩散，
我祝福你。你要为保卫巴黎去厮杀。
大炮啊，在内战中你可要一言不发，
但是，要对国境的那一边提高警惕。
昨天离开铸造厂，你又威武，又神气；
妇女们跟在后面，对你说："多么漂亮！"
眼前的辛布里人[①]获胜后得意扬扬。
这可实在是耻辱，而巴黎这座古城
遥向君王们示意，请各国人民做证。
斗争在等着我们；来，我钢铁的儿子，
啊，黑色的复仇者，威风凛凛的斗士，
我们要相互补充和交换，我的肉身
要你的铁骨，你的铜胎要我的灵魂。

大炮呀，不久你将站立在城墙之上。

① 辛布里人（les Cimbres）是古日耳曼人，曾入侵过古代法国的高卢。

四周欢呼的人群将会拍手和鼓掌，
后面跟着辎重车，里面盛满了炮弹，
你由八匹马拉着，在路上走得不慢，
在摇摇欲坠、破破烂烂的房子中间，
你将要去雄踞在高大的炮眼旁边，
下面是紧握砍刀、愤然而起的巴黎。
到那里，永远不要睡觉，也不要休息。
再说，既然我这人在世界各地曾经
试以庄严的宽容治愈一切的疾病，
既然只要我看见人间无穷的征讨，
就从公众的讲坛，也从流亡的孤岛，
在喧嚣的人群间播下和平的种子，
既然我或喜或忧，总对上帝的仁慈
指引我们的伟大目标，高举起指头。
既然我多次痛失亲人，真不堪回首，
爱情是我的《福音》，团结是我的《圣经》，
怪物，你可要凶恶，以我的名字命名！
因为，面对着罪恶，爱情就变成仇恨，
有灵性的人不能忍受有兽性的人；
因为，法兰西不能忍受野蛮的战火；
因为，崇高的理想就是伟大的祖国；
现在这责任已经再也不允许推诿，
一定要挡住泛滥成灾的滚滚祸水，
要把巴黎，被巴黎改变模样的欧洲，
把各国人民，一一保护，要严加防守；
因为，如果不能去惩罚这条顿国王[①]，

---

① 条顿国王指普鲁士国王威廉一世。条顿本是日耳曼人的一支。

那么人间的进步、怜悯、博爱和希望，
会一一逃离地球，而使人非常痛苦；
因为，恺撒是老虎，而人民只是猎物，
谁要进攻法兰西，就是向未来攻击；
因为，只要我们在阴森可怖的夜里，
听到阿提拉的马在嘶叫，我们就将
围绕人心去建造一大座铁壁铜墙，
为拯救我们宇宙免于完全的沉沦，
罗马应成为女神，巴黎应成为巨人！

这也就是为什么温柔蔚蓝的诗稿，
以及诗琴产生的一尊又一尊大炮，
张开大嘴，应该在战壕上瞄准对方；
这也就是为什么战栗的哲人应当
被迫地使用光明对付阴森的事物；
面对国王，面对恶及其忠实的信徒，
面对世界伟大的需要：要得到拯救。
他知道，经过沉思，现在是需要战斗；
他知道必须打击，需要歼灭和胜利，
他借用一线曙光去制造一声霹雳。

＊老诗人以普通公民的身份参加保家卫国的斗争。雨果1870年10月30日日记："我收到作家协会来信，要求我同意举行一次《惩罚集》的公开朗诵会，其收入为巴黎买一门大炮，并将命名为'维克多·雨果号'。我同意了。"11月22日，政府通过协议：用《惩罚集》的收入铸造两门大炮，其中一门后来被命名为"维克多·雨果号"。

堡垒*

这些堡垒是看守巴黎大门的群狗。
我们会被人偷袭，不论在什么时候，
这帮家伙在前面，埋伏卑鄙而毒辣，
有时甚至进逼到巴黎城墙的脚下，
十九座堡垒散在各座山上，到傍晚，
窥视黑黑的空间，不安又虎视眈眈，
当黑夜降临，堡垒相互间发出警告，
城墙上伸出青铜脖颈，一门门大炮。
堡垒一个个警醒，我们已呼呼入睡，
堡垒粗声粗气的咳嗽，是霹雳惊雷。
山冈上有时突然布满了星光点点，
深夜里向山谷中吐出一条条闪电；
暮色苍茫，沉甸甸笼罩在我们头上，
静静地挡住陷阱，悄悄把田野遮挡；
但敌人徒然迂回前进，把我们钳住；
在地平线转悠的大炮群心肠狠毒，
是堡垒群让它们感到敬畏和委屈。
巴黎是处营地，是座坟墓，是座监狱，
独立在已经变得孤苦伶仃的世界，
一直在站岗放哨，最后也精疲力竭，
也昏昏欲睡；男女老少，也都静悄悄，
呜咽的抽泣，扬扬得意的纵声大笑，

十字路口，脚步声，大车，码头和沙地，
千家万户传出来入梦的轻轻呼吸，
说我相信的希望，说我快死的饥饿，
都不出声；群众啊！喧闹声似被阻隔，
偌大世界已入睡！啊！深沉沉的酣梦！
都睡了，也都忘了……——堡垒群好不威风。

突然间，人人惊醒，一骨碌马上坐起，
阴沉沉地喘着气，探身窗外，听仔细……——
听到仿佛有一座大山低沉的吼叫。
整座城市在倾听，整个乡村和城郊
已醒来；听，紧接着第一声大炮轰鸣，
传来第二声呼叫，低沉，凶狠而无情，
黑暗中又有一串爆裂声，天坍地崩，
此起彼应，百千个好不可怕的回声。
这就是堡垒。因为在黑乎乎的天际，
堡垒看到敌人的凶恶炮队在集结，
因为堡垒已突然发现大炮的踪影；
因为从树林子里飞出来了猫头鹰，
堡垒刚远远瞥见前方的田野旁边，
正有密密麻麻的黑色队伍在行进；
因为篱笆中间有阴险的眼睛闪光。

了不起！这些堡垒在暗中吠声汪汪！

〔手稿：1870 年 11 月 26 日〕

* 这是雨果又一首以大炮为主题的诗作。即使这样一首不长的诗，诗人也推敲再三，反复修改后写成，手稿上异文很多。

致法兰西 *

无人支持你。人人都同意。这位俊杰，
格拉德斯通[①]在对你的刽子手致谢。
那位名叫格兰特[②]，他对你大喝倒彩，
班克罗夫特对你侮辱；此人是将帅，
那人是法官，或是护民官，神父，使徒，
这一位来自北方，那一位来自南部；
没有人对你血流如注会表示满意；
人人对你在十字架上吐口水相欺。
唉！你对别的国家有何过错？你安慰
那些哭泣的国家，说的话无比完美：
——祝福你强盛，美国；祝福你自由，希腊！
意大利多么伟大；今后应该更伟大。——
你给此国以黄金，体现出你的真情，
你给那国以热血，你给人人以光明。
你曾捍卫人类的权利，你一贯忠贞，
你已经尽到了你应尽的一切责任。

① 格拉德斯通（Gladstone，1809—1898）是当时的英国首相。他在普法战争前曾劝说拿破仑三世政治解决。法国宣战后，他代表英国宣布中立，并责备法国主战派甘必大抵抗侵略的决心。

② 格兰特（Grant，1822—1885）是美国将军，北军司令，当时是美国总统。他致函威廉一世，保持中立，并对普鲁士表示同情。雨果在《凶年集》中有《格兰特的咨文》一诗，予以谴责。

你曾高喊：——欢乐与和平！喜悦加希望！——
如同牛喝饱后从水槽归来的情状，
全体人类一步步走回自己的马厩，
可敬可畏的兄长，喝足了你的成就，
你曾经南征北战，你曾经给人依靠。
唉，忘恩负义之辈只证明自己渺小。
没关系！当此时刻，你的光荣已垮台，
别人不再认识你，都来喝你的倒彩，
你血淋淋被钉死刑架上，赤身裸体，
别人都对你挨的每一棍大笑不已。
别人会怜悯你的儿女，因命运捉弄，
儿女承认你母亲，不得不为此脸红。
你不会就此死去，大家都感到遗憾。
罪恶的黑鹰正在啄食法国的心肝；
你在黑夜里垂下曾光灿灿的头颅；
大家争先恐后地不认失败者，欢呼
掠夺成性的国王，如阿德雷[①]的匪帮，
使欧洲赞美，使世界高兴……——啊！我希望，
在你受难的时刻，你在被秃鹫啄咬，
我希望自己不是法国人，以便相告：
法兰西啊，我宣布，我已经把你选定，
你才是我的祖国，光荣，唯一的爱情！

*普法战争一开始，法国军事上严重失利。而美国、英国等西方大国，纷纷抛弃法国，以中立为名，和普鲁

---

① 阿德雷（des Adrets，1513—1587）是法国男爵出身的匪首，长期在法国东部地区作恶多端，臭名昭著。

士亲近。雨果正是在法国内外交困，孤立无援的情况下，对祖国发出如此深情的呼喊。

国殇*

他们已经长眠在恐怖、孤独的战场。
他们流淌下的血一摊摊，积在地上；
凶恶的秃鹫搜索他们剖开的肚皮；
他们冰冷的尸体在草中狼藉满地，
扭曲的身子发黑，很可怕，他们死亡
后和遭电击的人一样是奇形怪状；
他们的头颅很像不长眼睛的石头；
白雪展开的尸布，铺在他们的四周；
他们伸出来的手，凄凉、蜷曲而枯干，
仿佛还想要挥剑，好把什么人驱赶；
他们嘴里无话语，他们眼中无目光；
沉沉黑夜里，他们睡的神气很惊慌，
却一动不动；他们受的打击和伤口
多于关在铁笼里游街示众的死囚；
他们身底下爬着蚂蚁和各种小虫，
他们的身子一半已经埋进了土中，
好像一艘沉没在深水之中的船只；
他们的堆堆白骨，没有烂尽的腐尸，
如同当年以西结与之谈话的尸身；
他们的全身上下都是可怕的弹痕，
砍刀留下的刀伤，长矛戳出的窟窿；
阵阵寒冷的野风在这寂静中吹动；

天阴雨湿，他们赤身露体，斑斑血渍。

为国捐躯的人啊，我对你们好妒忌。

＊国防政府无能，前线节节败退。11 月 29 日，法军 10 万人从巴黎东南郊的尚皮尼突围，至 12 月 2 日，以失败告终，折兵逾万。是年冬天，巴黎奇寒，冰天雪地。诗人用近乎自然主义的白描手法，描写战场上殉难的士兵。诗人年迈，但报国之心殷切。

1871年1月

致某妇人的信*

(1月10日用气球寄出)

可怕、快活的巴黎在战斗。您好，夫人。
大家是人民，是一个世界，一个灵魂。
没有人只想自己，每个人为了大家。
我们没有太阳和支援，也没有害怕。
只要大家不睡觉，一切事情会好办。
施米兹[①]写大战的公报可写得平淡；
像布吕穆瓦神父[②]翻译埃斯库罗斯。
我花十五法郎买四个鲜蛋，这不是
为我，而是为我的小乔治和小让娜[③]。
我们吃老鼠和熊，我们吃驴子和马。
巴黎被紧紧围住，被围得滴水不漏，
我们的肚子已经成了挪亚的方舟[④]；
百兽涌进我们的腹部，有狗也有猫，
不论巨大和渺小，名声有坏也有好，

---

① 施米兹（Schmitz，1820—1892）是法国将军，普法战争时是巴黎军参谋部的参谋长。

② 布吕穆瓦神父（père Brumoy，1688—1742）曾翻译许多古希腊文学作品，1730年出版《希腊人的戏剧》。

③ 乔治和让娜是雨果的孙子和孙女。当时乔治两岁半，让娜一岁半。

④ 挪亚（Noé）建造方舟躲避洪水的故事，见《旧约·创世记》。上帝命挪亚把每种动物一公一母带进方舟，以便洪水退后保存物种。

什么都能闯进来，耗子和大象相遇。
树木已经被砍的砍，劈的劈，锯的锯；
巴黎把香榭丽舍[①]送进壁炉的柴筐。
手上生起了冻疮，窗上积满了白霜。
没有东西生火把洗好的衣服烘干，
现在，衬衣就只好不换。而每到夜晚，
嘈杂阴沉的低语充满大街和小巷，
人来人往，有时是粗声粗气的叫嚷，
有时是歌唱，有时却是号召去战斗。
塞纳河上一堆堆冰块在慢慢漂流，
沉重的冰块走走停停，河上的炮艇
拖着泡沫翻滚的尾巴在向前航行。
没有东西吃，就什么都吃，也很快乐。
光光的桌上等着我们的只有饥饿，
从地窖请出一个土豆是孤家寡人，
洋葱如同在埃及，现在已尊为天神[②]。
我们虽然没有煤，但有乌黑的面包。
没有煤气；巴黎在大熄灯罩下睡觉；
晚上六点钟一片漆黑。像雨点一样，
炮弹在我们头上发出可怕的声响。
我的墨水瓶就是一块漂亮的弹片。
巴黎在被人谋害，却不屑发出怨言。
市民们都在城墙四周站岗和放哨；
裹着厚呢的大衣，而头上戴着军帽，
父亲、丈夫和兄弟不惜生命的代价

① 香榭丽舍大街（les Champs-Elysées）是巴黎一条繁华的林荫大道。
② 埃及盛产洋葱，据说许多城市有崇拜洋葱的习俗。

在监视敌人，累了就在板凳上躺下。
好！毛奇[①]炮击我们，俾斯麦[②]饿死我们。
巴黎可是个英雄，巴黎可是个女人；
巴黎勇敢又可爱，仰视深邃的天顶，
张开了一双沉思而笑眯眯的眼睛，
先望望鸽子飞回，又望望气球出发[③]。
这多美：轻松之中有不平凡的伟大！
我呢，看到没有人屈服，我兴高采烈，
对大家说：要斗争，要爱，要忘却一切，
除敌人以外不再有敌人；我大声说：
我忘却我的名字，我现在名叫祖国！
至于此刻的妇女，您可以为之骄傲，
一切都动荡不定，但她们志气很高。
像当年古罗马的妇女们，美就美在
她们贤惠的品质，她们简朴的住宅，
十个指头被粗毛磨蚀得又黑又硬，
汉尼拔兵临城下，她们少睡却镇静，
她们的丈夫个个站在科利那[④]城楼。
这时代又回来了。普鲁士这只野兽，
这只老虎，攫住了巴黎，它正在撕咬
世界伟大的心脏，虽已半死，还在跳。
好哇，巴黎被无情卡住，在这座都城，
男人只是法国人，女人有罗马遗风。
这些巴黎的妇女什么事都能忍受：

① 毛奇（Moltke，1800—1891）是普鲁士陆军统帅，1870年指挥普军进攻法国。
② 俾斯麦（Bismarck，1815—1898）是当时的普鲁士首相。
③ 鸽子和气球都是巴黎被围时对外联系的手段。
④ 科利那（Colline）是古罗马的城门之一。

壁炉灭了火，双脚被冰霜冻裂了口，
夜里等候在肉铺黝黑的门口排队，
严寒的风霜雨雪拼命地滥施淫威，
饥饿、恐怖加战斗，她们都已经忘我，
只剩伟大的责任，只剩伟大的祖国；
尤维那利斯九泉之下会含笑满意。
炮击能使我们的城堡群吼叫不已。
天色微明，战鼓和喇叭就遥相呼应；
清晨有凉风习习，嘟嘟的晨号唤醒
脸色苍白的大城，并在朦胧中显露；
模模糊糊的军乐在街上此起彼伏。
大家兄弟般相亲，我们渴望有捷报，
把赤心献给祖国，把头颅交给大炮。
这座城市有幸被光荣和苦难选中，
看到可怕的日子到来，反而很激动。
好吧，我们会挨冻！好吧，我们会挨饿！
怎么样？这是黑夜。黑夜以后是什么？
是黎明。我们受苦，但我们充满确信。
巴黎充满冲破普鲁士牢狱的决心。
鼓起勇气！大家要鼓起古代的勇气，
一个月以内定要把普军赶出巴黎。
然后嘛，我和两个儿子打算到乡下
来生活，到您身边来和您一起安家，
夫人，如果我们在二月间不被打死，
三月份就来找您谈谈我们的意思。

〔手稿：1871 年 1 月 10 日〕

＊巴黎被围，前后共130天。1870年1月10日，第一个邮政气球升空，把400公斤信件运出巴黎。是年大寒，天灾人祸，巴黎人经受了严峻的考验。雨果的这首“诗简”既不隐瞒难以置信的困难，又表现出压倒一切的乐观精神。诗中对巴黎妇女的歌颂，可与《惩罚集》的许多篇章媲美。诗集出版时，本诗引起读者兴奋的共鸣。

斐扬派修道院[①]落下炮弹 *

你什么东西？你从天下落下来，浑蛋！
怎么！你是铅和火，你是死亡加野蛮，
战争的爬虫，上有弯弯曲曲的小沟，
怎么！你是这罪大恶极的无耻杀手，
君王从黑夜深处把你投向了人世，
你是罪行，是毁灭，是死亡，你的名字：
仇恨、埋伏和可怖，屠杀、盛怒和沮丧，
可你穿过了蓝天，才落到我们头上。
落下的钢铁无耻，开的花罪恶深重，
青铜的花朵一开，花瓣是烈火熊熊，
卑鄙的人间霹雳，强盗们有了你们
才伟大，而暴君们有了你们才神圣，
王家滔天罪孽的奴仆，卖身的娼妓，
你从云中钻出来，靠的是什么奇迹？
天上的闪电被你玷污得无地自容！
你在地狱里出生，如何会来自空中！

此人刚才被你的毒嘴差一点咬死，
他正在破屋子的一角坐下来沉思。

---

① 斐扬派修道院（les Feuillantines）是雨果童年时代两次在巴黎生活过的地方，终生留下美好回忆。雨果在1840年的《光影集》里写有长诗《1813年斐扬派修道院纪事》，描写并歌颂这座孩子心目里的“天堂”。

他的眼睛在暗中寻找曾闪亮的梦；
他在想；他幼年时在园中跳跳蹦蹦；
往事充满孩子的声音，这座大花园
在出现；当年，这就是斐扬派修道院；
你愚蠢的隆隆声炸掉了一座天堂。
啊！这有多么美好！当年笑得多欢畅！
人在老，望着光芒变成暗淡的光线。
这条小街[①]横跨在葱绿的花园上面。
唉，炮弹最后完成小街想做的一切。
当年，麻雀到此地纷纷来抢吃黑芥，
当年，小鸟们在此争吵得喋喋不休；
这座树林里的光不可思议地清幽；
有多少树，摇曳的树丛间空气清新！
当年孩子的金发如今已成为白银；
当年是大有希望，如今是一个幽灵。
啊！在圆拱顶[②]之下，我们曾多么年轻！
如今，人已和拱顶一般老，看着悲伤。
过路人沉思。当年，他的心一边歌唱，
一边起飞，而如今，在他朦胧的眼前，
有朵朵仿佛永不凋谢的鲜花出现。
从前，此地的生活是一片光明；此地，
阳春四月树荫下，那树荫又浓又密，
孩子拉着母亲的一角衣裙在行走。
回忆啊！倏忽之间，这一切化为乌有！
这天上，从前曙光在他眼前开鲜花，

① 雨果1870年10月18日手记："朱丽叶来找我。我们去看斐扬派修道院。我童年时代的屋子和花园都已消失。上面开了一条街道。"

② 指原斐扬派修道院附近的军医学院的大拱顶，今存。

而此时此刻，却在他头上噼噼啪啪，
盛开的是一朵朵好不可怕的炮弹。
啊，白鸽曾飞翔的黎明是多么灿烂！
此人当年多欢畅，而现在多么愁悲。
万千道霞光曾在他的眼睛前翻飞。
春天啊！这花园里多少花相映成趣，
长春花，玫瑰花，遍地是白白的雏菊，
都在沐浴着阳光，似乎朵朵在欢笑，
孩子也是一朵花，那时他年纪真小。

〔手稿：1871 年 1 月〕

* 雨果返回巴黎后，多次寻访度过童年的斐扬派修道院旧址。1871 年 1 月 5 日手记：“我正在斐扬派修道院一带。我附近落下一颗炮弹……炮轰巴黎的第一批伤亡：盖－吕萨克街死四人，军医学院附近死两人。”这两处都在斐扬派修道院旧址一带。

突围*

黎明时寒冷，灰白，天色蒙蒙地发亮。
一群人整整齐齐走在大街的中央；
他们向前迈进时铿然有声的步伐，
把我吸引了过去，我跟着他们出发。
他们是奔赴前线、投入战斗的公民。
高贵的战士！孩子也在行列里行进，
身材虽比人矮小，志气能和人比高，
紧紧握住父亲的大手，他好不骄傲，
妇女扛着丈夫的步枪也行走匆匆。
古代高卢的妇女就有这样的传统：
不论抵御阿提拉，也不论蔑视恺撒[①]，
妇女们都会在场，帮男人拿着盔甲。
现在情况会如何？孩子们发出笑声，
女人不哭。巴黎在忍受无耻的战争；
巴黎的每个居民都同意这些事情：
一个民族只会被耻辱才蒙住眼睛，
列祖列宗会满意，不论会发生何事；
为了法兰西活着，巴黎城可以去死。
我们要保住荣誉，其他都可以奉送。
队伍前进。愤怒的目光，苍白的面容，

① 高卢是法国古称。恺撒于公元前58年入侵高卢。高卢人民曾进行武装抵抗。

在他们脸上看到：信心、勇气和饥饿。
队伍穿过的十字街头一个又一个，
昂起头，举着军旗这块神圣的破布；
全家老小紧紧地跟着战士的脚步；
只有走到城门边，大家才彼此离分。
这些感动的男子和雄赳赳的女人
在歌唱；巴黎正在捍卫人类的权利。
有辆救护车一旁驶过，大家会想起
是这些国王一时心血来潮，才使得
担架后面的路上鲜血流成了长河。
突围的时刻已经临近，这时在远郊，
为了队伍的行进，鼓手们不停地敲；
大家快步走。谁要围困我们谁倒霉！
他们毫不把陷阱放心上，这是因为
勇士们在前进的时候遭遇上陷阱，
失败者无比骄傲，胜利者无耻透顶。
他们和部队会合，来到了城墙脚边。
突然间，风吹过来一缕轻轻的黑烟；
停步！大家第一次看到了炮击。前进！
一阵久久的战栗掠过战士们的心，
这时刻已经到来，一扇扇城门打开，
吹响吧，军号！前面就是这平原地带，
就是有看不见的敌人匍匐的树林，
而变节的地平线已静悄悄地入寝，
一动也不动，可又充满火光和雷电，
听到有人说：“娘子，把枪给我们！”“再见！”
妇女们黯然心伤，脸上则神色安详，
她们吻了吻武器，递过丈夫的步枪。

＊巴黎被围后，爱国力量不断要求突围。先后三次努力，均以失败告终。《突围》指投降前的最后一次突围。1月19日在比藏瓦尔组织突围，凌晨取得局部胜利，不久被普军炮火压住，被迫于傍晚撤回。诗中描写由市民组成的国民自卫军战士于拂晓时出城的动人情景。雨果于1870年10月7日曾为自己购买国民自卫军军帽，一直以一名普通战士自居。

投降*

这样，连最伟大的民族也无法拯救！
你的丰功和伟绩最后都付之东流，
人民啊！你说：什么！我们就仅仅为此
才登上高高城楼，通宵地出生入死！
仅仅为此我们才勇敢，才气冲云霄，
才充当普鲁士的靶子和射击目标；
就仅仅为此我们才是英雄和烈士；
仅仅为此才顽强战斗，胜过了历史
上的提尔[①]、萨贡特[②]、科林斯[③]和拜占庭[④]；
仅仅为此我们才五个月[⑤]以来，眼睛
看到神秘的树林立刻就望而生畏，
忍受这些条顿人鬼鬼祟祟的包围！
仅仅为此我们才斗争，才修筑坑道，
才毁坏桥梁，才安插木桩，建造碉堡，
才挖掘壕沟，才不怕饥饿，不怕瘟疫，

---

① 提尔（Tyr）是古代腓尼基城市，公元前6世纪被敌人长期围困并攻陷。

② 萨贡特（Sagonte）是西班牙古城，公元前3世纪被迦太基人围攻，顽强抵抗后被汉尼拔攻占。

③ 科林斯（Corinthe）是希腊古城，历史上战乱频繁，常被围攻和洗劫。

④ 拜占庭（Byzance）即东罗马帝国首都君士坦丁堡。1453年5月19日被穆罕默德二世攻占。

⑤ 从1870年9月1日拿破仑三世对普鲁士宣战，至1871年1月底，战争已历时五月。

法兰西啊，才去用一堆一堆的尸体
塞满坟墓，这战争需要的阴暗粮仓！
才在枪林弹雨下生活而习以为常！
苍天！流血、疲惫而兴奋的伟大巴黎，
经受如许的考验，做出如许的努力，
经过巨大的等待，有过庄严的希望，
宏伟的城市急于把敌人一扫而光，
巴黎十分顽强地冲向敌人的大炮，
似乎像马咬嚼子，把自己城墙在咬，
正当因痛苦加剧而变得更加勇敢，
正当大炮轰轰中孩子在街上游玩，
笑嘻嘻地在街上捡拾弹片和弹壳，
正当全体公民中人人都脸不变色，
正当有三十万人等突围，跃跃欲试，
而这一大堆军人却交出这座城市！
人民！他们借你的忠诚、骄傲和愤怒，
借你的勇气，反而一个个成了懦夫，
人民啊！看到这么巨大的光荣化作
这么巨大的耻辱，历史将气得哆嗦！

1 月 27 日于巴黎

*1 月 23—24 日，国防政府和俾斯麦开始谈判。1 月 28 日，停战协定正式签字。协定规定：法国向普鲁士割让阿尔萨斯和洛林的部分领土，赔偿军费 50 亿法郎。诗人作为人民的良心，酣畅淋漓地发泄了心中的愤懑。

1871年2月

写在签订和约之前 *

如果按照普鲁士的条件，
我们让这一场战争结束，
法兰西将只是低级酒店
里放在桌上的一把酒壶；

酒被人喝光，壶被人抛掷。
我们骄傲的国家在死亡。
伤心啊！这个国家被蔑视，
而从前却备受人们赞赏。

黑暗的明天！又怕又担忧；
一切痛苦辛酸都会领教；
老鹰之后，飞来的是秃鹫，
秃鹫之后，飞来的是老雕；

阿尔萨斯和洛林被兼并；
斯特拉斯堡①在受难受苦；
梅斯②被囚禁，色当③当逃兵，

① 斯特拉斯堡是阿尔萨斯省首府，8月12日被围，9月28日投降。

② 10月27日，法军总司令巴赞在此投降。

③ 9月2日，第二帝国的拿破仑三世率军在此向普鲁士军队投降。

使法兰西蒙受奇耻大辱；

处处一样，灵魂关进监牢，
追求的只是卑劣的幸福，
再也不求自尊，不求自豪；
可耻成为风气，不一而足；

玷污了自古以来的英名；
历代光荣的战斗在受辱；
我们的祖国会万分吃惊；
要低下从未低下的头颅；

敌人开进了我们的城堡，
阿提拉的阴影笼罩塔楼，
燕子再度飞来，于是说道：
法兰西找不到，已经搬走！

信息女神[①]已折断了翅膀，
满嘴含着巴赞[②]，无法说话，
口中不干净的唾沫弄脏
她陈旧的、生满铜绿的喇叭；

如果打，打的是自家兄弟；
巴亚尔，无人提你的英名！
现在当凶手，身上有血迹，

① 信息女神（la Renommée）作女性形象，有翼，手持长喇叭，传播佳音。

② 巴赞（Bazaine，1811—1888）是法国元帅，法军统帅，在梅斯被围后投降，1873年被判处死刑，但越狱外逃。

好让人忘记本来是逃兵；

沉沉的黑夜已降临额头，
没有灵魂敢于振翅飞行；
苍天亲眼目睹我们蒙羞，
拒不再点亮满天的繁星；

阴冷啊！重重叠叠的黑暗，
把各国的人民分隔开来，
这般的黑暗，这般的凄惨，
如今，人与人再不能相爱；

法兰西，普鲁士，彼此厌恶；
这一大群人对我们怀恨；
我们无光，他们天色欲曙，
他们的愿望是埋葬我们；

船沉了！永别了，雄心，抱负！
事事在骗人；处处在受骗；
别人指指我们的旗：懦夫！
指指我们的炮：胆小！可怜！

再没有希望；再没有自豪；
历史蒙上了厚厚的尸布……——
上帝啊！别让法兰西栽倒
进这个和约的万丈深谷！

2月14日于波尔多

*原诗手稿上无日期。所注的创作日期和地点应该是象征性的，在时间上和内容上和雨果对和约的立场相一致，相衔接。雨果反对国防政府和普鲁士达成的丧权辱国的和约。国民议会在波尔多开会审议并批准和约。雨果当选为议员，2月13日表示“战争令人失望，和平更令人失望”。3月1日，雨果在国民议会发言，主张继续战斗。

致重弹兄弟友爱的人*

我们将来获胜后再说。而在此时分，
给他们看：有多少痛苦，有多少仇恨。
眼睛死不肯垂下，和失败相称一致。
有自由时是使徒，做奴隶时是先知；
我们被捆住手脚！再没有兄弟国家！
我预言入侵之敌会在深渊里跌下。
被套上锁链的人只有一件事自豪：
从今以后，蔑视是唯一有效的依靠。
去爱那些德国人？先等这一天到来，
有了胜利的权利，才会有权利去爱。
被打败在地的人还没有报仇雪耻。
他做的和平声明总不会真心诚意；
且等该轮到我们挡在人家的路口。
把他们踩在脚下，然后向他们伸手。
只要法兰西哭泣，我只有鲜血流下。
这时候，别来向我谈什么协和融洽；
兄弟友爱，说不清楚，说得不是地方，
也不是时候，只会让敌人耸耸肩膀；
捐弃以前的积怨，如果是主动提出，
到明朝合乎身份，在今天却是懦夫。

* 本诗最初题为“迟来的兄弟友爱”。雨果在 1871 年 5 月 17 日手记中，提及曾在一位政见相同的德国朋友前朗读这首诗。22 日，本诗刊于《集合报》，题目是“读俾斯麦和平条约后作”。该报于 24 日被勒令停刊，可能与本诗有关。

1871 年 3 月

斗争*

唉！无知在发脾气。这些人实在可怜，
他们身上照不到真理温暖的光线。
再说，没关系，朋友！荣誉和我们一起。
这些辱骂者跪下接受使法国窒息
的可怕和约，请你对他们加以宽恕！
在历史面前，又有你我的不屑一顾，
祝愿他们的忘恩负义能烟消云散。
他们也会把耶稣看成流浪的懒汉；
圣保罗似乎鼓吹这恶心的民主主义；
他们说：苏格拉底这家伙会耍把戏。
他们近视眼，害怕黎明。他们不像话。
这是他们的错？不。在那不勒斯[①]，罗马[②]，
此地，时时，又处处，总有人无缘无故
妒忌你，如同丘八，诅咒你，如同神父，
前者已经被打败，后者已经被揭穿。
今冬我看到浮冰闹哄哄，十分混乱，
在我码头前经过，使我们冷得发抖，
但很快在黑暗中逃遁，并化为乌有，

① 那不勒斯是加里波第于 1860 年取得军事胜利的地区。

② 加里波第一贯反对罗马教皇对世俗社会的统治，因此招来神父们的诅咒。

他们比浮冰更加怀恨，也更加无用。
而你呢，你在从前和天兵天将相同，
不带军队独自来，却解放几座城市，
你让卑鄙的叫嚣对着你吼叫不止。
这又有何用？来吧，你和我彼此伸手。
你有罗马人古风，我是法国人老头，
我们走。这可悲的地方乃是非之地，
让我们各自返回自己的悬崖峭壁，
如果还是死，至少要死在大海手中；
要去寻找闪电的侮辱，更庄严隆重，
寻找伟大的脾气，寻找不息的怒火，
丢下小人的唾沫，追求大海的飞沫。

〔手稿：1871 年 3 月 8 日〕

＊这首诗手稿上题为“赠加里波第”，写出了雨果和加里波第那两位自由战士的浩然正气。普法战争期间，加里波第率“红衫队”来法国协助法国抗击普鲁士，因此被巴黎、阿尔及尔等四个城市选为国民议会议员。1871 年 3 月 8 日，国民议会在波尔多决议取消加里波第的议员资格。雨果仗义执言，指出加里波第是“唯一为法国战斗而又没有被打败的将军”。雨果因此遭到右派的恶毒攻击，愤而辞职。

丧事*

夏尔！夏尔！好孩子！你竟把我们抛弃。
　　唉！万物流逝去不返！
你已经在烨烨的光明里没有踪迹，
　　对我们是一片黑暗。

夏尔，我已是黄昏，却看你朝阳西沉。
　　我们父子相爱相亲！
唉！人创造，人幻想，笑把自己的灵魂
　　和别人的灵魂交心；

此人说：这是永恒！人继续赶路匆匆；
　　开始下行，准备回归，
人生活，人在受苦，突然在他的手中，
　　握住的是一把飞灰。

我昨天是流亡者，二十年被囚海上，
　　心灵痛苦，四处漂泊；
命运才知道为何对我们铁石心肠。
　　上帝剥夺我的祖国。

今天，家中只剩一个儿子[①]，一个闺女[②]，
　　我的全家如此凋零；
我几乎孤老一人，向黄泉独自归去；
　　上帝剥夺我的家庭。

啊！留下，你们两人要给我留下！鸟窝
　　已坠地，你们的慈母
在阴间祝福你们，我在痛苦地生活，
　　我，我也为你们祝福。

对，我会百折不挠，去结束我的斗争，
　　我将以基督为楷模，
我将继续艰苦地向高山顶峰攀登，
　　这看起来像是下坡。

我只求遵循真理；我眼中仅仅只见
　　伟大而崇高的目标，
我前进，走向深渊，紧跟在责任后面，
　　纵然伤心，不减自豪。

〔手稿：1871 年 6 月 3 日于菲安登〕

＊这是纪念长子夏尔的悼诗。夏尔·雨果（1826—1871）是雨果政治生活里的得力帮手，3 月 13 日在波尔多心脏病突发逝世。请参阅《葬礼》一诗。

---

① 指二儿子弗朗索瓦·维克多，但在 1873 年 12 月 26 日病逝。

② 指二女儿阿黛尔，因婚事出走，在海外精神失常，1872 年 2 月被人送回法国，送进精神病院，终生未愈。

葬礼 *

致敬的旗帜下垂，致敬的鼓声敲响。
从巴士底广场至阴沉的山冈方向[①]，
这儿旧时代正和新世纪面面相对，
并在不起风的森森柏树下沉睡，
人民都手持武器，在沉思，也在悲伤；
人民浩大的队伍静静地站列两旁。

死去的儿子以及渴求长眠的父亲
在行进，儿子昨天还勇敢，漂亮，有劲，
父亲已年迈，藏起脸上的眼泪盈盈，
他们经过时，每支队伍向他们致敬。

人民啊！你无限的温柔多崇高伟大！
巴黎你这太阳城，入侵之敌的攻打
没能征服你，但你被鲜血染得通红。
有一天，看到你在极乐的狂欢之中，
光彩夺目地出现，像骑士威风凛凛，
你对一人的悲哀，名城啊！如此关心，
巴黎心地之高贵，可真是闻所未闻。
罗马城有颗赤心，斯巴达有个灵魂，
这一切可敬可佩；而巴黎制伏世界，

① 指拉雪兹神父公墓。公墓里有雨果的家墓，雨果的长子夏尔也下葬于此。

所使用的力量和仁爱并没有区别。
巴黎人民是英雄，巴黎人民讲正义，
不仅要取胜，更要爱人。

　　　　　　　　　　　庄严的巴黎，
今天一切在颤抖，而革命正在怒吼，
在革命的烟雾里，视线把阳光穿透，
你看到深渊重又裂开在你的面前，
有时候，深渊会对伟大的人民出现；
跟着儿子灵柩的那老人对你称赞，
你呢，你准备接受一切勇敢的挑战，
你自己不幸，却使全人类得到繁荣；
他感到既是儿子，又是父亲，很沉重，
想到你时是儿子，想到他时是父亲。

*

这位年轻、杰出的斗士有赤胆忠心，
如今先我们而去，消失在九泉之下，
愿你伟大的灵魂，人民啊，永远陪他！
当此最后的诀别，你给他你的灵魂。
他现在拿的武器，人人都无法辨认，
愿他在蓝天之上享受可贵的自由，
参加这场尽责的斗争，要无止无休。
权利并不仅仅在尘世间才能有份；
死者也应是参加我们战斗的活人，
他们以善或以恶作为进攻的目标；
有时，我们会感到他们无形的飞镖。

其实他们也在场，我们却以为不在，
他们从地下、洞中以及时间里出来；
坟墓其实是生命极为崇高的延续。
他们发现入墓是上升，而不是下去。
如同飞燕向一重一重的蓝天奔赴，
承担更大的责任，他们会更加幸福；
他们看到有益的事情和正义相仿，
他们失去了影子，他们却有了翅膀。
好孩子啊！请你在我们称之为上帝
的爱的深渊中为法兰西尽忠效力；
死亡不是要长眠不起，不是，而是要
将尘世做的事情搬上九天和重霄；
为了把事情做好，为了把事情做完，
我们只能有目的，天上才能有手段。
死亡是一种过渡，使一切变得伟大；
在地上曾是好汉，成天使不在话下；
在尘世受到限制，在尘世遭到放逐，
我们到天上成长，并且无拘又无束；
灵魂在天上才能迅速把帆篷张开；
只有丢弃掉躯体，才恢复原来丰采。
你去吧，孩子！去吧，幽魂！做一把火炬，
大放光芒。展翅向茫茫的坟墓飞去！
为法国效力。因为，法国有主的秘密，
因为，你现在知道地上不知的东西，
因为，永恒照耀处，有真理光彩烨烨，
因为，你看到光明，我们只看到黑夜。

3月18日于巴黎

*1871年3月18日是巴黎公社武装起义的第一天。上午8时半，红旗插上市政厅的钟楼。3月13日，雨果长子夏尔在波尔多因心脏病猝发逝世。诗人在《见闻录》中有记载：“中午，我们向拉雪兹神父公墓出发……到巴士底广场，路过的国民自卫军战士枪朝下，自发地为柩车组成了一支仪仗队……人民等着我经过，静静地站立着，然后高呼：‘共和国万岁！’”

“打击和丧事不断。唉！好可怕的考验……”*

打击和丧事不断。唉！好可怕的考验。
好吧！沉思者接受考验，将脸色不变。
当然，某些人遭到这样的待遇也好。
既然顽强的战士，护民官，使徒，向导，
已为正义的事业献出自己的生命，
他们挺立在痛苦之中，态度很坚硬。
根西岛，这你知晓，卡普雷拉[①]，你知晓。

他的良心很坚定，不会有任何动摇。
因为深刻的原则不会在心里晃动，
不论在火焰之上吹的风是西是东；
因为，原则镇静的火在无穷中照耀；
因为，向黑夜猛然袭来的风狂雨暴，
可以动摇空中的沉沉夜幕和黑影，
但吹不动夜幕的缝隙之中的星星。

〔手稿：1871 年 3 月〕

① 卡普雷拉（Caprera）是意大利撒丁岛北岸的小岛，因雨果的挚友、意大利爱国志士加里波第在此居留而闻名于此。

*1868 年，年仅一岁的第一个孙子乔治夭折，同年雨果夫人病故。1871 年 3 月，长子夏尔遽然去世。亲人的相继去世，雨果深为悲痛，加上国难当前，最后在波尔多议会开会期间，雨果因议会歧视加里波第而愤然辞去议员之职。诗人内外交困，但始终坚持自己信奉的原则，绝不动摇。

1871 年 4 月

母亲保护孩子 *

大森林中间，这儿是猫头鹰的老家，
不安的树叶压低声音，在叽叽喳喳，
在荆棘丛中，似乎布满了阴谋诡计，
刚刚出世的宝宝在她的怀中战栗，
她担惊受怕，抱住岌岌可危的孩子，
她只要看到黑夜像黑潮汹涌澎湃，
只要暗处有野狼，发出一声声长啸，
啊！在林中的母亲爱得没命地奔跑！

她就是巴黎。城市和欧洲可以相通，
她胸前三个乳房：权利、艺术和光荣。
她正给“未来”这个天国的孩子哺乳。
在这崇高的摇篮四周，可听得清楚：
曙光的群马嘶鸣。而她，她这位亲娘，
她生养下的现实开始只是个幻想，
她又是思想家的庄严梦境的奶妈，
这城市有三姐妹：巴黎、雅典和罗马。
微笑的春天，天空泛出红红的颜色，
巴黎是爱，巴黎是生命，巴黎是欢乐。
阳光照耀，蔚蓝的天宇，清新的空气，
母亲哼着歌安慰天上亲爱的上帝。

节日来临！她自豪愉快地向人指明：
未来世界这牙牙学语的迷人梦境，
把新人类的还在颤动的萌芽展现，
这个极其幼小的巨人，名字叫“明天”。
未来的田沟为他翻掘得整整齐齐；
在她宁静温和的脸上，幸福的嘴里，
她的眼睛不相信有恶，从容而安详，
处处绽出舒心的微笑，这就是理想。
可以感到她是有希望居住的城市；
她在爱，她在祝福；如光明骤然消失，
一片漆黑，使各国人民都毛骨悚然，
如果有一头猛兽在天边左顾右盼，
如果有妖魔鬼怪，如果有牛鬼蛇神，
威胁天国的孩子，母亲会奋不顾身；
于是，她挺起胸膛，呼喊得声嘶力竭，
于是，她马上变成狂暴激烈的巴黎；
这母亲咆哮怒吼，像一个凶神恶煞，
她曾使天下着迷，也会使天下害怕。

〔手稿：1871 年 4 月 29 日于布鲁塞尔〕

* 巴黎在雨果的精神世界里占有异乎寻常的历史地位。雨果 1872 年出版的《言行录》中有一封写给两个留在巴黎的弟子兼朋友的信，收信人是默里斯和瓦克里，注明的日期是 4 月 28 日，即比本诗早一天。雨果在信中谈他对巴黎公社的看法。他认为“巴黎宣布成立公社的权利是无可争辩的”。但是，他“赞成公社的原则，反对公社的做法”。

呐喊[*]

此事何时了？怎么！他们竟感觉不到：
他们向前跨一步，伟大国家在倾倒！
惩罚谁？惩罚巴黎？巴黎为自由斗争。
这是世界，而那是巴黎；这就是平衡。
而巴黎是个深渊，正在孵化着未来。
无法惩办巴黎，如同无法惩办大海，
透过巴黎的透明，透过巴黎的深广
看到巨大的欧洲，以法兰西为心脏。
战士们啊！战士们！你们究竟为何事？
被你们杀死的是荣誉、希望和理智，
你们如同是一场吞噬麦田的大火，
怎么？这边是法国，而那边也是法国！
住手！你们的胜利只能够带来苦难。
每一次法国人向法国人发射炮弹，
——因为，谋杀罪都会有一个水落石出，——
向前面撒下死亡，在后面留下耻辱。
九月过后二月来，共同抛洒一起流，
洒农民的肉和血，抛工人的血和肉，
竟然不知道珍惜，如放池水般方便！
拉丁人反对罗马，希腊人攻打雅典！
又是谁决定这场凄惨的杀戮伤亡？
如果有神父说是上帝的意志，撒谎！

刮的什么风？怎么！没有清醒的余地！
彼此都变成英雄，为残害自家兄弟！
可怕呀！

可是谁看，天宇下，你们脸上，
掠过一阵阵屈辱，掠过一阵阵哀伤！
可是请看天边的这一面夺命的旗，
这旗白得像尸布，这旗黑得像尸衣！
请你们好好看看，看看自己的失败；
这是普鲁士的旗，带来死亡和悲哀！
这块放肆的破布，对你们严加管制；
你们没看见；它却冷眼对你们注视；
这旗和希伯来人头上的埃及相同，
它沉闷，阴森，凶险，以行凶作恶为荣。
这旗在你们家里，作威作福。啊！内战，
奥斯特利茨以后伤心，色当后悲惨！

奇丑无比的冒险！他们决定拿祖国，
拿未来，搬上赌桌，掷骰子进行赌博！
糊涂虫！难道没有更加紧迫的事情，
非要在此堡垒的四周围扎寨安营？
巴黎啊，雄狮受伤，腰插滴血的长矛，
却要再一次打仗，再一次动枪动炮！
怎么！旧伤口未愈，要有新伤口增加！
你们蹂躏的国家，正是自己的国家！
这位流血的母亲，正是你们的母亲！
无依无靠的妇女，儿童，贫穷和饥馑，
劳动者没有面包，问题又多又可怕，

一个个难以解决，你们却自相残杀，
你们都来，演说家，士兵，议员和名流，
不解决一个问题，却都来火上加油！

你们又在挖深渊，而不去建造灯塔！
两边是同样可恶可憎的吹吹打打！
同样喊：杀呀！冲呀！——该隐，你回答，对谁？
这是些什么士兵，手里有刀枪可畏，
普鲁士面前低头，法兰西面前神气？
留着你们的鲜血，去解放你们自己！
怎么！竟毫不内疚！怎么！彻底的失望！
可是究竟又有谁喜欢这脸上无光？
老天公正！这些人可耻，无论他是谁，
他们坐着邪恶和杀人的宝座有罪，
把老百姓的不幸踩在脚下当底座，
对这一场内战的两端木炭在吹火，
这边愤怒的人民，那边盲从的大兵，
对此不幸的决斗，这双方都在拼命；
他们又把永恒的城市送进了牢房，
在地平线上重新建造仇恨的大墙，
他们为策划某个卑鄙的胜利伤神，
法兰西丧权辱国，杀害自己的灵魂，
巴黎咽气，星星无光，他们可以忍受
敌人可怕的狞笑，并没有气得发抖。

〔手稿：1871 年 4 月 15 日〕

* 雨果在巴黎公社期间，先后在由他的弟子们主办的《集合报》上发表过三首诗。《呐喊》是第一首，4 月 19 日刊出。雨果始终认为，大敌当前，全国应团结，共御外敌，不宜内战。他 4 月 18 日致信《集合报》的弟子："公社是美好的事情，可是被五六个可悲的头头愚蠢地搞坏了。"

不要报复 *

理智、进步和荣誉，责任、权利和诚实，
我不让我信仰的词汇降低价值。
走一条弯路，不能通向正确的大道。
要公正；只有这样能为共和国效劳；
对人人主持公道，才对共和国尽责；
不温和不会公正，所以请不要生气。
革命是至高无上，革命能驾驭全局，
人民是一位斗士，神奇非凡，把过去
拖向深渊，再一脚踢进去，毫不费劲，
好。在我这个角落，除了你，我的良心，
我不知道还能有其他的什么权威。
我讲信义。单纯是我的经验的体会。
被我所击败的人，我不会拳打脚踢。
我以自己的权利衡量他们的权利；
在我和敌人之间，也有平衡的要求；
我看到敌人被绑，自己不感到自由；
如果我把敌人的做法去还敬敌人，
我也要请求饶恕，把膝盖磨破三分。
我永远也不会说：——“公民，对我们真是
有利的原则，会对我们不利地消失；
尊重正直的办法，就是把正直撵走；
光明正大和权宜之计可气味相投。”——

我很害怕不良的后果，我不会愿意
从神父们的脏嘴去搬用我的逻辑；
我永远也不会说：——“我们把真理盖住！”
我永远也不会说：——“这叛徒十分可恶，
所以，我呢，我完全也可以大错特错；
我接他的麻风病，他把病传染给我；
一旦我变得和他一模一样，我已经
把他昨天的罪行当我今天的德行。
他曾是我的暴君，他将是我的牺牲。”
同等报复并不是合法的晚潮奔腾。
我昨天是何面目，我明天希望不变。
我决不会在手里掌握住罪行一件，
心里在想：——“这罪行他们曾用来行凶，
我曾经觉得可耻，我现在觉得有用；
我现在要用，我挨过揍，现在要回打。”——
不行，希望看到我是小人，那是白搭。
什么！本来是先知，我会去当诡辩派！
我现在胜利，也不能说我没有失败；
我这人阅历已多，我要和过去一样，
我在胜利时忠于我失败时的思想。
不需要，我不需要你来警告我，上帝；
像没有两个太阳，我没有两种正义；
我们的敌人已经倒下；他们的自由，
我们的自由，胜利者啊，一般不能丢；
取消其权利，就是熄灭自己的星星。
如果我历尽磨难，不能做好的事情，
至少，我想决不能做坏事，这很要紧。

国王们只有幻想，而理想属于人民。

什么！要驱逐理想，把幻想关入牢房！
永远不！什么！宣布暗无天日的流放，
法官，看守，一座座监狱，一副副镣铐，
对于我们曾很坏，对于他们却很好！
不行，我，我不会剥夺任何人的祖国；
风暴以后的余威在我头发里哆嗦，
人们将来会明白，我曾经遭到放逐，
我不愿越正义和诚实的雷池一步；
我流亡二十春秋，赢得严峻的权利；
独自对狂暴行为，我可以置之不理，
可以不让盲目的盛怒闯进我灵魂；
如果看到有东西在威胁我的敌人！
铁链，门闩，阴森的牢房，我就会爱他，
就是放逐我的人，我也会开门接纳，
可以说，遭到放逐也未必没有好处。
我会去拯救犹大，如我是耶稣基督。

我永远不会参加任何的报复行动。
过分的惩罚只会招来过分的纵容，
该隐如受到折磨，我也会于心不忍。
不，我不会压迫人！也永远不会杀人！
自由啊！我可永远不会做什么坏事，
你永远不会对我做出惊讶的表示。
当此多难的世纪，人民，要为你服务，
我可以放弃一切，放弃故乡的泥土，
放弃这法兰西有白鸽飞翔的蓝天，

放弃我曾丰收的巴黎城这块良田，
放弃童年的屋子、祖坟和我的小窝，
放弃我的家园，放弃幸福，放弃祖国；
我不要权势，只做一块无瑕的白璧，
我永远也不放弃清清白白的权利。

*1871 年 4 月 5 日，巴黎公社通过法令：如果凡尔赛政府处死一个俘虏，公社将处死三名“人质”。雨果这首诗是对公社法令的一种答复，也是对公社的“苦谏”。《不要报复》发表于 4 月 21 日的《集合报》。雨果不理解，也不赞成革命的暴力。同时，雨果的立场和观点，在巴黎公社成立之前，在公社期间和公社失败以后，也始终未变。

同等报复 *

怎么！因为维努瓦[①]，还因为比里奥雷[②]
都有错，所以一切事情都可以越轨！
应该杀死杜瓦尔[③]，既然勒孔特[④]被杀！
你会十二分欣赏这般的推理方法，
还有另一个道理，你更会觉得美妙：
既然杀死杜瓦尔，应该把邦让[⑤]干掉！
有人曾蔑视同等报复，现在很欣赏。
对摩西说是卑鄙，对里戈[⑥]就是正当。
把某种信仰除去；不顾法律与自由，
而从前这些事物都曾被尊为不朽；

---

① 维努瓦(Vinoy,1800—1880)是法国将军,任巴黎驻军司令。1871年4月4日,凡尔赛军队攻占夏蒂荣,公社守军以人身安全为条件投降,但维努瓦食言,枪决公社的指挥官杜瓦尔。

② 比里奥雷（Billioray）是巴黎公社中央委员会委员及公安委员会成员。公社失败后，他被流放，所传枪决系误传。

③ 杜瓦尔（Duval，1841—1871）是巴黎公社中央委员，布朗基主义者，4月4日在夏蒂荣被俘，被维努瓦下令杀害。

④ 勒孔特（Lecomte）是法国将军，3月18日被在蒙马特尔起义的国民自卫军就地枪决。

⑤ 邦让（Bonjean）是巴黎高等法院院长，于5月24日作为人质为巴黎公社枪决。

⑥ 里戈（Rigault，1846—1871）是布朗基主义者，曾是杜瓦尔的下属，被选为巴黎公社检察官，5月23日夜，命令枪毙《世纪报》主编肖代及其他三名作为人质的宪兵。有人认为他对巴黎公社的名声负有责任。里戈于24日在街上英勇就义。

有人宣扬新教条，有人变成新教徒，
信仰天赐的良机，可把任何人铲除。
同等报复！对人民有用，为国王说话。
你们已逮捕肖代[①]，我关押洛克鲁瓦[②]。
哈哈！你真是无能，好哇，我也很愚蠢。
哎！你在抨击权利，好，我对权利否认！

怎么！因为有费雷[③]，怎么！还有加利费[④]
流别人的血，我呢，我该犯弥天大罪！
别人焚烧图书馆，我就焚烧一座桥。
别人杀一个上校，我杀一个大主教[⑤]；
别人在杀大主教，好哇，那我呢，我就，
我就什么人都杀，杀它个片甲不留。
怎么！因为有无赖下令把某人枪毙，
我下令射杀三百号人，对他讲无疑
是谋杀，对我来说那就是行为可嘉！
以牙还牙。我干脆以可怖回报可怕。
你向祖国开刀，好，我来个一气呵成！

---

① 肖代（Chaudey）是《世纪报》主编，是共和主义者及社会主义者。1870年11月，他作为巴黎市长助理反对里戈领导国民自卫军起义。他在巴黎公社成立后即被逮捕，于23日夜间被里戈下令枪毙。

② 洛克鲁瓦（Lockroy）曾是《集合报》记者，被选为国民议会议员。他一度希望在凡尔赛政府和巴黎公社之间进行斡旋。他被捕后于7月被释放，后又当选议员，并多次担任部长。

③ 费雷（Ferré，1845—1871）是巴黎公社中央委员，布朗基主义者，于6月被捕，被控杀害人质及焚烧财政部，9月2日被判死刑，11月2日执行，慷慨就义。他是“红色圣女”路易丝·米歇尔深爱的人。

④ 加利费（Galliffet，1830—1909）是法国将军，以残酷镇压巴黎公社而闻名，后任国防部长。

⑤ 巴黎大主教达尔布瓦被公社作为人质逮捕，于5月24日被杀。

好哇！你呢，你让他仿佛做了个噩梦，
好哇！我叫人让他尝尝梦魇的味道。
你是赫洛斯特拉特，我，奥马尔[①]，很好！
可怕的一比高低！恐怖的一决雌雄！
和恶棍交手，比比谁的罪孽更深重！
他们用刀，我就砍！他们在抢，我就偷！
要把他们的无耻栽进我们的田沟。
怎么！我们、他们的事业可你追我赶！
在同一水槽喝水，用一个饭碗吃饭，
一般的卑鄙，我们大家一般的下流！
老天哪！大家将会看到法兰西蒙羞，
他们和我们都有重重叠叠的耻辱！
我们的作为将会透明得一清二楚，
首先看到我们的原则都已经落空，
又看到谋杀高高在上，下面是宽容！
我们学这些坏蛋，借他们强盗行径，
来营建构筑我们土匪习气的大厅，
今后，历史有一天会说：邪恶加死亡！
当年到底谁正确，当年到底谁荒唐？
连篇谎言把我们自己的权利糟蹋，
不公不正，使一切都成了一句空话！
讲原则，这是一切高峰绝顶的灵魂，
如今已不见，我们今后又如何做人，
再谈进步，再谈公平，以及再谈正义？
这些美德已破灭，一切都沉入海底。

① 奥马尔（Omar，约 581—644）即哈里发，640 年攻占埃及的亚历山大城。据认为，是他下令焚毁珍藏历史典籍的亚历山大图书馆。

如此的胆大包天！善与恶成对成双！
我们会看到，星光灿烂的蓝天之上，
因人们如此放肆，云中有鲜血滚滚。
伤害真理，也就是伤害天国的女神。

〔手稿：1871 年 5 月〕

*“同等报复”是古代先民认为是公平合理的报复思想，即所谓“以牙还牙”。本诗本应在 1872 年《凶年集》初版时发表。但是此诗全文被查禁，直至 1880 年《凶年集》新版时才刊出，第一次和读者见面。《同等报复》可能给人错觉：似乎雨果在巴黎公社和凡尔赛政府之间持不偏不倚的态度。其实，就在这首诗里，读者仍然不难看出诗人的立场。

1871 年 5 月

两件战利品 *

人民，本世纪目睹你破天荒的成就，
也目睹你在手中重新塑造了欧洲。
你扶持或推翻了一个又一个王座，
表明国王的权杖和王冠已经零落；
你向前每走一步，万物都增高一级；
你在前进；你曾向惊慌失措的大地，
处处大把大把地播撒思想的良种；
你的浩大队伍是进步在波涛汹涌，
在一座又一座的高峰上奔腾不止；
“革命”曾为你引路；你曾经向德意志
播种丹东，而向西班牙播种伏尔泰；
你和光荣，人民啊，和曙光同放光彩，
你经过每个地方，都会有阳光升起；
古时希腊人优秀，后来法国人称奇；
你曾打击了邪恶、地狱、谬误和罪行，
此地摧毁中世纪，彼处又摧毁教廷；
你多威武，和为非作歹曾斗争不歇；
你们越照越亮的光明吞没了黑夜；
你的阳光在整个大地上处处照临；
正当你在有星光灿烂的路上前进，
人人都在赞美你，即使你受到挫折；

你有时起飞翱翔，从易北河[1]到尼罗河[2]。
从塔古斯河[3]到阿迪杰河，二十年间，
你是奇迹，而天下是一张惊讶的脸；
高大的人民面前，一切都去而不留，
——**历史**啊，你可记得，——包括魁伟的领袖。
由此产生歌颂你光荣的两大建筑：
胜利的高大拱门[4]，挺拔的擎天巨柱[5]，
至高无上的人民，两者都是你昌盛，
一件用青铜铸就，一件用岩石砌成。

想想从前的胜利，是件有益的事情。
啊！这两大建筑物使欧洲胆战心惊，
要好好加以保护，不论天亮或天黑，
都要以深沉的爱加以认真地守卫！
啊！这另一时代的建筑几乎想报复！
我们请拱门铜柱做证，我们受侮辱；
我们将从中汲取惩罚敌人的力量。
自豪的石头里面，骄傲的金属中央，
啊！我们多么想以忧伤的眼睛找回
共和国的好女儿，全体豪迈的前辈。
因为，沉沦的时候也是自豪的时刻，
因为，人民伤心的眼中，失败的回合

---

① 易北河（Elbe）是捷克和德国的大河，全长1100公里，汇入北海。

② 尼罗河（Nil）是埃及大河，经开罗注入地中海，全长5600公里。

③ 塔古斯河（Tage）是西班牙和葡萄牙之间的河流，经里斯本流入大西洋，长1000公里。

④ 指凯旋门，拿破仑于1806年决定兴建，实际上于1836年最后建成。

⑤ 指旺多姆广场的旺多姆圆柱，所用去青铜取自1805年奥斯特利茨战役中缴获的1250门大炮。

更能增加战利品咄咄逼人的光芒；
灵魂更感到温暖，热情会更加高涨；
见到伟人的形象，对凡人大有裨益。
前人非凡的事业，至今犹留下业绩，
我们将使这两座建筑物传之不朽；
这些威武的古人曾在惊雷中奔走，
至今还可以听到他们铿锵的步伐；
今天的活人脸色苍白，去迎接朝霞，
比前辈无光，走进坟墓，比古人更近。
请听，有炮声隆隆！请听，铁镐的声音！
是谁下命令拆毁？是谁下命令炮轰？
是你们！

哲人战栗，和老王李尔[①]相同，
在向暴风雨说话，在向暴风雨责问。
令人害怕的征兆！灾难是否快登门？
未来的前途是否会就此被人谋杀？
一个世纪未诞生，一个世纪在崩塌？
骇人听闻！巴黎到底死在谁的手里？
一个政权用刀砍，一个政权以雷霹。
两种风暴这般在撒哈拉[②]上空争斗。
就看谁敢先下手，就看谁狠打猛揍。
人民啊，两起混乱都错，我同时责备
大地在赫然震怒，天顶有闪电惊雷。

---

① 李尔王（roi Lear）是莎士比亚在1606年前后写成的著名悲剧。李尔王被两个大女儿从官中赶出来后，痛苦万分，在暴风雨中漂泊。

② 撒哈拉（le Sahara）是非洲西北部的巨大沙漠，以气候干燥闻名。

好吧。这两个政权都有冲天的怒气，
一个政权有法律，一个政权有权利；
凡尔赛掌握教区，巴黎有巴黎公社；
但是在两者之上，法兰西只有一个；
而正当双方应该为对方感到悲伤，
现在就非要自相残杀，就非要打仗？
选择斗争的时机是否又选得很好？
啊！兄弟阋墙！这边各种大炮加小炮，
搬出来狂轰滥炸，那边把文物糟蹋；
这边卡律布迪斯，那边更有斯库垃[1]。
人民啊！他们双方要砸烂你的辉煌，
每一方把你一件光荣的建筑埋葬；
我们生活的时代凶险，也见所未见，
这两个政权彼此为敌，都张弩拔剑
或者以铁锤挥舞，或者有炮弹飞舞，
这一方毁凯旋门，那一方砸青铜柱！

这是法兰西！怎么！法国人，我们推倒
在黑黑地平线上傲然挺立的高梯！
波拿巴不值一提！法兰西举世无双！
我们注视斯巴达[2]，只看到有个国王？
拿破仑可以搬走，人民应重新登临。
这棵树可以砍下，但是请尊重森林。

---

① 荷马史诗《奥德赛》记述，在意大利和西西里岛之间，有两个怪物，一个叫斯库垃（Scylla），一个叫卡律布迪斯（Charybde），都很凶恶，都很危险。

② 斯巴达（Sparte）是古希腊的一个城邦，曾强盛一时。

这些伟大的战士，柱子上连绵不断[1]，
他们战斗在疆场，塔楼，高大的舰船，
他们曾跨越江河，桥梁，沟壕和城门，
这是法兰西在为进步而冲锋陷阵。
正义啊！搬走恺撒，把罗马请上铜柱。
顶上不是一个人，应看到一个民族；
大柱的高处，这座雕像应是个化身，
象征着体现巴黎奋起的一大群人，
巴黎为权利复仇，战胜野蛮的谎言！
愿这高大的巨人发端于万万千千！
铸成这一座雕像，务必用精铜精钢，
使雕像成为没有丝毫阴影的地方；
大柱上体现大群，大柱上体现英豪；
愿这魁伟的**人民**，愿这柱顶的师表，
把去远方理想的道路给大家指明，
愿他手中握长剑，额头上有颗明星！
尊敬我们的战士，他们都无比高大；
他们都身经百战，吹响革命的喇叭；
《马赛曲》使愚昧的旧世界吓得发抖，
在此地化为青铜，在此地化为石头[2]；
这两座丰碑发出同一声呼喊：解放！

怎么！我们自己亲手把法兰西埋葬！
怎么！被我们埋葬！我们自己去摧毁

① 旺多姆铜柱高44米，柱顶立拿破仑皇帝像，但柱身上刻有许多战争场景，以螺旋曲线形式，从柱基连绵不断地直达柱顶。

② 凯旋门东门北侧的大型雕塑，名为“1792年义勇军出征”，民间称作“马赛曲”。

这两座使条顿人十分忌妒的丰碑，
人人齐心协力，抡起大棒，举着火把！
我们的光荣受到我们的攻击倒下！
上下左右远近打，砸烂我们的光荣，
而这一切，普鲁士清楚地看在眼中！
敌人就在面前，啊，有人向他们出卖
你所向披靡的剑，祖国，你多么无奈！
敌人在面前，阿姆[①]那人已首先跌跤！
赖希绍芬[②]把瓦格拉姆已一笔勾销！
马伦戈也被删去，只剩滑铁卢留下。
自豪的篇章死去，凄惨的一页称霸；
何处寻光辉夺目，有的是奇耻大辱；
把耶拿抹杀，才可把福尔巴克[③]保住！
麦克－马洪[④]远远向凯旋胜利的大门，
投下火雨和铁雹，一时间浓烟滚滚。
可耻呀！条顿的旗在我们头上飘扬，
望着奥斯特利茨被色当痛打耳光！
夏朗东[⑤]何在？法兰西呀！比塞特[⑥]何在？
我们的先辈，难道他们再站不起来！

---

① 阿姆（Ham）是法国索姆河畔小城，未来的拿破仑三世曾于1840年被囚禁于此地的要塞之中，1846年脱逃。

② 赖希绍芬（Reichshoffen）是莱茵河下游小城。1870年8月6日，麦克－马洪的军队在此被普鲁士军队打败。

③ 福尔巴克（Forbach）是洛林地区城市，法军也在此败北。

④ 麦克－马洪（Mac-Mahon，1808—1893）是法国元帅，1871年4月6日指挥凡尔赛军队。他于1873年任法国总统，因此《凶年集》中这4行诗在1874年版中被删除。

⑤ 夏朗东（Charenton）是1814年3月30日进行巴黎战役的战场，击退了欧洲联军的入侵。

⑥ 比塞特（Bicêtre）是巴黎郊区地名，注家认为此地与法国军威无甚关系。

是他们战胜不伦瑞克[1]，布耶[2]和科堡[3]，
他们样子可怕，把生锈的大刀挥舞，
在天上寻找已经熄灭的万丈曙光！
难道这等的怪事还不算稀奇荒唐：
他们是英雄父辈，一个个军功可嘉，
他们曾南征北战，从来没有说：停下！
他们的赫赫军威就是一座座牢房，
禁闭和关押黑暗，过去，国王和教皇，
他们曾团团围住旧世界这座城市，
却被我们败兵的儿辈赶出了历史！

唉！经受几多苦难之后，还受此不幸，
两处溃疡在流血，病入膏肓的和平，
阿弗龙[4]和布尔热[5]，几番战斗仍失败，
斯特拉斯堡被焚，巴黎城被人出卖，
难道法兰西被人杀害得还嫌不够？

如果普鲁士狂妄，习惯于威风乱抖，
看到他们的黑旗在迎着北风飘扬，
如果普鲁士一脚把巴黎踩在地上

---

① 不伦瑞克（Brunswick，1735—1806）是反对法国大革命的欧洲联军司令，于1792年7月25日发表宣言：如不恢复路易十六权力，将踏平法国和巴黎；但一再被法军打败。

② 布耶（Bouillé，1739—1800）于1791年安排路易十六出逃。

③ 科堡（Cobourg，1737—1815）是奥地利军队的统帅。

④ 阿弗龙（Avron）是巴黎外围地名，国民自卫军坚守两昼夜后，被迫撤离阿弗龙高地。

⑤ 布尔热（Bourget）是巴黎外围地名，1870年10月至12月，几经争夺，终于失守。

对我们喊道：——我要你们的光荣滚蛋。
法国人，你们剩下两件事叫我难堪：
这座青铜的大柱，这座石头的大厦；
都必须给我搬走；此地要树立绞架，
那儿要筑起炮台；这件事你们去做。
这一座给我刀劈，那一座给我斧斫；
听我的命令。——大家会喊：可恨，太可恨！
不怕牺牲去斗争！是可忍，孰不可忍！
宁可死去千百回！死了更痛快好受！
大家都会喊：不行！不行！——

你们在下手！

〔手稿：1871年5月〕

＊《两件战利品》指凯旋门和旺多姆铜柱。巴黎这两处纪念拿破仑武功的历史建筑，在雨果早年的抒情诗中占有十分重要的地位。巴黎公社于1871年4月12日决定拆毁旺多姆铜柱。雨果十分不安，写成《两件战利品》一诗，希望能挽救铜柱。此诗于5月7日在《集合报》刊出，这是雨果在巴黎公社期间发表的第三首，也是最后一首诗。雨果的手记反映了诗人的关心。5月3日："我白天写完《两件战利品》，晚上向全家朗读。"5月17日："铜柱于昨天，1871年5月16日星期二傍晚5时被推倒。现在摔成三截，倒在马路上。"凯旋门一带在凡尔赛军队的炮火之下，凯旋门也确为炮火擦伤，但并不严重。很明显，雨果出于避免单独谴责巴黎公社的考虑，才把凯旋门和旺多姆铜柱相提并论的。

布鲁塞尔的一夜 *

习惯习惯小小的意外事故很必要。
昨天有人想到我家里，要把我干掉。
我在这儿的过错是相信有权庇护。
不知道是哪一伙可怜巴巴的废物，
夜里突然向我的住宅猛烈地攻击。
大广场上的树木也因此颤抖不已，
但居民谁也不动。有人在翻墙越顶，
穷凶极恶没有完，让娜[①]当时在生病。
应该承认，为了她，我可真有点害怕。
我，加上四个妇女，加上乔治和让娜，
这就是我们这座堡垒的全部驻军。
没有人前来解除这座房子的厄运。
警察局既然别有公务，就作哑装聋。
让娜在哭，几乎被锋利的碎石击中。
这是凶恶的盗匪在黑森林[②]里攻击。
他们喊道：搬梯子！找大梁！欢呼胜利！
喧闹淹没了我们百叫不应的呼吁。
有两名暴徒已经去到附近的地区，
去抬一根从某个工地偷来的大梁。

---

① 当时雨果身边的孙子乔治三岁，孙女让娜才两岁。

② 黑森林（Fort-Noire）是法国西部山地，古时多森林，常有盗贼出没。

暴徒的进攻稍停，因为天已经快亮，
接着又开始，他们声嘶力竭地嗥叫。
侥幸的是这大梁并没有及时赶到。
“杀人犯”——那是我。“我们非得让你死！”
“强盗！匪徒！”这样闹足足有两个小时。
乔治拉住让娜的小手，好使她安心。
阴森森的喧嚣中听不到人的声音；
我沉思，让祈祷的妇女们安下心来，
而我家的玻璃窗已经被乱石砸开。
就差没有听到喊“皇帝万岁！”的喊叫。
这扇大门顶住了这场疯狂的围剿。
五十名武装分子显示了这番勇气。
我的名字在狂呼乱叫中时高时低：
处死他！要他的命！把他吊死在空中！
有时候，他们为了要酝酿新的进攻，
这一大帮的暴徒似乎在喘一口气；
稍停片刻；在放肆侵犯住宅的间隙，
出现一阵异样的充满敌意的安静；
我听到远处正有一只歌唱的夜莺。

5月29日于布鲁塞尔

*5月25日，比利时外交部长宣布不准公社社员进入比利时避难。27日，雨果在《比利时独立报》发表声明“这个比利时政府拒绝给予失败者的庇护权，我提供”，表示将敞开他在街垒广场4号的家门。是夜发生暴徒袭击雨果住宅的事件。本诗写成的29日，正是最后一批社员据守的万塞讷要塞失守，正是巴黎公社最后失败的日子。

1871年6月

“有一天，我看到血到处在滴滴答答……”*

有一天，我看到血到处在滴滴答答；
一场暗中分散在各地的巨大屠杀；
正在杀人。为什么？为杀人而杀。可悲！
见此情状，我认为这时刻应该有谁
大声地讲话，于是，我开口，站了起来。
我说，蒙特尔韦尔[①]，巴维尔[②]和阿尔莱[③]
已非本世纪的人，在此动荡的时候，
这三人作恶多端，黑暗更没有尽头；
我明确地说，最好，先应该琢磨琢磨，
然后再下令：瞄准！然后再下令：开火！
因为对疯子宽容，甚至对狂徒怜惜，
对手下败将表明，你是他们的兄弟，
是仁义之举；应该彼此理解和团结；
我说有上帝望着我们，未来的世界
彼此仇恨则黑暗，彼此相爱则光明，

① 蒙特尔韦尔（Montrevel）是17世纪法国元帅，曾被派往朗格多克地区镇压新教徒的武装叛乱。

② 巴维尔（Baville，1685—1718）是朗格多克地区总督，镇压新教徒十分残酷。

③ 阿尔莱（Harlay，1536—1619）是巴黎最高法院院长，为人阴险，与他有事，人人胆战心惊。

谁播撒不幸，自己难逃更大的不幸；
我宣布一切事情可逐步恢复正常；
杀人凶手犯新罪，并栽到别人头上，
这样丝毫也不能改正自己的错误；
密集的子弹对着一批一批的妇孺，
这并不是对谋杀做出应有的回答；
改造胜利的士兵成为刽子手屠杀，
这是给他们增加永远可耻的光荣；
我在沉思，我挡道，拦在杀戮的路中。
我伤心，我不欣赏裹尸布越大越好，
我认为只有罪犯本人才罪责难逃，
我在想，唉！不要把几个人犯的罪行，
加到众人的头上，并且又施以严刑，
随意惩罚巴黎，一个社会，全体人民，
我说：要审判，不错，更要有怜悯之心！
于是，我成了众矢之的，过街的老鼠。
路人向我扔石头，国王们把我驱逐；
教会以《圣经》的名义把我赶出门外，
谁的手里有泥巴，马上把泥巴扔来；
在我身后狂叫的是狼群加上狗群；
群众也嘘我，如嘘一个垮台的暴君；
有人在街上向我挥舞拳头；我看到
几多老朋友无可奈何，掉转头而跑。
凶狠的纨绔子弟，笑容可掬的杀手，
有的人四轮马车有仆役跟在身后，
从前的舞蹈演员，今天的高明屠夫，
有的人香槟美酒和人血喝个不足，
有的人风度翩翩，同时又出手野蛮，

海瑙，塔瓦恩[①]，跟着鬼鬼祟祟的密探，
尸体堆远远就能认出他们的模样，
有的人灵机一动，不假思索放排枪，
林奇法官[②]，“嘣嘣”国王[③]和曼格拉神父[④]，
都冲着我喊：凶手！犹大对我说：叛徒！

〔手稿：1871 年 6 月 8 日于菲安登[⑤]〕

*6 月初，凡尔赛政府在巴黎大开杀戒，血腥报复。比利时国王下令把诗人逐出国门。雨果不得不避居相对安静的卢森堡。8 日，从卢森堡去小城菲安登，安下身来，潜心创作。6 月 14 日，雨果决定将诗集命名为“凶年集”。

---

① 塔瓦恩（Tavannes，1509—1573）是法国元帅，被认为是 1572 年 8 月 24 日屠杀新教徒的圣巴托罗缪惨案的主要策划者之一。

② 林奇（Lynch）原是美国弗吉尼亚法官，主张群众可当场审判并处决罪犯，今天被认为是私刑的代名词。

③ “嘣嘣”国王（roi Bonba）是意大利两西西里国王斐迪南二世的绰号，这位那不勒斯暴君对人民动辄开炮。

④ 曼格拉（Mingrat，1794—1825）是一个无恶不作的神父，多次犯奸杀罪，1822 年被缺席判处死刑。

⑤ 菲安登（Vianden）是卢森堡东部靠近德国的小城。雨果从 1871 年 6 月 8 日至 8 月 22 日避居于此。《凶年集》后半部的诗大多在此创作。

“他们庆贺我仁慈，唱了一支小夜曲……”*

他们庆贺我仁慈，唱了一支小夜曲。
打死他！是甜蜜的浪漫曲里的叠句。
报纸发出可怕的叫嚷，就像是神父。
——此人竟敢为一个潜逃的敌人辩护！
他以为我们老实！狂妄得胆大包天！
主子们火冒三丈，奴才们唾沫四溅。
一大群善男信女，一大群乡绅地主。
砸碎我玻璃窗的可是愤怒的香炉；
出自一件件圣器，出自一声声祈祷，
圣水掉在我身上，竟是石头的冰雹；
他们想要害死我，是祓除我的妖魔。
总之，要感谢上帝，才把我驱逐出国。
——滚蛋！——乱石飞过来，算得上蔚为大观。
这么多石头，使我都看得眼花缭乱。
他们在我的名字上面把警钟狠敲。
——杀人犯！你这凶手！纵火犯！你这强盗！——
经过这一场决斗，我们都不改本色；
他们白得像乌鸦，我呢，黑得像天鹅。

〔手稿：7月3日〕

＊雨果离开比利时，暂时避居卢森堡。由于诗人挺身而出，救援公社社员，遭到资产阶级舆论的猛烈攻击，一时几乎“威信扫地”。本诗写成的前一天，巴黎举行补额选举，雨果并未参加竞选。结果雨果得票不足6万而落选。对比之下，2月份的议会选举，雨果得票超过21万当选。

"我一点也不生气，
而这使你们吃惊……" *

我一点也不生气，而这使你们吃惊。
大发雷霆是咳嗽，你们以为是雷鸣；
你们呵斥，把北风嘘到了我的身上：
你们小小的闪电叮了一下我脚掌，
我甚至没有看见你们在费劲吃力；
你们感到我心里在原谅你们无礼，
这使你们很恼火。因为，想叫人痛苦，
想叫人可怜，会有很高的代价付出。
怎么！齐心协力整一个人，汗流浃背。
却连挨了一脚的面子也从来不给！
甚至挨不上一记耳光！这欺人太甚。
流亡者有时摔倒，但从不降低身份；
他让卑鄙的小人围着他恨得跺脚；
他才不惜为区区小事而自寻烦恼，
就请大发脾气吧。我也会恼火？不行。
我怕不会有兴趣，来请教尊姓大名。
沉思的老流放犯一点都没有教养；
有人来侮辱我们，我们要不要骂娘，
我们有要求，我们可有自己的习惯，
先得要打量一番来人的身材长短。

〔手稿：12 月 6 日〕

*《凶年集》以“六月”的诗最多，共18首。其中前七首多反映雨果因坚持捍卫公社社员的权利的立场，受到国内外各方面的责难。这首诗是诗集创作时间最晚的一首。原诗誊清稿注明：“这首诗应放在‘六月’，列第七首……”

谁的错误？*

“是你刚才放了火，烧了图书馆？”

“是我。

我点的火。”

“可这是令人发指的罪过！
你犯的罪行在害你自己，你好猖狂！
是你刚才扼杀了你心灵中的阳光！
被你吹灭的正是照亮自己的火炬！
你狂妄之极，大逆不道，你竟然敢于
烧毁你的嫁妆，你的遗产，你的财富！
书永远站在你的一边，书为你辩护。
书对你有用，书和主子却针锋相对。
一座图书馆正是一种信仰的行为，
证明愚昧无知的人们，一代又一代，
在茫茫的黑夜里尊重曙光的到来。
怎么！向这个贮存真理的可敬场所，
向这些雷电交加、光芒四射的杰作，
向这历代的坟墓，如今已成为知识，
向以往的各个世纪，向古人，向历史，
向未来当作课本认真学习的过去，
向只有开始、没有结束的大势所趋，

向诗人！怎么，向这名家名作的大成，
向埃斯库罗斯般非凡的书中贤圣，
向荷马、约伯一般顶天立地的精英，
向莫里哀，向伏尔泰，向康德[①]，向理性，
浑蛋，你竟然扔进火把的熊熊烈焰！
你把人类的全部思想化成了灰烟！
能够解放你的人，你是否已经忘记，
这就是书？书本在图书馆排列整齐；
书在发光；书消灭绞架、饥馑和战争，
因为书把它们都照亮，如同是明灯；
书在说话；再没有奴隶，再没有贱民。
打开柏拉图、弥尔顿、贝卡里亚的作品，
读这些先知，莎士比亚，高乃依，但丁；
他们巨大的灵魂会在你身上觉醒；
书使你沉思，严肃，温和，你一旦入迷，
你就会感到自己和他们一般高低；
你感到这些伟人在你头脑里成长；
他们开导你，如同黎明把回廊照亮；
他们温暖的阳光越深入你的心底，
越使你心情平和，越使你富有生气；
你的心灵和他们会有问，也会有答；
你发现自己日益完美，而你的自大，
你的火气，罪恶，国王，皇帝，偏见种种，
你会感到如冰雪在火中一一消融！
因为在人的身上首先是知识先行。

---

① 康德（Kant, 1724—1804）是德国哲学家，著有《纯粹理性之批判》和《实践理性之批判》等。

然后是自由来到。所有这一切光明，
都属于你，要明白：是你把光明熄掉！
只有书才能达到你所梦想的目标。
书进入你的思想，就在思想中解除
谬误横加在真理身上的层层束缚。
因为，每一颗良心是个费解的难题。
书是你的向导，你的卫士，你的良医。
书消除你的疯狂；书治愈你的仇恨。
你丢掉这一切。唉！你自己要负责任！
书是知识，又是你自己的宝贵财富，
书是权利，是真理，又是美德，是义务，
书是进步，是理性，能驱除一切狂妄，
你呀，是你毁掉了这一切！”

“我是文盲。”

〔手稿：1871 年 6 月 25 日于菲安登〕

*诗中的图书馆指罗浮宫临里沃利街一侧的图书馆。《谁的错误？》就思想观点和艺术风格而论，都是很有雨果特色的作品。通篇的指摘和规劝，经纵火犯一句平平常常的回答，化成对社会的控诉。此外，本诗也是一首很好的《劝学篇》。

“一位妇女对我讲：——我这就跑了出来……” *

一位妇女对我讲：——我这就跑了出来。
我怀里抱着我的很小很小的女孩，
孩子在哭，我就怕别人会听见哭声。
请想想，两个月前，孩子才刚刚出生；
她力气小得可怜，还不如一只苍蝇。
我想让孩子安静，我对她吻个不停，
她老是哭叫，哎呀！她哭得叫人心碎。
孩子是想要吃奶，但我已没有奶水。
我们三人就这样度过了整整一夜。
我躲在一扇门后，门的前面是小街，
看到步枪的反光在闪动，我就哭泣。
他们在找我丈夫，要把他拉去枪毙。
突然到早上，在这该死的门下待着，
孩子不哭了。先生，孩子她已经死了。
我摸摸孩子，先生，她已经全身冰凉。
于是，打不打死我，对我反正也一样；
我抱了女儿出来，我疯了，跌跌爬爬，
我跑了起来，有些行人在对我讲话，
我东逃西逃，再也不知道何去何从，
我在野地里用手挖好了一个窟窿，
在一棵树下，靠着一座孤墙的角落；

我让睡着的天使睡进地里的小窝；
埋葬喂奶的孩子，这可是多么伤心！

站立在一边开始哭泣的是她父亲。

* 在这首语言朴素的小诗中，一个公社社员的年轻妻子借诗人的笔讲述她不幸的故事。根据雨果 1871 年 8 月 13 日的手记，诗中的内容是拉塞西利亚夫人讲给他听的。拉塞西利亚是指挥巴黎公社第 2 军的将军。他们夫妇两人于 7 月 28 日从日内瓦来到卢森堡，和雨果会见。

“在一座街垒上面，在铺路石的中间……”*

在一座街垒上面，在铺路石的中间，
此地被脏血玷污，此地用热血洗遍，
有十二岁的男孩和大人一起被俘。
“你是他们一伙的？”孩子答：“同一队伍。”
“那可好哇，”军官说，“我们要把你枪毙。
你就等着吧。”孩子望着高大的墙壁，
火光一闪又一闪，伙伴们纷纷倒下。
这男孩对军官说：“你能否让我回家？
我回家去把这表交还给我的母亲。”
“你想溜？”“我就回来。”“你的家是远是近？
这些流氓都害怕。”“住前面，水池旁边。
我马上回来，队长先生。”他许下诺言。
“滚，太可笑了！”孩子走了。“这也算花招！”
士兵和他们军官都一起哈哈大笑，
这笑声和死者的咽气声同时传来；
可笑声停了，因为脸色苍白的小孩
突然又出现，他像维阿拉[①]一样骄傲，
他走来背靠着墙，对他们说：“我已到。”

---

① 维阿拉（Viala，1780—1793）是法国大革命时期的少年英雄，为保卫共和国和保王党作战时牺牲。

死神也感到羞愧，军官免了他一死。

这场风暴把一切都已经搅乱，孩子，
善和恶难以区分，也难分英雄强盗，
你为何投入这场战斗，我并不知道，
但你无知的心灵就是崇高的心灵。
你又善良，又勇敢，你向深渊的绝境
走了两步：一步向母亲，一步向死亡；
孩子有的是天真，大人则后悔难当，
别人要你做的事，责任不由你承担；
这孩子神气、英勇，他宁可不要平安，
不要生命和游戏，不要春天和朝阳，
只要一座朋友们死去的阴暗高墙。
你呀，你这么年轻！光荣吹你的额头，
连斯特西科罗斯[①]在古希腊，小朋友，
也会请你去守卫阿尔戈斯[②]的城门；
西内日尔[③]对你说：“我们俩秋色平分！”
提尔泰在麦西尼[④]，以及埃斯库罗斯
在底比斯[⑤]也都会承认你少年英姿。

① 斯特西科罗斯（Stésichore，约公元前640—前550）是古希腊抒情诗人，常咏唱英雄故事。

② 阿尔戈斯（Argos）是希腊古代的港口城市，曾受到斯巴达的围攻。

③ 西内日尔（Cinégyre）是希腊悲剧诗人埃斯库罗斯的弟弟，曾参加马拉松战役，以英勇闻名。

④ 麦西尼（Messène），希腊地名。

⑤ 底比斯（Thèbes），又译锡韦，希腊中部地名，古代曾繁荣一时。

你的名字也会被刻上青铜的圆盘[①]；
你也会如同那些俊美的青年一般，
晴天如果向柳荫覆盖的井边走去，
在肩上扛着一罐清水的年轻少女，
她前来汲水要喂气喘吁吁的水牛，
她会低下头沉思，并转身凝视良久。

〔手稿：6 月 27 日于菲安登〕

＊本诗是雨果写巴黎公社的名篇之一。1871 年 6 月 3 日的《费加罗报》曾记述过这位小英雄的事迹。利萨加雷（Lissagaray）的《巴黎公社史》在第 31 章有比较详细的记载，内容和本诗相符。

① 古希腊将英雄的名字刻于圆形的铜盘上，置于寺庙内或公共建筑物上，以示铭记不忘。

在菲安登 *

他在沉思。他坐在一棵枫树下默想。
他可听见古老的森林在低声作响?
他可是在看鲜花？他可是在看蓝天?
他在沉思。大自然露出神秘的笑脸，
正在施展出全副本领，给人们安慰；
山坡上种满葡萄，果园里苹果累累，
到处有蜜蜂飞去又飞来；鸟儿轻轻
在水面之上掠过它们小巧的身影；
磨坊为了要汲水，把流水拦腰切断；
池塘是一方镜子，水中青翠的峰峦
都是倒影，变幻出莫名其妙的景象；
一切事物在深处都有自己的设想；
每一颗原子都有任务；一切在颤抖；
连田沟里的种子，连洞穴里的野兽，
都有个目的；物质只对吸引力服从；
无边无际的茫茫野草似万头攒动；
凡是在萌动、生长、往上、往下的东西，
在星星上，鸟窝里，及牧羊狗的身体，
处处是运动，没完没了，也无穷无尽；
整个水面在安寝，寂静得无边无垠，
水面下都在活动，水面上都在瞌睡；

仿佛黑黑的广宇射出红红的光辉，
为了哄海鸟入睡，正在摇晃着大海，
我们称为生命的造化有多么可爱，
神情像假装安歇，又有气无力，并且
在轻抚着宇宙间繁忙工作的一切。
静观的眼睛看到多么奇妙的景象！
从宇宙万物之中，从河谷，草地，山梁，
红成一片的天空，层层叠叠的树林，
现出阳光这欢乐，投下和平这浓荫。
现在有一个女孩，长着天使的眼睛，
普拉克西特列斯[①]羡慕的光脚轻盈，
当跨山越涧、款款而来的牧羊姑娘，
用新嫩的葡萄枝拍打着她的山羊，
却有如下的思想闪过流亡者心中[②]：

——唉！一切未曾了结，一切也没有告终，
因为，有一个长官指定了一垛高墙，
把穷人拉到墙前，士兵就放起排枪，
因为，有人在街上挖掘了一个墓穴，
因为，有人在马马虎虎地随便处决，
不加选择，或者是枪毙，或者是乱扫，
处决父亲和母亲，疯子、病人和强盗，
因为，有人用石灰还在匆匆地掩埋
大人血污的尸体，还热乎乎的小孩！

〔手稿：1871年6月8日于菲安登〕

---

① 普拉克西特列斯（Praxitèle，公元前4世纪）是古希腊雕刻家，以雕刻体态优美的女像著称。

② 指被逐出比利时、避居卢森堡的诗人自己。

*1871 年 6 月 8 日晚上 7 时半，雨果从卢森堡市来到菲安登。手稿上的创作日期，正是雨果到达菲安登的日子。菲安登山川秀美，风光宜人，一派田园风光。6 月上旬，正是凡尔赛政府血腥镇压公社社员的高潮。诗人无心留恋和欣赏大自然迷人的景色，心中充满了人间的苦难和不幸。

“我任何人也不要谴责，凄惨的历史……”*

我任何人也不要谴责，凄惨的历史。
古往今来，胜利者总是被他的胜利
拖向超出他目的和他愿望的范围；
内战！伤心！胜利者掉进这污泥浊水，
勃然大怒，又一脚踩空，沉入了水中，
这就是所谓成功，且不敢称作光荣。
所以，我对受难者和刽子手都同情。
唉！制造孤儿的人，他们有多么不幸！
不幸！不幸！真不幸！有的人制造寡妇！
染红了江河的是骇人听闻的杀戮，
是人的血玷污了滔滔不绝的河床，
人的血和天的水相交混，一起流淌！
我看到死人，我会双倍地恐惧发抖。
我怜悯杀手，我也怜悯那一具尸首。
死人伸出僵硬的手，一把抓住活人。
杀人犯无论想走哪一条道路脱身，
可把这死者驱赶，或自己东躲西躲，
把尸首在黑夜里藏匿，曙光里淹没，
把尸体扔进海里消灭，他心有余悸，
竖起黑暗的大墙，和自己罪行隔离；
他眼前总又看到这不下沉的幽灵。

我们人人都会被天弓射中而毙命；
天上的箭迟早会射来；谁取得胜利，
先射进他的思想，再射进他的心里；
他害怕经过他的双手造成的事件；
他感到那不祥的时刻在远处涌现；
他感到自己无法，即使他加快步伐，
可以躲避他自己胜利带来的惩罚。
有一天，会轮到他掉进事物的陷阱，
为他一手造成的结果而胆战心惊，
他会逃，只求可以藏身，有地方可躲，
有地洞可钻。“不行！他的朋友们会说，
“不行！滚远点！——所以，我才把家门打开。”

这哲人经过沉思，有个发现很意外：
谁也没有罪。

目前这结局如此凄惨，
使人隐约地感到，环境造成了深渊。
新的世纪在怒吼，涨满而溢出四边，
如熔岩在火山的嘴角上唾沫四溅。
是谁的努力造成这混乱，我不知道。
闪电有雷声隆隆，雄鹰也飞过不少；
我们目睹这一切已在陌生的灾难
的铁爪之下出现，可怕而无法阻拦；
灾难像一大群鸟乱纷纷猛扑下来；
从骨头里的骨髓，到全身心的血脉，

每一个人都里里外外地为之震撼，
因为峥嵘突兀的新情况接连不断；
我们认出我们所经受的这番不幸，
完全出乎意料地降落在我们头顶；
于是，可怕的大群所有的种种渴望，
便开始在他们的马厩里怒吼叫嚷，
我们已经感觉到渴望如果是妒忌，
当然不对，如果是饥饿，就有此权利。
有一段时间，光明完完全全地消失。
这种见所未见的时刻如何去解释？
既有猛烈的冲突，又有精妙的毒液。
为什么会有这些风暴？又如何理解？
为什么会有吞噬窝里小鸟的火舌？
为什么会翻腾起这些大江和大河？
犯下件件大罪的人其实清白无辜。
革命有时候会把鲜血抛洒在中途，
当他们必胜之心发作，便抖擞精神，
他们可怕的爱心仿佛像是在憎恨。
我们要保持，保持那些神圣的原则；
但当人心被北风吹刮得浑浑噩噩，
当他们向着我们吹来，像吹烟和灰，
应该探讨难题的难处，分清是和非；
深渊在掀翻，人不由自主；这场风暴
本身才既是恶棍，本身才又是强盗。
可把暴风雨，可把龙卷风，送去卡晏！
不，人的灵魂不会突然间毒辣阴险，
不，我们也不可能突然间变成歹徒；
我不谴责软弱的人，不，我只是提出：

把我们吹走的是命运强烈的风暴，
人的良知啊，可能会拔起你的铁锚！
昨天被野蛮大海抛来又扔去的人，
难道要为耍弄他的波涛承担责任？
人可能又是秃鹫，又是秃鹫的猎物？
虽然我寄希望于打击我们的变故，
虽然我感到自己对未知事物同情，
我再说一遍，对我来说，被告是环境。
环境，这是冷酷的动力，谁也挡不住。

那是否应在未来面前发抖和惊呼？
当然，应该想一想。发抖，不必。要知道：
命运的大幕因有这个谜而更深奥，
这有人的灵魂在飘浮的沧海重洋，
这里沉沉的无边无际的整个现象，
这造成混乱而想生养孩子的世界，
这些理想看起来和灾害没有分别，
这一场场总不能分娩的横冲直撞，
这番经历的恐怖，不错，这就是希望。
冰冷的清晨使地平线上十分难受；
有时，正是以这般战栗开始了白昼，
仿佛初升的太阳潜伏着心狠手辣。
枝干上献出鲜花，但有刺手的代价。
攀登蔚蓝的顶峰，我将走荆棘小路。
生命会强迫打开阵阵剧痛的腹部，
正以庄严的痛苦宣告生命的开始。

未知的波浪呈现青灰色，不易透视，

其中的亮光只有一点一点地透出；
未知的内容又在洪波大浪中沉浮。
这形的膨胀，加数的扩张，令人吃惊，
而应该明天才将一目了然的事情，
却今天远远望见，会觉得丑陋不堪。
明天超人的规模似乎和地狱一般。
没有存在的事物已在暗洞里萌芽；
明天令子女着迷，明天使父辈害怕，
我们害怕的黑夜背后是蓝天放晴，
这颗漆黑一片的卵里充满了光明。
这条凄惨的幼虫以后会长出翅膀。
无穷的昏黑之中，现出七彩的光芒，
今天背后的明天，仿佛不祥的胚胎，
在翱翔之前匍匐而行，看起来古怪，
瞎眼，丑陋，太难看，曙光一照才开始。
未来现在是怪物，然后再成为天使。

〔手稿：6 月 26 日于菲安登〕

＊雨果在这首诗的手稿上，曾做多次增补，是一首深思熟虑之作。6 月下旬，凡尔赛政府正忙于清算巴黎公社。雨果以在国外的漂泊之身，对这一章烫手的历史进行思考。雨果以诗的形式，对公社的历史意义做出明确的结论。

“‘特罗胥’徒有其表，‘脱落虚’才是真名……”*

“在人们头脑里，对国民自卫军的价值、权限和重要性，确乎有夸大之处……我的老天，你们看到过维克多·雨果戴上军帽，就是这种情况的缩影。”

（1871年6月14日特罗胥将军在国民议会上的演说）

“特罗胥”徒有其表，“脱落虚”才是真名，
集无数的美德于一身，总和等于零，
这士兵勇敢，正直，这士兵虔诚，不打，
是一门好炮，可惜就是后冲力太大，
是个勇士，基督徒，两方面都有前途，
既可以报效祖国，也可为弥撒服务，
看，我说你公道话；好哇，你对我如何？
你以尖刻能刺人却还迟钝的风格，
对我进行的攻击，给普鲁士才合理。
德国人围城期间，俄国的隆冬天气，
我承认只是一个手无寸铁的老人，
和大家关在巴黎，我感到是个福分，
有的时候，我耳听夜里有大炮轰响，
乘天色昏暗，登上巴黎高大的城墙，
我也能报一声“到”，但我并不是战士，

我毫无用处；可我也没有投降。但是，
月桂[①]到了你手里，变成棘手的荨麻。
怎么，你出城突围，是为了让我害怕！
在围城期间，我们认为你突围太少。
好吧，是我们不对；你突围，我应叫好。
可你每一次出击，到马恩河[②]边就停，
你攻击我，为什么？我当时让你安静。
我戴上蓝呢军帽，怎么会惹你讨厌？
我的军帽和你的念珠怎么会沾边？

怎么说！你不高兴！我们忍受了饥馑，
严寒，整整五个月，深渊在步步逼近，
我们有信心，团结，激动，不为难于你！
你自认为是伟大的将军，我也同意；
但是，如果需要冲向深渊，扑向战壕，
率领大军上火线，吹响冲锋的号角，
我更喜欢像巴拉[③]这样的少年鼓手。
请想想加里波第，卡普雷拉的战友，
马宁[④]在威尼斯城，克莱贝尔[⑤]在埃及，
你放心。了不起的巴黎在奄奄一息，
因为你缺乏的不是勇气，而是信心。

---

① 月桂是胜利的象征。

② 马恩河（la Marne）是塞纳河支流，在巴黎东南部。

③ 巴拉（Bara，1779—1793）是法国大革命的少年英雄，出征遭到伏击被捕，保王党逼他喊“国王万岁”，他高呼“共和国万岁”，惨遭屠杀。

④ 马宁（Manin，1804—1857）是意大利爱国者，威尼斯共和国总统，反对奥地利统治。

⑤ 拿破仑远征埃及，返回法国之前，把军队的指挥大权交托给克莱贝尔。

有一天，历史对你会有严厉的评论；
感谢他做出贡献，法兰西困难重重。
不平凡的日子里，在一片焦虑之中，
这个自豪的国家，流着血，豪情满怀，
“干必达”①，向前行走，“脱落虚”，一瘸一拐。

〔手稿：1871 年 6 月于菲安登〕

＊特罗胥是虔诚的天主教徒，先任巴黎地区司令，后任国防政府总统，曾夸下“决不投降”的海口。雨果批评他消极被动，抗战不力。《凶年集》中从“11 月”到“6 月”，共有 4 首诗抨击特罗胥，本诗是第 4 首。本诗首尾以文字游戏入诗，讽刺入木三分，最为著名。1872 年，在《凶年集》付梓前的 4 月 11 日，雨果在给友人默里斯的信中说：“我很高兴这部书中会出现甘必大的名字……如你同意放入，这些诗句放在‘6 月’底。”

① “干必达”是“甘必大”的谐音。甘必大（Gambetta，1838—1882）是国防政府成员，积极组织外省对普鲁士入侵的抵抗，是当时威信很高的共和党人。‘甘必大’的词源意义是“腿”。

1871 年 7 月

两种声音 *

明智的声音

任何的政治行为，都只求解决问题。
你怎么啦？怎么说！你就想否认，抛弃，
甚至谴责一切与原则无关的事情。
你要当心。你在白费力气，浪费生命。
是我指引流浪的旅人走进了森林。
我的姓氏是“理智”，我的名字叫“私心”，
所以，我就是“明智”。朋友，请听，我有话。
卡图曾和我顶撞，为此付出了代价。
诗人啊，你在追求理想，却失去现实。
你没有现实。你的一切都得不偿失。
正在跌倒的事物，你就让他去跌倒！
你的倾向总是向倒下的人物奔跑，
这样的话，你永远不会赢，而只会输。
心肠太高尚的人，智力又往往不足。
真得过头的真理，几乎和谎言一样。
如果一头栽进了千真万确的大墙，
目的是寻找理想，结果和梦想相遇；
一心想当思想家，有幻想家的结局。
明智者并不愿意不公正，做事老到，

但也担心太公正，于是求中庸之道；
第一个暗礁，是假；第二个暗礁，是真。
笼统的权利，笼统地说，只能是矿层；
法律是黄金。要从权利中提取法律。
有的时候，做一件事情，看起来恰与
该做的事情相反，这艺术很不简单。
你永远不达目的，我到的很晚很慢；
晚到总比不到好。因此说，作为结论：
你把人看成是神，我把神看成是人；
这是你我之间的不同。你好好想想。
你无视乱七八糟，我害怕污水泥浆。
你并无把握，最后从你深渊中
救出来的人肯定不是受苦受难的蠢猪？
你想要重塑新人，把人的潜能打开？
你可给我把这些过路的行人请来！
见鬼去吧！只会夸夸其谈，唾沫四溅！
光线太亮，如黑夜太黑，都使人瞎眼。
如有需要，百叶窗最好只打开一半。
我们不喜欢战争，而且从理论上看，
也憎恨绞架；不过，实际上还有需要。
亲爱的，也应该让小店紧挨着神庙；
我知道，后来都把店主赶出了圣地，
不过耶稣的过错：仿佛他就是上帝。
我就需要可靠的担保，才能够相信
向普鲁士已交了五十亿法郎赔金。
智者处处讲温和。我这一边请安静。
我责备无穷，我亲爱的，大得无止境；
对此创造的天地，大得荒唐的世界，

正人君子要提的意见又多又强烈；
说句心里话，过火是这世界的缺点；
多么美好的阳光，风和日丽的春天，
前者的光线太亮，后者的玫瑰太多；
这一些事情就有如此这般的过错，
连上帝也免不了经常过分和浮夸。
仿效上帝，会追求完美而不能自拔，
这是大危险；模子小的比大的更强，
上帝也并不总是做出最好的榜样。
壁立千仞有何用？耶稣超越其目的，
竟然不愿意考虑魔王提出的建议；
我不是说他非要接受；但魔鬼当真，
倒是上帝很没有礼貌，这未免愚蠢。
我看，最好是能说：再说吧，我的朋友。
智者不妄自尊大。小蚂蚁晃晃悠悠，
按照老规矩办事，加上其通情达理，
如和轰轰烈烈的响雷比，更有成绩。
人总是人；人心不恶，但人心也不善。
不会白得像白雪；不会黑得像黑炭。
既可疑，又疑人，斑斑点点，黑白相混。
一切平庸的人是适合搞政治的人。
寻求的不是伟大，而应是比例适中。
做事像阿里斯提得斯[①]，或像福基翁[②]，
成英雄，惊天动地，很美好，这是失误。

---

① 阿里斯提得斯（Aristide，约公元前540—前468）是雅典将军，政治家，以公正不阿著称。

② 福基翁（Phocion，约公元前420—前317）是雅典将军，演说家，以大公无私闻名。

智者更喜欢海狸舒服温暖的茅屋，
也不要帕台农神庙的倾圮和破落。
我拜访罗启尔德[①]，躲避阿达马斯托[②]。
今日世界的巨人已经是百万富翁。
政治家不想做事太过分；你要尊重
普选，你的任务是把投票工作做好；
政治家取消奴隶，但要把木偶牵牢；
他既要砸烂锁链，又拉住手中的线。
其实人都很渺小，人的良心也可怜；
政治家行动之前量量他们的尺寸；
别人不理解的事，好事情也要谨慎；
政治家使人惊讶，但不会晕头转向；
他所创造的奇迹适应他们的思想。
朋友，平庸这地方实在是引人入胜，
不美不丑，也不高不低，也不热不冷；
我，我是理智，我在理智上安家落户，
并安排饮食起居，崇高可无法居住。
又有谁把自己家安上勃朗峰[③]峰顶？
智者平庸，或装得平庸，遇事有弹性。
你看，你在布鲁塞尔让人扔了石头。
各家报纸都摇唇鼓舌，又喋喋不休；
皇帝秘密经费办的报纸有好几家，
关于你说过的话读起来叫人害怕，
说你打电报时候计算字数，甚至说

① 罗启尔德（Rothschild）是西欧极有影响的金融家家族。

② 阿达马斯托（Adamastor）是葡萄牙民族诗人卡蒙斯史诗中的巨人，负责掌管风暴角。

③ 勃朗峰（Mont Blanc）是欧洲最高峰，在法国和意大利边境上，高 4807 米。

在你家里喝的是浊酒，说你在饭桌
上守斋，某人从此再不去你家吃饭；
如此等等。你自己招来这一切麻烦。
弗约先生谈起你，称你是南瓜脑袋；
你犯的滔天罪行竟多得数不过来：
你酗酒，你还偷盗，军帽上没有编号，
你吝啬，你的生活是一片咒骂嘘叫。
这是你的错，干吗你就不通情达理？
别再拼命顶恶风，战恶浪。你要得体。
疾恶如仇，这当然很好；但孑然一身，
却不好。你又不是老家伙，或老年人，
老祖父，想前进，而你的时代在退步；
白发苍苍，孤军奋战，未免令人捧腹；
勇士如处事谨慎，是更伟大的勇士；
睿智年轻时勇武，勇武年老后睿智；
你要服老；把智慧教给各国的人民。
一丝不挂的**真理**，是蛮女不好亲近；
对成功破口大骂，这样做粗鲁无礼；
闪光的都是黄金，胜利者就是有理；
北风劲吹是神明，**风向标**应该崇拜。
我可辱骂波拿巴，因为他已经垮台。
如命运出尔反尔，这岂是我的过错？
我不会偏离这点；祝你成功。怎么说！
今天，可间接地说，我们也就是大家，
同意；**共和国**对人都有用，此话不假；
除掉的是个敌人，借炮弹飞来飞去，
又与人均摊盈亏，这是在拯救秩序，
拯救几乎还没有出笼的君主制度；

你拒不参加这家公司，你拒不入股！
荒唐。人家在生气，他们生气很应该。
再说，或老或少，或大或小，或好或坏，
都有同样的法则：服从既成的事实。
在事实之中，总会包含一点点权利；
虽然要寻找，恶的中间总有一点善。
如托克马达[①]当政，大家借火刑取暖。
政治是一门艺术，是用污泥，用怨恨，
用低声下气，可以说成是谦虚恭顺，
用大人物的卑鄙，用小人物的放肆，
用过错以及谬误，罪行，恶毒的言辞，
或是或非，或白或黑，日内瓦或罗马[②]，
调制成一份饮料，正人君子可吞下。
原则立场也无可奈何这种种情况。
原则会闪光；很好；莫尔对原则凝望；
要赞颂原则；星星都有权这般走运；
有时候，我们应给原则披盖上祥云。
原则是天上祥云，何必到地上出力？
让原则就是原则；我们争论的东西，
已使无数的努力白白地付之东流，
不如在近处借光点灯，也更加顺手：
解决问题。杜尔哥[③]有错误；泰雷[④]万岁！

① 托克马达（Torquemada，约1420—1498）是西班牙宗教裁判所大法官，以用酷刑闻名。雨果于1869年创作剧本《托克马达》，1882年出版。

② 罗马代表梵蒂冈的教皇；日内瓦曾是以喀尔文为首的新教活动中心。

③ 杜尔哥（Turgot，1727—1781）是法国财政总监，曾努力推行财政改革，终因在路易十六面前失宠而未果。

④ 泰雷（Terray，1715—1778）也是法国财政总监，以贪婪和狭隘闻名。

你呢，你追求真理，我呢，我追求实惠。
讲实惠，可以生活，求真理，身败名裂；
实惠很敬畏真理。要承认你的误解。
责任，在于如何看事实。你理解不好。
你选择的是绝对，而相对你却不要。
要是有人想走下地窖，想看得清楚，
或是深更半夜时，在森林之中找路，
或是在一堆灰里把什么东西翻动，
他会把他手伸进黑咕隆咚的天空，
他想找一支蜡烛，摸出来一颗星星，
这就是你。

高昂的声音

你要有骨气。此话不能听。
人心和天顶一样，不会被乌云挡住。
我乃是一颗良心，具有高洁的风骨；
而这个国家利益，只是男盗和女娼。
国家利益会以假乱真，便信口雌黄，
是通情达理不明不白的所谓姐妹。
我也知道，有的人为目光短浅鼓吹；
他们为目光短浅叫好，说用处很大，
可借以避免冲突，可以为炮弹美化，
黑黑的十字路口，几乎可畅行无阻，
方向明确，可履行自己小小的义务；
国家利益是税吏小铺子里的明灯；
国家利益很有人拥护，这也已成风，
有的人近视，机灵，胆小，谨慎或聪明，

有的人凑得很近才能把东西看清，
有的人细细端详蜘蛛编织的丝网；
但是，也需要有人拥护天上的星光！
也需要有人追求兄弟之间的情谊，
追求宽厚和荣誉，追求自由和权利，
并追求真理，这是凝重的灿烂光辉，
星座在黑暗之中多么壮丽和雄伟，
星座闪耀，是永恒之夏绽开的花朵；
但是，这从容而又安详的众多星座
需要宇宙间能有看到星星的证人，
需要大地上世世代代地尽到责任，
总是有人来安慰受苦受难的弟兄，
并在黑夜中呼喊：星星呀，照彻苍穹！
因为，如果罪行和德行，黑暗和光明，
在深渊中都平起平坐，多令人震惊；
如果天上无善意，光明也飘飘忽忽，
最后消失，这是对上帝最大的控诉；
如果浩浩的天空空有万丈的光芒，
岂不最好地证明天上最大的荒唐。
正因为如此，正义美好，而星光灿烂。
许多地方可怕，达尔富尔[①]，加蓬，苏丹，
人一直被关被绑，被强迫出卖生命，
直至升起名为威尔伯福斯[②]的福星。
主持公道，是否是烈士，这也都一样，
并且在自己身上散发正义的清香，

① 达尔富尔（Darfour）是非洲苏丹西部的高原山区。

② 威尔伯福斯（Wilberforce，1759—1833）是英国政治家、坚定的废奴主义者，1807 年促成英国国会通过废除贩卖奴隶的法案。

这才是名副其实放射出人的光辉。
不论什么地方有极不公正的行为，
不论什么时刻有正在策划的罪孽，
需要有声音说话，需要在茫茫黑夜，
大家看到突然间有一线光芒闪出。
天上有这位神明，地下有这位神父，
天上真理，地下公道。这是两大需要。
必须顶住浪滔天，必须和风唱反调。
公正也别无所长，唯凌空翱翔飞行。
谁在勃朗峰峰顶安身立命？是雄鹰。

〔手稿：8 月 10 日于菲安登〕

*7 月是《凶年集》中的最后一个月。雨果对巴黎公社的立场，以他的影响而论，当时是绝无仅有的。连往日政治上的盟友，文艺界的朋友，都不能理解，不能接受。女作家乔治·桑曾以沉痛的心情，以激动的言辞，批评过这首《两种声音》。

法尔肯费尔斯[1] *

法尔肯费尔斯是远远瞥见的废墟，
老伯爵住的城堡已毁，天下着小雨。
我前来探访古堡及主人。正当夏天，
我先要爬上山冈，并穿越树林一片。
半山腰处，可遇见一座小小的教堂，
躺在沟谷的谷底，金龟子奔走匆忙；
没有教士来祈祷，小教堂已经坍倒；
在穷乡僻壤，人人都受贫穷的煎熬，
乡村节日有舞会，唉，大家衣不蔽体，
来做弥撒的时候，也人人囊中如洗。
而没有钱，这正是神父害怕的事情；
壁龛空空，使圣人也气得脸色铁青，
便一走了之；而当神明进来的时候，
站在镀金剥落的门口，也皱起眉头；
所以，小教堂早已死亡。我只好放弃，
让这教堂的尸体留在黑黑的沟底。
我继续向着峰顶赶路。目的地一到，
我看到这座粗野而又壮美的城堡。

---

① 法尔肯费尔斯（Falkenfels）是“地名”，但全世界都查不到这个地名。“法尔肯费尔斯”的真名应是“法尔肯斯坦”（Falkenstein）。法尔肯斯坦位于流贯菲安登的欧尔河河谷，是雨果生活在菲安登期间的出游地之一。雨果于 1868 年及 1871 年创作过两幅法尔肯斯坦古堡的绘画作品，今传世。

即使大白天，上面也有可怕的阴影。
墙上缺口是大门，巨大的塔楼楼顶，
立有高大的家族纹章，我远远发觉
一个魁梧、沉思的老农，他正是伯爵。
老人坐在墙脚前，他听到我的脚步。
并没有站起身来，庄重地转脸回顾。
他的身边是儿子，长着红润的脸蛋。
向失败的人敬礼，这本身已不简单，
我向已无爵号的伯爵问候并安慰，
说道：——你现在贫穷，你从前十分高贵。
伯爵，我来你这里，我对礼仪很注意。
请把公子交给我，我把他带进城里。
重新做村夫野民，这对老人家很好，
但对孩子就未必；黎明怕大雾笼罩；
玫瑰花在猫头鹰出没的暗处死亡。
这些塔楼今天由发花的荆棘瞭望，
当然，塔楼的影子能在额头上飘落，
这很美；但是最好和时代共同生活。
听我说，你的公子会在浓雾中凋谢。
当今的时代，奇迹和兽行难分难解；
但是，奇迹肯定会取胜。凝重的老人，
请把可爱的孩子给我们，他野气，温顺，
以前大家去罗马，现在他可去巴黎，
他不能再当伯爵，但可以三十而立，
让他不仅有美名，还有美好的前途。
当自己已经出走，应该让别人进入；
老鹰也会让雏鹰飞去；小灌木不在
老橡树下被窒息，这很合理，也应该。

脸色阴沉的老人骄傲地淡淡一笑，
他对我说道：——废墟喜欢孤独和寂寥。
如果我从前高贵，现在我最好不提。
人们都希望看看一个人跌倒在地。
你已见到我，很好。其他话无须多说。
我不认识任何人，我已经没有生活。
请回吧。

　　——怎么！我说，这只年轻的翅膀，
老人啊，不能就此消失于黑夜茫茫。
孩子如没有前途，父亲会抱恨终身。

他回答：——我是死人，我曾经听到有人
说起过你们活人，据说是无耻卑鄙；
说你们那儿铁石心肠者扬扬得意，
说同等报复至今仍然被你们提倡，
说你们认为狐狸比狮子更加高尚，
说你们的真理是瞎眼，理智是瘸子，
说左边开枪杀人，说右边用刀砍死，
说在一大片血泊、恐怖和叫喊声中，
接纳流亡者就是大罪，为法律不容。
这是真话？我担心。这是假话？我期待。
你别管我了，我在山窝里清清白白。
我儿子将喝和我一般清纯的泉水。
你提出我们进城，我觉得森林更美；
因为，我看到你们如此这般的为人，

我觉得石头心肠更软，而野兽不蠢。

〔手稿：6 月 30 日于卢森堡〕

* 雨果于 1871 年 6 月 8 日从卢森堡抵菲安登，17 日冒雨游览法尔肯斯坦古堡废墟。古城堡里的确有从前贵族的后裔居住，这些后裔的确已成为普通农民。但雨果并未造访老伯爵，诗中的情节是伪托，借老伯爵之口，表达诗人对当前时局的批判。雨果可能为避免直指古堡后裔之嫌，有意改动地名。

向革命起诉*

法官们，现在你们传革命到庭受审，
革命曾经是多么严酷、野蛮和残忍，
革命竟猖狂透顶，敢把猫头鹰赶走；
革命这群异教徒毫无顾忌地痛揍
教会的神职人员，只要看他们一眼，
吓得耶稣会教士和神父不敢露脸，
所以，你们在发怒。

对，正是这样，可是
称王和称神的人，这些高大的僵尸，
已经消失，好战的幽灵和魑魅魍魉；
有神秘的风吹过这些惨白的脸上；
所以，你们这法庭，你们就大发雷霆。
夜里狼吞虎咽的庆宴现在已结束；
罪恶世界在咽气；多少人临终抽搐！
天亮了，这多可怕！蝙蝠的两眼已瞎，
石貂在游荡，一边喊叫得声音嘶哑；
小虫已原形毕露；哎呀，狐狸在哭泣，
晚上觅食的野兽，那是小鸟已休息，
现在被逼得走投无路，陷入了绝境；
树林子里充斥了狼群的阵阵悲鸣；
受到压制的鬼魂不知道如何是好；

如果总这样下去，如果这阳光普照，
非要叫那些海鹏和乌鸦难受不可，
吸血鬼在坟墓里一定会死于饥饿；
阳光无情，把黑暗抓住，并吞吃干净……——

法官们呀，你们在审判曙光的罪行。

〔手稿：1871 年 11 月 11 日〕

＊在雨果的手稿中，本诗最初题为“听一份公诉状有感”。我们没有找到和这份公诉状相关的线索。手稿的创作日期表明，这是《凶年集》中写巴黎公社的最后第二首诗。雨果从 9 月 25 日返回巴黎，至 11 月 11 日之间，曾四处奔走，搭救被凡尔赛政府监禁、可能流放或被判死刑的多位巴黎公社活动家，如罗什福尔，青年诗人马洛托和“红色圣女”路易丝·米歇尔。

题解

《惩罚集》

《惩罚集》是一部政治讽刺诗集，是雨果在人生征途的重大转折点上，在法国特定的历史背景下，创作出来的。

1848 年 12 月 10 日，拿破仑的侄子路易－拿破仑·波拿巴当选法国总统。雨果曾是热情的支持者，认为他是“受苦难阶级的候选人”。雨果发觉自己受骗后，即和总统派分道扬镳。1851 年 7 月 17 日，雨果在议会和右派决裂：“怎么说呢？因为我们有过拿破仑大帝，就应当有个拿破仑小丑！”

12 月 2 日，总统发动政变。雨果和共和派议员希望发动人民，组织武装抵抗，但没有成功。11 日，雨果逃出巴黎去布鲁塞尔。诗人痛定思痛，决心成为法兰西愤怒的良心。雨果立即动手写一部揭露政变阴谋的纪实体历史作品，半年后因材料缺乏而搁笔，最后于 1877 年出版时，题为“一桩罪行的始末”。雨果转而先写一本政治性抨击小册子《拿破仑小丑》（一译《小拿破仑》）。诗人的这部散文作品是一份慷慨激昂的控诉状，写得跌宕起伏，抑扬顿挫，富有抒情气息。

雨果全家在泽西岛开始流亡生活。诗人面对大海，诗的灵感像海的波涛，在心中涌动。1852 年 11 月 18 日，雨果宣布要出版一部叫“复仇女神”的诗集，长 1600 行，12 月 21 日，提出要写 3000 行，而最后出版时已增至 6680 行。诗集要以诗的形式处理散文《拿破仑小丑》的主题："这个浑蛋只给烤了一面，我在烤架上将他翻个身。"

雨果为诗集的集名，曾颇费推敲，先后考虑过：《复仇女神》《复仇诗集》《复仇者之歌》等。1853年1月24日，选定《惩罚集》。"复仇"之类的提法，格调有欠高雅；"惩罚"可含有"天意"，并可排除个人恩怨之嫌。1853年12月，在政变两周年前夕，《惩罚集》在布鲁塞尔问世。全本和删节本几乎同时出版。节本删去近一半内容，人物名字没有印出。全本委托在日内瓦和纽约出版。1870年10月20日，《惩罚集》在法国本土第一次出版，并增加了《写在返回法兰西之前》等5首新作。

《惩罚集》手稿中大量未用的部分，曾编成《新惩罚集》，一度考虑出版，终因第二帝国已经覆灭，抨击历史罪人不再具有现实意义，而于1877年最终放弃出版计划。有专家认为，《新惩罚集》中不少作品之精彩，可与《惩罚集》相媲美。《惩罚集》出版时，曾印有四种诗传单：一是《黑夜》，二是《寻欢作乐》和《最后的话》等4首，三是《致盲从的军队》，四是《报应》。

诗人对《惩罚集》的整体结构有设计。全书以《黑夜》开篇，象征政变后苦难深重的法兰西；以《光明》压卷，象征人类解放后的世界大同的共和国。中间设7卷，各有卷名，如"社会得到拯救"。前6卷的题目故意罗列政变当局提出的宣传口号，用作反语，和内容相对照，形成强烈的讽刺。7卷共98首诗，加上《黑夜》和《光明》两首长诗，合成100首的整数。大部分诗出版时标明的日期和手稿上的创作日期不符，这也是雨果的"手法"之一。创作日期只是历史的真实，由于每首诗在集中各有其不可替代的位置，标明的日期反映艺术的真实。

雨果继承古代罗马的讽刺诗传统，但更有发展，自成气候，成为讽刺诗的典范。100首长短不一、语调不同的讽刺诗，滚滚而来，合成一首气势磅礴的"惩罚"交响乐。诗人或揭露，或痛斥，或嬉笑，或怒骂，或冷嘲，或热讽，语言之刻薄，针砭之无情，都是空前的。6000行诗讽刺一个暴君，很容易流于单调和庸俗。诗人为烘托鞭笞和羞辱的基调，调动了一切诗的手段。除讽刺体裁外，史诗灵感占有突出的地位，抒情的天才随处可见，甚至连戏剧的技巧也偶有表现。谩骂不是艺术。但是，《惩罚集》因其丰富多彩的诗歌语言，千变万化的讽刺艺术，成为一部把暴君骂得遗臭万年的不朽作品。

《惩罚集》的选译部分，约占原书篇幅的一半。

《静观集》

《惩罚集》问世后三年，雨果出版抒情诗集《静观集》。《静观集》作为抒情诗杰作，是法国文学史上的一大明星。评论家和诗人格雷格认为是“法兰西文学可以引为骄傲的最美的个人诗集”。

《静观集》不是流亡生活的产物。雨果曾在《心声集》中创造出“奥林匹欧”的化名，象征自己抒情诗人的人格。1837年左右，雨果第一次提出写一册《奥林匹欧静观集》的设想，终因人事纷繁，未能实现。但今天收入集中的最早的一首诗，写于1834年。

整个40年代，雨果没有发表诗作，但诗人从未辍笔，一度还有过结集的念头。《写给女儿的诗》大多作于1846年后。1848年3月11日，雨果第一次使用“静观集”的提法。虽然政局动荡，诗集的计划始终萦回诗人脑际，未能释怀。1850年左右有一则按语：“在本集中只写上帝、自然和蒂蒂娜。”蒂蒂娜是亡女莱奥波特蒂娜的昵称。

1854年2月21日，雨果在致友人信中说：“发表一册平静的诗的时刻可以说到了。《惩罚集》之后，是《静观集》。红的效果之后，是蓝的效果。”《静观集》分两卷，计划如下：

第 1 卷：往日。1833 年—1842 年

第 1 部　欢乐；第 2 部　梦想；

第 2 卷：今天。1843 年—1854 年

第 3 部　墓畔；第 4 部　海边

从 1854 年 6 月至 1855 年 11 月的 18 个月中，雨果投入紧张、兴奋的创作，写成体裁不同的诗达 90 首之多，有田园诗式的爱情诗，也有启示录式的哲理诗。雨果在 1855 年 5 月 31 日脱稿的当天，又决定大增补，给出版商埃采尔写信："要有大动作…… 我把本来备用的东西全盘托出，让《静观集》成为我最完整的诗作……《静观集》将是我的大金字塔。" 11 月初，全书完成，写成 6 部，近 11000 行。雨果 15 日在致友人信中强调："只有读完最后一行诗，第一行诗的意义才完整。诗在外面是金字塔，内部是拱顶…… 在拱顶和金字塔这类建筑物里，每一块石头都是互相关联的。"

说起《静观集》的创作，不能不提到泽西岛请灵桌的招魂活动。吉拉尔丹夫人于 1853 年 9 月从法国来看老朋友雨果，介绍了巴黎当时风行的请灵桌活动。11 日，亡女莱奥波特蒂娜第一个来和父母交谈，带来彼岸世界的信息。以后请来的鬼魂，还有作家莎士比亚、莫里哀和但丁等，还有"墓冢之魂"及"思想"等抽象概念。

灵桌的启示对雨果的人格和创作影响很深。1854 年 9 月 19 日，雨果写道："大约 25 年来，我一直关心灵桌提出并深入探讨的问题，我仅仅通过沉思，已经掌握今天灵桌在许多方面的启示…… 今天，我完全看清的事物，灵桌予以证实，我没有完全看清的事物，灵桌予以补充。我是在这种精神状态下写作的。" 前后两年间，雨果在创作《静观集》同时，还完成了身后发表的哲理史诗《上帝集》和《撒旦的终结》的大部分。这是个值得研究的问题。

1856 年 4 月 23 日，《静观集》在巴黎和比利时同时出版，受到出乎意料的欢迎。

诗集是诗的建筑，雨果精心设计，讲究结构，注意平衡，出

于艺术的需要，继续为每一首诗设计一个创作年代。

雨果在诗集中有三个鲜明的形象：父亲，作家和先知。父爱的流露最诚挚感人。雨果对自己的斗争轨迹，做了精彩的总结。诗人认真地用诗句建立其惩恶扬善的宗教哲学体系，宣扬爱的福音。其中有雨果自己的理论，更有当代包括傅立叶主义在内的各种思潮的影响。这些作品作为理论，当时并不受人重视，作为艺术，有越来越多的人表示欣赏。

正当浪漫主义退出历史舞台的时期，《静观集》的出现，像是从平地上崛起一座高大的山脉。但是第二年，1857年，波德莱尔出版《恶之华》，正是雨果首先感觉到了“新的战栗”。法国诗歌跨入了新的历史时期。

《静观集》的选译部分，约占原书篇幅的三分之二。

《凶年集》

《凶年集》中的“凶年”，指法国的1870年8月到1871年7月。这一年，法国历史上出现两次大地震。首先是普法战争，第二帝国覆灭，法国战败。接着是巴黎公社，人类历史上第一个无产阶级政权失败。

1870年9月5日，雨果结束长达19年的流亡生活，返回日夜思念的祖国。祖国山河破碎，危在旦夕。18日，巴黎全城被围。雨果希望发挥自己的政治影响，接连发表《告德国人书》《告法国人书》及《告巴黎人书》，呼吁和平无效，立即号召人民奋起抗敌。

诗人应是民族的先知，人民的导师。爱国爱民，是诗人的天职。《凶年集》中，尤其是前半部，爱国主义是高昂的基调。法国诗歌中的爱国主义感情，在《凶年集》中达到空前的高度。雨果对祖国的挚爱，尤其体现在他对巴黎的特殊感情上。

雨果对巴黎公社的基本立场，是一个爱国主义者的立场。雨果并不支持先是软弱继而投降的“国防政府”。但他认为，法国刚刚战败，大敌当前，重兵压城，国内的社会问题应该服从外敌入侵的严重形势。早在9、10月间，国民自卫军已酝酿推翻政府，建立公社。10月8日的雨果手记：“推翻政府的危害比维持政府的危害更大。”

雨果欢呼巴黎公社的成立，但认为时机的选择是错误的。1871年4月28日，雨果表示“巴黎宣布成立公社的权利是无可争辩的”，但他“赞成公社的原则，反对公社的做法”。公社的事业失败，雨果挺身而出，甘冒天下之大不韪，庇护出逃的公社社员。雨果不赞成巴黎公社的革命暴力，更谴责凡尔赛政府的暴力镇压。在这一点上，雨果是空前孤立的。我们知道，当时的法国文学界，包括小仲马，包括福楼拜，包括乔治·桑，都对镇压巴黎公社持赞成态度。

雨果是站在历史潮流前面的诗人。诗人不仅以历史的见证人，更以历史的参与者，写下这册充满爱和恨，充满火与血的《凶年集》。

1871年2月12日，雨果第一次提到有一册题为“巴黎被围”的诗稿。内战开始，历史的进程急遽改变方向。5月18日，雨果手记：“我正为写巴黎的这本书的书名犹豫不决：《战斗的巴黎》《受难的巴黎》《巴黎的悲剧》《巴黎的史诗》。题目都能扣住巴黎。我再考虑。”历史的风暴将老诗人吹刮到卢森堡的边陲小城菲安登。6月14日，雨果手记：“此书我将题为‘凶年集’。”书名既定，再无更改。这是诗人创作丰收的时期。雨果9月返回巴黎时，全书已大致完稿。《凶年集》可以说是在菲安登诞生的。

1872年4月20日，《凶年集》出版。初版有多处被删，被删处以虚线标出。1879年版恢复被删的内容。1880年版第一次刊出《同等报复》一诗。此后，《凶年集》即以1880年版为定本。雨果在

“凶年”写成的与“凶年”有关的诗篇，并未完全收入集中。例如，雨果歌颂“红色圣女”路易丝·米歇尔的《无比伟大》一诗，最后收入《诗琴集》，作为遗作出版。

《凶年集》的内容是历史，形式似日记。“凶年”逐月展开，共收诗97首，加上序诗，引诗和尾声，合成百首的整数。序诗是1857年到1858年的旧作，尾声更早，成稿于1853年年底，表达对人类进步的信念。

在法国文学史上，《凶年集》通常并不受人重视。一般诗选也很少收入《凶年集》的作品。《凶年集》的选译部分占原书篇幅的三分之一。

图书在版编目（CIP）数据

静观集 /（法）雨果（Hugo，V.）著；程曾厚译．—南京：译林出版社，2013.4

（雨果文集）

ISBN 978-7-5447-3677-0

Ⅰ.①静… Ⅱ.①雨… ②程… Ⅲ.①诗集–法国–近代 Ⅳ.①I565.24

中国版本图书馆CIP数据核字（2013）第037765号

书　　名　**静观集**
作　　者　〔法国〕维克多·雨果
译　　者　程曾厚
责任编辑　陆元昶
特约编辑　孙　洁
出版发行　凤凰出版传媒股份有限公司
　　　　　　译林出版社
出版社地址　南京市湖南路1号A楼，邮编：210009
电子信箱　yilin@yilin.com
出版社网址　http://www.yilin.com
印　　刷　三河市祥达印装厂
开　　本　640×960毫米　1/16
印　　张　47
插　　页　4
字　　数　259千字
版　　次　2013年4月第1版　2013年4月第1次印刷
书　　号　ISBN 978-7-5447-3677-0
定　　价　48.80元